AF202644

MEGAN MIRANDA zählt in ihrem Heimatland USA zu den erfolgreichsten Thriller-Autorinnen. Auch in Deutschland ist sie regelmäßig auf den Bestsellerlisten zu finden. Ihr Markenzeichen sind clevere Plottwists, die selbst ihre größten Fans nicht kommen sehen – bis zur letzten Seite. So garantiert auch *Der Pfad* atemlose Spannung mit Gänsehautfaktor. Megan Miranda lebt mit ihrer Familie in North Carolina – genau dort, wo der Thriller spielt.

Begeisterte Stimmen über Megan Mirandas Thriller:

»Eine Geschichte so verschlungen und düster wie der titelgebende Pfad selbst. Mit dem tiefsten Unbehagen als Wegbegleiter … Ich verpasse kein Buch von Megan Miranda, und Sie sollten das auch nicht tun. Das ist richtig hohe Thriller-Kunst.« *Romy Hausmann*

»Megan Miranda steht für atemberaubende Twists und überraschende Wendungen.« *New York Times*

»Ein großartiger Thriller. Miranda ist auf dem Höhepunkt ihres Könnens.« *Publishers Weekly*

»Hochspannend und voller überraschender Wendungen!« *People Magazine*

»Ein cleverer Thriller über ein Dorf voller Geheimnisse, die Miranda meisterhaft ans Licht bringt.« *Washington Post*

Außerdem von Megan Miranda lieferbar:

TICK TACK
Little Lies
Das Sommerhaus
Bad Dreams
Sieben Stunden

www.penguin-verlag.de

Megan Miranda

DER PFAD

Thriller

Aus dem Amerikanischen von
Melike Karamustafa

PENGUIN VERLAG

Die Originalausgabe erschien 2022
unter dem Titel *The Last to Vanish*
bei Marysue Rucci Books/Scribner, New York.

Penguin Random House Verlagsgruppe FSC® N001967

1. Auflage 2025
Copyright © 2022 der Originalausgabe by Megan Miranda
Copyright © 2024 der deutschsprachigen Ausgabe by Penguin Verlag
in der Penguin Random House Verlagsgruppe GmbH,
Neumarkter Straße 28, 81673 München
produktsicherheit@penguinrandomhouse.de
(Vorstehende Angaben sind zugleich Pflichtinformationen nach GPSR)

Redaktion: Annika Krummacher
Umschlaggestaltung: Favoritbuero, München
Umschlagabbildung: © Trevillion
Satz: Greiner & Reichel, Köln
Druck und Bindung: GGP Media GmbH, Pößneck
Printed in Germany
ISBN 978-3-328-11254-9
www.penguin-verlag.de

Für meine Familie

EINE BERÜHMT-BERÜCHTIGTE GESCHICHTE

Die wichtigsten Informationen zu Cutter's Pass, North Carolina: Die Stadt umfasst etwa vier Quadratmeilen eines Tals, das sich an einen Bergrücken schmiegt. Aufgrund ihrer Nähe zu einem Einstiegspunkt des beliebten Appalachian Trails ist die Haupteinnahmequelle der Stadt der Tourismus. Nach jüngsten Erhebungen hat Cutter's Pass gut tausend Einwohner mit festem Wohnsitz. In den letzten fünfundzwanzig Jahren wurden sechs Touristen als vermisst gemeldet. Infolgedessen wurde die Stadt auch als die gefährlichste der Vereinigten Staaten bezeichnet.

Was die Bewohner von Cutter's Pass Ihnen mitteilen möchten: Es handelt sich um ein malerisches Tal, das seinen Namen schon seit knapp hundert Jahren trägt und nach einem schmalen Pfad durch die nahe gelegenen Berge benannt ist, der im Winter als extrem schwierig gilt. Ja, es gab einmal eine Pechsträhne mit sechs vermissten Touristen, aber die Gegend gilt inzwischen nicht mehr als besonders gefährlich. Das Verschwinden dieser Personen ist reiner Zufall. Und mittlerweile reine Statistik. Nur ein paar Zwischenfälle im Laufe eines Vierteljahrhunderts.

Das kann man glauben, wenn man will, aber man kann es natürlich auch bezweifeln. Was auch immer Sie glauben – Cutter's Pass heißt Sie in jedem Fall herzlich willkommen.

Die Wahrheit ist …

Teil 1

LANDON WEST

Vermisst seit: 2. April 2022
Letzter bekannter Aufenthaltsort: Cutter's Pass,
North Carolina
Passage Inn

3. August 2022

Kapitel 1

Er kam nachts an, während eines Platzregens, also unter Umständen, die für das Verschwinden einer Person durchaus geeignet sind.

Ich war allein in der Lobby des Passage Inn und wollte gerade die handgeschnitzten Wanderstöcke aus dem Ständer neben der Anmeldung nehmen, um sie durch unseren Vorrat an marineblauen Regenschirmen zu ersetzen, als jemand durch die Doppeltür am Eingang hereinkam. Das Rauschen des Regens in den Dachrinnen, das Rascheln einer Wanderhose, das Quietschen von nassen Stiefeln auf poliertem Boden.

Der Mann war eben erst eingetreten, als die Tür hinter ihm zufiel. Er trug einen schwarzen Regenmantel und erzählte mir eine traurige Geschichte über seine ursprünglichen Campingpläne.

Eigentlich nichts, wovor man sich fürchten müsste: ein Wanderer bei schlechtem Wetter.

Zuerst hörte ich nur mit halbem Ohr zu, denn seine eigentliche Frage war unter einer ganzen Reihe von Entschuldigungen begraben. *Es tut mir leid, normalerweise bin ich besser vorbereitet. Mir ist klar, dass meine kurzfristige Anfrage Ihnen vermutlich Unannehmlichkeiten verursacht, aber ...*

»Wir können Sie schon unterbringen«, sagte ich und trat hinter die Rezeption, wo ich auf dem Computerbildschirm bereits die Liste der verfügbaren Zimmer geöffnet hatte. Diese Art von Regen trieb die Wanderer vom Berg – so plötzlich und heftig, dass er ihre Entschlossenheit erschütterte, nachdem sie einen zweiten Gedanken an ihre Ausrüstung, ihre Ausdauer und ihre Willenskraft verschwendet hatten. Im Gegensatz zu ihm war ich darauf vorbereitet gewesen.

Die Rückseite unseres Grundstücks endete dort, wo der Zubringer zum Appalachian Trail begann: Er war mit einem kleinen Holzschild markiert, das den Tageswanderern den Weg zu den Wasserfällen zeigte. Von dort verlief der Pfad steil ansteigend, bis er schließlich auf den großen Appalachian Trail traf. Unsere Hotelgäste liebten die Kombination von Bequemlichkeit und diesem Hauch von Wildnis – mit einem Berg, der direkt hinter ihren bodentiefen Fenstern aufragte.

Ich wusste, dass man vom Kamm dieses Berges, wo sich die beiden Pfade kreuzten, auch uns sehen konnte: das Kuppeldach des Passage Inn und die Stadt gleich dahinter, mit dem Kirchturm, der sich durch die Baumwipfel reckte, mit einem Versprechen von Zivilisation. Manchmal stürzten sie an Abenden wie diesem den Berg herab wie Ameisen auf der Flucht aus einem vergifteten Hügel. Unsere Lichter zogen sie an, die ersten Vorboten einer Ruhepause abseits des Trails. Manchmal, wenn nur noch ein einziges Zimmer frei war, vereinten sich vollkommen Fremde zu Gruppen und rückten zusammen.

Zurzeit war Hochsaison und das Hauptgebäude bis auf das letzte Zimmer ausgebucht, aber drei der insgesamt vier Hütten waren noch frei. Die Unterkünfte dort draußen waren viel rustikaler und wurden deshalb vor allem für längere Aufenthalte gebucht – oder in Notfällen wie diesem.

Der Mann stand noch immer am anderen Ende der Lobby, die Hände vor dem Mund, um warme Luft hineinzupusten, als hätte das Unwetter die Temperaturen fallen lassen. Ich bemerkte, wie sein Blick zu dem frei stehenden Kamin in der Mitte des Raums wanderte.

»Zum Einchecken müssen Sie schon ein wenig näher kommen«, sagte ich.

Er stieß ein Lachen aus und schob die Kapuze seines Regenmantels zurück, während er die Lobby durchquerte, bevor er mit einer allzu vertrauten Geste zuerst die Haare und dann die Ärmel ausschüttelte.

Ich spürte, wie mein Lächeln in sich zusammenfiel, und versuchte, es mit einem Blick auf den Bildschirm zu überspielen, während ich im Geiste die Möglichkeiten durchging. War es ein Tourist, der sich entschieden hatte, wiederzukommen? Oder jemand, den ich Anfang der Woche in der Stadt gesehen hatte? Doch da war nichts. Zufall.

»Dann schauen wir mal, was wir Ihnen anbieten können«, sagte ich und sah ihn wieder an in der Hoffnung, dass sein Anblick eine Erinnerung in mir wachrufen würde, um ihn einordnen zu können: braune Haare in einem Frisurstadium irgendwo zwischen ungepflegt und angesagt, tiefblaue Augen, in den Dreißigern, kein Ehering, die scharfe Linie einer weißen Narbe unten am Kiefer, die ich nur deshalb erkennen konnte, weil er einen ganzen Kopf größer war als ich. Ich stellte mir vor, wie er während einer Wanderung abgestürzt war und mit dem Kinn den Felsen gestreift hatte. Ich stellte mir einen Hockeyschläger vor, der ihn im Gesicht traf, einen abgerissenen Helm, Blut auf Eis.

Ich stellte mir manchmal die Geschichten hinter den Menschen vor. Es war eine Angewohnheit, die ich mir abzugewöhnen versuchte.

Ich war mir sicher, ihn von irgendwoher zu kennen, doch ich konnte ihn einfach nicht einordnen. Normalerweise war ich gut darin – ich erinnerte mich an wiederkehrende Gäste, konnte mir einen Namen von vor drei Jahren ins Gedächtnis rufen, wusste noch, wer verheiratet oder geschieden war, selbst wenn jemand seinen Namen geändert oder einen neuen Partner hatte. Ich war aufmerksam, machte mir Notizen, merkte mir Details. Manchmal halfen mir dabei die Geschichten, die ich mir über die Leute vorstellte.

Er warf einen Blick über die Schulter in die leere Lobby, bevor er einen Arm auf den abgenutzten Holztresen zwischen uns legte. »Es tut mir so leid«, wiederholte er, auch wenn ich mir nicht sicher war, ob seine Entschuldigung diesmal seiner nicht vorhandenen Reservierung oder den Wasserpfützen galt, die er auf den Holzdielen hinterlassen hatte. »Es ist nur so, dass ich mein Portemonnaie verloren habe. Irgendwo dort draußen.« Sein Regenmantel raschelte, als er zur Tür deutete. Dabei zeigte er allerdings nicht in die Richtung des Berges, aber ich verkniff es mir, ihn darauf hinzuweisen – wegen der Dunkelheit und des Regens und weil ich wusste, wie orientierungslos man *dort draußen* bei schlechtem Wetter werden konnte. »Aber ich hatte noch ein bisschen Bargeld im Auto«, sagte er und zog aus der Tasche seines Regenmantels eine feuchte Rolle Zwanzigdollarscheine hervor. »Für Notfälle.«

Er reichte mir das Geld mit spitzen Fingern.

Immer wieder kamen Wanderer wie er unangekündigt hierher, das war keine Seltenheit. Ich musterte ihn genauer. Die sauberen Fingernägel. Das gerade noch sichtbare Bündchen seines blauen T-Shirts, nach wie vor trocken. Das vertraute Quietschen von zu neuen Stiefeln mit Gummisohlen, die kaum Kilometer gesammelt hatten.

Celeste würde das nicht gutheißen – ein Mann ohne Ausweis und ohne Kreditkarte, der kurz vor Feierabend auftauchte. Sie würde sagen, ich müsse in erster Linie auf mich selbst achtgeben, die Gäste kämen an zweiter Stelle und dann das Hotel. Sie würde mich daran erinnern, dass wir hier oben allein waren und dass man das Ganze nur im Griff hatte, wenn man andere nicht in dem Glauben ließ, sie selbst hielten die Zügel in der Hand. Celeste würde lieber einen Kunden verlieren als die

Kontrolle. An meiner Stelle würde sie sagen: *Tut mir leid, wir sind ausgebucht,* und den Campingplatz unten am Fluss, die Gästezimmer in der Stadt, das Motel im nächsten Ort erwähnen. Aber ich war dafür bekannt, Ausnahmen zu machen. Mir gefiel die Vorstellung nicht, jemanden da draußen sich selbst zu überlassen. Insbesondere nicht an einem Abend wie diesem. Außerdem war ich mir sicher, dass er schon einmal hier gewesen war.

»Kein Problem«, sagte ich. »Mr. …«

Wieder ließ er den Blick durch die Lobby wandern, musterte alles, als würde er diesen Ort zum ersten Mal sehen: den Kamin aus Stein und Glas, der aus jedem Winkel zu bewundern war, die Holzscheite, die rechts und links davon zu perfekten Pyramiden aufgeschichtet waren, der zweigeschossige Bogen der Kuppel mit den frei liegenden Holzbalken, die großen Panoramafenster für die beste Aussicht, die Schlüssel an der Stecktafel hinter mir, die sich in einem abschließbaren Glaskasten befand.

»Sir?«

Endlich sah er wieder zu mir. »Clarke.« Er räusperte sich. »Mit einem E am Ende.« Er lächelte entschuldigend, ein wenig schief, mit einem Grübchen in der linken Wange – ein weiterer Anflug von Vertrautheit.

Der Name kam mir nicht bekannt vor.

»Natürlich, Mr. Clarke. Dann sehen wir mal, was ich für Sie tun kann.«

Cutter's Pass war ein saisonales Kleinstadtparadies mit Flussführungen und Flying Fox, einem gut ausgestatteten Campingplatz eine halbe Meile von der Innenstadt entfernt, geführten Ausritten und unzähligen Wandermöglichkeiten in den umliegenden Bergen. Die Gäste, die in unser Hotel kamen, ließen sich in der Regel in eine von drei Kategorien einsortieren. Die anspruchsvollen High-End-Urlauber, die sich nur einen Hauch rustikalen Charme wünschten, aber nicht bereit waren, auf Bequemlichkeit zu verzichten. Die Wanderer, die glaubten, auf Bequemlichkeit verzichten zu können, um dann feststellen zu müssen, dass sie es doch nicht konnten, und – *bitte* – in einer Hütte oder irgendwo anders unterkommen wollten. Und schließlich die Touristen, die wegen unserer unheimlichen Geschichte zu uns kamen, für die wir berühmt-berüchtigt waren. Dabei handelte es sich meistens um Gruppen von Freunden, die viele Fragen stellten und viel Bier in der Gaststätte am Ende der Straße tranken und spätabends lachend ins Hotel stolperten und sich aneinanderklammerten, als wären sie gerade auf der Flucht vor irgendetwas. Man hatte den Eindruck, als seien sie überrascht vom realen Ort Cutter's Pass, der eher für Outdoorläden und Craft Beer, überteuerte Bauernmärkte und gehobene Unterkünfte stand als für das Klischee der Appalachenregion, das sich in ihren Köpfen festgesetzt hatte.

Anhand des Verhaltens und seiner seltsamen Geschichte hätte ich bei diesem Mann auf Kategorie drei gesetzt. Wäre da nicht diese vertraute Gestik gewesen und sein Grübchen, wenn er lachte.

Ich schob ein Blatt Papier über den Tresen. »Schreiben Sie Ihr Autokennzeichen auf, damit wir Sie nicht abschleppen.«

Er blinzelte zweimal, mit leicht geöffnetem Mund. Ein einzelner Regentropfen lief an seinem Kiefer entlang auf die Narbe zu. »Abschleppen?«

»Viele Leute parken hier, um den Berg zu besteigen«, erläuterte ich. »Die Stellplätze sind aber für unsere Gäste reserviert.«

»Ehrlich gesagt weiß ich das Kennzeichen gar nicht auswendig …«

»Dann notieren Sie bitte die Automarke und die Farbe. Und den Staat, falls Sie sich an den erinnern.« Ich lächelte ihn an, und er lachte.

»Das tue ich.«

Ich sah zu, wie er *Audi, schwarz, Maryland* aufs Blatt kritzelte, und mir stockte der Atem. Plötzlich war mir eingefallen, wo ich ihn schon mal gesehen hatte, warum er mir so bekannt vorkam. Auf dem Familienfoto mit der gemeinsamen Erklärung und der ausgesetzten Belohnung, begleitet von einem ausführlichen Hilferuf.

Ich versuchte, weiterhin freundlich und umsichtig zu lächeln. »Maryland? Ganz schön weite Fahrt bis hierher.«

»Ja. Beim nächsten Urlaub fahre ich wieder ans Meer. Lektion gelernt.«

Er war charmant, was seine fehlende Planung beinahe wettmachte, ihm hier aber nicht weiterhelfen würde.

Er tat mir leid. Ich selbst war jahrelang eine Außenseiterin gewesen, und für diejenigen, die hier aufgewachsen waren, war ich es vermutlich immer noch.

»Irgendeinen besonderen Wunsch, was das Zimmer angeht?«, fragte ich.

»Oh«, sagte er, kniff leicht die Augen zusammen und sah verstohlen zur umlaufenden Empore, die auf der Höhe des ersten Stocks am Kuppeldach entlangführte. »Ich … ich weiß nicht so genau.«

Mein Herz war wieder mal zu weich. Ich schloss den Kasten hinter mir auf und nahm den Schlüssel zu Hütte vier vom Haken. Ich wusste, was er wollte und weshalb er hier war.

»Sie sehen ihm sehr ähnlich«, sagte ich.

Sein ganzer Körper sackte in sich zusammen, und er legte die Stirn auf die Holztheke zwischen uns, bevor er sich erneut aufrichtete, als wäre er jetzt jemand ganz anderes.

»Es tut mir leid«, sagte er und verzog das Gesicht. Es war das erste Mal, dass ich ihm glaubte.

»Schon gut. Ich verstehe Sie. Wirklich. Ich würde dasselbe tun.«

Er zog ein Portemonnaie aus seiner hinteren Hosentasche, holte einmal tief Luft und ließ den Atem entweichen, begann noch einmal von Neuem. »Trey West.« Er legte eine Pause ein, damit ich sie füllen konnte. Eine Frage, ein Angebot.

»Abby.«

»Abby«, wiederholte er und reichte mir eine Kreditkarte, mit der er sich auswies. »Ich bin nicht besonders gut im Theaterspielen.«

Sein Bruder Landon hingegen war gut darin gewesen. Bei seiner Ankunft hatten wir nicht gewusst, dass er Journalist war. Wir waren davon ausgegangen, dass er gerade an einem Buch schrieb, dass er sich zurückziehen wollte und Ruhe brauchte, ohne irgendwelche Ablenkungen, eine besondere Atmosphäre – das hatte er uns nämlich erzählt. Wir dachten, er sei hergekommen, um vor etwas zu flüchten. Nicht, um nach etwas zu suchen. Aber diese Dinge waren an der Oberfläche schwer zu unterscheiden. Erst als er verschwand, erfuhren wir die Wahrheit.

Ich wusste nicht, wonach Trey West so viele Monate später noch suchen wollte. Ob er glaubte, dass er irgendetwas finden könnte, einen wertvollen Hinweis, den die Polizei und die vielen Helfer übersehen hatten, oder ob er hier war, um seinem Bruder Respekt zu zollen oder mit der ganzen Sache irgendwie abzuschließen.

An diesem Ort einen befriedigenden Abschluss zu finden, war nicht leicht.

»Es ist ganz anders, als ich es mir vorgestellt hatte«, sagte Trey West, während ich seine Kreditkarte mit dem Betrag für eine Übernachtung belastete.

Ich war mir nicht sicher, ob er das Hotel oder die ganze Stadt meinte. Die Straße dorthin führte erst mehrere Meilen lang bergauf, bevor sie sich wieder abwärtsschlängelte. Während sie von den Bergen ins Tal führte, wurde sie immer schmaler, bis die Vegetation näher rückte und über die Leitplanken kroch. Diese Strecke wollte man auf keinen Fall nachts fahren, mit dem Fuß ständig auf der Bremse, wenn die Kurven enger wurden und sich die Äste über den Asphalt bogen. Aber dann öffneten sich die Bäume, und Cutter's Pass präsentierte sich. Eine verlorene Stadt. Eine gefundene Oase.

»Das geht allen so«, sagte ich. Bei der Ankunft herrschte meist eine leichte Orientierungslosigkeit, da nichts so war wie erwartet. Mit den verwitterten Hütten, die ein Stück vom dreistöckigen Hauptgebäude entfernt standen, und dem Wald, der sich immer weiter über die gerodeten Flächen ausbreitete – so schnell arbeitete die Natur nun mal –, wirkte das Hotel von außen älter, als es tatsächlich war. Im Inneren dagegen wurde der Kamin mit Gas betrieben, und die Holzscheite waren nur Fake. Die alten Schlösser an den Hotelzimmertüren ließen sich mit einer elektronischen Chipkarte öffnen.

Mir war schon jetzt klar, dass Trey West anders war als sein verschlossener und zurückhaltender Bruder, dessen Anwesenheit ich in den ersten vier Tagen seines Aufenthalts gar nicht bemerkt hatte. Georgia hatte ihn eingecheckt und konnte sich nur noch daran erinnern, dass er nach dem WLAN-Passwort gefragt hatte. Sie hatte ihn darauf hingewiesen, dass man in den Hütten keinen Empfang habe und dass die Internetverbindung sogar im Hauptgebäude langsam und instabil sei, weshalb wir einen alten Kreditkartenleser zum Durchziehen unter der Kasse hatten, der altmodische Durchschläge produzierte, was die Leute ziemlich kurios fanden – ein Umstand also, der eher zu unseren Gunsten ausfiel.

Weitere Dinge, die bei unseren Gästen gut ankamen und dabei weder authentisch waren noch einen besonderen praktischen Nutzen hatten, waren die hölzernen Schlüsselringe mit den von Hand eingravierten Zimmernamen und der Schürhaken, der wie zufällig neben dem Kamin lehnte.

Die Einrichtungsgegenstände waren so gestaltet, dass sie etwas zerbrechlicher wirkten, als sie es tatsächlich waren, und zugleich besonders robust, weil das so sein musste. Wir lebten schließlich in den Bergen, am Rande des Waldes, den Launen des Wetters und den Kräften der Natur ausgesetzt. Die großen Fenster in den Hotelzimmern waren praktisch schalldicht. Durch die Oberlichter aus Milchglas in den Fluren der oberen Stockwerke waren Regen oder Graupel zu erahnen, dabei hätten die Scheiben bei einem Sturm jedem abgebrochenen Ast standgehalten. In die dicken Holztüren am Eingang waren gehärtete Glasscheiben eingelassen, die theoretisch sogar eine Pistolenkugel aufgehalten hätten, was glücklicherweise nie hatte erprobt werden müssen.

Ich zog einen der Regenschirme aus der Tonne, die in einem einheitlichen Marineblau mit einem geschmackvollen kleinen Logo gehalten waren. Es zeigte einen einzelnen kahlen Baum mit weißen Ästen, die in den Abendhimmel ragten.

»Kommen Sie mit, ich zeige Ihnen, wo Sie hinmüssen«, sagte ich.

Das war zwar nicht Teil meines Jobs, aber ich konnte nicht anders. Das konnte ich noch nie.

Es regnete noch immer in Strömen, Pfützen bildeten sich auf dem Kiesplatz, Wasser sickerte in meine Schuhe. Trey West musste sich ducken, um mit unter den Regenschirm zu passen, und sein Arm streifte meinen, als wir nebeneinanderher gingen.

»Die Hütten liegen da hinten.« Ich deutete auf den beleuchteten Backsteinweg jenseits des Parkplatzes.

Auf dem Weg dorthin kamen wir an seinem Auto vorbei, dem schwarzen Audi mit dem Maryland-Kennzeichen, und er sah mich verlegen an.

»Ist es hier immer so dunkel?«, fragte er.

»Ja«, sagte ich, obwohl es nach vorne raus eigentlich nicht besonders dunkel war, aber er war sicherlich anderes gewohnt. Der beleuchtete Weg leistete zusammen mit den Lampen des Hauptgebäudes gute Arbeit, denn beide Lichtquellen waren vom Morgengrauen bis zur Dämmerung eingeschaltet. Vom Rand des Grundstücks konnte man sogar die Straße sehen, die hinunter ins Stadtzentrum führte – ein geometrisches Gitter aus Antiquitätenläden, Brauereien, Cafés und Geschäften, die sich auf professionelle Wanderbekleidung oder kitschige Souvenirs spezialisiert hatten. Sie alle waren nach dem Ereignis benannt, das unseren Untergang hätte bedeuten können, uns stattdessen jedoch einen Eintrag auf sämtlichen Karten beschert hatte.

Dort unten befanden sich die Last Stop Tavern, der Souvenirladen Trace of the Mountain und das Edge, das Campingausrüstung verkaufte und Schließfächer vermietete, aber je nach Tageszeit auch Kaffee, heiße Schokolade und Bier im Angebot hatte. Das CJ's Hideaway war eines der besten Restaurants im Westen Carolinas, hatte passend zum Namen seinen Eingang in einer Seitengasse und war an den meisten Abenden in der Hochsaison ausgebucht. Jede Schaufensterfront spielte subtil auf das an, was die Gerüchte andeuteten: dass hier etwas unter der Oberfläche verborgen lag. Ein Geheimnis, das nur wir kannten und auch nicht preisgaben.

Die Stadt war berühmt-berüchtigt, weil hier vor mehr als zwei Jahrzehnten vier Wanderer verschwunden waren. Der Vermisstenfall war bis heute ungelöst. Man nannte sie die Vier Burschenschaftler, obwohl sie nie Mitglieder derselben Studentenverbindung gewesen waren. Aber sie waren in ihren Zwanzigern gewesen, jugendlich und sorglos, und sie waren zuletzt hier in der Stadt gesehen worden, hatten sich auf den Weg zum Appalachian Trail gemacht und waren seitdem spurlos verschwunden. Eben noch in Cutter's Pass unterwegs und im nächsten Moment wie vom Erdboden verschluckt. Keine Hinweise, keine Spuren. Im Laufe der Jahre hatte sich ihre Geschichte in eine Art urbane Legende verwandelt, mit jeder Nacherzählung wurden neue Details hinzugefügt, und es verbreiteten sich jede Menge Gerüchte.

Vielleicht wäre das Rätsel um ihr Verschwinden mit der Zeit verblasst und von der Geschichte begraben worden, wären da nicht die Vermisstenfälle gewesen, die in erschreckender Regelmäßigkeit folgten.

Der neueste Fall betraf Landon West, Gast in Hütte vier. Er war vor vier Monaten verschwunden, Anfang April, als das Hotel sich noch für die Hochsaison warm lief.

Zuerst hatten wir es gar nicht bemerkt.

Bei seinem Verschwinden kochte alles wieder hoch: die Geschichten, die Presse, die Headlines, die uns den Beinamen »gefährlichste Stadt North Carolinas« verliehen hatten. Es spielte keine Rolle, dass die Touristen, wenn sie am Ortseingangsschild von Cutter's Pass vorbeigefahren waren und die breite Brücke über den Fluss nahmen, als Erstes das Besucherzentrum sahen und dann auf der anderen Straßenseite das Büro des Sheriffs. Es spielte keine Rolle, dass auf dem Stadtplatz, wo jeden Morgen reges Treiben herrschte und Verkäufer ihre Stände aufbauten, bunte Plakate aufgestellt waren, die für Rafting, Reitausflüge und Abenteuertouren warben. Oder dass Tausende Touristen in unsere kleine Stadt kamen, um das zu erleben, was wir zu bieten hatten. Die schlichte Wahrheit lautete, dass Landon West vor unseren Augen verschwunden war, genau wie alle anderen.

»Hier ist es«, sagte ich und zeigte auf die Hütten, die etwas zurückgesetzt zwischen den Bäumen standen.

Von Anfang an waren es nur zwei Gebäude im Blockhausstil gewesen, aber wir hatten sie jeweils mit einer schlecht isolierten Wand unterteilt und zwei separate Eingänge gebaut.

Das einzige Licht, das aus den Hütten nach außen drang, war das sanfte Leuchten der Stehlampe in Hütte eins, das durch die Lücke zwischen den Vorhängen des vorderen Fensters fiel. Wenn Trey West echte Dunkelheit erleben wollte, konnte er die zwanzig Meter zu den Bäumen hinter seiner Hütte gehen und sich in Richtung Berg drehen.

Ich reichte ihm den Regenschirm, steckte den Schlüssel ins Schloss von Hütte vier, spürte die Kälte, als ich die Tür öffnete und meine Hand nach dem Schalter an der Innenwand ausstreckte. Hier und an der rückwärtigen Wand war die Holzvertäfelung durch kleine Fenster ersetzt worden, um die frische Bergluft hereinzulassen, und unter dem hinteren Fenster befand sich eine Heizung, falls jemand in der Nebensaison kam.

Die Möblierung war schlicht: eine Holzkommode, ein Nachttisch, ein Bett mit Steppdecke, ein Schreibtisch und ein Stuhl mit fester Rückenlehne. Alles war in Brauntönen gehalten, mit Ausnahme der Gästemappe, die perfekt zentriert auf dem Schreibtisch lag.

Trey West blieb vor der Tür stehen und hielt sich immer noch den Regenschirm über den Kopf. Er betrachtete den Ort, an dem Landon geschlafen, den Stuhl, auf dem er gesessen hatte, die Stelle am Fußende des Bettes, wo Georgia seinen Koffer gefunden hatte, der größtenteils gepackt war, aber aufgeklappt dalag. Nur seine Wanderschuhe hatten gefehlt.

»Na, gut, dann lasse ich Sie mal allein, damit Sie sich einrichten können«, sagte ich und nahm ihm den Regenschirm aus der Hand, was ihn dazu veranlasste, endlich hereinzukommen und den Platz mit mir zu tauschen. Er wirkte erschüttert und verunsichert. »Wenn Sie etwas brauchen, rufen Sie einfach die Rezeption an.«

»Danke, Abby«, sagte er.

Meine Hand verweilte für einen Moment in seiner, als ich

ihm den Schlüssel in die offene Handfläche legte, die kalt und nass war. Es dauerte seine Zeit, sich hier zurechtzufinden. »Herzlich willkommen im Passage Inn.«

Kapitel 2

Als ich zurückkam, stand Georgia an der Rezeption, mit dem Hörer unseres Festnetztelefons am Ohr.

»Die Verbindung ist tot«, sagte sie, während ich den Regenschirm ausschüttelte und in den Ständer neben dem Eingang stellte. Selbst als irgendwo vom ersten Stock das Quietschen einer Tür zu hören war, deren Angeln ich dringend mal reparieren musste, verharrte Georgia in ihrer Pose mit demselben entsetzten Gesichtsausdruck.

»Wahrscheinlich wegen des Regens«, sagte ich, als ich die Lobby durchquerte. Es war normalerweise eher der Wind als der Regen, der unsere Telefonverbindung kappte, allerdings waren wir nicht die Einzigen mit diesem Problem. Das gesamte städtische Stromnetz war schon einmal durch einen abgebrochenen Ast zusammengebrochen und ein anderes Mal durch ein Auto, das mit einem Telefonmast kollidiert war. Jetzt war auch so eine Nacht.

»Ich hab es klingeln hören«, sagte sie, diesmal ruhiger. »Es hat einfach nicht aufgehört, deswegen bin ich hergekommen, um dranzugehen, aber …«

Ich nahm den Hörer, den sie mir entgegenstreckte. Nichts.

Wobei das nicht ganz stimmte. Aus der Leitung ertönte ein leises Klicken, irgendetwas zwischen luftleerem Raum und Rauschen. Es war nicht das erste Mal.

»Die Leitung ist sicher bald wieder frei«, sagte ich und legte den Hörer zurück auf die Gabel.

Georgias Blick ging zu den dunklen Fenstern, als wäre dort draußen etwas, das zurückstarrte. Obwohl sie bereits seit einem Jahr hier arbeitete, hatte sich noch immer nicht an die Launen des Wetters gewöhnt. Die Zufälle, die sie als Zeichen verstand. Die Geräusche der Tiere, die nachts um die Gebäude strichen. Hinter einem unterbrochenen Anruf oder einer toten Leitung witterte sie eine lauernde Gefahr.

Bei unserer ersten Begegnung waren mir sofort die Parallelen zwischen uns aufgefallen: Wir waren beide in diese Gegend gezogen, kurz nachdem wir einen Elternteil verloren hatten, und waren geblieben. Genauso schnell waren aber auch die Unterschiede zwischen ihr und mir deutlich geworden: Georgia schien sich mit allem auseinanderzusetzen, indem sie sich mit jemandem darüber austauschte, und erwartete dasselbe von mir. Sie sprach aus, was sie dachte, machte ihrer Unsicherheit und ihren Ängsten Luft. Man hatte den Eindruck, als wäre sie ständig in höchster Alarmbereitschaft, einfach aufgrund ihrer Gesichtsform – schmal und zart, mit großen braunen Augen und einem blonden Pixie-Schnitt. Man hätte sie sich fast als mystisches Wesen vorstellen können, das sich zwischen Bäumen versteckt und auf das man nur selten einen Blick erhaschte – wäre da nicht die Tatsache gewesen, dass sie fast eins achtzig groß war, knochig, mit langen Gliedmaßen und kaum zu übersehen.

»War der Typ, den du eben eingecheckt hast, ein Wanderer?«, fragte sie.

Ich schüttelte den Kopf und legte ein paar Unterlagen im Ordner hinter der Rezeption ab, um meine Hände zu beschäftigen. »Er ist Landon Wests Bruder«, sagte ich, ohne den Kopf zu heben. Ich konnte mir ihre Miene auch so lebhaft vorstellen.

Sie rührte sich nicht, wartete darauf, dass ich sie ansah. Als ich es schließlich tat, hob ich eine Schulter wie zu einem stummen *Ich weiß.*

»Wirst du Celeste davon erzählen?«, fragte sie.

»Hatte ich eigentlich nicht vor.« Ich arbeitete schon seit fast zehn Jahre für sie, und Celeste bezahlte mich inzwischen dafür, dass sie nicht mit Details belästigt wurde und ihre Freizeit im Vorruhestand genießen konnte. Und bisher war ich mir gar nicht sicher, ob es bereits ein Problem gab.

Ich begann, alles für den Feierabend vorzubereiten, fuhr den Computer herunter und verstaute Wertsachen im Büro hinter der Rezeption, das bis zum Morgen abgeschlossen bleiben würde.

»Wann hört endlich dieser Regen auf?«, fragte Georgia, zog ihr Handy aus der Tasche und ging damit ins Büro, wo man in der Regel den besten Empfang hatte – je näher zum Stadtzentrum, desto besser. »Nicht mal ein Balken«, fügte sie gepresst hinzu. Seit Landon Wests Verschwinden im April war sie deutlich angespannt, und es brauchte wohl nicht mehr viel, bevor sie endgültig die Nerven verlor.

»Bestimmt bald«, sagte ich, um sie zu beruhigen, denn ihre Nervosität übertrug sich auf mich. Das Wetter, die Telefonleitung, die Ankunft von Trey West – als wäre all das der Beginn von etwas, das immer stärker wurde. Ich schüttelte das Gefühl ab, während ich mir die Kasse mit Belegen und Bargeld unter den Arm klemmte. Dies war der Grund, aus dem Georgia nur selten die Spätschicht übernahm.

»Abby«, rief Georgia aus dem Büro, ihre Stimme klang jetzt noch höher und gepresster.

Ich ging zu ihr. Sie stand da und starrte in die dunklen Fenster hinter dem Tisch, den wir als Arbeitsplatz und als Esstisch nutzten. Ich stand oft an genau derselben Stelle, um eine SMS zu verschicken oder auf einer der Social-Media-Plattformen des Hotels ein Foto hochzuladen. Der Regen hörte sich an, als würde er tatsächlich nachlassen, doch die Wetter-App auf Georgias Handydisplay schien noch immer nicht zu laden.

Sie drückte einen einzelnen Finger gegen die Fensterscheibe und drehte sich zu mir um. »Cory ist mit einer Gruppe auf dem Weg nach oben.«

Sein Motto lautete: Regen oder Sonnenschein. Und das war so ziemlich die einzige Regel, die mir für seine Touren einfiel.

»Ich dachte, er unternimmt nur tagsüber Touren in den Wald«, sagte ich. Es war viel zu dunkel und daher völlig sinnlos, Besucher abends dort herumzuführen. Ganz abgesehen von den derzeitigen Wetterbedingungen.

Ich spürte Georgias Blick auf mir, als ich die Kasse in den Safe im Schrank einschloss. »Vor ein paar Wochen hat er Landon West in seinen Rundgang aufgenommen.«

»Nicht dein Ernst.« Ich stellte mich neben sie ans Fenster, presste das Gesicht gegen die kalte Scheibe. Sein Verschwinden lag gerade mal vier Monate zurück – und der Fall war definitiv noch nicht abgeschlossen.

Ich konnte gerade noch die tanzenden Strahlen der Taschenlampen sehen, die im Dunkeln den steilen Abhang hinaufstiegen.

»Jemand sollte es ihm sagen«, meinte Georgia.

Ich starrte sie von der Seite an. Die Bitte war schon in ihrem Gesicht zu lesen. Ich hatte sie vor Cory gewarnt, aber manche Menschen mussten eben ihre eigenen Erfahrungen machen.

Ende letzten Sommers hatte ich Georgia die Stadt gezeigt und mit ihr das Nachtleben erkundet. Ich stellte ihr ein paar Saisonarbeiter vor, die zu dem Zeitpunkt gerade ihre letzten Wochen in Cutter's Pass verbrachten und von denen wir die Hälfte trotz anderslautender Versprechungen nie wiedersehen würden. Ich spürte, wie Georgia sich in diese besondere Stimmung hineinziehen ließ, diese wilde Energie und unsere Entscheidungen, die vielleicht morgen längst vergessen waren. Diese Menschen würden sich so wenig an uns erinnern wie wir uns an sie. In ein, zwei Jahren würden sie nicht mehr sein als

*die Rothaarige, die sich beim Flying Fox das Handgelenk ge-
brochen hat,* oder *der junge Typ aus Texas, der am Fluss einen
Cowboyhut anhatte.*

Die einzig verlässliche Größe dieser Welt war Sloane, die das
Flusszentrum fünf Jahre lang von Frühling bis Herbst geleitet
hatte. Sie war inzwischen meine engste Freundin und wie ich
eine Übergangsbewohnerin – keine Aushilfskraft, aber auch
nicht fest an diesem Ort verwurzelt.

An jenem Abend, den wir in der Last Stop Tavern ausklin-
gen ließen, trafen wir auf Cory, der sagte: *Willst du mich nicht
deiner Freundin vorstellen, Abby?* Ich hatte Georgia mit einem
nicht gerade subtilen Kopfschütteln ein Zeichen gegeben, das
sie demonstrativ ignorierte. Georgia hatte selbst geantwortet,
indem sie einen langen feingliedrigen Arm in seine Richtung
streckte. Sie hatte mich damals kaum besser gekannt als die
Saisonarbeiter, die bald darauf wieder abreisten, und daher
keinen Grund gehabt, mir zu vertrauen, als ich sagte: *Wenn
du vorhast zu bleiben, kannst du Cory nicht meiden, ihm nicht
aus dem Weg gehen. Die Entscheidung, die du jetzt triffst,
kannst du später nicht einfach vergessen.*

Zumindest hatten wir dadurch noch etwas, über das wir reden konnten. Obwohl ich sämtliche Selbstbeherrschung hatte
aufbringen müssen, um mir auf die Zunge zu beißen, als sie
später sagte: *Ich will nichts mehr mit ihm zu tun haben.*

»Abby?«, flehte sie, als die in dunkle Schatten gehüllte Wandergruppe näher kam.

»Scheiße.« Ich rannte zum Eingang, griff nach dem Regenschirm und trat ein weiteres Mal in das Unwetter hinaus.

Vom Parkplatz aus sah ich zu, wie die Gruppe den Gipfel der
steilen Auffahrt erreichte. Sie trugen dunkle Kapuzen und gingen eng aneinandergedrängt, mit gesenkten Gesichtern, als
handele es sich um eine Art Sekte. Sogar aus der Ferne konnte

ich Cory Shiles ausmachen, das Leuchten seiner unteren Gesichtshälfte, sein eckiges Kinn, ein vertrautes Bedauern. Das Efeu-Tattoo kroch an der Seite seines Halses hinauf, während das Licht in seiner Hand hin und her schwang. Er hatte sogar eine verdammte Laterne dabei.

Cory hatte etwas ins Leben gerufen, was zwischen Geistertour und einer Exkursion für Schaulustige rangierte. Dreißig Dollar für einen bei jedem Wetter geführten Ausflug in die Geschichte von Cutter's Pass, der in der Last Stop Tavern im Stadtzentrum begann und endete. So konnten sich die Leute davor und danach betrinken. Er brachte zahlende Kunden zu den Orten, wo die Vermissten verschwunden waren, und zeigte ihnen, wo jeder einzelne zuletzt im Ort gesehen worden war. Dabei erzählte er ihnen alles, was wir über die Vermissten wussten, was die Polizei herausgefunden hatte und an welchem Punkt die Ermittlungen schließlich ins Stocken geraten waren.

Cory berichtete seinen Kunden von Theorien, an die keiner von uns wirklich glaubte: über ein unterirdisches Höhlennetz, in dem ein Kult sein Unwesen trieb, über einen Mann in den Bergen, der angeblich jahrzehntelang ohne Zugang zu Strom und fließendem Wasser gelebt hatte und das Land beschützte, das er als seines erachtete. Und er erzählte von Theorien, an die wir schon eher glaubten – von Tieren und Extremwetter und davon, wie einfach es war, an einem Ort wie diesem zu verschwinden, und von Menschen, die vielleicht gar nicht gefunden werden wollten. All das vermischte er mit Gerüchten über Breitengrade und Magnetfelder, als wäre dies das Bermudadreieck und nicht vier Quadratmeilen fester Boden mit genau definierten Grenzen.

Cory hatte mich noch nicht bemerkt, während er mit großen Gesten eine Geschichte erzählte, die im Regen und in der Menge unterging.

»Was ist mit den Menschen hier?«, hörte ich eine Frau aus dem hinteren Teil der Gruppe rufen. »Immerhin waren alle Personen, die verschwunden sind, Gäste von außerhalb. Gab es auch irgendwelche Verdächtige unter den Einwohnern?«

»Die Polizei hat diese Stadt mehr als einmal komplett durchkämmt. Öfter, als ich mich erinnern kann«, antwortete er mit honigweicher Stimme. »Habt ihr jemals von einem Ort gehört, der über zwei Jahrzehnte ein Geheimnis bewahrt? Habt ihr mich kennengelernt?«

Ein paar Lacher, hier und da ein Lächeln, erleuchtet von den tanzenden Lampen. So verdiente er sich sein Trinkgeld. Diese verdammte Haltung – für ein Bier verrate ich dir meine Geheimnisse, mein Freund. Er log. Cory Shiles würde seine Geheimnisse mit ins Grab nehmen.

»Cory!«, rief ich scharf.

Er drehte sich in meine Richtung, das Licht der Laterne ließ das Weiß seiner Zähne aufleuchten. »Hey, Abby!«, rief er zu freundlich, als hätte er meinen Tonfall überhört. Oder als hätte er, was wahrscheinlicher war, sich entschieden, ihn zu ignorieren. »Wir haben Glück. Das hier ist Abby Lovett, Managerin des ...«

Ich schüttelte kurz den Kopf, woraufhin er die Laterne einer Frau in die Hand drückte. Sie sah ihn begierig und mit weit aufgerissenen Augen an. »Entschuldigt mich eine Sekunde, Leute«, sagte er.

Ich wartete, bis er sich außer Hörweite der Gruppe befand, die unserer kurzen Unterhaltung aufmerksam gelauscht hatte, dann senkte ich die Stimme und sagte mit zusammengebissenen Zähnen: »Ich hoffe, du hast uns nicht zu einem Teil deiner verdammten Geistertour gemacht.«

Er grinste, Regen prasselte auf seinen Regenmantel, auf seine Stiefel. »Das ist keine Geistertour, Abby, sondern ein historischer Stadtspaziergang mit ...«

»Er ist vor gerade mal vier Monaten verschwunden, Cory. Man sucht nach wie vor nach ihm.«

Cory trat einen Schritt zurück, hob die Schultern, ließ sie wieder sinken. »Ich biete den Leuten nur, was sie wollen.«

Ich machte einen Schritt auf ihn zu, um niemanden an unserer Unterhaltung teilhaben zu lassen. »Sein Bruder hat eben bei uns eingecheckt.«

Sein Grinsen verblasste, und er reckte den Hals, um über meine Schulter die Fenster im ersten Stock des Hotels zu betrachten. »Wo habt ihr ihn untergebracht?«

»In derselben Hütte. Nummer vier.« Die momentan außer Sichtweite war. Zumindest solange Corys Gruppe keine Szene veranstaltete.

Er fing mit seinen dunklen Augen meinen Blick auf. »Das hättest du gleich sagen sollen.« Mit der linken Hand wischte er einen Regentropfen weg, der vielleicht mein Gesicht heruntergelaufen war, vielleicht auch nicht, sein Daumen fühlte sich rau und vertraut an. »Pass auf dich auf, Abby.«

Danke, formte ich stumm mit den Lippen, auch wenn ich mir nicht sicher war, ob er es sehen konnte.

»Leute!«, rief er, als er zurück zu seiner Gruppe ging. »Es gibt Unwetterwarnungen vor Sturzfluten. Am besten beenden wir die Tour für heute mit dem ein oder anderen Drink.« Er sah noch einmal zu mir zurück, tippte sich mit einem Finger an die Kapuze seines Regenmantels, als käme er aus einer anderen Zeit.

Ich hatte Cory vor zehn Jahren im Last Stop kennengelernt, bevor ich erfahren hatte, dass er der Sohn des Gaststättenbesitzers war. Ein dauerhaftes, verlässliches Inventarstück der Stadt, ob man ihn dort haben wollte oder nicht. Auch nach zehn Jahren strahlte er noch immer dieses Charisma aus, eine Furchtlosigkeit und eine Verheißung von Geheimnissen.

Cory hatte bestimmte Eigenschaften, die nach wie vor ansprechend wirkten, genauso wie das Passage Inn Eigenschaften hatte, die alles andere als ansprechend waren. Es hing alles davon ab, worauf man seine Energie konzentrierte, was man sehen wollte. Ein schmeichelhafter Blickwinkel. Das Spiel der Schatten. Worauf man Leute aufmerksam machen könnte. Wovon man die Mehrheit von ihnen überzeugen könnte.

Als ich zurückkam, war Georgia nicht mehr da. Das Büro war abgeschlossen, die Rezeption ebenfalls. Sie übernahm am liebsten die Frühschicht – verteilte Frühstück statt Drinks zur Happy Hour und checkte die Gäste lieber aus als ein. Doch am Abend übernahm sie trotzdem meistens die letzten Handgriffe für mich. Als wollte sie einen Ausgleich dafür schaffen, dass ich mich mit Cory auseinandersetzte.

Von selbst hätte Celeste Georgia nicht eingestellt. *Können wir uns bei ihr sicher sein?*, hatte sie mich mehr als einmal gefragt. Celeste wollte keine Mitarbeiter, die nicht in der Lage waren, auch schwierige Aufgaben zu erledigen, und Georgia sah bei ihrer Ankunft eindeutig so aus, als könne sie das nicht. Sie war im zweiten Sommer der Pandemie in die Berge gekommen, um einen Abschnitt des Appalachian Trails zu wandern, hatte jedoch nach fünf Tagen die Gruppe verlassen, mit der sie losgegangen war. Dann hatte sie den Zugangsweg hinunter zum Passage Inn genommen und ihren Rucksack in der Lobby auf den Boden geworfen, in Schmutz und Müdigkeit gehüllt, als wäre ihr jeder Vorwand recht gewesen, um die Tour abzubrechen. Als ob sie sich falsch eingeschätzt hätte oder als ob sie ihr Leben hätte neu bewerten und etwas verändern wollen, um dann festzustellen, dass dies nicht die Veränderung war, nach der sie suchte. »Das ist nicht mein Ding. Ich bin raus«, hatte sie gesagt, bevor sie eine Kreditkarte auf die Theke an der Rezeption geklatscht hatte.

Ich dachte an zu harten Boden zum Schlafen und einen

schlecht gepackten Rucksack oder aber an einen Mann, den sie beeindrucken wollte, der aber nicht von ihr beeindruckt gewesen war. Ich hatte mir vorgestellt, wie sie an diesem Morgen aufgewacht und auf die Spitze ihres Zeltes, die ausgebrannten Überreste eines Lagerfeuers oder das schwere Gepäck gestarrt hatte und auf den Pfad, der in der Ferne verschwand – und die Tour abgebrochen hatte.

Die Art, wie sie bei uns angekommen war, hatte den Anschein erweckt, dass sie tatsächlich nicht in der Lage war, schwierige Aufgaben zu erledigen. Aber Celeste hatte nach Unterstützung gesucht, damit sie ein wenig kürzer treten konnte. Und ich hatte etwas in Georgia gesehen, was ich wiederzuerkennen glaubte. Und als sie ihren Aufenthalt verlängerte und sich gleichzeitig nach Jobs erkundigte, war ich sofort darauf angesprungen.

Ein Jahr später war ich trotz unserer Differenzen froh, sie hier zu haben. Die Gäste mochten sie, und es fiel mir leicht, mit ihr zusammenzuarbeiten. Mag sein, dass sie nicht das Geld brauchte (eine Warnung von Celeste nach einem Blick auf das Auto, mit dem Georgia zurückgekehrt war), aber irgendetwas brauchte sie – und was auch immer es war, es hielt sie hier im Hotel und machte sie loyal uns gegenüber.

Ich nahm den Telefonhörer in die Hand, drückte den Startknopf und lauschte dem vertrauten leisen Summen des Freizeichens. *Siehst du? Alles ist in Ordnung.* Irgendein Kabel in der Stadt musste vom Unwetter heruntergerissen worden sein, und jetzt war die Verbindung wiederhergestellt. Trey West würde eine Nacht an dem Ort verbringen, wo sein Bruder zuletzt gesehen worden war, er würde irgendwie seinen Frieden machen und am Morgen weiterfahren. Der Sturm würde vorüberziehen, und morgen würde die Bergsonne über den Horizont kriechen und die Erde in gleichmäßigen Flecken trocknen.

Bis morgen Abend würden sämtliche Beweise für all das verschwunden sein, wie es hier so oft geschah.

Ich stellte das Telefon auf die Rezeption und platzierte das Schild mit der Telefonnummer meines Apartments daneben, unter der Gäste anrufen konnten, wenn sie etwas brauchten. Dann überprüfte ich ein letztes Mal, dass das Büro abgeschlossen war, und sah im Gemeinschaftsbereich nach, um sicherzustellen, dass alles so war, wie es sein sollte. Zuletzt betätigte ich den Schalter hinter der Anmeldung, um die Deckenbeleuchtung auszuschalten. Danach spendete nur das sanfte Leuchten der Gaslaternen hinter mir ein wenig Licht.

Ich durchquerte die Haupthalle, ging an den gerahmten Schwarz-Weiß-Fotografien vorbei, die den Bau des Passage Inn zeigten. Auf dem ersten waren Celeste und ihr mittlerweile verstorbener Ehemann Vincent zu sehen, beide mit windzerzaustem Haar. Vincent hatte ein markantes Kinn und kantige Gesichtszüge und wandte sich mit einem Lächeln zu ihr, die Ärmel seines Hemdes hochgekrempelt, als wäre er gerade aus dem Büro gekommen, während Celeste den Kopf zurückgeworfen hatte, mit einem breiten Lächeln, als würde sie gleich anfangen, über etwas zu lachen. Sie musste damals ungefähr in meinem Alter gewesen sein. Die beiden standen neben den Balken, die eines Tages die Kuppel der Lobby formen würden. Auf den nächsten Bildern waren die verschiedenen Baustadien festgehalten, die Grundstruktur im Rohbau, Holzbalken unter freiem Himmel, sodass ich in diesem Moment, in dem ich in genau jener Halle stand, fast glaubte, das rohe Holz unter der Trockenbauwand und der Farbe riechen zu können.

Am Ende der Halle drückte ich meinen Daumen auf ein Nagelloch, das noch zugespachtelt werden musste. Eine Kleinigkeit, die vermutlich keiner der Gäste jemals bemerken würde. Aber es war unsere Aufgabe, Unvollkommenheiten zu finden und zu korrigieren, trotz der rustikalen Ausstrahlung. Die einzigen Mängel an diesem Ort waren beabsichtigt und sorgfältig ausgewählt. Bis zur Nebensaison war jedoch nie genug Zeit, um sämtliche Reparaturarbeiten durchzuführen. Jedes Mal wenn ich an einer Wand Ausbesserungen vornahm, fielen mir die Ränder auf, wo der Farbverlauf nicht stimmte, ältere Abschnitte, die im Laufe der Zeit durch Sonneneinstrahlung verblasst oder matt geworden waren. Eine vollständige Renovierung musste bis zu den Tagen im Januar warten, an denen wir das Hotel für all die Arbeiten schlossen, die wir das ganze Jahr über aufgeschoben hatten.

Ich benutzte meine Schlüsselmarke, um die unscheinbare Tür kurz vor dem Hinterausgang zu öffnen. Im Inneren führten Stufen ins Souterrain für die Mitarbeiter, wo wir aufhörten, so zu tun als ob. Hier hatten die Türen normale Schlüssel und normale Schlösser – nichts, was mit einer elektronischen Karte geöffnet werden musste. Die Wände des Flurs wurden schon seit Jahren durch Kratzspuren von Möbeln und Materiallieferungen verunstaltet.

Beim Vorbeigehen hörte ich aus Georgias Wohnung Musik dudeln. Sie ließ das Radio immer laufen, wenn sie zu Hause war, selbst wenn sie schlief, wie zur Bestätigung, dass sie da war. Als hätte sie zu oft Corys Erzählungen gelauscht und selbst begonnen, an die Gerüchte zu glauben, dass sich jederzeit eine unbekannte Gefahr aus dem Wald nähern könnte.

Mein Apartment lag gleich hinter dem von Georgia. Ich schloss die Tür auf und sperrte hinter mir zu. Die Musik verstummte. Die Wände im unteren Stockwerk waren dick, um Struktur und Halt zu geben, und der Lärm wurde nicht so weit getragen wie oben in der Halle und auf den Fluren. Georgia und ich bewohnten jeweils ein Schlafzimmer mit Küchenzeile und Badezimmer. Die beiden spiegelbildlich angelegten Apartments schlossen sich an einen kleinen gemeinsamen Wohnbereich an.

Ohne Licht zu machen, ließ ich meinen Schlüsselbund auf die laminierte Oberfläche der Küchenanrichte fallen, stieg aus meinen feuchten Schuhen, schälte meine Socken von den Füßen. Ich zog die Klammern aus meiner Hochsteckfrisur, während ich den Raum durchquerte, fuhr mit den Fingern durch die dunkelbraunen Strähnen und spürte, wie sie sich langsam lösten.

Das Passage Inn war in einen Hang gebaut, daher hatten wir von unseren Zimmern in der unteren Etage trotzdem Bergblick. Ich persönlich fand, dass dies die beste Aussicht war, weil man gleichermaßen nah und fern sehen konnte – die Grashalme direkt auf der anderen Seite der Fensterscheiben, ein vorbeilaufendes Tier, Blätter, die über die Fensterbank taumelten, und zugleich die Berge in der Ferne, die angesichts der geduckten Perspektive noch massiver erschienen.

Meine Wohnzimmervorhänge hielt ich in der Regel geschlossen, da die Gäste manchmal auch draußen vor unseren Apartments das Gelände erkundeten. Aber die Sicht aus meinem Schlafzimmer war frei. Die Fenster lagen so hoch oben, dass sie den Charakter von Oberlichtern hatten, und gingen zu einem darunter liegenden felsigen Aussichtspunkt hinaus, der von außen schwer zu erreichen war.

Nach meinem Einzug war ich manchmal mitten in der Nacht aufgewacht und hatte angestrengt gelauscht, was mich aufgeschreckt hatte, bevor mir klar wurde, dass es die Stille selbst gewesen sein musste. Jeden Morgen war ich durch die Perspektive desorientiert aufgewacht und hatte mir einen Moment Zeit nehmen müssen, um mich daran zu erinnern, wo ich war.

Die Leute schienen damals zu glauben, dass sich dieser Ort sofort in mir festsetzen würde und dass er mir als Celestes Nichte gewissermaßen in den Knochen steckte, auch wenn wir nicht blutsverwandt waren. Aber es war allmählich geschehen, auf eine Art, die mich selbst überraschte. Zehn Jahre später bot er mir den vertrauten Komfort eines Zuhauses: Er war privat und perfekt und meins.

Ich tastete mich im Dunkeln vorwärts, zog meinen Schlafanzug aus der Schublade unter meinem Bett, putzte mir die Zähne im Schein des Nachtlichts im Badezimmer und schlüpfte unter die vertrauten Laken.

Dann waren da nur noch ich und der Regen. Ich fühlte mit zwei Fingern am Hals meinen Puls. Zählte meine Atemzüge, ein und aus, ein und aus. Starrte nach oben, aus den Schlafzimmerfenstern, auf das Wasser, das über die Scheibe lief, und den Nachthimmel dahinter. Der Anblick war gewohnt, wenn er auch ständig wechselte.

Eine subtile Verschiebung im Muster der Regentropfen auf den Scheiben. Etwas in dem Chaos, das mir sagte, dass das Unwetter vorbei war, obwohl es nach wie vor klang, als würde es regnen. Etwas, das man erst mit der Zeit erkannte. Die Tropfen fielen weiterhin von den Bäumen um uns herum und würden dies noch Stunden später in einem verzögerten Echo tun, wie das Licht eines sterbenden Sterns.

Beim Blick in die Nacht dort oben fühlte sich das Universum unglaublich lebendig an – nicht wie etwas Vergangenes, das vielleicht schon nicht mehr existierte. Manchmal fühlte sich alles an diesem Ort an, als würden wir um Dinge kreisen, die bereits geschehen waren. Die Fotos in der großen Halle, die vermissten Menschen, die Geschichten, die Cory im Last Stop erzählte. Als würde man stets hinterherrennen – Jahre oder Lichtjahre. Wenn man endlich erkannte, was man sah, war es bereits zu spät. Es war schon vergangen.

Kapitel 3

In den Sommermonaten musste man sich keinen Wecker stellen – die Sonne ging auf, bevor die Arbeit begann, und ohnehin hatte ich bis zum Nachmittag keine offiziellen Aufgaben. Die Scheiben über meinem Bett waren leicht beschlagen, und ich spürte die morgendliche Kälte, als ich die Füße auf den Boden stellte.

Vor dem Fenster stürzte eine Kaskade aus Kieselsteinen den Felsvorsprung herunter – ein oder zwei Eichhörnchen, die vom Dach gesprungen waren, nahm ich an. Sie waren kaum abzuschrecken, sprangen von Baum zu Dach und nagten mit unerbittlicher, zielstrebiger Konzentration an den Dachrinnen. Egal wie oft wir das Problem behoben, egal mit welchem Aufwand wir versuchten, sie zu stoppen, das verräterische Kratzen kehrte jedes Mal innerhalb von Wochen zurück.

Das Telefon in meiner Wohnung hatte die ganze Nacht nicht geklingelt, also nahm ich an, dass alle gut durch das Unwetter gekommen waren. Keine Stromausfälle, undichte Stellen oder Anfragen nach der Nummer eines Late-Night-Lieferservices, damit man nicht selbst in den Regen hinausmusste.

Eine gute Nacht. Eine ruhige Nacht.

Aus dem Augenwinkel sah ich mich selbst im Wandspiegel des Schlafzimmers, die dunklen Haare, die mir über die Schultern fielen, und ein Tattoo auf Höhe meines Schlüsselbeins, das ich mir als Teenager hatte stechen lassen, was ich inzwischen sehr bereute. Drei winzige Vögel, die in die Luft aufstiegen.

Damals hatte ich mir so meine Zukunft vorgestellt. Meine Mutter witzelte gern, dass ich immer einen Fuß in der Türöffnung gehabt habe, um jederzeit losgehen zu können.

Auch wenn meine Schicht erst später begann, machte ich mich für den Tag fertig, band meine Haare zu einem tiefen Knoten im Nacken und zog meine Arbeitskleidung an – schwarze Hose, dunkelblaues Poloshirt mit dem Baumlogo in der oberen linken Ecke. Als Hotelmanagerin musste ich eine ständig wachsende Liste von Aufgaben im Auge behalten, die von der Koordinierung von Reparaturen bis zur Überprüfung des Geländes reichte, und es war für die Gäste weniger beunruhigend, wenn die Person, die plötzlich durch eine bisher unbemerkte Tür trat, eine Uniform trug. Der einzige Unterschied zu meiner Arbeitskleidung bestand im Moment in der Wahl meiner Schuhe – Sneakers, um mich möglichst unauffällig fortzubewegen.

Aus Georgias Zimmer drangen keine Geräusche. Sie drehte wohl gerade ihre morgendliche Joggingrunde oder war bereits oben und bereitete das einfache Frühstück vor, das die Gäste von der Lobby mit zu den Sitzgelegenheiten an den Fenstern nahmen, die im gesamten Hotel verstreut waren, oder aber, was wahrscheinlicher war, zu den Bistrotischen auf der hinteren Terrasse, wo sie ihren Kaffee trinken und dabei zusehen konnten, wie sich der Himmel über dem Bergrücken verfärbte.

Ich nahm den Mitarbeiterausgang am Ende des Flurs, der farblich passend gestrichen und daher von der Rückseite des Gebäudes kaum sichtbar war. Wie der Zugang zum Mitarbeitertrakt vom Obergeschoss aus war er nur mit einer Schlüsselmarke zu öffnen und vor allem dafür gedacht, dass Celeste und das Servicepersonal schnellen Zugang zu den Schränken hatten, in denen wir Vorräte, Gartenmöbel, alte Akten und frische Bettwäsche aufbewahrten. Aber es war auch der von Georgia und mir am häufigsten benutzte Eingang – eine private Tür zu unserem kleinen Zuhause.

Als ich in der hintersten Ecke unseres Grundstücks nach draußen trat, unter der Terrasse, die sich über die Hauptebene hinaus erstreckte, konnte ich bereits hören, wie über mir Stühle gerückt wurden. Hinter der Treppe, die zur Terrasse hinaufführte, stand eine Reihe von Bäumen, die das ehemalige Kutschenhaus verbargen, wo Celeste wohnte.

In der Ferne hob sich der Nebel von den Bergen wie Rauch. Noch immer hingen stellenweise dunkelgraue Wolkenfetzen an den Bäumen und dämpften alles. Es war meine liebste Art von Morgen, schwermütig und schön zugleich.

Ich machte ein Foto, um es später in der Woche Sloane zu schicken, wenn ich wusste, dass sie sich wieder in Reichweite eines Handynetzes befand. Als Sloane befördert worden war, um das neue Rafting-Center ihrer Firma in Virginia zu eröffnen, zog sie mich an sich und flüsterte: »Verschwinde nicht.« Am Tag nach ihrer Abreise hatte ich ihr um drei Uhr nachmittags ein Foto aus dem Stadtzentrum geschickt – zur Eiscremestunde, wie Sloane sie nannte, weil viele Touristen um diese Zeit wie abgesprochen ihr Eis auf der Wiese in der Stadtmitte aßen. Ich hatte mir nur für das Bild eine Eiswaffel im Laden an der Ecke gekauft und das Foto mit dem Wort *Lebenszeichen* betitelt. Am Abend desselben Tages hatte ich ein Foto als Antwort bekommen: Sloane, müde, mit langem welligem Haar und unbeeindrucktem Gesichtsausdruck, wie sie vor einem Raum voller Umzugskartons stand, in der Hand eine Flasche Bier.

Wir schickten uns weiterhin mindestens einmal pro Woche Lebenszeichen-Fotos. So blieben wir zwischen hektischen Arbeitstagen und unterschiedlichen Terminplänen in Kontakt. In den letzten Wochen hatten mich Fotos mit folgenden Motiven erreicht: ein im Matsch feststeckendes Ruder, ein Haufen Ret-

tungswesten auf der offenen Ladefläche eines Trucks und ge-
kreuzte Beine auf einem Holzdeck mit dreckigen Sneakern, die
halb die untergehende Sonne verdeckten.

Ich schob mein Handy in die hintere Hosentasche und begann mit meiner morgendlichen Runde. Nach einem Jahrzehnt
hätte ich mich mit geschlossenen Augen über das Grundstück
bewegen können, ohne mich zu verlaufen. Erst die große Wiese mit der Schaukelbank, auf der häufig Gäste picknickten und
manchmal eine Decke, eine leere Flasche oder Essen zurücklie-
ßen (wobei Letzteres allerdings in der Regel bis zum nächsten
Morgen verschwunden war). Dann der eingezäunte Bereich
mit dem Whirlpool, wo jemand ein Handtuch mit unserem
Logo auf der Backsteinterrasse vergessen hatte. Ich schüttelte
es aus und warf es in den dafür vorgesehenen Wäschekorb.

Anschließend überprüfte ich, ob irgendwelche Tiere die
Pflanzen in den Blumenbeeten beschädigt hatten, und sah nach,
ob sich an der Wegbeleuchtung Kabel verheddert oder Pfosten
gelöst hatten. Ich warf einen Blick hinüber zu den Hütten, aber
nichts regte sich. Nur grünes Gras und Felsvorsprünge von
hier bis zum Wald.

Ich erstarrte, als ein Rascheln zwischen den Bäumen zu hören war. Es wäre nicht das erste Mal gewesen, dass ein Bär auf
der Lichtung auftauchte, angezogen von Neugier oder Nah-
rungsmitteln, die ein Gast irgendwo draußen zurückgelassen
hatte. Aber diesmal war es nur ein Reh, das mich in höchster
Alarmbereitschaft anstarrte. Ich trat einen einzigen Schritt auf
das Tier zu, worauf es zurück in den Wald huschte.

Als ich mich umdrehte, registrierte ich eine Bewegung zwischen den Bäumen am Mitarbeiterparkplatz. In der Nähe des
Kutschenhauses hockte eine Gestalt auf dem Boden.

Mein Herz setzte einen Schlag aus. Vorsichtig schlich ich näher und versuchte, mich nicht bemerkbar zu machen. Erst als
die Gestalt aufstand, erkannte ich Celeste.

Sie sah mich, hob eine Hand und wartete, bis ich bei ihr war. Die Celeste, die ich kannte, sah ganz anders aus als die Celeste auf den Fotos, die im Passage Inn hingen. Das windzerzauste braune Haar war inzwischen von etlichen grauen Strähnen durchzogen, die Hände mit den kurzen Fingernägeln waren schwielig und von der Effizienz ihres Alltags gezeichnet. Sie strahlte Beständigkeit und Ernsthaftigkeit aus.

»Guten Morgen, Celeste«, begrüßte ich sie, als ich das hintere Gartentor erreicht hatte.

Celeste war sogar noch ein wenig kleiner als ich. Das Haar fiel ihr bis zur Rückenmitte, und sie hatte ein breites Gesicht mit auffällig grünen Augen und einem leicht nach unten gezogenen Mund, der ihr einen gewissen Ernst verlieh. Zugleich war sie großzügig und fürsorglich, und sie konnte wild und hemmungslos lachen, wenn man sie im richtigen Moment überraschte. Die drei großen Lieben ihres Lebens waren das Passage Inn, ihr Mann Vincent und der Berg, und zwar in dieser Reihenfolge. Vincent war vor etwas mehr als zehn Jahren gestorben, zwölf Monate bevor ich hergekommen war, und deshalb war der Berg einen Platz nach oben gerückt. Morgens war Celeste meistens schon bei Sonnenaufgang auf dem Trail, als gäbe es dort jeden Tag etwas Neues zu entdecken.

An diesem Morgen trug sie keine Wanderschuhe, sondern eine kakifarbene Stoffhose, ein braunes T-Shirt und dunkle Turnschuhe, deren Spitzen sie gerade in den Schlamm bohrte.

»Jemand hat hier draußen eine Zigarette hingeworfen, kannst du dir das vorstellen?«, fragte sie mit ihrer charakteristischen rauen Stimme. »Sieh dich um.« Sie breitete die Arme aus. »Was glauben die denn, wie lange es dauert, bis hier alles niedergebrannt ist?«

Angesichts des Matsches und der Wasserpfützen war ich mir sicher, dass kein erhöhtes Waldbrandrisiko bestand, aber darum ging es nicht. Wahrscheinlich ärgerte sie sich viel mehr über die Tatsache, dass jemand so weit auf das Gelände vorgedrungen war, das sie als ihres betrachtete. Obwohl es nichts gab, was es als solches kennzeichnete.

»Wir könnten ein Schild aufstellen«, schlug ich nicht zum ersten Mal vor.

Celeste runzelte die Stirn. »Wir brauchen keine Schilder, sondern nur gesunden Menschenverstand.« Sie richtete ihre Aufmerksamkeit auf etwas hinter mir. »Erzähl mal von unserem mysteriösen neuen Gast.«

Ich lächelte verkniffen. Celeste war wahrscheinlich nur herausgekommen, um mich abzufangen. Ich ging in Gedanken durch, wer ihr von unserem neuen Gast erzählt haben könnte: Georgia, auch wenn ich davon ausging, dass sie es mir überlassen würde, Celeste darüber zu informieren, Cory, der sie direkt nach unserem Zusammentreffen angerufen haben könnte, oder jemand unten im Last Stop, der es von Cory erfahren hatte. An einem Ort wie diesem hatten Informationen die Angewohnheit, mit Hochgeschwindigkeit durch den Tunnel von Leuten zu rasen, die schon immer hier gelebt hatten.

»Er wohnt in Hütte vier«, antwortete ich.

»Verstehe.« In ihrer Stimme hörte ich Enttäuschung – und eine Warnung. Sie ging wieder auf ihr Haus zu. »Und reist er heute wieder ab?«

Ich setzte mich ebenfalls in Bewegung. »Ich denke schon, aber sicher bin ich mir nicht.« Ich hatte seine Kreditkarte mit dem Preis für eine Übernachtung belastet, ohne mich bei ihm zu vergewissern, wie lange er vorhatte zu bleiben. Vielleicht wollte ich die Antwort nicht wissen.

»Gut, dann sollten wir dafür sorgen, dass wir es sicher wissen, Liebes.« Celeste versuchte stets, ihre Kritik abzuschwächen, indem sie sich selbst einschloss. *Wir sollten vorsichtiger mit dem Glas umgehen, wir möchten schließlich nicht die Gäste verärgern,* oder: *Wir wollen versuchen durchzuhalten.* Die

Anrede »Liebes« war neu. Es klang nicht besonders zärtlich, aber ich nahm, was ich kriegen konnte. Celeste verteilte keine Komplimente, ohne dass man sie sich verdient hatte, und manchmal nicht mal dann. Aber ich spürte sie in den Aufgaben, die sie mir anvertraute.

»Natürlich«, sagte ich.

Sie blieb am Zaun stehen, der den kleinen Garten hinter ihrem Haus umgab. »Und wenn wir schon mal dabei sind, können wir auch gleich versuchen herauszufinden, was er hier will.«

»Das werden wir tun«, sagte ich und legte die Hand auf den weißen Palisadenzaun.

Sie hob widerwillig die Mundwinkel, bevor sie die Hand auf meine legte. »Wir müssen vorsichtig sein, Abigail.« So nannte sie mich nur, wenn sie es ernst meinte und meine volle Aufmerksamkeit einforderte, wobei sie jede einzelne Silbe betonte.

Niemand nannte mich so, das hatte nicht einmal meine eigene Mutter getan, wenn sie wütend auf mich gewesen war. Aber Celeste setzte diese Anrede so ein, wie es vielleicht ein Elternteil tun würde. Meinen vollen Namen verwendete sie nicht, weil ich gegen irgendwelche Regeln verstoßen hätte, sondern wenn sie mich warnen wollte. In den vergangenen Jahren hatte sie ihn benutzt, wenn ich spätabends nach einer Schicht noch ausgegangen war, um mich mit Sloane zu treffen, oder eine Affäre mit einem der Saisonarbeiter gehabt hatte: *Gute Nacht, Abigail*. Wenn es eine Gruppe von Gästen bei der Happy Hour zu wild trieb und die Stimmung zum Zerreißen gespannt war: *Lass uns langsam Schluss machen, Abigail*. Und jetzt: *Wir müssen vorsichtig sein, Abigail*, als wäre mir etwas Wichtiges entgangen.

Angehörige, hatte sie einmal zu mir gesagt, machten einen nervöser als alle anderen. Sie zerrten an den Nerven, waren mehr von Verzweiflung als von Logik angetrieben, von etwas anderem, Tieferem. Man konnte sich nie sicher sein, was genau sie wollten – wenn sie es überhaupt selbst wussten. Doch das machte sie rücksichtslos und unberechenbar.

Obwohl seit Landons Verschwinden vier Monate vergangen waren, war die Erinnerung an das Chaos während der Ermittlungen noch immer frisch. Die Öffentlichkeit. Die Schuld. Wochenlang hatte ich sämtliche Anrufe auf die Mailbox weitergeleitet. Die Kommentarfunktionen auf unseren Social-Media-Kanälen hatte ich noch für viel längere Zeit sperren müssen. Aber wir hatten es überstanden. Und all das sollte inzwischen hinter uns liegen.

»Er ist wahrscheinlich nur hier, um es mit eigenen Augen zu sehen«, sagte ich. »Es ist alles in Ordnung.« Ich stellte mir vor, wie er heute Morgen aufwachte und durch das hintere Fenster der Hütte sah, direkt auf den Berg. Wie er die kühle Morgenluft einatmete und begriff, welchen Sog Landon gespürt haben musste. Wie er den Geist seines Bruders zwischen die Bäume treten sah und sich wünschte, er könnte die Zeit zurückdrehen und ihn aufhalten – und wie er akzeptierte, dass es nicht möglich war. Es war unwahrscheinlich, dass er lange bleiben würde. Ich stellte mir vor, wie er seine Tasche packte und in den Kofferraum seines Wagens warf, davonfuhr, zurück in das Leben, das auf ihn wartete.

»Ich hoffe es«, bemerkte Celeste mit einem vielsagenden Blick auf den Pfad, der zu den Hütten führte. Sie drückte noch einmal meine Hand und ließ sie anschließend los. Als sie das Gartentor mit einem schleifenden Geräusch öffnete, wandte ich mich ab. »Und lass uns Georgia da raushalten«, rief sie mir hinterher.

Zum Zeichen, dass ich verstanden hatte, hob ich eine Hand. Es war Georgia gewesen, die Landon Wests Sachen gefunden hatte und als Erste vom Sheriff befragt worden war. Es hatte einen ganzen Monat gedauert, bis sie nicht mehr bei jeder

Erwähnung ihres Namens erschrocken zusammenfuhr, bis sie beim Anblick eines leeren Raumes nicht mehr erblasste und bis sie nicht mehr jede Gästeliste wieder und wieder überprüfte, nachts an den Zimmertüren entlanglief und auf Geräusche aus dem Inneren lauschte. Eine Weile hatte ich mir Sorgen gemacht, dass sie kündigen würde. Sie hatte es nicht getan. Trotzdem musste sie nicht noch einmal mit alldem konfrontiert werden.

Mir war klar, dass es in Celestes Augen mein Fehler war. Ich hatte die Gefahr falsch eingeschätzt. Und deswegen war es meine Aufgabe, mich darum zu kümmern.

Aus den Hütten drang kein Laut. Vorsichtig ging ich zur Rückseite der Gebäude, wo die Wiese dem Wald Platz machte, aber auch hier hielt sich keiner der Gäste auf. Hütte Nummer eins war zurzeit von zwei Frauen belegt, die ehrgeizige Wanderinnen waren und die Hütte als Ausgangsbasis für ausgedehnte Touren nutzten, bei denen sie ab und an auch zelteten, sodass sie nicht jede Nacht bei uns verbrachten. Trey West schlief entweder noch oder hatte die Hütte bereits verlassen, nachdem er die Erfahrung – welche auch immer das sein mochte – gemacht hatte, deretwegen er hergekommen war.

Celeste tendierte seltener dazu, Menschen beim Wort zu nehmen, als ich und vertraute vor allem anderen auf Taten. Während meiner ersten Monate hier hatte sie meine Arbeit genau überwacht. Es dauerte eine Weile, bis ich es nicht mehr als Beleidigung verstand, sondern als Zeichen dafür, wie wichtig es ihr war. Sie investierte Zeit in mich, weil sie der Meinung war, ich sei es wert, und ich hatte all die Jahre versucht, sie in ihrem Urteil zu bestätigen.

Ich spürte leise Hoffnung in mir aufkeimen, als ich dem jetzt unbeleuchteten Weg zurück zum Parkplatz folgte. Dann sah ich seinen schwarzen Audi an derselben Stelle stehen wie vergangene Nacht. Ich umrundete den Wagen langsam, um ihn genauer zu mustern: schlammige Reifen, eine Delle in der Beifahrertür, eine Reihe von Kratzern an der hinteren Stoßstange und getönte Scheiben, weshalb ich im Inneren nichts Nennenswertes erkennen konnte.

Die Vögel begannen zu singen, und es würde nicht mehr lange dauern, bis er aufstand, wenn er wie jeder andere Stadtmensch Verdunklungsrollos und isolierte Wände gewohnt war.

Statt den Weg zurück zu unserem privaten Mitarbeitereingang einzuschlagen, betrat ich das Hotel durch die Lobby, wo ich vom Besteckklappern auf Tellern, leise schlurfenden Schritten, dem Rascheln von Kleidung und gedämpften Stimmen in Empfang genommen wurde. Georgia stand mit einem Textmarker in der Hand hinter der Rezeption, um für ein älteres Ehepaar in Wanderausrüstung – die Shermans aus Zimmer Bergblick zwei, die für drei Nächte reserviert hatten und jede Stunde ausnutzen wollten – eine Route auf einer Karte nachzuzeichnen. Beide hielten einen unserer Wanderstöcke in der Hand, und ich wartete, bis sie die Lobby verließen, bevor ich mich hinter den Tresen zu Georgia gesellte.

»Er hat noch nicht ausgecheckt«, sagte sie, als hätte sie meine Gedanken gelesen.

»Hab ich schon gemerkt. Wahrscheinlich schläft er noch.« Ich trommelte mit den Fingerspitzen auf die Holztheke. »Ich fahre in die Stadt. Tu mir doch bitte den Gefallen und ruf mich an, wenn er auscheckt. Oder falls er sich bei dir nach irgendwas erkundigt.«

Nervös schob sie sich die kurzen Haare aus der Stirn. »Was, wenn er nach seinem Bruder fragt?«

»Dazu gibt es nichts mehr zu sagen, Georgia«, wiederholte ich wie jedes Mal, wenn sie auf das Thema zu sprechen kam. Sie hatte ihre Aussage bei der Polizei gemacht, die Beamten hatten das Hotel durchsucht, wir hatten ihnen alles ausgehändigt, wonach sie verlangt hatten. Auf Wunsch von Sheriff Stamer hatten wir sämtliche eingehenden Anrufe an ihn weitergeleitet. Es gehörte nicht zu unserem Job, Gerüchte in die Welt zu setzen, aber das hielt andere nicht davon ab, es zu tun. Noch Monate später klingelte ständig unser Telefon – Anrufer mit Ratschlägen, Fragen, solche, die vorgaben, Gäste zu sein, aber lediglich auf der Jagd nach Informationen waren.

Es war nicht weiter schwer, auf solche Fragen nicht zu reagieren. Aber Georgia fragte jedes Mal nach, als ob jemand sie dazu bringen könnte, etwas Neues preiszugeben. Als ob sie etwas falsch gemacht hätte und nur darauf wartete, dass man ihr auf die Schliche kam. Ich versicherte ihr, dass sie nichts falsch gemacht hatte. Aber ich hatte gelernt, dass in einem Vermisstenfall jede Handlung neu bewertet wurde, unsere Beweggründe hinterfragt und beurteilt wurden. Und nachts, wenn es nur einen selbst und die Dunkelheit gab, fiel es einem schwer, nicht dasselbe zu tun. Wir überdachten nicht nur die Dinge, die wir getan, sondern auch die, die wir übersehen hatten.

In Wahrheit hatten wir alle im Passage Inn genau das getan, was man von uns erwartete. Georgia hatte nur ein einziges Mal Hütte vier betreten, nachdem Landon West nicht ausgecheckt hatte. Dabei war sie auf sein Gepäck und den Laptop gestoßen. Sein Auto hatte auf demselben Parkplatz gestanden. Wir hatten das Grundstück abgesucht, und ich hatte im Last Stop angerufen, bevor Georgia den Sheriff informierte. Er hätte genauso gut in die Stadt gegangen sein können wie in den Wald.

Aber der Wald war der Grund, aus dem sich alle Sorgen machten.

Trotzdem traf unser Hotel keine Schuld.

In jedem Zimmer lag eine Gästemappe, die Broschüren über Fahrradvermietung, Raftingtouren und Reitausflüge enthielt sowie eine Karte mit den nahe gelegenen Wanderwegen, versehen mit Details zum jeweiligen Schwierigkeitsgrad. Wir hatten zusätzliche Sicherheitsvorkehrungen getroffen, indem wir vor möglichen Gefahren im Gebirge warnten. Bären, Schlangen, giftige Pflanzen und unsicheres Gelände. Wir boten Wanderstöcke an der Rezeption an, sorgten dafür, dass jeder von dem mangelnden Handyempfang wusste. Wir wiesen die Leute an, mit mindestens einer weiteren Person zusammen zu gehen, genug Essen und Wasser mitzunehmen und auf dem Weg zu bleiben. Wir boten sogar kostenlos geführte Wanderungen an.

Das alles, um unsere Gäste zu schützen.

Wir erinnerten sie daran, dass die Todesursache Nummer eins Unfälle bei Extremwetter waren, was allerdings nur passieren konnte, wenn man einen Fehler machte oder sich verirrte.

Wir erwähnten weder die zweit- noch die dritthäufigste Ursache.

Es war nicht einmal neun Uhr, als ich mit meinem Auto den kleinen Mitarbeiterparkplatz verließ und Richtung Stadtzentrum fuhr. Ich machte mir nicht die Mühe, vorher anzurufen, denn ich wusste genau, wo sich jeder an einem Donnerstagmorgen um diese Uhrzeit aufhielt. Die Touristen, die eines der Zimmer im Ort gemietet hatten, liefen auf der Suche nach einem Frühstückslokal durch die Straßen, und die Gäste des Campingplatzes würden schon bald die Brücke Richtung Stadtplatz überqueren, wenn die Stände öffneten, um Tickets zu verkaufen und Buchungen für Ausflüge anzunehmen. Sheriff Stamer würde seine Morgenrunde drehen und sich einen Kaffee zum Mitnehmen beim Edge holen, wo sich die Touristen mit Koffein und allen anderen Notwendigen eindeckten, dann am Stand vor dem Souvenirladen Trace of the Mountain eine Zeitung kaufen und schließlich einen Abstecher zur Last Stop Tavern machen, wo er sich mit dem Besitzer unterhalten würde, bevor die Gaststätte öffnete. Nach seiner Runde würde er über alles Wissenswerte des vergangenen Tages informiert sein und über alles, worauf er am nächsten Tag achten musste. Ich hielt nach seiner Uniform Ausschau, während ich entlang seiner Route nach einem Parkplatz suchte.

Ein Stück weiter vorne belud Jack Olivier die Ladefläche seines Lieferwagens mit ein paar Zelten, wahrscheinlich eine persönliche Lieferung vom Edge. Jack war ein Mittzwanziger aus Cutter's Pass, der seine Zeit zwischen der Leitung von Jugendcamps und der Arbeit beim Campingausrüster aufteilte. Seine Arbeitszeiten waren so flexibel, dass er eigentlich immer bei Bedarf mit anpackte. Er war groß und schlaksig, weswegen man sich gut vorstellen konnte, wie er eine Felswand erklomm oder über eine Gletscherspalte sprang.

Er schwang sich auf den Fahrersitz seines Lieferwagens, lehnte den Kopf aus dem Fenster und rief etwas zur anderen Straßenseite herüber. Rochelle, eine weitere Cutter's-Pass-Lebenslängliche, war gerade auf dem Weg zum Büro des Sheriffs, wo sie bereits so lange arbeitete, wie ich hier wohnte.

Rochelle schob ihr langes dunkles Haar zurück und schüttelte mit einem kleinen Grinsen den Kopf, ohne ihre Schritte zu verlangsamen.

Ich parkte in der Lücke, die Jack frei gemacht hatte, und ging zu Fuß zurück in Richtung Last Stop, um dort auf den Sheriff zu warten. Marina und Ray hatten nichts dagegen, wenn man sich außerhalb der Öffnungszeiten an einen der Tische vor dem Lokal setzte.

Doch als ich dort ankam, konnte ich Sheriff Stamer bereits durch eines der Fenster sehen. Er saß drinnen an der Bar, eine zusammengerollte Zeitung neben sich auf dem Tresen, einen Coffee-to-go-Becher in den Händen, den er hin und her drehte, während Marina und Ray auf der anderen Seite der Theke beschäftigt waren. Marina hatte einen aufgeklappten Laptop vor sich, Ray packte hinter ihr mit schnellen und effizienten Handgriffen Lieferkisten aus.

Ich klopfte an die Scheibe neben der Tür, worauf Marina zusammenzuckte, bevor sie eine Hand zum Gruß hob. Ich konnte nicht hören, was sie zu den anderen sagte, aber sie sahen ihr beide hinterher, während sie den Raum durchquerte, aufschloss und die Tür aufhielt.

»Wenn man vom Teufel spricht«, sagte sie mit einem breiten zahnlückigen Grinsen. Ihr lockiges braunes Haar war zu einem losen Pferdeschwanz zusammengebunden, aus dem sich bereits einige Strähnen gelöst hatten. »Bei euch war den ganzen Morgen besetzt.«

Ich stellte mir Georgia vor, ihre besorgte Miene, weil die Leitung schon wieder tot war. Ich stellte mir eine Reihe Anrufer vor, die nach Informationen zu Landon West fragten, woraufhin Georgia den Hörer neben die Gabel legte, um sich nicht damit auseinandersetzen zu müssen.

»Tut mir leid. Ich glaube, das Unwetter hat für ein Telefonchaos gesorgt.«

Sie nickte. »Eine Überspannung hat gestern die ganze linke Seite der Straße lahmgelegt. Harris ist gerade im Büro des Sheriffs, um das System neu zu starten – falls du ihn bitten willst, später bei euch vorbeizuschauen.«

»Ich schau erst mal selbst, ob ich was tun kann.« Abgesehen davon würde Harris wahrscheinlich den gesamten Vormittag in der Stadt beschäftigt sein, wenn die Leute seinen Van sahen und ihn baten, *nur einen kurzen Blick auf etwas zu werfen*, da er doch schon in der Nähe sei.

»Ehrlich gesagt hatte ich gehofft, dass ich den Sheriff bei euch erwische«, sagte ich und deutete mit dem Kinn Richtung Tresen, von dem aus Ray noch immer zu uns herüberblickte.

»Klar. Nur schnell eine Frage, da du sowieso gerade hier bist: Gibts irgendwelche Änderungen bei der Bestellung für diese

Woche?« Das Last Stop lieferte uns die Drinks und Häppchen für die allabendliche Happy Hour im Passage Inn. Normalerweise bestätigte Georgia jeden Morgen, was wir brauchten, und fügte etwas hinzu, falls unsere Weinvorräte oder andere Getränke knapp wurden. Um die Frage zu beantworten, musste ich allerdings erst im Hotel nachsehen.

»Ich denke, wir belassen es vorerst bei der normalen Bestellung«, sagte ich.

Marina zog die Tür weiter auf und winkte mich herein. »Besuch für dich, Boss«, rief sie mit einem schiefen Grinsen.

Das war ein weiterer Grund, aus dem ich gerne auch außerhalb des Jobs meine Arbeitskleidung trug. Mir war bewusst, dass ich jünger als achtundzwanzig wirkte und dass mich die Menschen ohne Make-up leicht übersahen. Das Gedächtnis von Cutter's Pass neigte grundsätzlich zur Langlebigkeit, und ich hatte nicht die nötigen Wurzeln, die viele von ihnen miteinander verbanden. Sheriff Stamer schenkte mir nur deshalb mehr Aufmerksamkeit, als er es normalerweise getan hätte, weil ich Celestes Nichte war.

»Was kann ich für dich tun, Abby?«, fragte der Sheriff, während er sich auf dem Barhocker zu mir herumdrehte. Er sah aus, als wäre er gerade aus dem Urlaub zurückgekehrt. Das blasse Gesicht war am Nasenrücken und an der Stirn gerötet.

»Ich hab mich gefragt, ob es in letzter Zeit was Neues im Fall Landon West gab«, sagte ich und trat von einem Fuß auf den anderen, während ich in Gedanken hinzufügte: etwas, das seinen Bruder dazu veranlasst haben könnte, herzukommen.

Der Sheriff hatte den Mund zu einer schmalen Linie verzogen, und Marina warf einen kurzen Blick zu ihrem Mann. Ray stellte eine Lieferkiste mit so viel Kraft auf den Tresen, dass das Geschirr im Inneren klapperte. Hinter ihm, an der Wand neben dem Spirituosenregal, hing ein Foto der Vier Burschenschaftler, das letzte bekannte Bild, dem die Kneipengäste von der anderen Seite der Bar zuprosten konnten. Der hölzerne Bilderrahmen war mit mehreren Nägeln an der Wand befestigt worden, nachdem mehrere Gäste versucht hatten, ihn mitgehen zu lassen.

»Du bist nicht die Einzige, die sich danach erkundigt«, antwortete Sheriff Stamer. »In den letzten Wochen ist auf jeden Fall wieder mehr Interesse an dem Fall aufgekommen, aber es gibt nichts Neues zu berichten.«

Ich stellte mir Trey West im Büro des Sheriffs vor, wie er versuchte, Rochelle den neuesten Tratsch zu entlocken. Dann stellte ich mir vor, wie er sich im Last Stop als gewöhnlicher Tourist ausgab.

»Ich hab Cory gesagt, dass er bei seinen Touren noch nicht über diesen Fall sprechen soll«, murmelte Ray. Wie seine Mutter Marina begrüßte Cory jeden mit Namen und hatte immer ein offenes Ohr für alle. Äußerlich ähnelte er aber vor allem seinem Vater – das kantige Kinn, die tief liegenden Augen und die gebräunte Haut hatte er von Ray.

»Das ist nicht seine Schuld«, sagte Sheriff Stamer und bewegte dabei seine Arme über den Tresen, als würde er ein abgegriffenes Argument an der Wurzel kappen.

Patrick Stamer und Ray Shiles waren zusammen aufgewachsen und befreundet, seit sie als Kinder Nachbarn gewesen waren. Sie waren schon immer sehr gegensätzlich gewesen, wenn man den Geschichten Glauben schenken durfte. Patrick war rothaarig und blass, dünn und groß, Ray dagegen hatte breite Schultern und eine stämmige Statur, schwarze Haare und dunkle Augen. Als Kind war Patrick laut und ungestüm gewesen, Ray dagegen verlässlich und ruhig. Trotzdem war niemand überrascht gewesen, als Patrick zum Deputy ernannt wurde, immerhin war schon sein Vater der Sheriff im Ort gewesen, und es wunderte niemanden, dass Ray die Gaststätte von seinen Eltern übernahm, die sie jahrelang geführt hatten.

In Cutter's Pass herrschte ein Gefühl von Ordnung vor, von etablierten Erwartungen und Stabilität. Da Patrick weder verheiratet war noch Kinder hatte, waren Ray und Marina für ihn so etwas wie eine Familie, und alle Vorteile durch Vetternwirtschaft des Sheriffs fielen Cory Shiles zu.

»Aber es stimmt«, sagte Marina. »Diesen Sommer haben alle Touristen danach gefragt.«

Marina liebte den Kleinstadt-Tratsch, doch Ray war aus Prinzip dagegen, aus den gleichen Gründen wie der Sheriff.

Sie waren hier gewesen, als Landon West dieses Frühjahr verschwand, als drei Winter zuvor Farrah Jordan als vermisst gemeldet wurde, und davor, als Alice Kelly vermisst wurde. Und natürlich waren sie hier gewesen, als die Vier Burschenschaftler plötzlich wie vom Erdboden verschluckt waren, damals, als alles angefangen hatte. Ray und Patrick waren seinerzeit nicht viel älter gewesen als die vermissten jungen Männer. Das Last Stop war einfach nur ein Lokal gewesen, das Rays Eltern geführt hatten, und der Sheriff war kaum mehr als ein frischgebackener Deputy. Cutter's Pass war eine ganz normale kleine Gemeinde in den Bergen gewesen, bekannt für ihre Wanderwege und Flusstouren und ihre Nähe zu einem steilen und schmalen Pfad, über den man zum Appalachian Trail gelangte.

Sheriff Stamer stand auf, strich seine beige Hose glatt, rückte seine braune Krawatte zurecht. »Es ist nichts, Abby. Nur ein paar Touristen, die glauben, noch etwas Entscheidendes entdecken zu können. So wie jedes Mal.« Er lächelte beinahe, und die Fältchen in seinen Augenwinkeln wurden sichtbar. In den zehn Jahren, die ich ihn kannte, war er deutlich gealtert – der rotbraune Haaransatz war immer höher gewandert, die Haut war wettergegerbt. Aber es stand ihm, verlieh ihm die gewisse Autorität, die nötige Vertrauenswürdigkeit. »Die kommen aber nicht zu dir und stellen Fragen, oder?«

»Gestern Abend hat sein Bruder bei uns eingecheckt«, gab ich zurück. »Ich hab mich gefragt, ob er aus einem bestimmten Grund hier ist. Oder ob er aus … reiner Sentimentalität gekommen ist.«

Stille senkte sich über den Raum. Die einzige Bewegung war ein Zucken im Augenwinkel des Sheriffs.

Die Begleitumstände von Landon Wests Verschwinden waren nicht ganz einfach für die Bewohner von Cutter's Pass. Die Tatsache, dass er als Journalist an einer Story über die Vermisstenfälle in dieser Stadt gearbeitet hatte, machte es einem nicht gerade leicht, an einen Zufall zu glauben. *Sieht nach außen nicht gut aus*, hatte der Sheriff bemerkt. Schwierig – für alle Beteiligten.

Es war deutlich, dass keiner von ihnen bisher von Trey Wests Ankunft in Cutter's Pass gehört hatte.

Sheriff Stamer nahm einen tiefen Atemzug und brach damit das Schweigen. »Bisher ist er mir nicht über den Weg gelaufen, falls es das ist, was du wissen möchtest.« Er zog seine Hose an den Gürtelschlaufen hoch und klemmte sich die Zeitung unter den Arm. »Hör zu, Abby, im Frühling, als das alles passiert ist, war sein Bruder nicht hier. Ich vermute, dass er gekommen ist, um mit der Sache abzuschließen. Sich mit seinen Schuldgefühlen auseinanderzusetzen. Seiner Trauer. Am besten ist es, wir lassen ihn dabei in Ruhe.«

»Okay. Danke.« Ich nickte.

»Jemand sollte Cory Bescheid geben, damit er vorerst keine Touren da oben unternimmt«, sagte Ray mit Blick auf seine Frau.

»Ich habs ihm schon gesagt«, bemerkte ich, schärfer als beabsichtigt. Ich bereute es, überhaupt hergekommen zu sein, und stellte mir vor, was ich damit ausgelöst hatte, mit einer einzigen simplen Frage, einer unbedachten Bemerkung.

Ich hätte wissen müssen, dass dieser Ort keine Antworten

für mich bereithielt. Die ganze Sache sollte längst hinter uns liegen. Und alles, was ich getan hatte, war, Tratsch in die Welt zu setzen. Wahrscheinlich würde die gesamte Stadt Bescheid wissen, noch bevor ich wieder im Hotel war. Sheriff würde Rochelle davon erzählen, dann würde die Information von Geschäft zu Geschäft wandern. Von Jack im Edge zu den Ständen am Stadtplatz und von dort weiter wie Ranken, die sich in alle Richtungen verzweigten.

Ich wusste, dass tief im Herzen der Stadt kein Geheimnis lauerte, das jahrzehntelang gehütet wurde, von Vermisstenfall zu Vermisstenfall. Denn hier sprachen sich Dinge schnell herum, und wir waren eigensinnig und stur, jeder auf seine eigene Art und Weise. Nicht einmal die Elternschulsprecher konnten ihren Posten länger als eine Amtszeit behalten, bevor sie abgewählt wurden, und sogar der Slogan der Stadt auf dem Willkommensschild stand jedes Jahr aufs Neue zur Debatte.

Es gab viele Menschen, die wollten, dass alles beim Alten blieb, und ebenso viele, die sich eine Veränderung wünschten. Eine neue Perspektive, eine Vision, um unsere traurige Berühmtheit zu erschüttern. Und es gab nur eine begrenzte Anzahl von Möglichkeiten, dies zu tun.

Ich hatte genau zugehört und aufgepasst und lebte lange genug hier, um daran zu glauben, dass ich die Stadt so sehen konnte, wie sie war. Sie war nur ein Ort.

Die Bezeichnung »gefährlichste Stadt North Carolinas« war ein Witz. Ich konnte die Anzahl der echten Verbrechen, die in meiner Zeit hier begangen worden waren, an einer Hand abzählen – ich kannte sie alle.

Was die Vermisstenfälle anging, hatten wir – gemeinsam – alle ungefährlichen Optionen durchgekaut: Vielleicht hatte man sich geirrt, vielleicht waren diese Leute woanders verschwunden, in einer anderen Stadt entlang des Trails. Vielleicht hatten die Vier Burschenschaftler schon immer vorgehabt, fernab der Zivilisation zu leben, und eine Art Gemeinschaft in der Wildnis gegründet. Vielleicht wollten die Verschwundenen einfach nicht gefunden werden.

Aber Gefahr war ein Konzept, das von Unsicherheit befeuert wurde und wuchs, je länger wir ohne Antworten blieben. Die Zeit dehnte sich an diesem Ort immer weiter aus.

Mit jeder neuen unbeantworteten Frage bewegte sich etwas.

Kapitel 4

Als ich aus der Stadt zurückkam, stand Trey Wests Auto nach wie vor auf dem Parkplatz. Und auch dann noch, als es um dreizehn Uhr Zeit für den Schichtwechsel war.

Georgia gab mir ein Update zu den Gästen, nachdem ein Mann vom Wäscheservice die gebrauchten Laken abgeholt hatte. »Die Shermans sind auf einer Wanderung«, sagte sie und schob den Ordner über den Rezeptionstresen.

Der Ordner diente uns als Dokumentation und als eine Art Dauerkommunikation zwischen uns beiden. Er war zuverlässiger als jedes Computerprogramm, und wir konnten die Aufzeichnungen darin nach Belieben anpassen. Auf der aufgeschlagenen Seite hatte sie neben den Namen der Shermans zwei Striche gesetzt – als Vermerk für die ausgeliehenen Wanderstöcke.

»Alles klar. Sonst noch was?«, fragte ich.

»Die in Bergblick eins haben den Zimmerschlüssel verloren«, sagte sie und verdrehte dabei die Augen.

»Hast du ihnen einen Ersatzschlüssel gegeben?«

»Ja. Und den Verlust hab ich vermerkt.« Den Blick auf die Doppeltüren gerichtet, schob sie sich die Haare aus dem Gesicht. »Er hat immer noch nicht ausgecheckt.«

»Hab ich gesehen. Ich kümmere mich drum.« Mir fiel Marinas Bemerkung wieder ein. »Ach ja, ist die Telefonleitung eigentlich noch mal ausgefallen?«

Georgia runzelte die Stirn, eine einzelne Sorgenfalte, die

sich in die Haut unterhalb des Haaransatzes grub. »Ich glaube nicht ...«

Als sie nach dem Hörer greifen wollte, legte ich ihr eine Hand auf den Arm. »Mach dir deswegen keinen Kopf. War nur eine Frage.«

Georgia zuckte mit den Schultern, bevor sie im Büro verschwand, wo sie, wie ich hörte, einen Stuhl über den Boden zog. Ich stellte mir vor, wie sie mit hochgelegten Füßen in der Nähe des Fensters saß und die Nachrichten auf ihrem Handy durchscrollte. Seit April brachte sie ihr Essen schon morgens mit nach oben und bewahrte es in dem winzigen Kühlschrank neben dem Schrank mit dem Safe auf, statt mittags in ihrem Apartment oder in der Stadt zu essen.

Ich nahm den Telefonhörer in die Hand und lauschte dem Freizeichen, dann wählte ich die Nummer von Hütte vier. Nach dem fünften Klingeln wollte ich gerade auflegen, als doch noch abgenommen wurde.

Ein Rascheln, ein Innehalten und dann: »Hallo?«

Seine Stimme klang leise und weit entfernt, als befände er sich nicht direkt neben dem Telefon.

»Mr. West?« Ich beugte mich über den Tresen, damit Georgia nichts von unserem Gespräch mitbekam. »Hier spricht Abby. Von der Rezeption.«

»Oh.« Ich hörte, wie er das Telefon bewegte, und als er wieder etwas sagte, war seine Stimme lauter. »Hi.«

»Es tut mir sehr leid, aber ich hab ihre Kreditkarte nur mit einer Übernachtung belastet. Wie lange würden Sie gerne bleiben? Dann kann ich die Reservierung im System aktualisieren.«

Es dauerte einen Moment, bevor er antwortete. »Um ehrlich zu sein, hab ich bisher noch gar nicht darüber nachgedacht. Ich hab mir die ganze Woche freigenommen, bin ganz spontan hergefahren ...« Er ließ den Satz in der Luft hängen, räusperte sich. »Entschuldigung. Ist die Hütte für den Rest der Woche noch frei?«

»Einschließlich des kommenden Wochenendes, ja.« Wir hatten eine Reservierung von einer Wandergruppe für zwei Hütten in der kommenden Woche, aber die Gäste würden erst am Montag anreisen. Die Hütten waren in der Regel nie lange im Voraus ausgebucht.

»Okay. Wenn Sie mir eine Minute geben, dann komme ich gleich mit meiner Kreditkarte an die Rezeption.«

Allerdings saß Georgia nach wie vor im Büro, und ich wollte sie aus der Sache heraushalten, so wie Celeste es verlangt hatte.

»Bei uns gibt es jeden Tag um siebzehn Uhr eine kleine Happy Hour mit Drinks und Häppchen in der Lobby. Gestern hatte ich Sie noch gar nicht über all unsere Angebote informiert. Aber wenn Sie heute am frühen Abend vorbeikommen, können Sie die Kreditkarte einfach mitbringen, und ich erkläre Ihnen alles Weitere.«

»Siebzehn Uhr«, wiederholte er. »Ja. Gibt es auch die Möglichkeit, tagsüber bei Ihnen zu essen?«

»Nein. Aber gleich am Ortseingang ist ein Lokal, das auch eine Mittagskarte hat.« Ich konnte mich nicht dazu durchringen, den Namen des Lokals auszusprechen, der in meinen Ohren auf einmal anstößig und geschmacklos klang. »Wenn Sie runter in die Stadt laufen, ist es gleich die erste Gaststätte, die Sie sehen. Und im Zentrum gibt es jede Menge Cafés und Eisdielen. Manchmal sind auf dem Stadtplatz Imbissstände aufgebaut. Alles fußläufig zu erreichen. Sie können es nicht verfehlen.«

»Danke, Abby.«

Nachdem ich aufgelegt hatte, kam Georgia aus dem Büro. »Ich dreh noch eine Runde, bevor ich für heute Schluss mache«, sagte sie. »Brauchst du später noch was?«

An den meisten Nachmittagen war sie es, die sich um die letzten Handgriffe vor dem Zimmerwechsel kümmerte. Sie sagte immer, dass sie das Staubwischen und Aufschlagen der Betten als eine beruhigende Routine empfinde. Als angenehm simple Monotonie. Und so hatte sie auch Landon Wests leere Hütte um ein Uhr mittags am Tag seines geplanten Check-outs vorgefunden, zwei Stunden nachdem er sie hätte verlassen sollen.

Das Problem, wie die Polizei schnell feststellte, lag vor allem darin, dass wir nicht genau wussten, an welchem Tag er verschwunden war. Während seines Aufenthalts hatte er sich nur selten blicken lassen. Und für die Hütten boten wir keinen täglichen Reinigungsservice an. Als sein Verschwinden bemerkt wurde, war jegliche Spur, die vielleicht existiert hatte, verschwunden. Frühmorgens hatte es geregnet, ein plötzlicher Sturzbach, der die Pfade, die Straßen, das Gras vor der Hütte überspült hatte.

Es verfolgte sie immer noch, das wusste ich. Es verfolgte uns alle.

»Na los«, sagte ich, »mach dir einen schönen Nachmittag.« Auch wenn mir klar war, dass Georgia das Gelände für den Rest des Tages nicht verlassen würde, das tat sie nie, seit Landon West vermisst wurde. Zuerst würde sie sich umziehen, um zwischen den Gästen möglichst nicht aufzufallen – ganz im Gegensatz zu mir. Ich spürte stets eine Art Angst davor, mit dem Hintergrund zu verschmelzen, und hatte das Bedürfnis, die Menschen daran zu erinnern, dass ich hier war.

Eine halbe Stunde später kam ein Pizzalieferant, ein Teenager, den ich den Sommer über immer mal wieder gesehen hatte. Er streckte den Kopf durch die Tür, kam jedoch nicht in die Lobby. »Für Hütte vier.«

Ich hob die Hand, um ihm zu bedeuten, dass ich verstanden

hatte. Ich war mir sicher, dass er sich inzwischen gut auf dem Gelände des Passage Inn auskannte.

Mir fiel auf, dass Trey West seit seiner Ankunft am gestrigen Abend noch kein einziges Mal seine Hütte verlassen hatte. Je näher die Happy Hour rückte, zu der ich ihn wiedersehen würde, desto häufiger blickte ich auf die Uhr. Ich stellte mir eine Wiederholung des gestrigen Abends vor, bei der ich jedoch fähig war, gerade Sätze zu formulieren, und nicht vollkommen überrascht war: *Was würden Sie während Ihres Aufenthalts gerne unternehmen? Darf ich vielleicht eine Tour für Sie buchen? Was wollen Sie hier?*

Um kurz vor drei kehrten die Shermans zurück. Sie schienen beide in den Fünfzigern zu sein und wirkten relativ fit, aber nach ihrer Wanderung etwas derangiert.

»Welchen Weg sind Sie heute gegangen?«, erkundigte ich mich mit einem Lächeln.

»Shallow Falls«, antwortete die Frau und warf einen kurzen Blick aus dem Fenster.

»Hat es Ihnen gefallen?«

»Für den Rückweg haben wir doppelt so lange gebraucht wie für den Hinweg«, sagte der Mann und wischte sich mit der Handfläche über die Stirn, wobei er einen Schmutzstreifen auf der Haut hinterließ. »Aber das war es wert«, fügte er mit einem Lächeln in Richtung seiner Frau hinzu.

Der Shallow Falls Trail war tatsächlich nicht ohne. Man durfte die Zeit nicht aus den Augen verlieren, bevor man den Rückweg antrat. Der Pfad hinunter zu den Wasserfällen war steinig, kurvig und mit Baumwurzeln durchzogen – und wenn es geregnet hatte, musste man auf jeden Schritt achtgeben.

»Die Wasserfälle sind wunderschön. Überwältigend«, fügte seine Frau hinzu. Sie reichte ihrem Mann eine Wasserflasche aus Edelstahl.

»Bitte richten Sie Georgia noch mal ein herzliches Danke-schön aus«, sagte der Mann, nach wie vor ein wenig außer Atem. »Sie hatte in jeder Hinsicht recht – was die Karte an-geht und auch die hier.« Er steckte die Wanderstöcke in den Ständer. Die unteren Enden waren vermutlich voller Matsch, aber darum würde ich mich kümmern, wenn die beiden außer Sichtweite waren.

Nachdem sie die Lobby durchquert hatten, um in den ers-ten Stock zu gelangen, wo sie eines der drei Bergblick-Zimmer bewohnten, strich ich sie von Georgias Liste für den heutigen Tag. Anschließend schloss ich den Ordner und schob ihn unter den Tresen. Für heute waren alle Gäste wohlbehalten zurück-gekehrt.

Der Shallow Falls Trail war der Wanderweg, der gleich hin-ter dem Hotel begann. Der Weg, der wegen der Vermisstenfälle berühmt war. Inzwischen waren wir vorsichtiger. Wir schauten genauer hin.

Als die Happy Hour näher rückte, waren die Häppchen noch immer nicht eingetroffen, und langsam wurde ich nervös. Viel-leicht lag es aber auch am Gedanken an Trey West, der jeden Moment in der Lobby auftauchen musste.

Immer wieder warf ich einen Blick aus dem Bürofenster, wenn gerade keine Gäste in die Lobby kamen. Und als das ältere Ehepaar, welches das Adlernest im obersten Stockwerk bewohnte, um Viertel vor fünf herunterkam, ganz wie man es von ihnen erwarten würde – zeitig beim Einchecken, zeitig zur Happy Hour, zeitig zum Frühstück –, holte ich eine Kiste Wein aus dem Vorratsschrank.

Da parkte ein blaues Fahrzeug vor den Glastüren des Eingangs, und ich atmete erleichtert auf. Die Last Stop Tavern besaß einen unauffälligen blauen Lieferwagen, der von mehre-ren Mitarbeitern gefahren wurde.

Ich öffnete ein paar Weinflaschen, stellte die Gläser und die kleinen Teller bereit, als Marina die Tür aufdrückte.

»Tut mir leid, bin heute ein wenig spät dran«, sagte sie, während ich ein Grinsen aufsetzte.

Ich war viel zu überrascht über ihre Anwesenheit, um zu reagieren. Normalerweise übernahm einer der angestellten Jungs in Jeans und T-Shirt mit dem Logo der Gaststätte die Catering-Auslieferungen.

Marina dagegen war gekleidet, als hätte sie am Abend noch etwas vor. Ihre Locken waren mit Gel gebändigt, und sie hatte ihre Augen mit Kajal umrandet, trug ihren Ehering – den ich, wenn sie arbeitete, so gut wie nie an ihrem Finger sah.

Sie richtete das Essen auf den Warmhalteplatten an und trat rasch beiseite, als das bereits eingetroffene Ehepaar sich jeweils einen kleinen Teller mit einer Auswahl an Bruschetta und Mini-Mozzarella-Sticks belud, von denen beim ersten Bissen sichtbar Hitze aufstieg.

Erst in diesem Moment kam mir der Gedanke, dass Marina vorhatte zu bleiben. Dafür war die Happy Hour ja eigentlich gedacht. Celeste wollte, dass das Passage Inn für die ganze Stadt offen stand, es sollte ein lebendiger Ort sein, an dem sich die Gäste kennenlernen konnten und der gleichzeitig den lokalen Geschäftsleuten die Gelegenheit gab, ihre Angebote für Flusstouren, Reitausflüge und geführte Wanderungen unter die Leute zu bringen. So konnten die Einheimischen den Gästen einen Eindruck vom authentischen Cutter's Pass vermitteln.

Der Wein stammte vom Last Stop, aber das Etikett zierte das Logo des Passage Inn, nur waren die Farben des Weinetiketts gegenüber denen der Regenschirme vertauscht: Marineblau auf weißem Untergrund, darunter *The Passage Inn* in kleiner Kursivschrift.

»Wie läuft es?«, erkundigte sich Marina, während sie an

einem Stapel Servietten auf dem Tresen der Rezeption herumfummelte, ohne wirklich etwas damit zu tun.

Ich wusste, warum sie hier war. Sie wollte sehen, was passieren würde. Sie wartete auf ihn.

Als Schritte zu hören waren, verriet sie ihr Blick über meine Schulter. Aber es war lediglich das Trio von Ehepaaren, die zusammen reisten und in den Waldblick-Zimmern im ersten Stock untergebracht waren.

Ich lächelte und spießte eine Cocktailtomate mit einem Zahnstocher auf. »Er hat kein Zimmer im Hauptgebäude«, bemerkte ich, bevor ich mir die Tomate in den Mund steckte.

»Hat er die Hütte gesehen?«, fragte sie.

»Er wohnt darin.«

Sie hob überrascht die Augenbrauen. »Soll das ein Witz sein?« Sie lachte. »Na ja, ich nehme an, das ist eine gute Art, ihn wieder loszuwerden.«

Leicht irritiert schüttelte ich den Kopf. Ich war automatisch davon ausgegangen, dass er in Nummer vier übernachten wollte, um seinem Bruder so nahe wie möglich zu sein, um dem Echo, das Landon hinterlassen hatte, nachzuspüren. Jetzt war ich mir da nicht mehr so sicher.

Als weitere Gäste die Lobby füllten, trat Marina einen Schritt näher. »Was weißt du über ihn, Abby?«

Die Wahrheit war, dass ich so gut wie nichts über Trey West wusste: Er teilte ein paar wenige Eigenarten mit seinem Bruder, die ich nach seiner Ankunft erst nicht richtig hatte zuordnen können. Zum Zeitpunkt des Verschwindens seines Bruders hatte er sich auf einem anderen Kontinent befunden, und soweit ich wusste, war er nicht zurückgekommen, als er von dem Vorfall erfahren hatte. Damals war er bedeutungslos gewesen. Jemand, der seinen Teil zu einer gemeinsamen Erklärung beigetragen hatte, jedoch weit entfernt von der Realität koexistierte. Ich hatte mich nicht damit aufgehalten herauszufinden, warum. Vielleicht wussten andere mehr. Vielleicht entging mir etwas.

»Nicht viel«, sagte ich. »Warum?«

»Ich finde es nur komisch, dass er jetzt auf einmal herkommt, nach so langer Zeit. Warum?«

»Um die Sache für sich abzuschließen?« Vielleicht war es so, wie der Sheriff vermutete, dass Trey West seinem Bruder Respekt zollen wollte. Vielleicht zog ihn dieser Ort unweigerlich an. Vielleicht musste er ihn mit eigenen Augen sehen.

Marina schaute mich auf diese ganz bestimmte Weise an, als wenn ich es besser wissen müsste. »Mit Wunschdenken ist niemandem geholfen.«

Weder Marina noch ich waren hier aufgewachsen. Uns fehlte die Historie, die ihren Mann und den Sheriff mit diesem Ort verband, und sogar Cory, der ihn so sah, wie er ihn sehen wollte. Ray hatte sich für sie verbürgt, genau wie Celeste für mich. Obwohl Marina nur zwei Städtchen weiter östlich aufgewachsen war, hatte sie mir anvertraut, dass sie erst nach Jahren als Einwohnerin von Cutter's Pass akzeptiert worden war.

»Die Leute wollen was erleben. Selbst wenn es nur Show ist.« Sie machte eine Pause. »Vielleicht vor allem dann.«

In diesem Moment ging die Tür hinter ihr auf. Sie musste es meinem Gesichtsausdruck entnommen haben, denn sie drehte sich langsam herum, um zu sehen, wer hereinkam.

Mein Magen zog sich zusammen. Er sah nicht gut aus.

Ich war mir nicht sicher, was ich erwartet hatte, aber Trey West wirkte durch seinen Aufenthalt in Hütte vier verändert. Hohläugig und unsicher, die Haare zerzaust, als hätte er nicht geschlafen.

Ich stellte mir vor, wie er die ganze Nacht wach gelegen und versucht hatte, die letzten Handgriffe, die letzten Bewegungen seines Bruders nachzuvollziehen. Wie er in den Morgenstunden in einen unruhigen Schlaf gefallen war, bis ihn mein Anruf am Mittag hatte hochschrecken lassen. Die Desorientierung, die von Schlaf zur falschen Zeit herrührt. Als würde man nach zu langer Zeit aus einem dunklen Raum heraustreten.

Die Leute, die eine Zeit lang hier gelebt hatten, behaupteten gern, dass Cutter's Pass sie verändert habe. Die Atmosphäre hier zog die Menschen an und ließ sie immer wieder zurückkehren. Während diese Stadt vor allem für die Vermisstenfälle bekannt war, gab es viele andere, die hier etwas entdeckten, wonach sie gesucht hatten. Es waren Menschen von außerhalb, die hierblieben und die Wurzeln ihres ganzes bisherigen Lebens kappten. Als könnten sie hier etwas über sich selbst herausfinden.

Ich dachte an Georgia, wie sie aus dem Wald gestolpert war, mit Blasen an den Füßen und schlecht sitzenden Schuhen, wie ein ätherisches Wesen, das mit der Zeit geerdet und real wurde. Das jede Ecke der Lobby mit größter Entschlossenheit reinigte. Ich dachte an Celestes Ehemann Vincent, der sich von einem Anzugträger, der in einem Büro mit Zahlen jonglierte, in einen Mann verwandelt hatte, dessen Vorstellungskraft ein Stück Land und einen Haufen Holz zu diesem Anwesen gemacht hatte. *Wie Magie*, hatte Celeste gesagt. Sogar ich hatte gelernt, mich an die Stadt und das Hotel anzupassen.

Es war weniger Magie als die klare Bergluft und die vertraute Routine des Zusammenwirkens aller Teile. Es war der Beitrag, den man zur Ordnung hier in Cutter's Pass leistete, und das Vertrauen in die Entscheidung hierzubleiben.

Deshalb wäre ich vielleicht nicht so überrascht gewesen, dass Trey West einen Tag nach seiner Ankunft anders aussah und verunsichert wirkte, was den Grund und die Länge seines Aufenthalts hier betraf, nachdem er die Nacht allein an dem Ort verbracht hatte, wo sein Bruder zuletzt gesehen worden war.

Aber die Stadt hatte das Gegenteil bewirkt: Cutter's Pass

hatte sein Verständnis erschwert und ihm stattdessen etwas genommen. Marina hatte recht – es gab nur eine verlässliche Art, ihn hier rauszuholen, und ich hatte es geschafft, indem ich ihn in Hütte vier untergebracht hatte. Nicht aus Freundlichkeit, wie ich geglaubt hatte, sondern aus Grausamkeit.

Als Trey West die Rezeption erreichte, trat Marina einen Schritt beiseite, und ich versuchte, mich unbeeindruckt von seiner unübersehbaren Veränderung zu geben.

»Freut mich, dass Sie gekommen sind«, sagte ich.

Er nickte abwesend, während er eine Kreditkarte aus der Tasche zog. Diesmal zitterten seine Hände leicht. Auf seinem Handgelenk war ein Kratzer zu erkennen, der mir gestern noch nicht aufgefallen war.

Während ich seine Karte durchzog, fiel sein Blick auf den Ständer mit den Wanderstöcken. »Waren da gestern nicht noch Regenschirme drin?«

»Das stimmt. Aber heute war ja eher ein Wanderstocktag.« Ich lächelte, versuchte, ihn dazu zu bringen, meine Mimik zu imitieren, und stellte fest, dass einer seiner Mundwinkel kaum merklich zuckte.

»Das ist er, oder?«, begann er und drehte sich ein Stück zur Seite, um aus der hinteren Fensterfront zu sehen. Der Berg, gestern Abend nicht zu erkennen, jetzt die Eine-Million-Dollar-Aussicht. »Der Weg der Vermissten?« Er hatte die Stimme gesenkt, und ein Kloß bildete sich in meiner Kehle.

So nannten sie ihn, die Touristen, die mehr am Mythos als an den Menschen interessiert waren. Die fasziniert vom Geheimnis als von der Realität waren.

»Genau, das ist der Weg zu den Shallow Falls. Aber den können Sie jetzt nicht gehen.« Nicht wenn die Sonne bald unterging, der Pfad schmaler, die Sicht schlechter wurde und damit auch die Orientierung. »Sie würden es nicht rechtzeitig zurückschaffen.«

Er starrte noch immer den Berg an, und ich musste ihn zurück ins Hier und Jetzt holen.

»Wir bieten geführte Touren an. Aus Sicherheitsgründen. Ich kann Sie morgen hinbringen.« Die Worte waren mir über die Lippen gekommen, bevor ich darüber hatte nachdenken, sie hatte abwägen können. Ich räusperte mich. »Allerdings müssten wir recht früh los, mittags beginnt meine Schicht an der Rezeption.«

Langsam drehte er sich in meine Richtung, sein Blick wirkte ungerichtet. »Das wäre großartig.«

In diesem Augenblick betrat Sheriff Stamer die Lobby. Er trug Uniform, sah sich um, schüttelte Hände und begrüßte einige der Gäste. Er lächelte Marina an, und ich fragte mich, ob sie sich abgesprochen hatten. Ob sie sich am Morgen, nachdem ich die Gaststätte verlassen hatte, über den Tresen gebeugt und einen Plan ausgearbeitet hatten. Oder ob beide aus Neugier hergekommen waren, nicht viel besser als die Trauma-Touristen. Andererseits kam der Sheriff häufig genug allein her, um Celeste Lebensmittel und anderes vorbeizubringen, und oftmals holte er sie am Sonntagmorgen ab, um gemeinsam den Gottesdienst in der Stadt zu besuchen.

»Hi, Abby«, rief der Sheriff, als Trey West den Tisch mit den Getränken ansteuerte. »Kommt Celeste heute Abend auch?«

»Nein, sie …«

Doch dann war sie auf einmal da. Als ob sie sich aus seinen Worten materialisiert hätte, trat sie um die Ecke, in einer grünen Tunika, die ihre Augenfarbe zur Geltung brachte und sie eins werden ließ mit diesem Ort, mit der Umgebung. Bei diesem Anblick konnte man nicht anders, als sich daran zu erinnern, dass dies die Wände waren, die sie erbaut, der Boden, den sie gelegt hatte, auf den Knien neben Vincent, wie ins Gebet vertieft. Dass es eine Geschichte gab, die in diesen Räumen steckte, in jeder beschädigten Oberfläche, jedem ausgewählten Detail. Es war kein Zufall, dass ihr Perlenarmband zu der Schale auf dem Beistelltisch am Fenster passte, beide waren vom selben Künstler gefertigt und samstagmorgens beim Bauernmarkt in der Stadt gekauft.

»Wie schön, dass du es heute geschafft hast, Patrick«, sagte sie, als sie sich zu ihnen gesellte, und jetzt fragte ich mich, ob sie diejenige gewesen war, die diese Zusammenkunft orchestriert hatte. Sie streckte die Hand aus, und der Sheriff nahm sie zwischen seine, drückte sie sanft, mit einem freundlichen Lächeln, bevor er sich anderen Gästen zuwandte.

Die Lobby hatte sich inzwischen gut gefüllt, mit Hotelgästen, mit Touristen aus der Stadt, mit uns. Nur Georgia fehlte.

Ich ließ mich gegen die Wand sinken, nahm in mich auf, wie die Leute im Raum Kontakt zueinander aufnahmen und sich unterhielten.

Da waren die Shermans, die frisch geduscht nach ihrer Wanderung mit Celeste plauderten, die zu ihren Erzählungen nickte.

Da waren die drei Ehepaare, die ihre Reise gemeinsam geplant hatten. Sie waren in ausgelassener Runde vor der Fensterfront versammelt, wo sie zu laut lachten und so schnell ihre Drinks hinunterkippten, dass sogar ich beeindruckt war.

Da war das kleine Kind, eine Seltenheit, das seine Hände nach den noch warmen Chocolate Cookies ausstreckte. Rasch entfernte ich das Gebäck, das der Kleine angefasst hatte.

Als ich wieder aufsah, standen Marina und Sheriff Stamer in einer kleinen Runde mit Trey West zusammen. Marina reichte Trey West ein frisches Glas Rotwein, das er entgegennahm, bevor er sein leeres auf dem Tisch neben sich abstellte. Der Sheriff klopfte ihm auf die Schulter. Ich konnte nicht hören, worüber sie sprachen, aber Trey West hatte noch immer diesen entrückten Blick und schien nicht viel zur Unterhaltung beizutragen.

Als der Sheriff weiterging, nahm Celeste den Platz ein, den er hinterließ. Ich hörte, wie sie Trey West mit einem Händeschütteln begrüßte und ihm einen schönen Aufenthalt wünschte, als hätte sie keine Ahnung, wer er war.

»Abby?« Ein Mann mit geröteten Wangen und leerem Weinglas trat in mein Blickfeld.

Ich brauchte einen Moment, bis ich mich an seinen Namen erinnerte. »Mr. Lorenzo, wie kann ich Ihnen behilflich sein?«

Wie sich herausstellte, konnte ich ihm behilflich sein, indem ich mitten in der Hauptsaison und zur Stoßzeit einen Tisch für sechs Personen im CJ's Hideaway reservierte, was ich durch eine Textnachricht an die Restaurantchefin und eine Portion Glück in Form einer kurz zuvor erfolgten Absage möglich machte.

Als ich aus dem Büro zurück in die Lobby kam, sah ich mich nach Trey West um. Er war weg.

Sheriff Stamer kam auf mich zugeschlendert, breiter Gang, aufrechte Haltung, als wüsste er, dass er beobachtet wurde. Er legte einen Arm auf den Tresen und drehte sich so, dass er den Raum im Blick hatte, während er mit mir sprach. »Der Junge tut mir leid. Aber er scheint es zu verarbeiten.« Wobei Trey West weit davon entfernt war, ein Junge zu sein, er war vermutlich sogar älter als ich.

»Was hat er gesagt?«

»Nicht viel. Ich hab ihm angeboten, bei mir im Büro vorbeizukommen und den Fall mit mir durchzugehen – was passiert ist und was wir herausgefunden haben. Hab ihm meine Karte gegeben und gesagt, er soll einen Termin mit Rochelle ausmachen.« Er lächelte angespannt. »Ich glaube nicht, dass er sich melden wird.« Dann klopfte er zweimal mit der offenen Handfläche auf den Holztresen. »Wir sehen uns, Abby.« Anschließend blieb er noch einmal kurz bei Celeste stehen, bevor er das Hotel verließ.

Ich wartete, bis auch die anderen Gäste ihre Gläser geleert

oder den Hinweis verstanden hatten. Dann begann ich aufzuräumen. Es gab immer Nachzügler – diejenigen, die abwarteten, bis man den Abend offiziell beendete, bevor sie weiterzogen.

Marina half mir beim Stapeln der Tabletts, und ich half ihr, alles zum Lieferwagen zu tragen.

»Ich sollte öfter vorbeikommen«, sagte sie, als sie die Schiebetür des Vans zuzog. »Auf jeden Fall macht das mehr Spaß, als bei unserer Happy Hour zu kellnern.«

»Du bist jederzeit herzlich willkommen«, sagte ich, während sie in die untergehende Sonne blinzelte.

»Du bist eine von den Guten, Abby. Celeste kann sich glücklich schätzen, dich zu haben«, sagte sie, und ich lächelte höflich.

Kinder hatten nicht zu Celestes Plan gehört, und obwohl ich mich damals, mit achtzehn, für erwachsen gehalten hatte, erkannte ich erst rückblickend, wie sie ihr Leben verändert hatte, um es meinem anzupassen. Sie hatte so getan, als sei das gemeinsame Sonntagsessen Bestandteil des Arbeitsvertrags, und mir unter dem Deckmantel eines Mitarbeitergesprächs Dinge vermittelt, von denen ich mir vorstellen konnte, dass sie ein Elternteil sagen würde. Celeste hatte eine Augenbraue gehoben und zu Cory und mir in ihrer typisch offenen Art gesagt: *Das bringt euch nicht weiter*. Und sie hatte recht behalten. Die Dinge wurden klarer, je älter ich wurde. Ich konnte mich glücklich schätzen, sie zu haben, und jeder wusste das.

Ich sah zu, wie Marina auf den Fahrersitz des Lieferwagens kletterte und der Kies auf dem Parkplatz aufspritzte, als sie zu schnell anfuhr.

Drinnen fand ich mich allein wieder. Nichts war geblieben, abgesehen vom Geruch nach Essen und Parfüm und dem blechernen Klingeln in meinen Ohren, als würde irgendetwas fehlen. Ich beeilte mich, die Weinflecken aufzuwischen, bevor sie sich festsetzten, und räumte anschließend die leeren Flaschen weg, wobei ich mitzählte, um den Überblick über unsere Vorräte zu behalten. Drei Flaschen waren ungeöffnet, zwei schienen zu fehlen. Das kam vor. Gäste nahmen ab und zu eine Flasche mit auf ihr Zimmer.

Ich dachte erst später wieder darüber nach, als ich hinter der Rezeption stand, die Wanderstöcke aus dem Ständer zog und bemerkte, dass einer fehlte.

Ich dachte an die Shermans, die ihre ausgeliehenen Stöcke zurückgegeben hatten. Es gab keine weiteren Striche von Georgia im Ordner. Niemand hatte erwähnt, dass er heute Abend noch wandern gehen würde.

Nur Trey West, dessen Blick auf den Ständer gerichtet gewesen war, während er sich nach dem Einstieg zum *Weg der Vermissten* erkundigte.

Ich dachte an die Dunkelheit. An die Geschichten. An seine Fragen zum Wanderweg. Und ich stellte mir Trey West mit einer Flasche Wein und einem Wanderstock vor, und mit einem Vorhaben, über das wir alle nur mutmaßen konnten. Ein kalter Schauer ergriff mich, ein Vorbote, dasselbe Gefühl wie damals, als ich das erste Mal in der verlassenen Hütte seines Bruders gestanden hatte.

Das Besondere an einem Vermisstenfall in Cutter's Pass war, dass er durch die Vorgeschichte irgendwie noch unwahrscheinlicher wurde und noch schwerer zu begreifen. Als hätte man zu lange eine Rolle in einer Inszenierung gespielt. Ein Augenzwinkern, eine gewisse Ironie, kein wirklicher Scherz, aber doch irgendwie einer. Beim ersten Anzeichen eines weiteren Vermissten musste man das nervöse Lachen unterdrücken, das in der Kehle kitzelte. Ein sich langsam anschleichendes Grauen, das man mehrmals überprüfen musste, eine Art fiktives Monster unter dem Bett. Bis man nur noch denken konnte: *Nein, bitte nicht!*

Ich griff zum Telefon an der Rezeption, um Trey West anzurufen, aber in der Leitung klickte es nur. Tote Luft.

Etwas stimmte nicht. Natürlich stimmte etwas nicht. Etwas stimmte hier ganz und gar nicht. Das war mir klar. Irgendwie mussten wir es alle begriffen haben, ob wir uns der Tatsache stellen wollten oder nicht.

Es gab viele Gerüchte über uns als Kollektiv. Über die Dinge, die wir wussten, die Geheimnisse, die wir bewahrten. Aber sie ignorierten das Offensichtliche. Georgia mit ihrer ständig dudelnden Musik, ich mit meinen Lebensbeweisfotos für Sloane. Cory, der so kontaktfreudig und charmant war, dass man ihn nicht lange vermissen konnte, und Marina, die immer die neuesten Nachrichten für einen bereithielt. Celeste, die zur allabendlichen Happy Hour einlud, und der Sheriff, der seine regelmäßigen Besuche abstattete und sich dabei strikt an seinen Zeitplan hielt. Sogar die Notizen im Ordner, die Georgia und ich uns an der Rezeption hinterließen, erinnerten daran, dass wir einfach da waren.

Jeder hier hatte Angst zu verschwinden. Und dass niemand es bemerken würde, bevor es zu spät war.

Der fehlende Wanderstock. Die Weinflaschen. Seine Fragen zum Wanderweg. Seine Verfassung.

Ich konnte ihn dort draußen nicht allein lassen.

Kapitel 5

Ich schloss schnell das Büro hinter der Rezeption ab, bevor ich in den Abend hinauseilte – die Sonne versank gerade am Horizont – und hoffte, dass ich ihn noch erwischen würde.

Als ich den Weg zu den Hütten entlangjoggte, ging die Beleuchtung an, ausgelöst durch die einsetzende Dämmerung. Ich stürmte die kurze Treppe zu Hütte vier hinauf, meine Schritte hallten auf dem Holz wider, als ich hörte, wie sich im Inneren etwas bewegte. Etwas Schweres.

Ich atmete erleichtert auf, als mir klar wurde, dass ich nicht zu spät gekommen war, und hämmerte mit der Seite meiner geschlossenen Faust gegen die Tür.

Das Geräusch verstummte, aber niemand näherte sich. Keine dumpfen Schritte auf den Dielen, kein gedämpfter Ruf: *Einen Moment, bitte.*

Stille.

Ich klopfte noch einmal. »Mr. West? Ich bins, Abby. Kann ich Sie kurz sprechen?«

Diesmal Schritte, dann wurde die Tür geöffnet. Auf Trey Wests Gesicht lag ein leichter Schweißfilm, sein Haar war zerzaust, und in der Hütte sah es chaotisch aus. Ich roch seine Alkoholfahne, war mir aber nicht sicher, ob sie nur vom Wein herrührte.

Instinktiv trat ich einen Schritt zurück. »Was ist los?«, fragte ich, versuchte, meiner Stimme einen festen, ruhigen und kontrollierten Klang zu geben.

Er öffnete die Tür ganz, als handelte es sich um eine große Geste. »Keine Ahnung. Warum sagen Sie es mir nicht?«

Ich schüttelte den Kopf und nahm die Hütte in Augenschein, während ich noch immer auf der Schwelle stand. Die Schubladen waren aus der Kommode gerissen worden und lagen nun leer auf dem Boden. Das Bett war von der Wand abgerückt. Der hölzerne Schreibtischstuhl stand unterhalb eines Lüftungsschachts, von dem das Gitter entfernt und auf die geöffnete Gästemappe gelegt worden war. Daneben auf dem Tisch befanden sich ein Schraubenzieher und eine der beiden verschwundenen Weinflaschen, die inzwischen leer war. Neben dem Stuhl lag ein Wanderstock auf dem Boden, als ob er damit in dem Schacht hinter dem abgeschraubten Metallgitter herumgestochert hätte.

Ich schluckte, bewegte mich jedoch nicht von der Stelle. »Wenn Sie mir nicht sagen, was los ist, muss ich Sie bitten, unser Hotel zu verlassen.«

»Ach, kommen Sie schon.« Er torkelte ein paar unsichere Schritte rückwärts, bis er sich an einem Bettpfosten festhalten konnte. »Seit ich hier angekommen bin, stehe ich unter Beobachtung.«

»Das ist absurd. Niemand beobachtet Sie.« Ganz im Gegenteil, wir drei hatten unser Möglichstes getan, Distanz zu ihm zu wahren.

Er lachte auf. »Ach, dann war der Sheriff heute Abend ganz zufällig da? Um mich beiseitezunehmen und sich zu erkundigen, ob er mir irgendwie behilflich sein kann, solange ich in der Stadt bin?« Er grinste, als ob er mein Spiel durchschaut hätte. »Und dann die Geräusche gestern Nacht, mein Gott. Wenn ich es nicht besser wüsste, würde ich denken, dass jemand versucht, mich möglichst schnell wieder loszuwerden. Na, verraten Sie es mir, Abby, bin ich nah dran?«

»Nein, das ist nicht … Es war reiner Zufall, dass der Sheriff heute Abend vorbeigekommen ist und … Was für Geräusche?«

Er deutete auf die Wand, die seine Hütte von Nummer drei trennte. »Von nebenan. Das Kratzen. Das Schaben. Die ganze verdammte Nacht!«

»Da war niemand. Das sind nur die Eichhörnchen. Sie klettern in die Dachrinnen und …«

Wieder lachte er, diesmal anhaltend. Er warf den Kopf zurück und lachte wie ein Wahnsinniger. Ich überlegte, ob ich jemanden anrufen, vorsichtig rückwärts die Treppe hinuntersteigen und mich in der Lobby einschließen sollte, wo ich hinter gehärtetem Glas und stabilem Holz und Schlössern aus Eisen sicher wäre.

»Eichhörnchen. Was für ein Zufall. Dann verraten Sie mir doch mal Folgendes: Wo ist das Handy meines Bruders? Er hat damit seine Interviews aufgenommen.«

Ich riss die Augen auf. »Wenn Sie Fragen zum Fall haben, sollten Sie mit dem Sheriff sprechen. Wir haben alle nach Ihrem Bruder gesucht. Hier und da draußen.« Er zuckte zusammen, aber ich fuhr fort. »Wollen Sie meine Meinung hören? Ich denke, er hatte sein Handy bei sich.« Ich sah mich wieder in dem Chaos um, und langsam begriff ich. »Haben Sie danach gesucht? Sie glauben, dass sein Handy irgendwo hier ist?«

Er ging auf die andere Seite des Raums. »Nein«, sagte er, während er das Bett noch weiter von der Wand wegschob, indem er sich mit seinem vollen Gewicht gegen das Kopfteil stemmte. Dann schüttelte er den Kopf. »Ich weiß es nicht.«

Das war der Moment, in dem ich ihn in einem anderen Licht sah. Nicht annähernd so, wie der Sheriff angedeutet hatte – als jemanden, der unser Mitgefühl verdiente –, sondern als jemanden, der unlogisch und panisch agierte. Als jemanden, der auf der Schwelle zum Gefährlichen stand.

Ich schloss die Augen, versuchte verzweifelt, die Kontrolle

über die Situation zurückzuerlangen. »Aufhören! Hören Sie auf.« Ich betrat die Hütte, packte den Bettpfosten, der mir am nächsten war, als könnte ihn das aufhalten. »Bitte beruhigen Sie sich.«

Das Licht der Schreibtischlampe fiel auf die Narbe unter seinem Kiefer, und dieses Mal stellte ich mir einen Kampf vor. Eine hitzköpfige Faust, eine schnelle Gerade, ein K.-o.-Schlag und dann sein Kinn, das mit einer Stange kollidierte.

Ich überlegte, wen ich anrufen könnte. Den Sheriff, Celeste, Ray im Last Stop, der vielleicht schneller jemanden herschicken könnte als die Polizei, sogar an Cory dachte ich, der wahrscheinlich gerade irgendwo dort draußen war.

Plötzlich hielt Trey West inne. Er umklammerte noch immer das Kopfteil, sah mich jetzt jedoch an, als würde er mich neu einordnen, genau wie ich es gerade mit ihm getan hatte.

»Waren Sie das, Abby? Haben Sie bemerkt, dass er nicht mehr da ist?«

Ich schüttelte den Kopf. »Nein. Es ist niemandem von uns aufgefallen. Erst als er nicht ausgecheckt hat. Es tut mir leid.«

»Ich hab es ja auch nicht bemerkt«, sagte er und schien in sich zusammenzusacken, während er sich umsah, als könnte er sich plötzlich genauso sehen wie ich ihn.

Okay, alles war okay. Er kam langsam runter. Es hatte an der Umgebung gelegen, an seinen Schuldgefühlen, den fehlenden Informationen. An uns allen, die ihn gleichzeitig bestürmt hatten.

»Wir standen uns nicht sonderlich nahe«, sagte er in einem bekennenden Ton, der über unser wahres Verhältnis hinwegtäuschte. »Ich war geschäftlich unterwegs.« Eine Entschuldigung, die wie ein Alibi klang, das er der Polizei liefern musste. »Ein neuer Beratungsauftrag. Als meine Mutter anrief, war mir nicht klar, was es mir bringen sollte hierherzufahren. Er war ein erwachsener Mann und ich auch, er hatte sein eigenes

Leben, seine eigene Art, mit Dingen umzugehen. Wir waren aus unterschiedlichem Holz geschnitzt. Haben Sie Geschwister?«

Ich schüttelte den Kopf. Manchmal hatte ich mir vorgestellt, wie anders mein Leben verlaufen wäre, wenn meine Familie anders zusammengesetzt und etwas größer gewesen wäre. Die kleinen Verschiebungen, die den gesamten Verlauf eines Lebens veränderten.

»Nun«, sagte er, als könne ich die Dynamik unter Geschwistern einfach nicht verstehen – von Menschen, die gezwungen sind, sich einen Raum zu teilen, die wenig Gemeinsamkeiten haben, die sich langsam auseinanderentwickeln. »Zuerst dachte ich, er würde nur versuchen, die Situation nachzustellen, verstehen Sie? Das Verschwinden. Er war nicht … Er hat seine Geschichten auf sehr … unkonventionelle Weise recherchiert.«

Ich nahm an, dass *unkonventionell* eine wohlwollende Formulierung dafür war, dass Landon West sich nicht den gleichen ethischen Grundsätzen verpflichtet gefühlt hatte wie andere Journalisten. Die Zeitungen hatten berichtet, dass er dafür bekannt war, seine Geschichten und Recherchen unter Verschluss zu halten, bis sie abgeschlossen waren. Doch woran auch immer er hier gearbeitet hatte, es war nie gedruckt worden. Es waren keine Details dazu aufgetaucht. Die Redakteure bei der Zeitschrift, für die er häufig freiberuflich tätig gewesen war, hatten nicht viel gewusst, außer dass er behauptet hatte, eine neue Spur zu den Geheimnissen von Cutter's Pass zu haben. Seine Freunde wussten noch weniger, nur dass er eine Zeit lang nicht erreichbar sein würde.

Worin auch immer diese Spur bestanden hatte, sie tauchte in keiner E-Mail-Korrespondenz mit Kollegen auf, und es hatte sich auch niemand gemeldet, dem Landon West etwas darüber anvertraut hatte. Nichts war auf seinem Laptop gespeichert gewesen, der in seiner Hütte auf ebendiesem Schreibtisch zurückgelassen worden war.

»Ich weiß, dass meine Eltern seine Sachen durchgesehen haben. Aber ich nicht.«

»Dann glauben Sie, dass sie etwas übersehen haben? Etwas, was Sie jetzt finden könnten?«

»Ja, ich denke, falls es noch irgendetwas zu finden gibt, dann werde ich derjenige sein, der es entdeckt.«

Alle, die hergekommen waren, hatten das gleiche Gefühl gehabt – diejenigen zu sein, die das Rätsel irgendwie lösten. Es war beinahe eine Art Zwang, aber es hatte nie irgendwelche Auswirkungen gehabt.

Trey West seufzte. »Es geht nicht nur um das Handy. Er hatte außerdem ein Notizbuch, eins von diesen kleinen ledergebundenen. Das hatte er immer bei sich. Ich fand das unglaublich prätentiös.« Er lachte in sich hinein, bevor er sich auf die Bettkante sinken ließ.

»Dann glauben Sie, dass Sie hier das Notizbuch finden werden?« Ich sah zum Schreibtisch. Trey West hatte einen Schraubenzieher eingepackt. Er war mit dem Vorhaben hergekommen, diese Hütte auseinanderzunehmen. Aber hier gab es kaum Stellen, an denen man etwas verstecken konnte.

Er hob die Arme zu einem übertrieben erschöpften Schulterzucken. »Als wir Teenager waren, hat er Sachen vor unseren Eltern in so einer Lüftung versteckt ...« Er hob den Blick zu dem Loch an der Decke und schüttelte den Kopf. »Das war eine blöde Idee von mir. Aber es *muss* irgendetwas geben, einen Hinweis. Was ist mit seinem Laptop? Er war fast eine Woche hier. Was hat er gemacht, wenn nicht geschrieben?«

»Es tut mir leid, ich wünschte, ich hätte Antworten für Sie. Aber in dieser Hütte gibt es nichts zu finden. Sie wurde hundertmal auf den Kopf gestellt.« Ich schluckte. »Wir haben alle nach ihm gesucht. Jeden Morgen sind wir losgezogen. Wochenlang.«

Er sah zu mir, den Mund leicht geöffnet, bevor er die Augen schloss. »Ja.« Noch immer saß er auf der Bettkante und fuhr sich durch die Haare. »Bitte entschuldigen Sie, dass ...« Er beschrieb eine unbestimmte Geste, die den Raum einschloss. »Er ist kein erfahrener Wanderer. Glauben Sie ...?«

Ich dachte nicht gerne darüber nach, wollte nicht darüber sprechen, was dort draußen alles schiefgehen konnte. Gerüchte über Leute, die bei schlechtem Wetter versuchten, an einem versteckten Ort Schutz zu suchen, und in die Falle gerieten. Geschichten über Wanderer, die vom Weg abwichen, die Orientierung verloren und nicht mehr zurückfanden.

»Na los«, sagte ich. »Lassen Sie uns das Bett zurück an die Wand schieben.«

Er stellte sich wieder ans Kopfteil, und ich legte meine Hände um den nächstbesten Pfosten, aber als ich mit meinem ganzen Gewicht dagegen drückte, löste sich die Spitze.

Mir blieben vielleicht zwei Sekunden, um zu einer Entscheidung zu gelangen, was ich tun sollte, doch zu dem Zeitpunkt war es bereits zu spät. Trey fing meinen Blick auf und hielt ihn fest.

Ich wartete ab, ob er zuerst nachsehen würde, für den Fall, dass er es nicht bereits getan hatte.

Rasch kam er um das Bett herum und schob die Finger in den Hohlraum. Kurz darauf zog er sie von Staub überzogen wieder heraus. Nichts. Aber jetzt wussten wir, dass die Kappen auf den Pfosten nicht fest mit dem Unterteil verschraubt waren. Auf einmal hatte sich eine neue Möglichkeit offenbart.

Trey ging zum zweiten Pfosten am Fußteil des Bettes und löste ohne große Mühe den ovalen Holzdeckel – leer – und dann den dritten, während ich dastand, wie festgefroren, nutzlos.

Er verharrte mit der Hand im dritten Hohlraum. Stellte sich auf die Zehenspitzen, atmete viel zu schnell, während er hineinspähte und dann etwas Kleines, Schwarzes herauszog.

Einen Moment lang dachte ich: Käfer, Kakerlake, irgendetwas Ekliges, aber mittelfristig betrachtet Ungefährliches.

Er streckte den Arm in meine Richtung und löste langsam die Faust: ein kleines schwarzes Rechteck. Ein USB-Stick.

Wir starrten einander an, und mir wurde klar, dass wir beide der Überzeugung waren, dass dieser Stick Landon West gehört hatte.

Es dauerte fünf Minuten, bis Trey West merkte, dass er nichts bei sich hatte, um nachzusehen, was sich auf dem Stick befand. Weder verfügte sein Laptop über den richtigen Anschluss, um den USB-Stick direkt auszulesen, noch besaß er einen entsprechenden Adapter. Er beugte sich über den Schreibtisch und verfluchte den Bildschirm, während ich hinter ihm stand, an meinem Nagel zupfte und mich fragte, was ich tun, was ich sagen sollte.

»Vielleicht ist es gar nicht seiner«, murmelte ich. Aber er warf mir nur einen ungläubigen Blick über die Schulter zu.

Ich stellte mir vor, dass er abreiste. Nach Hause fuhr. Und mitnahm, was auch immer dieser Stick enthielt – alle Antworten, die dann außer Reichweite sein würden.

»Der Computer an der Rezeption könnte den richtigen Anschluss haben«, brach ich die Stille.

Trey richtete sich auf, starrte zu mir hoch, als würde er versuchen, eine Entscheidung zu treffen. Dann nickte er. »Okay, dann los.«

Draußen ging er den beleuchteten Weg voraus, und auf einmal kamen mir tausend Möglichkeiten in den Sinn, die sich vor mir auftaten. Tausend Richtungen, in die das Ganze laufen könnte.

Die Lobby war menschenleer, die einzige Bewegung die stetig flackernde Flamme im Gaskamin. Ich erweckte den Computer zum Leben und wartete, dass er mich zur Eingabe des Passworts aufforderte.

Trey begriff und trat einen Schritt zurück.

Ich meldete mich an und streckte die Hand nach dem Stick aus. Meine Finger zitterten, während ich ihn in den USB-Port schob, und ich war halb überrascht, als das entsprechende Symbol auf dem Bildschirm erschien. Für den Bruchteil einer Sekunde überlegte ich, es vom Desktop zu entfernen. Vielleicht waren die Antworten, nach denen wir gesucht hatten, nicht die, die wir uns wünschten.

Aber dann beugte Trey sich vor, und ich klickte darauf.

Als ein Eingabefeld für das Passwort erschien, hörte ich Trey neben meinem Ohr seufzen.

»Versuchen Sie es mit 9–8–7–6. Das hat er als Teenager benutzt, und ich könnte schwören, dass er es nie geändert hat. Er war schon immer ein Gewohnheitstier.«

Ich gab die Ziffern ein, und das kleine Eingabefeld verschwand. Dafür wurde auf dem Bildschirm der Inhalt des USB-Sticks angezeigt.

»Scheiße«, stieß Trey aus.

Jeder Zweifel daran, dass der Stick Landon West gehört hatte, war schlagartig verschwunden. Auf dem Speichergerät befanden sich eine einzige namenlose Word-Datei und ein Ordner, der mit dem Namen FARRAH versehen war, in Großbuchstaben.

Ich schnappte nach Luft. Farrah Jordan. Die Frau mit dem dunklen Haar und dem gequälten Gesichtsausdruck, deren eisiger Blick mich vor drei Jahren aus jedem reifbedeckten Schaufenster der Stadt angestarrt hatte.

Ich schloss die Augen. Der Raum begann sich zu drehen, die Zeit zersplitterte.

Die meisten, die sich durch die Geschichte von Cutter's Pass wühlten, begannen am Anfang, mit der auffälligsten Geschichte, den Vier Burschenschaftlern. Als könnte mit diesem Fall jeder weitere gelöst werden, indem man sich ganz einfach an die Reihenfolge hielt. Aber weitere Fälle lieferten weitere Informationen, und Landon West war sich dieser Tatsache offensichtlich bewusst gewesen. Man musste mit dem aktuellen Fall beginnen, der frischesten Spur, und sich von dort zurückarbeiten.

»O mein Gott«, sagte Trey, sein Gesicht dicht an meinem.

Ich stellte fest, dass sich etwas in seinen Zügen festsetzte: eine Ernüchterung, eine Schärfung.

Ich kannte diesen Blick – er war dumm, leichtsinnig und ging zu weit. Ich hatte ihn bei jeder Person gesehen, die mit einer neuen Theorie, einer neuen Idee hergekommen war. Jetzt gab es kein Zurück mehr. Ich erkannte es in seinen Augen.

Er glaubte, ihn finden zu können.

Er glaubte, sie alle finden zu können.

Teil 2

FARRAH JORDAN

Vermisst seit: 16. Januar 2019
Letzter bekannter Aufenthaltsort: Cutter's Pass,
North Carolina
Ausgangspunkt des Shallow Falls Trails

Kapitel 6

»Öffnen Sie den Ordner«, sagte Trey.

Während ich den Inhalt des USB-Sticks anstarrte, war so viel Zeit vergangen, dass meine Untätigkeit beinahe als bewusste Entscheidung interpretiert werden konnte.

Ich spürte seinen Atem an meiner Schulter und die Nähe seines Körpers, der halb über meinem schwebte, und ich sah unsere beiden Gesichter, die sich im Computerbildschirm spiegelten, als ich auf den Ordner mit dem Namen FARRAH klickte.

Nach und nach erschien ein Raster aus Miniaturansichten, und eine Welle der Übelkeit überrollte mich, während Trey leise fluchte. Das waren Fotos. Fotos in einem Ordner, der ihren Namen trug.

Farrah Jordan war drei Winter zuvor verschwunden, nachdem sie eines Morgens im Januar in der Stadt angekommen und zuletzt mit einer Kamera um den Hals am Holzschild gesehen worden war, das den Ausgangspunkt des Shallow Falls Trails markierte.

Der allgemeine Tenor lautete, dass sie einfach Pech gehabt hatte. Pech, dass sie an einem eisigen Mittwoch, angezogen von der Schönheit der Landschaft, in Cutter's Pass haltgemacht hatte, um sich die Gegend näher anzuschauen. Pech, dass ihr Auto drei Tage nach ihrem mutmaßlichen Verschwinden verlassen zwischen dem Edge und dem Souvenirladen Trace of the Mountain gefunden worden war, begraben unter einer dicken Schneedecke.

Ich klickte das erste Foto an und bereitete mich auf ihren Anblick vor, auf ihre Augen, auf irgendetwas, das sie durch die Vergangenheit zerrte und sie abrupt in unser Blickfeld rückte. Etwas Schärferes als das Foto, das uns allen später in jener Woche gezeigt worden war, Führerscheinqualität, die sie auf die eindringlichen Augen und ihren Mund reduzierte.

Aber vor uns auf dem Bildschirm war ein Foto von nichts zu sehen. Ein weißer Fleck, eine Kamera in Bewegung. Ich klickte das nächste Bild an. Es ähnelte dem ersten, war aber etwas schärfer. Ich konnte die vagen Umrisse des Abdrucks eines Schneeschuhs auf weißem Untergrund erkennen. Als hätte sie die Fotos versehentlich aufgenommen, die Kamera auf den Boden gerichtet, während sie mit etwas anderem beschäftigt gewesen war. Vielleicht draußen vor dem Edge, wo sie sich einen Kaffee gekauft und nach dem Weg zum Shallow Falls Trail gefragt hatte.

Es sei ein schöner Morgen gewesen, hatte Jack gesagt. Er sei vor die Ladentür getreten und habe auf die schneebedeckte Straße gezeigt, vorbei an der Last Stop Tavern, geradeaus die Main Street hinauf bis zur Mountain Pass Road.

Kann ich von hier zu Fuß gehen?, waren, soweit wir wussten, Farrah Jordans letzten Worte gewesen.

Sicher, das machen die meisten Leute. Seine Antwort verfolgte ihn noch heute, drei Jahre später.

Ich spürte, wie sich die Spannung in Treys Atemzügen aufbaute. Diese Bilder waren nutzlos, es lohnte sich nicht, sie auf einem USB-Stick in einem hohlen Bettpfosten zu verstecken.

Noch ein Klick, und plötzlich fiel die Raumtemperatur, die Welt dehnte sich aus. Wir starrten auf ein gestochen scharfes Foto von kahlen Ästen vor einem hellgrauen Himmel.

Trey stieß scharf die Luft aus. »Ist das irgendwo hier in der Gegend?«

»Kann ich nicht sagen.« Ich hätte nicht einmal mit Sicherheit sagen können, ob das Bild eine Farbaufnahme war – der Winterlandschaft war jegliche Wärme entzogen worden.

Ich öffnete die nächste Datei: weitere kahle Bäume, schmale Stämme und krumme Äste, die sich überlagerten, in der Ferne verblassten und die Illusion von etwas erschufen, das gerade verschwand. Als Nächstes: ein Kreis aus kahlen Zweigen vor dem Winterhimmel, als hätte jemand das Foto auf dem Rücken liegend aufgenommen, während er auf der kalten Erde lag. Als wäre das, was auf dem vorherigen Bild verschwand, man selbst gewesen.

Ich schauderte, als Trey sich ungeduldig über meine Schulter beugte, und trat beiseite, während er schneller als ich durch die Bilddateien scrollte – nach ihr suchte, nach Farrah, oder vielleicht nach etwas anderem.

Doch die Fotos, die eins nach dem anderen auf dem Bildschirm erschienen, zeigten Bäume, Himmel, schneebedeckten Untergrund und eine kalte, kahle Landschaft. Irgendwie kamen sie mir verkehrt vor, denn sie passten nicht zum Namen des Ordners.

Noch bevor Trey bis zum Ende gescrollt hatte, war ich mir sicher: Wir würden sie auf diesen Bildern nicht finden. Es würde keinen eindringlichen Blick geben, der uns anstarrte, oder einen flüchtigen Eindruck von ihr in der Stadt. Es war nicht einmal eine dunkle Haarsträhne zu sehen, die über die Kameralinse gefallen war, oder ihr beunruhigendes Spiegelbild vor der gefrorenen Landschaft.

»Farrah Jordan war Naturfotografin«, klärte ich Trey auf, während er weiterklickte. »Sie hat in North Carolina gelebt, aber als Dozentin im gesamten Südosten unterrichtet. Damals war sie unterwegs nach Asheville, um dort im Frühjahrssemester einen Kurs zu geben. In der Nacht, bevor sie verschwand, hat sie in Springwood übernachtet, etwa eine halbe Stunde von hier.« Während der Suche hatten wir erfahren, dass sie ihre Familie informiert hatte, sie würde sich bei der Fahrt nach Asheville Zeit lassen und vermutlich nicht immer Handyempfang haben. Zuerst machten ihre Angehörigen sich keine Sorgen – sie war sechsunddreißig Jahre alt und hielt sich als Naturfotografin häufig an abgelegenen Orten auf.

Für die Ermittler deutete Jacks Aussage darauf hin, dass es sich wahrscheinlich um einen bedauerlichen Unfall handelte und dass ihr bei ihrem Aufbruch vielleicht nicht einmal klar gewesen war, wo sie sich befand – in einer Stadt, die für das Verschwinden von Menschen berüchtigt war. Auch der Zustand ihres Autos sprach dafür: auf dem Rücksitz ein gepackter Seesack, eine Kameratasche mit diversen Objektiven und ein Akkuladegerät, Turnschuhe im Fußraum – als wäre sie auf der Durchreise gewesen und so von der Schönheit der Natur beeindruckt gewesen, dass sie sich entschieden hatte, haltzumachen, sich genauer umzusehen.

Als ich mir diese Bilder anschaute – Bäume, Schnee, Himmel –, konnte ich nicht einmal sagen, ob sie hier aufgenommen worden waren, auf unserem Wanderweg. Im Winter sah im Wald schnell alles gleich aus. Nur krumme Äste und kahler Boden, so weit das Auge reichte.

»Die können überall entstanden sein«, stellte ich fest. Womöglich hatte Landon West sie zu einem ganz anderen Zeitpunkt im Rahmen irgendeines anderen Projekts aufgenommen. Vielleicht waren das gar nicht die letzten Fotos, die Farrah Jones gemacht hatte.

Trey hielt einen Moment inne, bevor er kopfschüttelnd weiterscrollte. »Aber wie ist dann mein Bruder an die Bilder gekommen?«

Ich biss die Zähne zusammen. Genau das war die Frage. Die große Frage. Denn die Kamera – und alle eventuell darauf gespeicherten Bilder – gehörten zu den Dingen, die zusammen mit Farrah Jordan verschwunden waren.

»Wir wissen ja nicht mal, ob die Bilder von ihr stammen«, sagte ich. Die Aufnahmen wirkten nicht besonders künstlerisch und sahen nicht so aus, als würden sie von einer professionellen Fotografin stammen, die die Schönheit eines Ortes festhalten wollte.

Er drehte den Kopf in meine Richtung und starrte mich so ungläubig an, dass ich unwillkürlich ein Stück zurückwich. Er klickte die Dateieigenschaften an, und eine Liste mit Daten erschien am rechten Bildschirmrand.

»An welchem Tag ist sie verschwunden?«

Mein Magen zog sich zusammen. »Am 16. Januar.« Ich wusste das Datum auswendig. Es war dasselbe, das Trey gerade mit dem Cursor markiert hatte.

»Es sind ihre Fotos«, sagte er, und ich nickte.

Ich stellte sie mir vor, umgeben von Bäumen, wie sie die Kamera nach oben richtete …

Trey klickte weiter, und während die Landschaft langsam erkennbar wurde, begann mein Mund, Worte zu formen: »Moment mal, was …?« Ein verschneiter Pfad, scheinbar unberührt, und ich hörte das Knirschen von Eis und Schnee unter meinen Stiefeln. Das nächste Bild: die Krümmung einer Felswand, herabhängende Eiszapfen, und ich spürte die kalte Textur des Steins unter meinen Fingern. Als Nächstes: eine Reihe von eisig glatten Felsstufen, die nach unten führten. Und plötzlich wusste ich genau, wo wir uns befanden.

»Das kenne ich.« Mein Herz raste. Eine Stelle, die sich identifizieren ließ. Jeder, der den Trail gewandert war, würde sie wiedererkennen. »Das ist die Treppe runter zu den Wasserfällen.« Es war das letzte Stück des Wanderwegs, wo man bereits das Rauschen hören, die Wasserfälle aber noch nicht sehen konnte. Die Luft bereits kühler vom Sprühnebel, der Schatten des Felsen, wo der Weg mit einem Mal steil nach unten abfiel. Ein Ort der Erwartung.

Trey klickte weiter, aber wir waren am Ende der Fotostrecke angekommen, die vereisten Stufen schienen wie festgefroren auf dem Bildschirm.

Ich schloss die Augen, als ein Laut aus meiner Kehle drang. Nach all der Zeit hatte ich die Hoffnung aufgegeben, dass wir je eine Antwort auf unsere Fragen bekommen würden. Ich hatte den Glauben daran aufgegeben, dass es noch irgendwelche Spuren geben könnte.

Bisher hatte es keinen Beweis gegeben, dass Farrah Jordan weiter als bis zum Ausgangspunkt des Trails hinter unserem Hotel gekommen war. Doch nach den Fotos zu urteilen, hatte sie es mindestens bis zu den Wasserfällen geschafft. Vielleicht sogar weiter. Und sie hatte alles dokumentiert, bevor sie verschwunden war.

Ich hätte erleichtert sein sollen. Wir pflegten den Touristen zu erzählen, es liege an diesem Berg, an den extremen Wetterbedingungen und nicht an irgendetwas besorgniserregend Gefährlichem, was der Stadt an sich zu eigen sei.

Allerdings hatte jemand die Kamera gefunden und sie versteckt.

Irgendwie waren die Fotos von der Kamera auf einem USB-Stick gelandet, der im Besitz von Landon West gewesen war. Ein Hinweis für ihn, den Journalisten. Ein neuer Blickwinkel auf Cutter's Pass.

Farrah Jordans Aufenthalt in dieser Stadt war kurz und prägnant gewesen, ihre Schritte bis zur letzten Sichtung am Ausgangspunkt des Trails katalogisiert. Celeste war offiziell die letzte Person gewesen, die sie gesehen hatte, etwas später an jenem Morgen. Das Hotel war zu dieser Zeit wegen Renovierungsarbeiten geschlossen gewesen, und sie hatte die Fassade auf Beschädigungen untersucht.

»Um wie viel Uhr?«, fragte ich. »Wann sind die Fotos aufgenommen worden?«

Trey beugte sich vor, um die Angaben in den Dateieigenschaften zu entziffern. »Am 16. Januar«, wiederholte er. »Um 15:06 Uhr.«

Ich schluckte trockene Luft. Angst.

Celeste hatte sich an Farrah Jordan erinnert, weil sie ganz offensichtlich nicht für eine Wanderung im verschneiten Wald ausgerüstet gewesen war. Sie trug eine braune Mütze, vielleicht auch eine graue. Einen roten Schal um den Hals. Keinen Rucksack, lediglich eine kleine Tasche für ihr Fotoequipment. Nur dieser rote Schal, der ihr über die Schultern fiel, und eine Kamera vor dem Gesicht, auf den Berg gerichtet.

Celeste ging davon aus, dass sie nicht vorhatte, besonders weit zu gehen. Jeder wüsste es besser. Wir wussten es definitiv besser.

Aber natürlich erst hinterher. Es vergingen einige Tage, bevor wir erfuhren, dass sie vermisst wurde, dass Celeste diejenige war, die sie zum letzten Mal gesehen hatte. Als der Sheriff ihren verlassenen Wagen abschleppen ließ, waren alle Fußspuren, die ihren Weg markierten, längst unter der frischen Decke aus Schnee begraben, der am Abend ihrer Ankunft und noch Tage danach fiel.

Ich stellte sie mir vor, wie sie einen Schritt auf dem Wanderweg machte und dabei die Aussicht durch das Objektiv der Kamera betrachtete. Ein weiterer Schritt, unter dem der Schnee knirschte, eine Fußspur, die sie hinterließ, damit andere ihr folgen konnten. Eine weiße Decke, die sich hinter ihr ausbreitete und jede Spur von ihr auslöschte, bis alles verschwunden war.

Trey schloss den Ordner und kappte damit meine zaghafte Verbindung zu Farrah. Dann klickte er die unbenannte Word-Datei an.

Das Erste, was mir ins Auge sprang, war die Überschrift: *Eine berühmt-berüchtigte Geschichte.*

Das Dokument war nur ein paar Absätze lang und schien die Einleitung zu dem Artikel zu sein, den Landon West geplant hatte zu schreiben. Ich beugte mich dicht neben Trey vor, meine Augen brannten, während ich die Worte überflog. Er listete einige Daten zu unserer Stadt auf, angefangen bei den geografischen Parametern bis hin zur Einwohnerzahl, bevor er zum krönenden Abschluss die *sechs vermissten Touristen* nannte. Die kaum verhohlene Anschuldigung im Text entging mir nicht: Die Tatsache, dass die Leute in Cutter's Pass einen glauben machen wollten, es sei alles nur Zufall.

Was auch immer Sie glauben – Cutter's Pass heißt Sie in jedem Fall herzlich willkommen.

Die Wahrheit ist …

Mitten in der Zeile brach der Text ab.

»Was verdammt …?« Trey bewegte den Cursor nach unten, als könnten wie von Zauberhand weitere Sätze seines Bruders erscheinen. Ein Gedanke, der auf unbefriedigende Art nicht zu Ende geführt war, auf ewig für uns verloren. »Was wollte er schreiben? Die Wahrheit ist *was*?« Auf der Suche nach mehr las ich den Text noch einmal. Trey musste dasselbe getan haben, denn gerade als ich beim letzten Satz angekommen war, murmelte er: »Verdammt noch mal, Landon. Natürlich lässt er ihn einfach unvollendet.« Als wäre das alles die Schuld von Treys Bruder und dessen Egoismus geschuldet, der bis heute weiterwirkte, weil Landon nicht an die Menschen gedacht hatte, die vielleicht irgendwann nach ihm suchen würden.

Ich stellte mir vor, wie Landon an dem kleinen Holzschreibtisch in Hütte vier saß und von einem Geräusch draußen abgelenkt wurde. Ich stellte mir ein plötzliches Klopfen vor und wie Landon »Einen Moment!« rief, während er hastig den Stick aus dem Laptop zog und an dem einen Ort versteckte, von dem er sicher war, dass dort niemals jemand danach suchen würde. Ich stellte mir die Vorstufe der Gefahr vor, etwas, das schließlich fürchterlich schiefgelaufen war.

Trey trat einen Schritt vom Computer zurück, zog sein Handy aus der Tasche und hielt es ausgestreckt vor sich. »Ich hab keinen Empfang«, sagte er, während er die Lobby durchquerte, um es in der Nähe der Fenster zu versuchen, die zum Berg zeigten – was genau die falsche Richtung war, um ein Mobilfunknetz zu finden.

Hastig kopierte ich den Inhalt des Sticks auf die Festplatte des Computers, bevor Trey ihn an sich nehmen und außer Reichweite bringen konnte. Immerhin hatten an diesem Ort Dinge die Angewohnheit zu verschwinden.

»Wen versuchen Sie anzurufen?«, fragte ich, während ich in Gedanken die Abfolge von Maßnahmen durchging, die wieder einmal ausgelöst werden würde: eine gründliche Durchsuchung von Hütte vier und vielleicht auch von anderen Orten, eine Reihe von Befragungen, nach denen unsere Aussagen miteinander abgeglichen werden würden – wobei unsere Erinnerungen diesmal unzuverlässiger sein würden, das Misstrauen würde sich in die Lücken krallen.

»Ich weiß nicht ...« Er drehte sich langsam um die eigene Achse, um mich anzusehen. Seine Mundwinkel zeigten nach unten, als ob er noch gar nicht darüber nachgedacht hätte. »Er hat den Stick versteckt, Abby. Er wusste, dass er in Gefahr ist.«

Ich streckte die Hände aus, um ihm zu signalisieren, dass er sich beruhigen, noch einmal darüber nachdenken sollte. Es gab andere Optionen, seine musste nicht wahr sein.

Stattdessen stellte ich mir vor, wie Landon West aufräumte, bevor er an jenem Tag aufbrach, und sich Sorgen machte, dass jemand in seinen Sachen herumwühlen und herausfinden könnte, woran er arbeitete.

»Sie haben gesagt, dass er immer ein großes Geheimnis um sein aktuelles Projekt gemacht hat, richtig?«

Trey senkte den Kopf. »Es ist schon ein Unterschied, ob man seinen Kollegen nicht verrät, an welcher Story man gerade dran ist, oder ob man einen USB-Stick in einem Möbelstück in einer beschissenen Hütte am Arsch der Welt versteckt.« Er macht eine kurze Pause. »Nichts für ungut.« Er hatte leicht zu lallen begonnen, und ich erinnerte mich an die leeren Weinflaschen, den Zustand, in dem sich die Hütte befunden hatte, die Gefahr, die unterschwellig von ihm ausgegangen war.

»Jeder wusste, dass er einem neuen Hinweis nachgegangen ist. Und das ist der hier.« Ich deutete auf den Bildschirm, der noch immer den unfertigen Text zeigte. »Hier gibt es nichts zu holen, wirklich. Nichts, weswegen er sich hätte Sorgen machen müssen. Das hier sind keine neuen Informationen.« Im Gegensatz zu dem Ordner, der den Namen Farrah trug. Ein Hinweis. Ein Eingang.

»Oder«, wandte er ein, »jemand hat seine Sachen durchwühlt, das Notizbuch und sein Handy entwendet und nur den USB-Stick übersehen.«

Der Personenkreis, der sich Zugang zu den Hütten verschaffen konnte, war klein. Trey schien nicht zu merken, dass er damit mich beschuldigte – und alle anderen, die hier arbeiteten. Wenn er wirklich daran glaubte und es jemandem erzählte, wusste ich genau, wie die polizeiliche Untersuchung ablaufen würde: Celeste, Georgia, ich. Das waren die Optionen. Es würde kein Entkommen geben.

Er hatte sich wieder in Bewegung gesetzt, lief auf und ab, ohne den Blick vom Display seines Handys zu lösen. »Als wären wir mitten in einem beschissenen Funkloch«, murmelte er.

»Sie können das Festnetztelefon benutzen.« Ich nahm den Hörer in die Hand, doch die Verbindung war schon wieder tot. Ich legte den Hörer zurück auf die Gabel. Am nächsten Morgen musste ich als Erstes Harris anrufen, damit er die Leitung überprüfte. Stattdessen zog ich mein Handy aus der Tasche. »Im Büro hab ich normalerweise Empfang. Im Büro des Sheriffs wird um diese Zeit niemand sein, aber ich könnte trotzdem versuchen, ihn zu erreichen, falls es das ist, was Sie gerade versuchen.« Ich müsste Rochelle oder Cory kontaktieren, aber das könnte ich tun. Eine Erinnerung – für ihn, für mich –, dass ich ein Teil dieses Ortes war. Dass es ein Netz gab, das uns alle zusammenhielt.

Aber Trey runzelte nur die Stirn. »Ich weiß nicht ...« Er schien es sich anders überlegt zu haben, als wäre ihm gerade erst bewusst geworden, wie spät es tatsächlich war. Vielleicht erwog er, seine Eltern anzurufen, seine Freundin, einen Freund ... »Der Appalachian Trail fällt in den Zuständigkeitsbereich des FBI, oder?«

Ich räusperte mich, als ich an die Wellen aus Beamten dachte, die in der Vergangenheit an den Vermisstenfällen gearbeitet hatten. Daran, wie ihre Präsenz alles verändert hatte, unsere Perspektive, unser Verhalten.

»Das da«, ich deutete auf den Bildschirm und meinte die Fotos, die wir gerade gesehen hatten, »gehört nicht zum Appalachian Trail.« Vielleicht war Farrah sogar bis dahin gekommen, aber dafür gab es keinen Beweis. Nein, dies war einfach nur ein Wanderweg in Cutter's Pass, einer Stadt, die dafür berühmt war, dass dort Menschen verschwanden.

»Lassen Sie mich kurz nachdenken«, sagte er, bevor er sich kopfschüttelnd auf eine der Bänke neben dem Kamin setzte.

Ein Geräusch von oben ließ uns beide zusammenzucken. Ich hob den Kopf, um zur Empore hinaufzusehen. Ein Schatten, der länger wurde, bevor er im Flur verschwand, was uns daran erinnerte, dass das Passage Inn voller Gäste war, dass bald Mitternacht sein würde und Trey kurz davor stand, eine Szene zu machen.

Trey erhob sich, starrte aus dem Fenster in die Dunkelheit. »Diese Stelle auf den Fotos, das ist da, wo Sie mich morgen früh hinführen, oder?«

Würden wir das tatsächlich tun? Wie konnte es sein, dass unsere Entdeckung nichts an seinen Plänen geändert hatte? Vielleicht hatte sie ihn auch nur in seinem Vorhaben bestärkt und seinen Glauben bestätigt, dass sein Bruder auf dem Trail unterwegs gewesen war und dass uns Farrah Jordan nun an denselben Ort führte. Eine Verbindung – eine Möglichkeit. Es war der einzige Weg, dem er weiter folgen konnte.

»Ja«, bestätigte ich nach einer Pause in dem Wissen, dass es dort nach all der Zeit nichts zu finden gab. Nichts Handfestes, was er seiner Familie oder der Polizei oder der Presse oder wem auch immer zeigen könnte. Den Touristen schien zu entgehen, dass dieser Gebirgszug etwas Lebendiges war. Die Landschaft veränderte sich kontinuierlich, reinigte sich von dem, was zuvor existiert hatte, zeigte einem nur diesen einen Moment und das, was sie einen sehen lassen wollte. Bis zur nächsten Jahreszeit hätte genauso gut ein Jahr vergehen können. Ein Jahr, das ebenso ein Jahrzehnt sein könnte. Hier oben verging die Zeit schneller.

Trey schwankte zurück zur Rezeption, wo er den Stick aus dem Computer zog, bevor er ihn in seine Hosentasche schob. »Ich hab nur das Gefühl, dass …« Er brach ab. »Die Polizei hatte vor vier Monaten ihre Chance und hat absolut nichts unternommen.«

Er war nicht hier gewesen. Natürlich hatte die Polizei nicht nichts getan – sie hatten alles auf den Kopf gestellt, hatten sämtliche Schritte nachvollzogen, die Landon West zum Passage Inn geführt hatten, sie hatten seine Wohnung, sein Auto, die Hütte durchsucht. Aber der Sheriff hatte bei der Happy Hour womöglich nicht den besten Eindruck bei Trey hinterlassen, indem er unangekündigt aufgetaucht und ihn einfach überfallen hatte. Ich konnte nachvollziehen, warum Trey ihm nicht über den Weg traute.

»Wenn Sie den Trail wirklich gehen wollen, dann müssen wir früh los.« Ein unverblümter Hinweis, sich in seine Hütte zurückzuziehen.

»Okay«, sagte er, jetzt wieder selbstbewusster. »Morgen gehen wir zu den Wasserfällen. Falls die Fotos von Farrah aufgenommen wurden und mein Bruder in ihrem Besitz war, dann muss er auch dort gewesen sein, oder? Er wollte die Stelle mit eigenen Augen sehen.«

Wir alle hatten diese Orte abgesucht, damals, als es darauf ankam. Aber es konnte nicht schaden, noch mal hinzugehen. Der Sheriff schlief sowieso, und unser Anliegen würde nicht als Notfall zählen. Ihn um diese Uhrzeit zu kontaktieren würde nur dazu führen, dass sich die Neuigkeiten schneller verbreiteten, als ich sie aufhalten konnte.

»Dann um sechs. Sie sollten bis dahin ein bisschen schlafen.«

»Okay, ja.« Auch wenn ich wusste, dass er es nicht tun würde. Keiner von uns beiden würde schlafen.

»Er hat nach ihnen gesucht. Nach den sechs vermissten Touristen«, murmelte er mit der Hand in der Hosentasche. Ich stellte mir vor, wie er sie um den USB-Stick schloss, um die Worte seines Bruders. Wie er probierte, Landons Gedanken nachzuvollziehen, damit sie uns auf den richtigen Weg führten. Uns erzählten, was er sagen wollte. Damit sie uns warnten.

Ich machte mir nicht die Mühe, ihn zu korrigieren. Dass es mit seinem Bruder nun sieben waren.

Ich wartete, bis die Tür hinter ihm zufiel und seine Schritte verklangen, bevor ich die Fotos in einen passwortgeschützten Ordner mit meinem Namen verschob.

Die Wahrheit ist …

Die Wahrheit war, dass ich ebenfalls diesen Sog spürte. Farrah, die mir von der anderen Seite des Fensters bedeutete, ihr zu folgen, während ihr roter Schal hinter ihr im Nachtwind wehte. Wer wusste, wo sie uns vielleicht hinführte? All diese Fremden, die uns so nahegekommen waren. All diese Menschen, die ebenso auch wir selbst hätten sein können.

Kapitel 7

Ab zwei Uhr befanden sich meine Sinne in höchster Alarmbereitschaft. Selbst die Käfer, die nachts durchs Fenster in mein
Schlafzimmer flogen, machten mich nervös. Ich stellte mir vor,
wie stattdessen jemand sanft gegen die Scheiben klopfte.

Ich starrte in die Dunkelheit, die Sterne waren heute Nacht
hinter den Wolken verborgen. Und dann: ein Licht, das in der
Ferne flackerte, auf der anderen Seite des Felsvorsprungs direkt vor meinem Fenster. Ich richtete mich im Bett auf. Eine
Taschenlampe? Wahrscheinlich eher eine defekte Lampe von
der Wegbeleuchtung, entschied ich.

Auf keinen Fall würde ich heute Nacht auch nur ein Auge
zubekommen – nicht bevor ich aufstehen musste, um Trey zu
den Wasserfällen zu begleiten. Nicht solange die Vergangenheit in plötzlichen Hirngespinsten aus der Dunkelheit auftauchte, eins nach dem anderen – zuerst Landon, dann Farrah.

Stattdessen dachte ich an all die Dinge, die Trey an diesem
Ort erlebt hatte. Die Leute, die zur Happy Hour erschienen
waren, als hätten sie sich abgesprochen: der Sheriff, Marina,
Celeste. Die Geräusche, die Trey in der Nacht zuvor aus dem
Nebenzimmer gehört hatte – er war sich so sicher gewesen,
dass sich jemand in der Hütte neben seiner aufgehalten und
ihn belauscht, vielleicht sogar beobachtet hatte. Und ich war
nicht mehr davon überzeugt, dass er sich irrte. Nicht mehr.
Nicht, nachdem Farrah Jordans Fotos in ebenjener Hütte aufgetaucht waren.

Ich hielt mir das Festnetztelefon in meiner Wohnung ans Ohr, nur um sicherzugehen. Damit die Gäste, die mich nachts von der Rezeption erreichen mussten, es auch wirklich konnten. Das Freizeichen ertönte, und ich spürte, wie etwas in meinem Inneren losließ. Erleichtert darüber, dass das Problem mit der Telefonleitung nicht das gesamte Gebäude betraf. Dass wir nicht von einer unsichtbaren Macht angegriffen wurden.

Das flackernde Licht draußen vor dem Fenster nahm ab, bis es schließlich ganz erlosch. Ich ließ die Beleuchtung in der Wohnung ausgeschaltet, weil mir plötzlich bewusst wurde, dass dort draußen vielleicht etwas war, das gerade zu mir hereinsah.

Bei meiner Ankunft vor einem Jahrzehnt war es ein Leichtes gewesen, sich isoliert und weit weg von allem und jedem zu fühlen und meiner Fantasie freien Lauf zu lassen. Allein die Fahrt in die Stadt war eng und kurvenreich, die Bäume reckten sich über den Asphalt. Wir waren nur fünfzehn Meilen von der nächsten Ortschaft entfernt, aber auf den Bergstraßen kam einem die Strecke länger vor. Wenn ich allein im Hotel war mit nur lückenhaftem Handyempfang, verstärkte sich dieses Gefühl noch, besonders bei schlechtem Wetter, wenn uns ein heftiger Sturm vom Rest der Stadt abschnitt.

Aber mit der Zeit lernte ich es zu schätzen – sogar zu lieben. Ich lernte diesen Ort durch Celestes Augen kennen, ihre Perspektive übertrug sich auf meine. Ihr Vertrauen in diese Welt, die sie aufgebaut hatte, war unmöglich anzuzweifeln. Ebenso wenig wie ihr Glaube an den Anstand und die Fähigkeiten der Menschen, mit denen sie sich umgab – eine Gruppe, zu der inzwischen auch ich gehörte, weshalb es mir unmöglich war, nicht dieselben Eigenschaften an mir selbst festzustellen. Sie glaubte daran, dass dieses Hotel mit seinem soliden Fundament und den verstärkten Wänden allem standhalten würde. Wir waren ein in sich geschlossenes Universum, und ich war ein notwendiger Teil davon.

Trotz unserer »berüchtigten Geschichte« – von den Vier Burschenschaftlern bis Landon West – sah ich es an den meisten Tagen immer noch so.

Doch jetzt fühlte ich mich von ebendiesen Elementen verunsichert, fühlte mich in den Betonwänden gefangen und konnte nichts wahrnehmen, was außerhalb der Grenzen meiner Wohnung passierte. Ich musste unbedingt die Stimme von jemandem am Telefon hören. Ich brauchte eine Verbindung. Georgia war gleich nebenan, aber es hätte nichts Tröstliches, sie um diese Uhrzeit zu wecken. Sloane zeltete wahrscheinlich immer noch außerhalb aller Mobilfunknetze, und falls nicht, holte sie gerade dringend benötigten Schlaf nach. Nachdenklich starrte ich auf das Telefon. Ich erinnere mich daran, dass ich vor Jahren einmal Cory mitten in der Nacht angerufen hatte, nur um seine vertraute dunkle Stimme zu hören, diese Verbindung zu spüren.

Stattdessen schlüpfte ich in meine Turnschuhe, schob meine Schlüsselmarke in die Gesäßtasche und wagte mich aus meinem Zimmer.

Es herrschte vollkommene Stille, als ich die Lobby durch den Mitarbeitereingang betrat und vorsichtig die Tür hinter mir schloss. Die Gaslampen, welche die Lobby säumten, schufen ein gemütliches Ambiente – waren aber stark genug gedimmt, um unsere Gäste daran zu erinnern, dass dies kein Ort war, der zum nächtlichen Verweilen einlud.

An der Wand hinter der Rezeption hing der verschlossene Glaskasten mit den Zimmerschlüsseln. Eine Gefahrenquelle, natürlich, zumindest wenn man danach suchte, denn er verriet, welche Räume belegt waren und welche nicht. Normalerweise spielte es keine Rolle, da meistens alle Zimmer im Hauptgebäude belegt waren. Und es gab einen Chip, mit dem man das Schloss entriegeln konnte, wenn man ihn vor das silberne Quadrat hielt, das über dem Türgriff angebracht war.

Aber das galt nicht für die Hütten. Dort draußen war nichts elektronisch aufgerüstet worden. Diese Unterkünfte sprachen in der Regel eine andere Klientel an.

Zu jedem Zimmer gab es einen Ersatzschlüssel, den wir zusammen mit dem Schlüssel für den Glaskasten im Schließfach hinten im Büro verwahrten. Jeder Ersatzschlüssel steckte in einem kleinen beschrifteten Papierumschlag. Dort hatte Georgia den Ersatz für den verlorenen Schlüssel zu Bergblick eins geholt. Irgendwann würde ich ein weiteres Exemplar bestellen müssen. Aber jetzt blätterte ich durch die Umschläge, bis ich den mit der Aufschrift *Hütte 3* fand.

Um die Außenbeleuchtung vor dem Eingang zu meiden, schlüpfte ich durch die Tür, die auf die Terrasse hinausführte. Morgens öffneten wir sie normalerweise und stellten sie fest, damit sich die Gäste ungehindert mit ihrem Frühstück nach draußen setzen konnten. Nun fiel sie hinter mir zu und raubte mir jegliches Licht. Ich hangelte mich an den Terrassenmöbeln entlang, bis sich meine Augen an die Dunkelheit gewöhnt hatten. Vorsichtig stieg ich die Treppe hinunter auf die Wiese und umrundete, an die Fassade gedrückt, das Gebäude. Meine Finger strichen über den Putz, bis ein Stück entfernt die Umrisse der Hütten zu erkennen waren, die sich als dunklere Schatten vor dem Nachthimmel abzeichneten.

Aus den Hütten fiel kein Licht nach draußen, nicht einmal aus Nummer vier, obwohl ich mir nicht vorstellen konnte, dass Trey West tatsächlich schlief. Es sei denn, er hatte mehr Wein getrunken, als ich vermutete.

Vorsichtig stieg ich die Stufen zu den Hütten hinauf und vergewisserte mich, dass die Vorhänge vor seinem Fenster geschlossen waren, bevor ich den Schlüssel ins Schloss von Nummer drei nebenan steckte. Dabei war ich mir jeden Lauts, den ich verursachte, nur allzu bewusst. Ich war die nächtlichen Geräusche gewohnt, aber in diesem Augenblick fühlte ich mich seltsam ausgesetzt und verwundbar. Ich hörte einen Zweig zu meiner Rechten knacken, ein Rascheln in den Blättern über meinem Kopf, das sanfte Klicken des Schlosses.

Leise drückte ich die Tür hinter mir zu, hielt den Atem an, als das Schloss zuschnappte, und benutzte dann die Taschenlampe meines Handys, um jede Ecke des Raums auszuleuchten. Er war leer, wie erwartet. Und unangetastet. Es war nur erstaunlich kalt hier, aber das konnte genauso gut an der Uhrzeit liegen, der Dunkelheit, an all den Dingen, die ich mir vorgestellt und die mich bis an diesen Punkt gebracht hatten.

Das Bett war gemacht und die Badezimmertür geschlossen, die Gästemappe lag in der Mitte des Schreibtisches. Nichts erschien fehl am Platz. Die Anordnung der Möbel war spiegelverkehrt zur Hütte nebenan, sodass der Schreibtisch in diesem Raum an der gleichen Stelle der Wand stand wie in Trey Wests Hütte.

Ich lauschte und nahm Stille wahr. Beinahe. Bis auf ein leises Pfeifen von der Rückwand her. Ich trat näher in der Annahme, der Fensterrahmen könnte einen Riss haben. Je näher ich kam, desto deutlicher spürte ich es – kühle Nachtluft, die von außen in die Hütte zog.

Ich fuhr mit den Fingerspitzen über die Ränder des Fensterrahmens, aber anstatt eines Risses entdeckte ich eine Lücke zwischen dem Fenster und dem Rahmen. Es war entriegelt und ein kleines Stück aufgeschoben worden, wahrscheinlich vom letzten Gast, der die Hütte gemietet hatte. Ein Detail, das Georgia bei ihrer Routinekontrolle übersehen haben musste. Erstaunlich, wenn man bedachte, wie zwanghaft gründlich sie seit Landon Wests Verschwinden vorging, Zimmer und Gästelisten immer wieder überprüfte, als drohte jeder ständig zu verschwinden.

Ich schob die Finger durch den Spalt ins Freie und stellte fest, dass auch das Rollo ein Stück geöffnet war. Höchstwahrscheinlich waren die Geräusche, die Trey letzte Nacht gehört hatte, tatsächlich von einem Tier verursacht worden. Vielleicht kein Eichhörnchen in der Dachrinne, sondern etwas anderes: ein nachtaktives Tier, das durch den Fensterspalt geschlüpft und in dem leeren Raum herumgeflogen oder umhergehüpft war.

Andererseits war mir bewusst, dass ebenso leicht ein Mensch durch das offene Fenster einsteigen könnte. Den Fuß auf einen Baumstumpf, die Ellbogen auf die Fensterbank, ein Körper, der hereinkletterte.

Schaudernd schob ich das Bild beiseite.

Ich zog das Rollo herunter und schloss dann das Fenster, das beim ersten Versuch jedoch nicht richtig einrastete. Der Rahmen war alt und verwittert, und ich musste mich anstrengen, um das Fenster zuzudrücken. Als das Geräusch die Stille durchbrach, zuckte ich zusammen.

Ein Laut ertönte von der Wand zu meiner Rechten, fast wie ein Echo. Ich wirbelte herum und erwartete, jenem Tier gegenüberzustehen, das seinen Weg ins Innere der Hütte gefunden hatte, aber nichts rührte sich, als ich den Lichtstrahl meiner Handy-Taschenlampe langsam über die Wand wandern ließ.

Ein Kratzen setzte ein, genau an der Stelle der Wand, die ich anstarrte – als wäre ein Tier in der Holzkonstruktion zwischen den beiden Hütten gefangen.

Doch dann wurde der Laut tiefer, nahm Gestalt an, zu groß für ein Eichhörnchen oder eine Maus. Nein, etwas schabte die Wand entlang. Es musste Trey West auf der anderen Seite sein, der seinen Schreibtisch verschob. Einen Koffer hinter sich herzog.

Ich hielt den Atem an, versuchte, keinen Mucks von mir zu geben. Hatte er gehört, wie ich das Fenster geschlossen hatte?

Würde er rüberkommen? Und wenn er mich entdeckte, würde er glauben, dass ich auch gestern Nacht hier gewesen war, um ihn auszuspionieren? *Ich konnte nicht schlafen, weil mir Ihre Bemerkung nicht mehr aus dem Kopf gegangen ist – über die Geräusche, die Sie gehört haben. Deswegen bin ich hier, um nachzusehen.* Würde er mir das glauben?

Das plötzliche Geräusch von Glas auf Glas ließ mich zusammenfahren. Ich versuchte, es mir vorzustellen: ein Glas, das an die Wand geworfen wurde? Eine leere Weinflasche, die auf den Boden fiel? Das Geräusch kam mir für ein solches Szenario nicht heftig genug vor. Ich versuchte immer noch, es mir vorzustellen, als deutlich zu hören war, wie ein Holzstuhl über den Boden gezogen wurde, es klang wie Fingernägel auf einer Schultafel. Und plötzlich wusste ich, was er auf der anderen Seite der Wand tat: Er räumte auf, beseitigte das Chaos. Warf die leeren Weinflaschen in den Müll. Rückte die Möbel dorthin zurück, wo sie hingehörten.

Ich schlich näher, das Ohr an der Wand, bis ich ihn mir genau vorstellen konnte, die Schritte, die er machte, seinen Gesichtsausdruck. Wie er auf mich zukam, sich wieder abwandte. Er fuhr sich durchs Haar, während er sich mit blutunterlaufenen Augen umsah, ob er etwas übersehen hatte.

Ich beschloss abzuwarten. Glitt an der Wand hinunter bis auf den Boden und lauschte seinen Bewegungen auf der anderen Seite der Holzvertäfelung, bis ich mir vorstellen konnte, wie sich mein Atem mit seinem synchronisierte. Bis ich seinen Verlust spüren konnte.

Meine Mutter hatte immer gesagt, ich solle aufpassen, dass meine Fantasie nicht mit mir durchgeht, aber sie war ja auch eine Realistin gewesen. Sie hatte gesagt, das müsse sie sein, schließlich sei das Leben kein Wunschkonzert. Sie hatte mich mit Anfang zwanzig bekommen und allein großgezogen. Ihren geliebten Job im Reitstall mit den unregelmäßigen Arbeitszeiten hatte sie aufgegeben, um sich stattdessen einen konstanteren, verlässlichen zu suchen. Doch auf die Dauer hatte sie sich mit ihrer praktischen Veranlagung keinen Gefallen getan. Sie war an einem schnellen und aggressiven Krebsleiden gestorben, als ich achtzehn gewesen war.

In den Monaten vor ihrem Tod hatte ich das Einzige getan, was ich mir vorstellen konnte – hatte mich gegen das College entschieden, meine Zukunft auf Eis gelegt, um bei ihr zu bleiben, und danach hatte ich zusammengepackt, was sie hinterlassen hatte, und keine Ahnung gehabt, wohin ich als Nächstes gehen sollte. Der Mensch, der ich davor gewesen war, fühlte sich wie eine Fremde an, als würde die Zukunft, die ich mir einmal ausgemalt hatte, jemand anderem gehören.

Mein Leben hier im Passage Inn war nie die Zukunft gewesen, die ich mir ausgemalt hatte. Jetzt konnte ich mir nichts anderes mehr vorstellen. Wäre meine Mutter noch am Leben, fände sie es sicherlich nicht besonders sinnvoll, dass ich hier war, aber ich war ihr auch in keinen relevanten Punkten ähnlich gewesen.

Ich hörte das leise Knarzen der Matratzenfedern und stellte mir vor, wie Trey mit dem Kopf in den Händen auf der Bettkante saß und sich endlich klarmachte, was passiert war. Das Nichtwissen führte ihn auf zu viele Pfade, förderte zu viele Erinnerungen zutage. Es fühlte sich zu intim an, zu nah, und ich fragte mich, ob er auch meine Anwesenheit spüren konnte.

Schließlich knarzten die Federn erneut, kurz darauf hörte ich ihn den Raum durchqueren. Dann: die Angeln der Badezimmertür, das Quietschen eines Knaufs und das Vibrieren von Rohren, bevor das Geräusch von fließendem Wasser in der Dusche alles andere dämpfte.

Ich nutzte meine Chance und schlich mich so leise hinaus, wie ich hereingekommen war. Schloss die Tür hinter mir ab.

Hastete durch die Nacht, unentdeckt, auf demselben Weg, auf dem ich gekommen war. Wie ein Geist.

Um 5:45 Uhr stand ich mit gepacktem Rucksack bereit für unsere Wanderung. Adrenalin pumpte durch meine Adern. Mir war bewusst, dass ich mich auf direktem Weg in einen Zusammenbruch befand – aber aus Erfahrung wusste ich auch, dass es noch nicht so weit war. Ich musste nur weitermachen. Das hatte mich der Berg gelehrt. Aus demselben Grund sah ich beim Wandern nie zu weit nach vorne oder zurück. In Wahrheit hielt ich mich für keine Expertin. Meine Erfahrungen beruhten vor allem auf diesem einen Trail zu den Shallow Falls, den ich gut kannte, doch ich wusste nur wenig über das, was dahinter lag. Den Weg, der oberhalb der Schlucht bis zum großen Appalachian Trail führte, war ich nur ein einziges Mal mit Sloane gegangen, und ich hatte nicht vor, es noch einmal zu tun.

Seit der Suche nach Landon West war ich den Shallow Falls Trail nicht mehr gegangen. Zu Beginn war es eine klare Entscheidung gewesen: Ich war nicht in der Lage, das Hotel ohne Begleitung zu verlassen, ohne dass mich ein kalter Schauer überfiel, weil ich mir vorstellte, was Landon West alles zugestoßen sein könnte. Unser geschütztes Hotel und die Stadt voller Menschen, die es bemerken würden, wenn etwas passierte, die auf einen aufpassten, einen im Auge behielten, übten eine große Anziehungskraft aus. Und irgendwann wurde es, wie alle Dinge, zur Gewohnheit. Wir hatten Jack angeheuert, damit er an den Sommerwochenenden als Wanderführer auf Abruf bereitstand, wenn er keine größeren Bergtouren begleitete. Und so ungern ich es auch zugab, konnten wir uns darauf verlassen, dass Cory bei einer Last-Minute-Anfrage für eine geführte morgendliche Wanderung unter der Woche zur Verfügung stand. Die Gäste liebten ihn.

Trotzdem, irgendwann musste ich wieder da raus, und diese Gelegenheit war genauso gut wie jede andere. Aber ich war nervöser als sonst, ohne zu wissen, ob es an der langen Zeit lag, die ich den Trail nicht gelaufen war, an Treys Anwesenheit oder an den Bildern auf Farrahs Kamera. Da war dieses Gefühl, dass es hier tatsächlich Geheimnisse gab.

Ich überprüfte ein letztes Mal meine Ausrüstung und versuchte, mir die erlernte Routine ins Gedächtnis zu rufen, sie mir wieder zu eigen zu machen: Bärenspray – das noch nie eingesetzt werden musste und wahrscheinlich inzwischen abgelaufen war – im Seitenfach meines Rucksacks. Snacks, Metallflaschen mit Wasser und ein vorgepacktes Erste-Hilfe-Set. Ein klein zusammengerollter Poncho für den Fall, dass es regnete, und ein Klappmesser in der Außentasche meiner Wanderhose.

Der größte Teil meiner Ausrüstung stammte aus dem Fundsachenkorb, den wir im Lagerraum im Souterrain aufbewahrten. Er war voll mit Kleidungsstücken und übriger Ausrüstung, die Gäste im Laufe der Jahre bei uns vergessen hatten. Wenn etwas in einem der Zimmer liegen gelassen wurde, steckten wir es in einen Beutel, den wir mit dem Namen des Gastes beschrifteten, falls dieser anrief und sich erkundigte, ob wir die vermissten Sachen gefunden hätten. Doch nachdem eine gewisse Zeit verstrichen war, landeten auch diese Gegenstände im Korb mit all den anderen Dingen, die wir in den öffentlichen Bereichen auf dem Gelände fanden.

Unsere Gäste trugen in erster Linie Markenkleidung, die ich mir selbst nie hätte leisten können, und dass sie nur selten etwas davon vermissten, war etwas, woran ich mich nach wie vor nicht gewöhnt hatte. In meiner Anfangszeit hier hatte Celeste mich aufgefordert, mir zu nehmen, was ich brauchte – damals war ich mir nicht sicher gewesen, wie lange ich bleiben würde, mir eine neue Ausrüstung zuzulegen, hatte vorerst außer Frage gestanden –, und dieser Rucksack war eine der ersten Sachen, die in meinen Besitz übergegangen waren. Er hatte für weiß Gott wie lange Zeit zuunterst in der Fundkiste gelegen. Das Material war dunkelbeige, sodass man nicht erkennen konnte, ob er gerade besonders dreckig war, und in der Mitte der Schulterriemen verlief eine leuchtend orangefarbene Naht. Die einzigen Mängel bestanden in einem abgerissenen Aufnäher auf der Rückseite – auf dem wahrscheinlich das Label gestanden hatte –, der ein dunkles Rechteck zurückgelassen hatte, und einer fehlenden Reißverschlusslasche an der kleinsten Außentasche. Ich hatte einen orangefarbenen Kabelbinder durch die Metallschlaufe des Reißverschlusses gefädelt. Ab diesem Zeitpunkt hatte er sich wie mein Eigentum angefühlt. Noch ein Jahrzehnt später leistete er mir gute Dienste.

Mein Handy nahm ich nur selten auf Wanderungen mit. Es war sinnlos, da es vom Passage Inn bis zur Mündung in den Appalachian Trail ohnehin kein Netz gab. Aber an diesem Morgen steckte ich es mit dem Gedanken an Farrahs Bilder dennoch in meine Hosentasche. Ich fragte mich, ob ich versuchen sollte, an derselben Stelle zu stehen, um zu sehen, wonach sie Ausschau gehalten hatte, das gleiche Bild aufzunehmen und zu spüren, was als Nächstes passiert sein musste.

Dann schnürte ich meine Stiefel und zog mir den Rucksack auf die Schultern.

Auf dem Weg nach draußen kam ich an Georgias Zimmer vorbei, wo das Schrillen ihres Weckers die Musik aus dem Radio zerriss.

Die Lobby war menschenleer, aber ich sah einen Schatten durch die Scheiben der Eingangstüren, der sich hin und her bewegte. Rasch hinterließ ich Georgia eine Notiz neben dem heruntergefahrenen Computer: *Bin mit einem Gast auf einer Morgenwanderung.* Ich konnte mich nicht dazu bringen, seinen Namen dazuzuschreiben. Dann fügte ich zwei Striche hinzu, um die Anzahl der Wanderstöcke festzuhalten, die wir mitnahmen, und zog einen aus dem Ständer neben der Rezeption. Eigentlich würden wir heute keine brauchen, aber da ich wusste, dass Trey bereits einen dabeihatte, wollte ich selbst nicht ohne gehen. Das stabile Holz in der Hand zu halten, gab mir ein Gefühl von Sicherheit. Eine zusätzliche Schutzschicht gegen Stürze und Raubtiere.

Ich trat nach draußen, wo er auf mich wartete, während sich der Himmel hinter ihm in rosa-violetten Schattierungen verfärbte. Irgendwie sah er aus, als hätte er geschlafen, was ich nicht für möglich gehalten hätte. Er trug einen Rucksack, der nicht neu aussah, aber auch nicht so, als wäre er für eine Tageswanderung gemacht – er war größtenteils leer, eher zum Campen geeignet, wenn man einen Schlafsack und ein kleines Zelt transportieren musste. Und er trug dieselben Wanderschuhe, die auf dem Boden der Lobby gequietscht hatten, ein verräterisches Zeichen dafür, dass sie bisher kaum getragen worden waren. Bis wir die Wasserfälle erreichten, würde er wahrscheinlich Blasen haben.

»Bereit?«, fragte ich.

Trey trat beiseite, um mich vorausgehen zu lassen, als wir den Parkplatz rechts von der Einfahrt verließen – in die Richtung, die von der Stadt wegführte. Die Straße war hier nicht geteert, der Kiesbelag ging mit der Zeit in einen besseren Trampelpfad über. Manchmal versuchten die Leute, hier zu parken, versteckt, sodass sie kaum zu sehen waren, und jetzt stand dort eine alte, dreckverschmierte Limousine mit einem bunten Peace-Aufkleber auf der Stoßstange.

Die Luft war frisch, und die in unserem Rücken aufgehende Sonne tauchte die Bäume, von denen sich Schatten in die Ferne erstreckten, in ein unheimliches Licht. Abgesehen von den Vögeln, dem Geräusch unserer gleichmäßigen Atemzüge und unseren Schritten, die sich allmählich aneinander anpassten, war nichts zu hören, als wir uns dem Holzschild näherten, das den Startpunkt des Wanderwegs markierte.

Die Buchstaben waren kurz vor der Baumgrenze in einen Holzpfosten geschnitzt. Ich blieb kurz stehen und sah zurück, wobei ich die Augen vor den Sonnenstrahlen abschirmen musste, die über das Hoteldach krochen.

»Das hier«, sagte ich an Trey gewandt, »ist der letzte Ort, an dem Farrah Jordan gesehen wurde.«

Ich stellte mir vor, wie sie hier, auf diesem Flecken Erde stand, und ich dachte an die anderen, die vor ihr hier gestanden und den Sog dessen gespürt hatten, was sie hinter der Baumgrenze erwartete. Wie sie gedacht hatte: *Nur einen Schritt. Nur einen mehr. Nur noch ein bisschen weiter.*

»Wie weit ist es bis zu den Wasserfällen?«, fragte er.

»Etwa zweieinhalb Meilen.« Und während ich mir vorstellte, wie Farrah den ersten Schritt über eine unsichtbare Schwelle machte, tat ich das Gleiche.

Der Weg begann mit einer stetigen Steigung, bevor er zu den Wasserfällen abfiel. Wir waren erst fünf Minuten gelaufen, als Trey anhielt. Er hatte sich umgedreht und starrte zurück zu den Bäumen und Rhododendronbüschen, die den Weg verengten.

»Man kann von hier aus schon nicht mehr den Ausgangspunkt sehen«, bemerkte er. Die Vegetation wurde immer dichter, bis der Weg irgendwann einem Abstieg durch einen Tunnel ähnelte.

»Stimmt, das geht schnell.« Mit jedem Jahr wurde das Dickicht undurchdringlicher, obwohl im Frühling regelmäßig eine Gruppe Freiwilliger dafür sorgte, dass die Natur sich nicht den ganzen Weg einverleibte und der Boden unterhalb der flachen Steine, die als Treppenstufen dienten, nicht zu stark erodierte. Sie überprüften, ob der Pfad breit genug war, und strichen die gelben Wegmarkierungen an den Stämmen nach.

»Nachts muss es unmöglich sein, sich hier zurechtzufinden«, sagte er.

Das stimmte nicht ganz – zumindest solange man eine Stirnlampe, eine Begleitung oder einen guten Instinkt hatte. Dann stellte ich mir die ganze Szenerie aus Treys Sicht vor und dachte an seinen Bruder, der vergeblich versuchte, den Rückweg zu finden. Wie dieser Ort wohl im Dunkeln aussah, wenn man nicht mit ihm vertraut war, ohne Orientierungspunkte, die einen nach Hause führten. Wie leicht man einen falschen Schritt machte und stattdessen tiefer in den Wald geriet. Wie schwierig es wäre, wieder auf den Pfad zu gelangen.

Die Gefahr lauerte nicht auf dem Trail, sondern dort, wo man ihn verließ. Wenn man nicht in der Lage war, den Weg wiederzufinden. Ich hatte von Wanderern gehört, deren Leichen Jahre später an anderen Abschnitten des Appalachian Trails aufgefunden worden waren, nur wenige Meter abseits des Weges. Sie hatten nicht gewusst, wie nah sie dem sicheren Trail gewesen waren, und tragischerweise ihr Leben verloren.

»Weiter gehts«, forderte ich ihn auf und lauschte, bis ich hörte, wie er sich hinter mir in Bewegung setzte. Ich wusste die morgendliche Ruhe zu schätzen, dennoch war ich nervös, wartete darauf, dass die Fragerei beginnen würde.

Es dauerte nicht lange.

»Ich hab über die Vermisstenfälle gelesen«, sagte Trey. »Bevor ich hergekommen bin.«

Ein Gedanke, den er offensichtlich schon seit einiger Zeit äußern wollte. Auch dies war keine Überraschung.

Ich versuchte, mein Tempo konstant zu halten. »Das machen die meisten.« Es war leichter, mit ihm darüber zu sprechen, solange er hinter mir ging. Celestes Stimme in meinem Kopf. *Wir müssen vorsichtig sein, Abigail.*

»Alle Vermisstenfälle stehen irgendwie mit diesem Trail in Verbindung, oder? Nicht nur mit Cutter's Pass, sondern mit dem Weg hier.« Als wäre der Boden, auf dem wir liefen, heilig, gefährlich. Eins von beidem. Oder beides.

»Hängt davon ab, was Sie mit Verbindung meinen. Es gibt kaum hieb- und stichfeste Beweise, dass einer der Vermissten hier entlanggegangen ist. Die Fälle unterscheiden sich. Sie hängen nicht zusammen.« In einigen Fällen war nicht mal erwiesen, dass die Person jemals einen Fuß in diese Wälder gesetzt hatte, auch wenn die meisten davon ausgingen.

»Die Vier Burschenschaftler waren auf einem Zeltausflug«, begann er, als wäre er zwei Tage nach seiner Ankunft in Cutter's Pass plötzlich ein Experte. »Alice Kelly hat sich von der Gruppe getrennt, mit der sie auf dem Appalachian Trail unterwegs war, und wollte allein weiterwandern. Mein Bruder, dessen Wanderschuhe verschwunden sind. Und dann Farrah Jordan. Die Fotos beweisen, dass sie hier war, auf diesem Weg.«

Wenn man wollte, fiel es leicht, sich den Wald als Verbindungsglied vorzustellen. Aber es fiel genauso leicht, es nicht zu tun.

»Die Vier Burschenschaftler haben zwar gesagt, dass sie diesen Trail nehmen wollen, aber niemand hat sie hier draußen gesehen«, wandte ich ein.

Sie waren abends aufgebrochen, wovor man sie gewarnt hatte. Es sei zu spät, die Sonne gehe zu schnell unter, und sie würden es nicht rechtzeitig zu einem Zeltplatz schaffen. Aber sie hätten Taschenlampen im Gepäck und einen starken Willen und viel Humor und außerdem Lust auf ein Abenteuer, hatten sie entgegnet.

»Und Alice Kelly hat es aus dem Wald herausgeschafft«, fügte ich hinzu. »Den ganzen Weg bis in die Stadt und ins Last Stop, wo sie jemanden angerufen hat. Erst danach ist sie verschwunden.«

Der Wald war nicht der letzte Ort gewesen, an dem man sie gesehen hatte. Keiner von ihnen war zuletzt im Wald gesehen worden, sondern Farrah Jordan am Ausgangspunkt und Landon West im Passage Inn.

Wir gingen weiter, die Ungewissheit hing zwischen uns, als mir klar wurde, dass wir die beiden einzigen Menschen waren, die von dem USB-Stick wussten. Und für einen Moment fühlte es sich an, als wären wir die beiden einzigen Menschen auf der Welt. Nichts als unsere schweren Atemzüge, unsere gleichmäßigen Schritte, ein Schauer, der meinen Rücken hinablief, während sein Wanderstock bei jedem Schritt über den Boden scharrte.

Und dann noch etwas. Weiter vorne. Das leise Geräusch von Schritten, die sich hinter der nächsten Biegung näherten, aber noch außer Sichtweite waren. Ich dachte an das Auto, das hinter der Kurve nahe am Ausgangspunkt parkte, und blieb so abrupt stehen, dass Trey beinahe in meinen Rücken gelaufen wäre. Rasch nahm ich den Wanderstock in die linke Hand, während die rechte instinktiv zu meiner Hosentasche wanderte – der Tasche mit dem Messer.

Aber um die Ecke bog nur Celeste mit ihrem üblichen Wanderstock auf ihrem üblichen Spaziergang.

»Guten Morgen, ihr zwei«, grüßte sie beim Näherkommen. Ihre Haare waren zu einem Zopf geflochten und ihre Schritte trügerisch lang für eine Frau von etwas mehr als ein Meter fünfzig Körpergröße, die gerade ihren achtundfünfzigsten Geburtstag gefeiert hatte. Mit den langen grauen Haaren und der wettergegerbten Haut wirkte sie oft älter, als sie war. Bis man sie in Bewegung sah.

»Guten Morgen, Celeste.« Ich trat zur Seite, um sie vorbeizulassen, jedoch nicht ohne dabei ihren Blick aufzufangen und ihr fest in die Augen zu schauen.

Wir hatten schon früher Diskussionen darüber geführt, dass

sie hier allein herumwanderte. Vor allem seit dem Verschwinden von Landon West. Dies sei ihr Zuhause, hatte sie mir mehr als einmal klargemacht. Aber das war die Illusion von Sicherheit, an der sich die Menschen hier festhielten: Es verschwanden immer nur Touristen. Jeder, der hier aufgewachsen war, schien ein Gefühl der Immunität zu empfinden, ob berechtigt oder nicht. Und Celestes Wurzeln reichten tief: Ihre Eltern waren beide hier aufgewachsen, und als sie kurz nach dem Collegeabschluss der Tochter gestorben waren, war ihre Verbindung zu diesem Ort nicht gekappt worden, sondern sie fühlte sich ganz im Gegensatz noch stärker an ihn gebunden, als hätte er sie zu sich zurückgerufen.

Sie blieb vor Trey stehen und richtete ihre durchdringenden grünen Augen auf ihn, bevor sie die Mundwinkel hob. »Freut mich, dass Abby Sie herumführt«, sagte sie und umschloss meinen Arm mit einer Hand, um ihn einmal fest zu drücken. »Sie kennt die Wälder hier wie ihre Westentasche.« Was großzügig von ihr war, aber nicht ganz stimmte.

»Sie ist eine ziemlich gute Wanderführerin«, erwiderte er, was ebenfalls sehr großzügig war, allerdings noch weniger der Wahrheit entsprach.

»Wir wollten so früh wie möglich los«, sagte ich und nutzte die kurze Pause, um den Rucksack auf den Boden zu stellen und eine Wasserflasche herauszuholen, die ich Trey reichte. »Ich dachte, so sind wir die Ersten auf dem Trail. Alles in Ordnung da draußen?«, fragte ich vielsagend.

Sie brachte ein verkniffenes Lächeln zustande. »Selbst ich war nicht die Erste. Auf dem Hinweg ist mir ein Wanderer entgegengekommen. Auf dem Berg ist um diese Uhrzeit quasi schon Vormittag.« Sie bohrte ihren Wanderstock in den Boden, drehte ihn hin und her, bevor sie auf den nächsten größeren Stein am Wegesrand trat. »Passt auf euch auf, Abigail.« Ihre Worte enthielten eine Warnung.

Während Celeste allein weiterging, nahm Trey einen großen Schluck aus der Wasserflasche. Wir sahen ihr nach, bis sie hinter der nächsten Kehre verschwunden war, verschluckt von den ausufernden Rhododendronbüschen. Das Geräusch ihrer Schritte verlor sich schon bald in einer Brise, die raschelnd durch die Baumkronen fuhr.

Er reichte mir die Flasche. »Hat sie gar keine Angst so allein hier draußen?«

»Nein«, presste ich zwischen zusammengebissenen Zähnen hervor. Celeste war stur – was nicht im Geringsten dazu beitrug, dass ich mir weniger Sorgen um sie machte. »Die Tatsache, dass sie jeden Morgen hier spazieren geht, bedeutet ihrer Meinung nach, dass ihr nichts passieren kann. Weil ihr bisher nichts zugestoßen ist, wird ihr auch in Zukunft nichts zustoßen.« Ich holte tief Luft. Auch wenn wir unsere Gäste immer wieder darauf hinwiesen, niemals allein zu wandern, hielt sich Celeste nur selten an diesen Rat. »Nach dem Tod ihres Mannes hat sie seine Asche auf dem Berg verstreut. Sie sagt, sie beginnt den Tag gern damit, hier mit ihm zu reden, so wie sie es immer getan hat. Wie es aussieht, ist es ihr das Risiko wert.«

Die Wahrheit war, dass ich Vincents Präsenz ebenfalls spürte, im Wald genauso wie im Hotel. In meiner Anfangszeit im Passage Inn, als sein Verlust noch präsenter war und schwerer wog, stellte ich viele Fragen über ihn, um ihn so gut wie möglich kennenzulernen. Celeste erzählte mir so lange dieselben Geschichten, berichtete von den immer gleichen Momenten, bis ihre Erinnerungen zu meinen wurden. Von ihrem Kennenlernen bei einer Arbeitsveranstaltung, nachdem sie beim selben Designunternehmen angefangen hatte, wo er als Architekt angestellt war, über das erste Mal, als sie hier gewesen waren, noch nicht verheiratet, bis zu der Tatsache, dass sie sich beide nicht entsinnen konnten, wessen Idee es gewesen war, das Stück Land zu kaufen und darauf ein Hotel zu errichten, als hätte der Gedanke immer schon wie auf magische Weise existiert. Während ich Celeste zuhörte, konnte ich mir genau vorstellen, wie er mühelos das Gepäck der Gäste die Treppe hinauftrug, und hörte sein tiefes Lachen durch die Lobby schallen.

Aber mit der Zeit stellte ich fest, dass ich Vincent am besten durch seine Abwesenheit kennengelernt hatte. Zu Beginn konnte ich überall seinen Schatten erkennen. Sein Verlust manifestierte sich in Dingen, die plötzlich einer Reparatur bedurften. In diesen Lücken trat Vincent in den Fokus, und ich stellte mir vor, wie er Rechnungen sortierte und den Eingangsbereich wischte und schief hängende Bilderrahmen gerade rückte. All die Aufgaben, die durch seine Abwesenheit zu meinen wurden. Ich wuchs in die Lücken hinein, die Vincent hinterlassen hatte.

»Sie ist ein wenig einschüchternd, trotz ihrer Größe«, bemerkte Trey.

Ich nickte, horchte in den Wald, versuchte vergebens, ihren Weg zurück zum Ausgangspunkt mitzuverfolgen. »Ich denke, das muss man sein, wenn man einen Ort wie diesen aufbaut und dreißig Jahre so gut wie allein führt.«

Er beobachtete noch immer aus zusammengekniffenen Augen die Kehre, als wäre sie dahinter stehen geblieben und wartete auf sie. »Kennen Sie sie gut?«, fragte er.

Ich setzte mich wieder in Bewegung, spürte, wie Trey in Gleichschritt mit mir verfiel. »Wir sind verwandt.« Ich hatte stets das Bedürfnis, sie in Schutz zu nehmen, bewunderte sie für das, was sie geschaffen und für diesen Ort getan hatte. Und für die Menschen, die hier lebten. Alles, was an diesem Ort gut war, war ihretwegen gut, und ich wollte, dass Trey das wusste. Sie hatte mir ein Zuhause gegeben, als ich nicht gewusst hatte, wohin ich mich wenden sollte, hatte mir ihr Auto zur Verfügung gestellt, als meines nicht mehr zu reparieren gewesen war, und mir einen Job beschafft, als ich ihn am dringendsten gebraucht hatte. Von den Leuten in der Stadt wusste ich, dass sie über die Jahre für andere ähnliche Dinge getan hatte. Die Menschen hier schätzten das Passage Inn in erster Linie, weil sie Celeste schätzten.

Wir liefen eine Weile schweigend nebeneinanderher, bevor er wieder das Wort ergriff. »Wie war es, hier aufzuwachsen, in einer Stadt mit einer solchen Geschichte?«

»Ich bin nicht hier aufgewachsen.« Als Celeste mich den Stadtbewohnern vorstellte, hatte sie nicht mehr sagen müssen als: *Das ist Abby, Vincents Nichte.* »Ihr Mann war mein Onkel. Er war älter als sie, und ich hab ihn als Kind nicht gekannt. Sie haben das Passage Inn zusammen gebaut. Ich war zu Besuch hier, nachdem er gestorben war. Und dann … bin ich nicht mehr weggegangen.«

»Wieso nicht?«

Die Gründe, aus denen man ging, und die Gründe, aus denen man kam … Es war unmöglich zu sagen, welche stärker waren.

»Ich hatte gerade erst meine Mutter verloren.« Damals waren die meisten meiner Freunde gerade weggezogen, um aufs College zu gehen. Die Abstände zwischen den Textnachrichten und Anrufen waren immer länger geworden, und selbst wenn man sich schrieb, hatte ich nicht das Gefühl, dass es noch etwas gab, worüber man reden konnte und was einen verband. Als würden wir in parallelen Welten leben und als könnte ich die Kluft zwischen ihnen nicht überbrücken. Am Ende hatte ich nicht nur meine Mutter verloren, sondern den Schwung für mein eigenes Leben, die Person, die ich hätte werden können, und die anderen, mit denen ich diese Reise gemeinsam unternommen hätte.

»Das tut mir leid.« Er war stehen geblieben. »Das tut mir

sehr leid«, wiederholte er, während er mich ansah, als würde er mich verstehen.

Ich winkte ab. »Das ist lange her.« Es war ja nicht das Gleiche wie bei ihm. Es gab kein Geheimnis, sondern nur eine Diagnose, eine Zeitspanne, ein Ergebnis. Nicht das Ende, das ich mir erhofft hatte, aber etwas Definitives – und nicht das, was ihn hierhergeführt hatte und alle anderen hierherführte. Es waren die Geheimnisse, von denen die Menschen angezogen wurden.

Wir erreichten eine Lichtung, die zu unserer Rechten steil abfiel, was ihm den ersten unverstellten Blick auf den Gebirgskamm in der Ferne bieten würde.

»Schauen Sie sich das an«, sagte ich, als ob die frische Luft, die aufragenden Berge all seine Fragen beantworten könnten. Die Menschen, die man dort draußen spüren konnte, diejenigen, die vor uns hierhergekommen waren. Ich stellte mir vor, wie wir alle an dieser Stelle stehen blieben und das Gleiche sahen, ein Moment, der uns über die Zeiten hinweg verband.

Doch er runzelte die Stirn und beugte sich vor, den Blick nach unten gerichtet, dorthin, wo das Gelände zwischen den Bäumen steil abfiel. »Wer würde hier im Winter wandern?«, fragte er und sah dabei in der Aussicht etwas ganz anderes. Einen falschen Schritt. Einen Abgrund, bei dessen Anblick sich einem der Magen umdrehte.

»Manche tun das. Solange es nicht zu vereist ist oder zu viel Schnee liegt.«

Der Winter hatte etwas Gespenstisches. Es war nicht wie im Sommer, wenn die Vegetation stellenweise so dicht zusammenwuchs, dass sie einem die Sicht versperrte. Nachdem die Blätter gefallen waren und die Landschaft braun und schließlich grau geworden war, fühlte sich alles weit und ungeschützt an. Wie die Fotos auf Farrahs Kamera überlappten sich kahle

Äste, so weit das Auge reichte. Im Winter konnte man sich nicht verstecken. Der Berg wusste, dass man hier war. Aber es verhieß auch eine gewisse Sicherheit: Es konnte sich niemand vor einem verstecken.

Der Rest unserer Wanderung verlief schweigend – Trey war in seine Gedanken versunken, ich in meine eigenen. Bis sich der Weg vor uns schließlich verengte, an eine Felswand schmiegte, über behelfsmäßige Stufen nach unten führte und dort außer Sichtweite geriet.

»Wir sind fast da«, sagte ich und verlangsamte meine Schritte. »Hier kann es rutschig sein. Passen Sie gut auf.«

Ich stellte mir vor, wie Farrah sich zurücklehnte, um mit der Kamera einen besseren Winkel zu erwischen, wie sie den Halt verlor, die Kamera fallen ließ. Ich stellte mir vor, wie Farrah ausrutschte, ihr Kopf gegen den Felsen schlug.

Der Winter war tückisch, und Farrah war nicht vorbereitet gewesen. Wie leicht hätte sie ausrutschen, sich auf den steilen Stufen hinunter zu den Wasserfällen verletzen und ein Opfer der widrigen Umstände werden können. Es hätte durchaus ein Unfall sein können.

Doch wer auch immer ihre Kamera gefunden hatte, hatte nicht geholfen. Hatte sie nicht abgegeben. Hatte sie verschwinden lassen, so wie alles andere.

Ich ließ Trey vorgehen und zog mein Handy aus der Tasche, während ich mich mit der anderen Hand am Holzgeländer festhielt und mir vorzustellen versuchte, wie Farrah genau an dieser Stelle gestanden, was sie vielleicht dort unten gesehen hatte. Und ich fragte mich, wonach sie gesucht haben könnte. Und was sie nicht hatte kommen hören.

Der Bildausschnitt ihres Fotos schien genau mit dieser Stelle übereinzustimmen. Der Felsvorsprung, der absteigende Pfad. Ich hielt das Handy vor mein Gesicht und machte ein Foto, bevor ich es zurück in meine Tasche schob. Genau in dem Moment, in dem Trey über die Schulter blickte, um zu sehen, was ich tat.

»Passen Sie auf, wo Sie hintreten«, rief ich.

Kapitel 8

Die Fälle waren noch dieselben wie all die anderen Male, die ich hier draußen gewesen war – ein Wasserstrom, der lauter wurde, je näher man kam, kühler Nebel in der Luft, glatte, rutschige Felsen.

Anders als Celeste spendete mir dieser Ort keinen Trost. Nicht, nachdem ich in Landon Wests verlassener Hütte gestanden und der Polizei erlaubt hatte, seine persönlichen Gegenstände zu katalogisieren. Nicht, nachdem ich mich an der Suche nach ihm beteiligt hatte.

Der Trail hatte sich damals ganz anders angefühlt. Wie ein Ort, an dem die Sonne viel zu schnell unterging. Ein Ort, an dem die Gegenwart mühelos in die Vergangenheit schlüpfte.

Wir waren in Gruppen von drei oder vier Leuten losgezogen, am Trail entlang, auch rechts und links davon, aber niemals mehr als eine Armlänge voneinander entfernt. Die wuchernden Triebe und das frische Laub hatten alle nervös gemacht, die verzweifelt versuchten, in Sichtweite voneinander zu bleiben. Der Duft des blühenden Rhododendrons war zu schwer, machte die Luft zu stickig.

Wir alle hatten uns der Suche angeschlossen. Manchmal ging Celeste voraus, dann wieder Sloane, bevor sie ihren neuen Job angetreten hatte, Georgia hinter mir, eine Hand auf meiner Schulter, eine untrennbare Kette. Manchmal sah ich Cory oder Ray und Marina, Sheriff Stamer selbst oder Rochelle, die, wenn es das Telefon im Büro des Sheriffs zuließ, ihren

Schmuck und ihre Sandalen ablegte und sich in etwas völlig anderes verwandelte. Auch Barbara und Stu Schultz, die Besitzer des Edge, beteiligten sich an der Suche, Charlie Jameson, der Manager des CJ's Hideaway, und Jack Olivier, der nach wie vor von der Tatsache heimgesucht wurde, dass er der Letzte gewesen war, der mit Farrah Jordan gesprochen hatte. Selbst Harris, der eine kleine Tochter zu Hause hatte und sich normalerweise lieber nicht in der Stadt aufhielt, obwohl er in Cutter's Pass aufgewachsen war.

Wir alle wechselten uns in Schichten ab, sodass der Pfad ständig überwacht und abgesucht wurde, wobei wir uns so weit vom markierten Weg entfernten, wie wir von den anderen gesehen werden konnten, für den Fall, dass Landon West dasselbe getan hatte. Die offiziellen Such- und Rettungsmannschaften drangen tiefer in den Wald vor, brachten Hunde mit, setzten Drohnen ein, um an die Orte zu gelangen, die wir nicht erreichen konnten – oder wollten. Und trotzdem keine Spur von ihm.

Als drei Jahre zuvor Farrah verschwunden war, hatten wir uns nicht an der Suche beteiligen können. Der Schnee, das Wetter, der Mangel an geeignetem Equipment schränkte uns ein – insbesondere vor dem Hintergrund, dass wir nicht einmal sicher sein konnten, ob sie irgendwo dort draußen war. Nur diejenigen mit Erfahrung hatten sich damals auf den Weg gemacht: Sheriff Stamer, Cory, Celeste und Jack, wobei Letzterer auf besondere Weise erschüttert und fest entschlossen war, sie zurückzubringen.

Ich stellte im Passage Inn heiße Schokolade für die Crew bereit, die sich anschließend in der Lobby versammelte, während ich mich mit meinem Handy ins Büro zurückzog, wo ich immer wieder die Nachrichtenseite aktualisierte und nach irgendeiner Spur von ihr suchte. Aber alles, was ich fand, waren persönliche Statements von ihren Freunden und Kollegen: *Sie kennt sich im Wald aus. Für bestimmte Aufträge hat sie schon mehrere Tage und Nächte allein im Freien verbracht. Sie bringt anderen bei, wie man sich zu verhalten hat. Sie ist ruhig und klug. Sie kann das überleben.*

Celeste war froh, dass wir wegen der Winterrenovierung vorübergehend geschlossen hatten, und ich auch. Ich konnte mich auf nichts anderes als Farrahs Gesicht konzentrieren, ihren eindringlichen Blick, das dunkle Haar, den roten Schal. Ich sah nichts anderes, wenn ich die Augen schloss.

Nach einem Tag auf der Suche war Cory einmal zu mir ins Büro gekommen, in der Hand einen zweiten Pappbecher, aus dem schokoladig duftender Dampf aufstieg. Er hatte den Becher auf den Tisch gestellt und mich mit schief gelegtem Kopf gemustert. Seine Haarspitzen waren mit Eis überzogen gewesen, und ich konnte förmlich die Kälte spüren, die er ausstrahlte. Er hatte leicht gelächelt und mich von oben bis unten angesehen. *Babys erste Vermisste*, hatte er gesagt. Dann hatte er einen Schluck getrunken und war einen Schritt zurückgetreten.

Ich war erschrocken. Buchstäblich und metaphorisch. Alles geriet ins Rutschen, und ich fühlte mich haltlos, verloren. Die Vermissten waren nicht mehr nur Geschichten, die Cory abends im Last Stop erzählte. Farrah Jordan war eine reale Person, und sie war weg, und er spielte es bereits herunter. Wie konnte jemand an einem Ort wie diesem gefunden werden?

Farrah Jordan stellte einen Wendepunkt dar, als die Presse anfing, Cutter's Pass als »die gefährlichste Stadt North Carolinas« zu bezeichnen. Ich stellte mir vor, wie sie kalt und allein in den öden Himmel starrte – ein rotes Aufblitzen in all dem Weiß. Aber die Drohnen und Helikopter hatten keine Spur von ihr entdeckt – keine dunklen Haare, ausgebreitet auf der weißen Schneedecke, keinen roten Schal in der farblosen Landschaft.

Der Schnee und das Eis schmolzen, die Landschaft in Farbe kehrte zurück, und trotzdem wurde sie nicht gefunden. Ohne Auflösung des Rätsels konnte ich mir einen anderen Ausgang vorstellen. Mit der Zeit spürte ich, wie die Angst in mir abstumpfte, wie die Intensität ihres Verschwindens hinter eine Fassade glitt. Es war ein Rätsel, aber wir trugen nicht die Schuld. Die Touristen kehrten zurück, und sie stiegen den Berg hinauf, und sie kamen lachend und fröhlich zurück. Ich aktualisierte unsere Gästemappe, um die Touristen vor Gefahren durch Extremwetter und Desorientierung zu warnen. Ich fing an, Wanderungen zu führen, eine zusätzliche Möglichkeit, sie zu beschützen.

Aber in diesem Moment registrierte ich die Glätte der Felswand, das Unkraut, das in den Rillen Wurzeln geschlagen hatte und aus den kleinen Erdlöchern nach außen drängte. Die gezackten Kanten der Steine, die als Stufen dienten und nicht durch Erosion glatt geschliffen worden waren. Das Geräusch von Kieselsteinen, die sich unter unseren Schritten lösten und bergab kullerten.

Der Pfad mündete in eine breite ebene Fläche mit Steinen, Erde und Dreck, die einen geradezu an das natürlich entstandene Wasserbecken zu locken schien. Als ich nach oben schaute, wurde mir klar, dass man hier unten aus allen Richtungen zu sehen war. Als stünde man im Zentrum eines Trichters.

Der Shallow Falls Trail endete hier. Mehrere nebeneinander platzierte Baumstämme führten über den Fluss zu der kleinen Lichtung auf der anderen Seite des Wasserbeckens. Dahinter lag der schmale mäandernde Pfad, der irgendwann auf den Appalachian Trail stieß.

Jetzt, da wir hier waren, war ich mir nicht sicher, was Trey eigentlich erwartete. Es gab keine Anzeichen dafür, dass sich sein Bruder an dieser Stelle aufgehalten hatte. Keine Fußspuren, denen man folgen konnte. Kein Handy und auch kein vermisstes Notizbuch im Gestrüpp.

Trey stand mit den Händen in den Hüften da und starrte die Wasserfälle an, die in drei Ebenen sanft über die abfallende Felswand stürzten.

Ich ließ meinen Rucksack auf den Boden gleiten, nahm die Wasserflaschen heraus und reichte Trey eine davon.

»Danke«, sagte er, ohne mich anzusehen, und ließ seinen Rucksack ebenfalls auf die Erde neben meinen fallen. Er trank die Flasche zur Hälfte leer, während ich auf seine Kehle starrte. Anschließend wischte er sich mit dem Handrücken über den Mund, mit zusammengekniffenen Augen das Wasserbecken vor uns fixierend.

Celeste hatte mir einmal bei einem unserer sonntäglichen Abendessen kurz nach meiner Ankunft in Cutter's Pass erklärt, dass die meisten Menschen etwas hätten, was sie beschützen wollten. Die Sache, die ihnen am wichtigsten sei. Und sobald man herausfinde, was das sei, wisse man, wie man mit dieser Person zusammenarbeiten und wie man sie lenken könne. Sie hatte sich dabei auf den Bau des Hotels bezogen, auf all die Schritte, die sie durchlaufen mussten, um ihre Vision in die Realität umzusetzen. Aber ich dachte oft daran, wenn ich mit jemandem konfrontiert wurde, der schwierig war – bei der Arbeit und im übrigen Leben.

Während ich Trey beobachtete, fragte ich mich erneut, was er hier zu finden hoffte. Was ihn mitten in der Nacht hergeführt hatte.

Vorsicht, Abigail.

Trey warf mir einen fragenden Blick zu. »Wie tief ist das Wasser?«

»Flach.«

Sein Mundwinkel zuckte. »Was einen bei dem Namen Shallow Falls ja nicht gerade überrascht.«

An den meisten Stellen war das Wasser tatsächlich so flach, wie das Wort *shallow* nahelegte, und reichte einem gerade bis zu den Knien. Das Becken bildete kaum eine Gefahr.

Aber jetzt stellte ich mir Farrah vor, wie sie hier stand, allein, im Winter. Stellte mir vor, wie sie am Rand des Beckens ausrutschte, den Halt verlor, wie ein Fuß einbrach und sie feststeckte, gefangen, mit dem Gesicht nach unten. Wie sie in das eiskalte Wasser atmete. Dann stellte ich sie mir auf der anderen Seite des Flusses vor, wie sie von irgendetwas in den Bäumen erschreckt wurde, wie ihr die Kamera aus den Händen rutschte und ins Wasser fiel, bevor sie tiefer in den Wald rannte.

Trey saß am Rand eines Felsen, zog sich die Wanderstiefel aus und stopfte die neuen Socken hinein, bevor er seine Hose bis über die Knie hochkrempelte. Er stieg ins Wasser und starrte auf seine Füße.

Ich überquerte die Brücke aus Baumstämmen, um ihn von weiter weg im Auge behalten zu können, ohne mich selbst beobachtet zu fühlen.

Meine Schritte übertönten das Geräusch von fließendem Wasser. Auf der anderen Seite der Fälle waren die Felsen glatter und damit besser geeignet für Picknicks und Eltern, die ihren Kindern beim Spielen zusahen.

Der Wind, der durch die Bäume strich, fühlte sich lebendig an, wie eine Ankündigung.

Trey watete in die Mitte des Beckens, als wollte er meine Worte auf ihren Wahrheitsgehalt überprüfen. Das Wasser reichte ihm jetzt bis zu den Knien. Ab und an hob er den Kopf, um zu mir rüberzusehen, worauf ich schnell den Blick senkte, als ob auf dem Boden etwas liegen geblieben wäre, das ich näher betrachten wollte.

Als ich aus dem Augenwinkel am Waldrand etwas Rotes aufblitzen sah, dachte ich für den Bruchteil einer Sekunde an Farrah. Irgendetwas nah am Boden, hinter einem Steinhaufen, der so aussah wie diejenigen, die woanders zur Wegmarkierung verwendet wurden. Wir hingegen markierten die Wege mit Farbstreifen an Baumstämmen. Dahinter verengte sich der Weg zu einem steilen Anstieg. Ich wusste, dass auch dieser Trail, der von den Wasserfällen bis zum Appalachian Trail führte, abgesucht worden war, allerdings war ich nicht dabei gewesen. Ich ging näher.

Der Steinhaufen bestand aus flachen Kieseln, die so aussahen, als hätte sie jemand aus dem Fluss gefischt oder aus dem Wasserbecken, in dem Trey gerade stand.

Es war Monate her, dass ich zuletzt hier gewesen war, weswegen ich mir nicht sicher war, wie lange die Wegmarkierung schon existierte. Oder ob sie vielleicht immer da gewesen war.

An der anderen Seite des Steinhaufens lehnte eine einzelne Blume, leuchtend rot. Sie erinnerte an eine Rhododendronblüte. An sich kein ungewöhnlicher Anblick, nur dass die Büsche und Sträucher um uns herum derzeit nicht blühten, soweit ich das beurteilen konnte. Und da war etwas an der Art, wie die Blüte positioniert war, als würde sie sich ausruhen, melancholisch. Wie im Gedenken an jemanden oder etwas.

Mit dem Rücken zu Trey ging ich in die Knie, um mir die Blüte aus der Nähe anzusehen. Der Stängel war mit einem sauberen Schnitt abgetrennt worden, leicht schräg, wie mit einem Messer. Und mutwillig.

»Geht der Trail weiter?« Treys Stimme ließ mich zusammenzucken. Er hatte das Becken auf meiner Seite der Fälle verlassen, Wasser lief an seinen blassen Waden hinunter.

Ich erhob mich und stellte mich so hin, dass ich ihm den Blick auf den Steinhaufen und die leuchtend rote Blüte versperrte. »Der Shallow Falls Trail endet hier«, erklärte ich, bevor ich mit dem Daumen über die Schulter hinter mich zeigte. »Aber dieser Wanderweg geht weiter, bis er auf den Appalachian Trail trifft.« Sein Blick war fest auf den Punkt hinter meiner Schulter gerichtet. »Kein leichter Weg«, fügte ich hinzu.

Der Pfad, auf dem wir hergekommen waren, und der Weg, der von hier weiterführte, unterschieden sich signifikant voneinander.

Vorsichtig, barfuß, kam er auf mich zu. »Wie lange braucht man für die Wanderung?«

»Wahrscheinlich ein paar Stunden. Zum Sonnenuntergang ist es wunderschön dort oben, aber man muss vorbereitet sein.« Mehr Essen, mehr Wasser, sehr viel mehr – für alle Fälle. »Man kommt an einer ziemlich tiefen Schlucht vorbei, von der die Stadt auch ihren Namen hat. Cutter's Pass. Wenn man da entlang möchte, muss man quasi die Felswand umarmen.« Man hatte Haltegriffe in den Stein entlang der Schlucht geschraubt – für alle Fälle. Und ein Seil, an dem man sich festhalten konnte – für alle Fälle. »Ich würde aber nicht empfehlen, diesen Trail am Abend zu gehen. Und auf gar keinen Fall im Winter.« Wanderer, die es im Dunkeln nach unten schafften, hatten Stirnlampen, Erfahrung und das dringende Bedürfnis, vom Berg herunterzukommen. Es war nichts, was man mal eben aus einer Laune heraus tat.

»Aber Sie sind ihn schon gewandert, oder?«

»Nur ein Mal.«

Vor ein paar Jahren hatte ich mit Sloane und einer Gruppe von Saisonkräften im Spätsommer einen Ausflug gemacht. Ich hatte zugehört, während wir am Lagerfeuer gesessen und sie über ihre Geschichten gelacht hatten, als wären die Geister lange verschwunden und nicht erst zwei Jahrzehnte alt.

Die Geräusche der Nacht fühlten sich dort oben näher an, mehr wie von einem Raubtier. Damals hatte ich keine Ehrfurcht vor dem Berg gespürt, sondern lediglich die Realität, der Nacht ausgesetzt zu sein, während sich sämtliche Möglichkeiten deutlich vor mir ausgebreitet hatten.

»Ich wandere. Ich zelte nicht. Und das da«, ich deutete zum Wald, »ist für Camper.«

»Landon hatte keine Campingausrüstung. Ich kann mir vorstellen, dass er es trotzdem probiert hat«, presste er zwischen zusammengebissenen Zähnen hervor. Ein Kommentar, der Wut ausdrückte, das Gegenteil von Stolz.

»Der Trail wurde abgesucht«, versicherte ich. »Versprochen.« Die Schlucht war immer einer der ersten Orte, an denen die Suchmannschaften mit der Arbeit begannen. Falls jemand hineingefallen war und den Sturz überlebt hatte, wäre derjenige nicht mehr in der Lage, aus eigener Kraft herauszuklettern.

»Es gibt auch Menschen, die hier draußen leben, oder?«

»Hier? Nein.«

»Ich meine …« Er zeigte auf den Berg und dahinter.

Ich schluckte, wohl wissend, was er meinte. Es kursierten schon lange Gerüchte, dass dort draußen ein Mann lebte, den keiner von uns jemals gesehen hatte. Die Saisonkräfte warnten sich gegenseitig, wenn sie am Fluss die Überreste eines niedergebrannten Lagerfeuers entdeckt hatten. Wenn sie aus dem Augenwinkel etwas Farbiges hatten aufblitzen sehen, während sie stromabwärts navigierten. Es war eine Legende, die bestehen blieb, weil es nichts gab, womit man sie hätte widerlegen können.

Immer wieder fragten Touristen danach, um eine Verbindung zu den Fällen herzustellen. Eine Gefahr, die greifbar war. Eine Bedrohung, die nicht von den Faktoren ausging, vor denen wir sie warnten (Extremwetter, Tiere, Dehydrierung, Desorientierung), sondern von einem Menschen.

»Na ja, es gab nie eine Volkszählung.«

»Besteht nicht genau darin das Problem? Niemand weiß, wer sich vielleicht da draußen aufhält. Aber die Leute reden, oder?«

Die Leute reden? Nicht über Dinge, die relevant waren. Nicht über reale Dinge.

»Sie glauben, irgendwo dort in den Wäldern treibt sich jemand rum, der seit fünfundzwanzig Jahren nur wartet?« Man brauchte schon viel Fantasie, um sich vorzustellen, dass über diesen langen Zeitraum hinweg ein einzelner Mensch zuerst die Vier Burschenschaftler aufgespürt hatte – vier junge kräftige Männer, die mit Messern und Bärenspray ausgerüstet gewesen waren –, dass dieser Mensch dann Landon West gesehen und dasselbe mit ihm getan hatte, dass er Alice Keys aus dem Wald gefolgt war und obendrein Farrah etwas angetan hatte, hier, im Schnee.

»Ich hab keine Ahnung, was ich glauben soll. Mein Bruder ist in Sichtweite dieser Wälder verschwunden, niemand hat ihn gesehen, und er war nicht gerade klein und unauffällig.« Er stieß den Atem aus, fuhr sich übers Gesicht, schüttelte den Kopf. »Okay, Abby«, sagte er, mit verändertem Tonfall, ein neuer Versuch. »Wenn es niemand war, der dort draußen haust, was ist dann Ihrer Meinung nach passiert?«

Das war eine gefährliche Frage. Natürlich gab es immer wieder Touristen, die sie stellten, und wir alle hatten uns eine Antwort zurechtgelegt, die wir mechanisch herunterratterten. Cory, mit einem Grinsen: *Sie werden hier keine Geheimnisse aufdecken.* Sheriff Stamer, mit ernstem Gesichtsausdruck: *Reine Statistik.* Was überhaupt keine Antwort war.

»Ich glaube, dass fünfundzwanzig Jahre eine zu lange Zeit sind, als dass irgendwas von damals heute noch relevant sein könnte. Ich glaube, es gibt genug Orte, wo sich Menschen verletzen können oder Schlimmeres passiert, Jahr für Jahr, und niemand macht daraus eine geheimnisvolle Sache.« Es gab in diesem Staat einen Wasserfall, an dem in den vergangenen zwei Jahrzehnten sieben Menschen ums Leben gekommen waren, weil sie sich abseits der markierten Pfade bewegt hatten. Aber das konnte ich nicht zu Trey sagen, der seinen vermissten Bruder suchte.

»Allerdings werden an diesen Orten, wo sich Menschen verletzen oder *Schlimmeres passiert*, die Leichen gefunden.«

Und darin bestand das Rätsel. Das Geheimnis, das die Menschen anzog. Das die Menschen grübeln ließ.

Es war gefährlich, nach einer Verbindung zu suchen. Denn es gab nur eine Sache, die mit Sicherheit feststand: Die Vermissten hatten keine Gemeinsamkeiten. Es gab keine Tendenz, keine Richtung. Es gab keinen bestimmten Typus.

Es gab nur diesen Ort – und uns.

Ich hatte selbst einige der Theorien in Betracht gezogen: Nachahmungstäter und Raubtiere. Mir war klar, dass Menschen nicht von Natur aus alles, was sie wussten oder sahen, anderen mitteilten. Doch wenn ich das jetzt sagte, würde es Trey auch nicht weiterhelfen.

»Ich glaube, manche Menschen möchten einfach nicht gefunden werden«, sagte ich.

Trey zuckte zusammen. Er starrte mich mit großen Augen an, bevor er mit leiser Stimme erwiderte: »Mein Bruder ist vielleicht ein Arschloch, aber das würde er meinen Eltern niemals antun.«

»Ich wollte damit nicht sagen, dass …« Ich schüttelte den Kopf, wandte mich ab.

Dies war der Grund, aus dem ich die Frage in der Regel nicht beantwortete. Es gab keine gute Antwort. Und jetzt befand ich mich allein im Wald mit einem Mann, den ich nicht kannte und dessen Verhalten zwischen Hoffnung und Wut schwankte. Vergangene Nacht hatte ich mit eigenen Augen gesehen, wie schnell seine Stimmung umschlagen konnte.

In Ermangelung von Antworten konnte vieles gedeihen.

»Wir sollten langsam zurückkehren«, sagte ich mit einem Blick auf die Uhr.

Ich überquerte die Baumstammbrücke, diesmal etwas unsicherer im Tritt, während ich spürte, wie Treys Schritte dicht hinter mir im Holz vibrierten. Ich hielt nicht an, wartete nicht, sondern schwang mir den Rucksack auf den Rücken, zog die Gurte fest und lief los. Hier draußen war noch nie etwas Gutes passiert.

Zweieinhalb Meilen schweigend zu wandern war auf andere Art zermürbend, und ich ertrug sie, indem ich überlegte, worüber er wohl gerade nachdachte. Was er als Nächstes vorhatte. Um diese Zeit waren deutlich mehr Menschen auf dem Trail unterwegs, Tageswanderer aus der Stadt mit Picknick im Gepäck, und ich war dankbar für ihre Anwesenheit. Ich dachte an Farrah, die Möglichkeit, dass ihr jemand die Stufen nach unten gefolgt war, ohne dass sie etwas davon mitbekommen hatte. Ich dachte wieder an den Steinhaufen mit der einzelnen roten Blüte: ein Mahnmal, eine Warnung.

Am Ausgangspunkt des Trails blieb Trey stehen.

»Da draußen ist nichts«, sagte er, und ich schüttelte den Kopf.

»Nein. Zumindest gerade nicht.«

»Und auf dem Stick ist auch nichts.« Er zog ihn aus seiner Hosentasche. Offensichtlich hatte er ihn die ganze Wanderung über bei sich getragen, als fürchtete er, der Stick könnte verschwinden, wenn er ihn zurückließ, wovon Landon ebenfalls überzeugt gewesen sein musste.

Ich presste die Lippen zusammen, signalisierte Zustimmung. Auf dem Stick befand sich zumindest nichts, was ihn auf der Suche nach seinem Bruder weiterbringen würde.

»Ich werde ihn dem Sheriff übergeben«, fuhr Trey fort.

Ich erinnerte mich an das, was Marina gesagt hatte. Dass Trey aus einem bestimmten Grund hergekommen war.

»Ich kann einen Termin für Sie ausmachen.« *Ich bin nur behilflich. Nicht mehr als eine kleine Extraleistung über meinen eigentlichen Job hinaus.*

Ich setzte mich in Richtung Parkplatz in Bewegung, wo ich den besten Empfang hatte.

»Abby«, rief er mir hinterher, worauf ich stehen blieb und mich zu ihm umdrehte. »Er hatte Angst. Sie können es spüren, oder?«

Der im Bettpfosten versteckte USB-Stick. Seine Lügen uns gegenüber – *Ich arbeite an einem Buch* –, um vor allen in dieser Stadt zu verbergen, wonach er suchte.

Ich fühlte etwas, das sich langsam aufbaute.

»Ja«, antwortete ich ehrlich. »Ich spüre es.«

Kapitel 9

Als ich die Stelle erreichte, wo der Kiesweg auf den Parkplatz traf, zeigte mein Handy den ersten Netzbalken an, und ich rief sofort Rochelle im Büro des Sheriffs an. Wir waren nicht wirklich befreundet, trotzdem hatte ich ihre Nummer gespeichert, was mit unseren Jobs zu tun hatte. Damit der Sheriff jederzeit jemanden im Passage Inn erreichen konnte und damit wir vom Hotel aus jederzeit den Sheriff anrufen konnten.

Ich lauschte dem Rufton, während Trey auf einem Baumstamm am Rand des Parkplatzes saß, den Wanderstock neben sich legte, seine Stiefel aufschnürte und sie vorsichtig auszog. Als er zusammenzuckte, sah ich weg. Blasen, die Tage brauchen würden, um zu heilen, da war ich mir sicher.

Rochelle ging nicht dran, und statt ihr auf die Mailbox zu sprechen, schickte ich ihr eine Textnachricht: *Landon Wests Bruder braucht einen Termin mit dem Sheriff, heute noch.*

Beinahe sofort signalisierten kleine blinkende Punkte, dass sie antwortete. Rochelle war eine herausragende Multitaskerin. Seit sie während der Highschool einen Sommer lang ein Praktikum beim Sheriff absolviert hatte, arbeitete sie für ihn, und niemand wusste, ob ohne sie im Büro überhaupt irgendetwas funktionieren würde. Ich stellte mir vor, wie sie den Hörer des Festnetztelefons mit einem anderen Anrufer in der Leitung zwischen Schulter und Ohr klemmte, während sie seinen Terminkalender aufrief, um mir zu antworten.

»Sie haben hier draußen Empfang?«, fragte Trey und zog sein eigenes Handy aus der Tasche.

»Hier ist die beste Stelle.«

Ein leises Pling signalisierte den Eingang einer neuen Nachricht. Sie kam von Rochelle: *Könnte er in einer Stunde hier sein?*

Ich antwortete ihr, ohne mich bei ihm rückzuversichern. *Ja, danke.*

»In einer Stunde«, sagte ich und warf erneut einen Blick auf die Uhr in dem Wissen, dass meine Schicht bald beginnen würde. »Wie wäre es, wenn ich Sie hinbringe? Da unten wird die Hölle los sein. Sie werden Schwierigkeiten haben, einen Parkplatz zu finden.« Es war Hauptsaison und ein wunderschöner Tag, und die Straßen würden voller Menschen sein, die wir nicht kannten. Menschen, die zu Fuß oder mit dem Auto nach Cutter's Pass kamen, von Laden zu Laden schlenderten oder auf dem Stadtplatz in der Sonne saßen, mitten auf der Straße stehen blieben, um Fotos zu machen, an der Stelle, von der man den besten Blick auf den Berg in der Ferne hatte.

»Ja, okay, danke. Kann ich mich vorher noch schnell frisch machen?« Er reichte mir seinen Wanderstock.

»Wir treffen uns in einer Dreiviertelstunde hier«, sagte ich, als er sich abwandte und mit vorsichtigen Schritten barfuß den Parkplatz überquerte.

Als ich die Lobby betrat, stand eine Frau neben dem Kamin und sah auf ihre Uhr. Mitte dreißig, blonde Haare zu zwei dicken französischen Zöpfen geflochten, eine Reihe Piercings, die an ihrer linken Ohrmuschel hinaufwanderten. Bergblick zwei. Die Millers.

Georgia war nirgendwo zu sehen.

Ich stellte die beiden Wanderstöcke in den Ständer. »Hallo,

Mrs. Miller, kann ich Ihnen mit etwas behilflich sein?«, fragte ich und hoffte, dass sie mich vom Check-in wiedererkannte, obwohl ich Wandersachen trug, schwitzte und einen Rucksack auf dem Rücken hatte.

Sie sah auf, ihre Miene entspannte sich. »Gern. Wir wollten nach ein paar Extrahandtüchern fragen, aber das Telefon war ständig besetzt. Also dachte ich mir, dass es wahrscheinlich schneller geht, wenn ich kurz runterkomme.« Ihrem Gesichtsausdruck nach zu urteilen, war es nicht schneller gegangen.

»Ich hole Ihnen sofort ein paar Handtücher.« Ich setzte den Rucksack ab und holte meinen Generalschlüssel heraus. Allerdings brauchte ich ihn gar nicht, denn die Tür zum Büro war nicht abgeschlossen. Georgia saß am Tisch, einen Kugelschreiber in der Hand, einen Stapel Quittungen neben und eine Liste mit Namen vor sich.

»Mein Gott, was hast du mich erschreckt!« Sie presste sich eine Hand aufs Herz. Nach einem kurzen Blick auf die Uhr an der Wand schob sie die Rechnungen zusammen.

»Bergblick zwei steht auf der Suche nach Handtüchern an der Rezeption.«

Sie reckte den Hals, um an mir vorbeizusehen. »Mist, tut mir leid. Ich hab total die Zeit vergessen.«

Rasch nahm ich aus einem Schrank zwei Handtücher, die wir für solche Fälle hier aufbewahrten. »Du musst noch eine Stunde für mich einspringen. Sorry«, schob ich nach, da wir gerade schon mit Entschuldigungen um uns warfen.

»Oh, ich …« Sie sah sich um, als würde sie nach einer Ausrede suchen.

»Bitte«, fügte ich hinzu, was ich nur selten tun musste.

Sie nickte einmal, die Lippen zu einer schmalen Linie zusammengepresst, und schien erst dann meine Kleidung zu registrieren. »Wie wars?« Anscheinend hatte sie den Zettel gelesen, den ich ihr am Morgen hinterlassen hatte.

»Gut. Ich geh nur schnell duschen, bevor ich kurz in die Stadt muss.«

Ich war mir nicht sicher, warum ich Georgia weitere Details vorenthielt. Ob ich sie oder ihn schützen wollte. Ob ich das Gefühl hatte, dass es etwas gab, das sich zu verbergen lohnte.

»Kein Problem.« Georgia stand auf und nahm mir die Handtücher ab, bevor sie zurück an die Rezeption ging. »Es tut mir sehr leid, Mrs. Miller, ich hab nicht gesehen, dass Sie warten.«

Während sie das Handtuchproblem löste, zog ich mein Handy aus der Tasche und rief Harris an. Er kümmerte sich bei Bedarf um verschiedene kleinere Reparaturen im Hotel, war jedoch auf Leitungen und Elektrizität spezialisiert. Außer Celeste selbst, Georgia und mir gab es kaum fest angestellte Mitarbeiter, und auch Harris war jemand, den wir nur bei Bedarf beauftragten. Er lebte nicht in Cutter's Pass, sondern etwas außerhalb der Stadtgrenze auf einem Grundstück, das seit mehreren Generationen im Besitz seiner Familie war. Bei meiner Ankunft damals hatte er noch nicht hier gewohnt. Er war vor etwa fünf Jahren zurückgezogen, als er seine Firma gegründet hatte, und jetzt rief ich ihn oft als Ersten an, wenn es ein technisches Problem gab.

Als er nicht dranging, hinterließ ich ihm eine Nachricht. »Harris, ich bin's, Abby vom Passage Inn. Wir haben Probleme mit der Telefonleitung. Hast du heute irgendwann Zeit, hier vorbeizukommen und dir das mal anzusehen?«

Als ich das Büro verließ, befand sich Georgia nach wie vor im Gespräch mit Mrs. Miller. Ich schwang mir den Rucksack über eine Schulter, hob zum Gruß eine Hand, während ich mit den Lippen ein stummes *Danke* formte, und erntete im Gegenzug ein kleines Lächeln.

Während ich die Treppe ins Souterrain hinunterstieg, entging es mir, doch sobald ich im hell erleuchteten Flur stand, spürte ich die Anwesenheit einer anderen Person, hörte das

Geräusch von schweren Atemzügen. Ein Schlurfen, ganz in der Nähe.

Georgia war oben in der Lobby, und Celeste bewegte sich mit einer ganz besonderen Leichtigkeit, und niemand anderes sollte sich um diese Zeit hier aufhalten. Die Reinigungsmannschaft kam am Nachmittag. Die frische Wäsche war gestern geliefert worden.

Mein Herz begann schneller zu klopfen, während ich den Rucksack von der Schulter gleiten ließ. So leise ich konnte lehnte ich ihn an die Wand. Ohne hinzusehen, griff ich in die Seitentasche – nach dem Bärenspray, nicht nach dem Messer. Es erschien mir realistischer, nützlicher.

Und dann erklang aus dem nächstgelegenen Lagerraum eine vertraute Stimme, durch die geschlossene Tür gedämpft. »Ist da jemand?«

»Herrgott, Cory!«, rief ich und ließ das Bärenspray, wo es war.

Die Tür des Lagerraums schwang auf, und er trat heraus. Auf seiner Stirn glänzte Schweiß. Als er mich halb über den Rucksack gebeugt dastehen sah, begann er zu grinsen. »Was hattest du vor? Mich attackieren?« Er reckte den Hals und stieß mit dem Fuß gegen den Rucksack. »Womit wolltest du angreifen?«

Ich verschränkte die Arme. »Bärenspray.«

Er stieß ein Lachen aus, laut und mit zurückgeworfenem Kopf.

»Was machst du hier, Cory?«

Er zuckte mit den Schultern, trat zurück in den Lagerraum. »Celeste hat mich um Hilfe gebeten.«

Er hatte einen Metallwagen mit Kisten beladen, die er aus den Regalen gezogen hatte und die alle mit Vincents Namen beschriftet waren. Die Wand hinter ihm war ebenfalls mit Kisten bedeckt – Finanzunterlagen aus früheren Jahren, falls wir jemals von einer Behörde überprüft werden sollten, alte Fotos und persönliche Gegenstände, die seit dreißig Jahren hier lagerten, aber in keinen Schrank im Kutschenhaus passten. Dazu beschriftete Taschen mit Sachen, die von Gästen zurückgelassen worden waren. Die anderen Regale enthielten Kartons mit Toilettenartikeln und neuen Kissen, frischer Bettwäsche und Handtüchern, die wir jede Woche geliefert bekamen. Direkt hinter der Tür stand ein großer grauer Mülleimer – die Fundkiste.

In dem anderen Lagerraum, näher am Ausgang, waren Gartenmöbel, Reinigungsmittel, Werkzeuge und Wartungsgeräte untergebracht. Doch hier drin befanden sich die persönlichen Sachen. Das Material, das die Dinge in Bewegung hielt, unsere Geschichte bewahrte.

Ich sah zu, wie Cory ein paar Kisten vom obersten Regal der gegenüberliegenden Wand wegräumte und eine weitere mit der Aufschrift *Vincent* fand.

»Du holst Vincents Sachen?«

Schnaubend ließ er die Kiste auf den Rollwagen fallen. »Sie will den Papierkram sortieren. Anscheinend läuft alles auf seinen Namen. Ich stelle keine Fragen.«

Das tat hier niemand. Und genau das war das Problem.

Celeste genoss in Cutter's Pass beispiellosen Respekt, der ihr besonders von der jüngeren Generation entgegengebracht wurde. Nicht nur für mich war sie eine Art Elternersatz. Viele von ihnen hatten zu irgendeinem Zeitpunkt hier gearbeitet – offiziell oder inoffiziell. Rochelle und Jack hatte ich bei einer Happy Hour im Passage Inn kennengelernt, kurz nach der Winterrenovierung, als ich gerade angekommen war. Sie hatten Celeste einige Vorräte vorbeigebracht, und sie hatte sie eingeladen zu bleiben. Die beiden hatten mich mit Fragen gelöchert – *Woher kommst du?* und *Wie lange bleibst du?* und *Was hat dich ausgerechnet nach Cutter's Pass geführt?* –, worauf Celeste sich zu uns gesellt, mir eine Hand auf die Schulter gelegt und gesagt hatte: *Das ist Abby, Vincents Nichte. Sie wird mir hier helfen.* Und das war alles, was gesagt werden musste. Die Leute in der Stadt wussten, wer ich war, bevor ich eine Gelegenheit bekam, mich vorzustellen. Sie nannten mich beim Namen, wenn wir in der Stadt aneinander vorbeiliefen, und ich empfand Vertrautheit zu diesen Menschen, die ich erst noch richtig kennenlernen musste.

Cory hatte die Ärmel hochgekrempelt, die Hände in die Hüften gestützt, sodass das Tattoo auf seinem Unterarm zu sehen war – eine Ranke, die unter dem Rand seines Ärmels verschwand. Alles an ihm war Efeu und Ranken, und er konnte die Geschichten, die auf seinen Körper geschrieben waren, ebenso erzählen wie die über diesen Ort.

Als er bemerkte, dass ich ihn ansah, ließ er die Arme herabfallen und musterte mich. »Wo warst du unterwegs?«

»Ich hab Trey West zu den Shallow Falls geführt.«

Er starrte mich an. »Und?«

»Und jetzt fahre ich ihn zum Sheriff.«

Er wandte sich wieder den Regalen zu, ließ eine weitere Kiste mit Absicht auf den Betonboden knallen. »Du musst das nicht machen, Abby.«

»Ja, ich weiß.«

»Im Ernst, Abby.« Er hielt inne und drehte sich zu mir um. »Wir sind ihm nichts schuldig.«

»Nicht?« Sein Bruder war unter meiner Aufsicht verschwunden. »Er wäre allein losgezogen, wenn ich ihm nicht angeboten hätte mitzukommen. Wahrscheinlich wäre er sogar den Pass gegangen, vollkommen unvorbereitet. Das Letzte, was das Passage Inn gebrauchen kann, ist ein weiterer Gast, der da draußen verschwindet.«

»Dann ist er leichtsinnig, Abby. Halt dich raus. Halt dich von ihm fern.«

147

Wie konnte ich von Cory erwarten, dass er mich verstand – und mein Gefühl, dass die Antworten irgendwie durch Trey gefunden werden könnten, Gefahr hin oder her.

Ich hob eine Hand, um die Diskussion zu beenden. Es hatte keinen Sinn, mit Cory zu streiten. Keiner von uns würde auch nur ein kleines Stück von seiner Position abrücken. »Wann warst du das letzte Mal an den Wasserfällen?«

Er rieb sich die Wange. »Irgendwann letzte Woche. Wieso?«

»Ich kann mich nicht erinnern, früher schon mal eine Wegmarkierung aus Steinen für den Trail auf der anderen Seite gesehen zu haben.«

Er schüttelte den Kopf. »Für den benutzen wir Farbmarkierungen. Vielleicht haben irgendwelche Jugendlichen oder Touristen ein paar Steine aufeinandergestapelt. Du weißt, was da im Sommer los ist, Abby.«

Ich nickte unverbindlich, und es fühlte sich an, als könnte er in mich hineinblicken. Jeden Gedanken sehen. Jede Sorge.

Er trat einen Schritt auf mich zu, senkte die Stimme. »Da draußen ist nichts. Das schwöre ich dir. Ich hab mein ganzes bisheriges Leben hier verbracht.« Ein Grinsen, das mich zehn Jahre zurückversetzte, als wir beide beinahe genau an dieser Stelle gestanden hatten.

Ich lächelte verkniffen. »Ich muss los. Georgia kann mich nur eine Stunde vertreten.«

Und mit der Erwähnung ihres Namens wurde jeder Faden der Nostalgie zwischen uns durchtrennt.

Ich war es gewohnt, Cory über den Weg zu laufen, und nicht einmal überrascht, ihn hier zu sehen, an einem Ort, der sich privat und nach etwas hätte anfühlen sollen, das mir gehörte.

Als ich Cory offiziell kennengelernt hatte, wusste ich nichts über ihn. Nur dass er im Last Stop hinter der Bar stand und mir einen Drink einschenkte, ohne nach dem Ausweis zu fragen, und als ich etwas Bargeld über die Theke schob, sagte er: *Oh, ich arbeite heute Abend nicht.* Er strahlte diese Leichtigkeit aus, die ihn damals ein Jahrzehnt, mindestens aber ein Tattoo jünger wirken ließ, als hätte er die Zukunft noch vor sich, die mehr Versprechen als Erwartung war. Er glitt neben mich auf den Barhocker, nannte mir seinen Namen und erklärte, wenn ich eine Weile bliebe, könne es nicht schaden, ihn zu kennen. Dass er alles über diesen Ort wisse.

Ich fragte ihn nach den Baumarten, welche die Straßen säumten, doch er kannte sie nicht. Ich fragte ihn nach den jährlichen Niederschlagsmengen, und er lachte.

Zwei Besuche später erzählte ich ihm auf die zögerliche Art, mit der ich damals alle Informationen weitergab, dass ich im Passage Inn arbeiten würde, und er erwiderte mit einem kleinen Lächeln, dass er das wisse. Und als ich an jenem Abend das Last Stop verließ, erwähnte ich, dass ich außerdem dort wohnen würde. Er sagte, das wisse er auch, und diesmal lachte ich.

Später an jenem Abend, als ich in den Flur des ansonsten unbewohnten Souterrains trat, stand er in der Nähe des Hinterausgangs, und ich fragte: *Wie bist du hier reingekommen?*

Ich habs dir doch gesagt, ich weiß alles über diesen Ort. Doch dann verblasste sein Lächeln. Er warf einen Blick über die Schulter, Richtung Tür, und sagte: *Ich war mir nicht sicher, ob …*

Ich wusste, was er sagen wollte, bevor er den Satz vollendet hatte. Er war sich nicht sicher, ob es eine Einladung war. Aber das war es.

Cory war damals großspurig und unsicher zugleich, ein wenig zu präsent, und er achtete nur selten darauf, ob er gerade das Herz auf der Zunge trug oder jemandem mit einer Bemerkung auf den Schlips trat. Und eine Zeit lang war ich beidem verfallen.

Es war einsam dort unten, und nach dem Tod meiner Mutter fühlte ich mich anders einsam und auf mich selbst gestellt als früher – als wäre die Zeit stehen geblieben. Im Hotel lief die Zeit weiter, aber manchmal fragte ich mich, ob dieser Ort real war. Ob ich selbst real war. Ich fühlte mich so weit von der Person entfernt, die ich einmal gewesen war, und fragte mich, was ich hier wirklich tat. Als würde jemand Neues in die Substanz dieses Ortes hineingeschmiedet. Ich stellte mir vor, wie ich mich vom Betonboden erhob, bestehend aus komplizierten Schlössern, Stahl und bruchsicherem Glas. In diesem ersten Jahr schrumpfte meine Welt auf eine Blase zusammen, und die Dinge, die ich darin liebte, waren dieses Hotel, der Berg und er.

Aber dann begann er, sich zurückzuziehen, und mir wurde klar, dass er ebenfalls eine Mauer um sich errichtet hatte. Wenn ich ihn etwas fragte, irgendetwas Echtes, Wahres über Cutter's Pass – *Wie war es damals, als Alice Kelly verschwand? Was denkst du, ist den Vier Burschenschaftlern zugestoßen?* –, erzählte er mir nicht mehr als seinen zahlenden Kunden. Und wenn er etwas wusste, dann verriet er es mir nicht, sondern antwortete nur: *Du wirst hier keine Geheimnisse entdecken*, mit einem verschmitzten Grinsen, als wäre alles nur ein Scherz. Und mir wurde klar, dass Cutter's Pass für einen nur in den Teilen existierte, für die man hergekommen war. Der Rest blieb eine undurchdringliche, rätselhafte Geschichte. Ich stellte fest, dass mich mit denjenigen, die wie ich waren – nämlich nicht von hier –, mehr Freundschaften verbanden als mit den Einheimischen.

Erst seit den letzten zwei Vermissten hatte ich das Gefühl, eine von ihnen zu sein, und das auch nur, weil ich hier gewesen war, als es passierte. Ich begriff, dass die Wahrheit etwas war, das man nicht einfach jemand anderem erklären konnte. Man musste es selbst erleben und sich auf seine eigene Weise damit auseinandersetzen.

Das war der Punkt gewesen, an dem ich Cory hatte gehen lassen. Ich war verunsichert von der Leichtigkeit, mit der er alles anging. Von der unbeschwerten Oberfläche, dem äußeren Charme. Er verdiente an den Vermissten, akzeptierte die Rätsel als etwas nicht allzu Ernstes. Er ließ alle Geschichten trivial erscheinen, sogar meine. Es fehlte ihm an Ernsthaftigkeit, und zwar so, dass es für mich unhaltbar war.

Aber Cory ließ sich nicht in die Vergangenheit verbannen. Er schien Teil dieses Ortes zu sein, tief in seinem Fundament verwurzelt. Etwas, das immer auch ein Teil von mir sein würde, ob wir zusammen waren oder nicht.

Und dann, letztes Jahr, eine Woche nach Georgias Ankunft, hatte ich ihn wieder im Souterrain gesehen. Er stand in der Nähe des Hintereingangs, als würde er darauf warten, dass sie ihn dort fand. Ein einstudierter Schritt in einem Theaterstück. Danach hatte ich unsere gesamte Geschichte umgeschrieben, jede Erinnerung. Und falls noch irgendein Zauber übrig geblieben sein sollte, war er damit endgültig und dauerhaft gebrochen. Ich stellte mir die Menschen vor, die vor mir gekommen waren, die Geschichte, die einmal existiert hatte, aber außerhalb meiner Reichweite blieb. Die Geheimnisse, die Cory kannte und bewahrte.

Nachdem ich geduscht und meine Arbeitskleidung angezogen hatte, hörte ich ihn noch immer im Lager. Auf dem Weg nach draußen ging ich an der offen stehenden Tür vorbei, ohne mich zu verabschieden. Es spielte keine Rolle, ob ich hinter mir absperrte. Am Ende des Tages musste man Cory und seinen Absichten vertrauen.

Irgendwann später hatte ich herausgefunden, dass Cory früher selbst hier gearbeitet hatte. Als er von zu Hause wegwollte, bevor er sich eine eigene Wohnung leisten konnte, war er hierhergekommen, zu Celeste und Vincent. Er hatte in dem

Apartment gewohnt, in dem Celeste später mich einquartierte. Natürlich wusste er, wie man reinkam.

Ich hatte heute an das gedacht, was Celeste einmal zu mir gesagt hatte, nämlich dass man herausfinden müsse, was den Leuten am wichtigsten sei, um zu erfahren, wie man sie lenken konnte. Bei ihm war es mir nie gelungen. Und erst da war mir klar geworden, warum ich ein Problem mit Cory hatte. Die Sache, an der er am meisten interessiert war, war er selbst.

Wenn es Cory an Ernsthaftigkeit fehlte, dann stellte Trey das komplette Gegenteil dar, als er auf dem Parkplatz wartete, während ich mein Auto rückwärts auf den Mitarbeiterstellplatz fuhr. Er war ein schwarzes Loch, besaß eine Anziehungskraft, der ich mich nicht widersetzen konnte und auch nicht wollte aus Angst, etwas zu verpassen. Ich hatte begonnen, daran zu glauben, dass die Antworten auf diesen Ort aus irgendeinem Grund in ihm verborgen lagen. Dass dies trotz Celestes Missbilligung und Corys Warnung der Weg war, sie zu finden.

Ich kurbelte das Fenster herunter, rief seinen Namen und beobachtete, wie er versuchte, mich einzuordnen. Ich war jetzt für die Arbeit gekleidet, hatte die Haare straff zurückgebunden, saß in Celestes altem Wagen, den sie mir überlassen hatte.

Mein eigenes Auto hatte hier nur einen Winter überlebt. Im zweiten Herbst – als sich die Blätter verfärbten, die raschelnd im Wind wirbelten, spröde unter unseren Schritten – stand die Batterie kurz davor, endgültig den Geist aufzugeben, die Reifen mussten ersetzt werden, und mein Auto, das Letzte, was einst meiner Mutter gehört hatte, starb. Ich wollte es nicht zugeben. Von all den Dingen, die ich verloren hatte, hätte der Wagen nicht so wehtun sollen. Es war schließlich nur ein Auto, es hatte mich hierhergebracht, aber es würde nichts an der Vergangenheit ändern. Doch es lag an der scheinbar gezielten Beleidigung, und als der Motor zu stottern begann, hatte ich die Tür zugeschlagen, gegen einen Reifen getreten und gespürt, wie meine Augen vor Tränen der Wut brannten.

Und dann war plötzlich Celeste da gewesen, vor dem Kutschenhaus. Sie hatte mich beobachtet. *Was ist los?*

Ich deutete wortlos auf das Auto, während ich daran dachte, dass ich jemanden anrufen müsste, um es zur Werkstatt abschleppen zu lassen, und was es wohl kosten würde.

Sie trat näher, während ich im Geiste das Geld auf meinem Bankkonto zählte und mein anstehendes Gehalt dazurechnete, als sie mir mit leicht zitternden Fingern den Schlüssel zu ihrem Auto hinhielt. *Ich brauche es nicht.*

Zuerst begriff ich nicht. *Ich bring es dir in einer Stunde zurück.*

Nein, sagte sie, *ich brauche es nicht, Abigail. Alles, was ich brauche, befindet sich hier, und abgesehen davon könnte ich Vincents alten Truck aus der Garage holen, falls ich tatsächlich mal ein Auto benötige. Mal sehen, ob er noch anspringt.*

Sie versuchte, dem Moment mit einem Scherz den Ernst zu nehmen. Noch immer hielt sie den Schlüssel in der Hand, streckte ihn mir hin. Ein Geschenk, ein Angebot.

Aber es war zu gleichen Teilen eine Frage. Und als ich meine Hand ausstreckte und die Faust um den Metallschlüssel schloss, war es außerdem eine Antwort. Ein Versprechen, dass ich bleiben würde.

Celeste schien zu verstehen, warum ich an dem alten Auto meiner Mutter hing, und bot an, es zu Vincents Truck in die Garage zu stellen, damit es sich zum »Friedhof ungenutzter Fahrzeuge« gesellen konnte.

Bei meiner Ankunft in Cutter's Pass hatte der Truck ungenutzt ganz vorne auf dem Parkplatz gestanden wie eine ewige Erinnerung. Was mir aus irgendeinem Grund schlimmer vorkam als ein Auto, das nicht anspringen wollte. Ich hatte den

Wagen mit Beginn der Hochsaison für sie in die Garage gebracht. Sie wollte sich genauso wenig von Vincents Truck trennen wie ich mich von diesem Auto.

Aber am Ende tat ich es. Nahm ihre Großzügigkeit an aus Angst, ich könnte sonst an ihre Grenzen stoßen.

Inzwischen war Celestes graue Limousine vermutlich an die zwanzig Jahre alt und offiziell auf dem Weg zum Autofriedhof. Die Schlösser funktionierten schon seit zwei Jahren nicht mehr. Im vergangenen Winter hatte ich jedes Mal, wenn ich den Zündschlüssel drehte, den Atem angehalten, um den Motor mit reiner Willenskraft zum Starten zu bringen. Ich glaubte nicht daran, dass es einen weiteren Winter überleben würde. Doch es war unvermeidlich, dass es nicht ewig halten würde – und inzwischen spürte ich, dass ich mich auch von diesem Wagen nicht trennen wollte.

Trey öffnete die Beifahrertür und faltete sich auf dem Sitz zusammen. Von außen mochte der Wagen dreckig und verkratzt aussehen, im Inneren war er makellos. Die Art, wie ich mich um das Auto kümmerte, würde Celeste bestimmt gefallen. Trey würde weder eine verirrte Quittung noch ein Bonbonpapier finden. Ich sah, wie er angesichts des Schmutzes, den seine Schuhe im Fußraum der Beifahrerseite hinterließen, die Stirn runzelte.

»Es ist nicht weit«, erklärte ich. »Aber die Parkplatzsuche wird vermutlich länger dauern.«

Ich lag richtig. Die Innenstadt hatte sich mit Beginn des Wochenendes verändert. Die Autos der Touristen parkten vor den Geschäften, dem Stadtplatz und auf Stellplätzen, die mit *Nur für Kunden der Post* gekennzeichnet waren. Als würden die Regeln für sie nicht gelten.

Hinter dem Besucherzentrum, kurz vor der Brücke, bog ich abrupt ab, lenkte den Wagen aus der Innenstadt heraus und auf eine Seitenstraße, die am Fluss entlangführte. Dann fuhr ich in einem Bogen zurück durch ein Wohngebiet und parkte am Ende einer Sackgasse.

»Diesen Parkplatz dürfen Sie niemandem verraten«, sagte ich, als Trey mich mit hochgezogenen Augenbrauen ansah. Ich hatte zwei Jahre gebraucht, um herauszufinden, wo man an einem geschäftigen Wochenende in der Hauptsaison am besten seinen Wagen abstellte. Ich nahm an, dass jeder Einheimische seinen Geheimtipp-Parkplatz hatte, und dies war meiner.

Ich führte Trey auf einem schmalen, unbefestigten Weg zur Rückseite der Polizeistation. Auf dem Parkplatz standen einige Dienstfahrzeuge neben Rochelles rotem Pick-up. Der Eingang lag an der Hauptstraße, und Rochelle hatte durch die großen Fenster eine perfekte Aussicht auf mehrere Ladenfronten an der Hauptstraße.

Als wir eintraten, saß sie hinter dem Empfang. Vor ihr stand ein leerer To-go-Becher mit dunkelrotem Lippenstift am Rand. Sie hatte einen diamantbesetzten Nasenring und perfekt geschminkte Augen, aus denen sie einen so ansah, dass man das Gefühl hatte, sie könne einen durchschauen.

Sie war genauso alt wie ich, aber die einzige Person in Cutter's Pass, in deren Gegenwart ich mich in meiner Arbeitskleidung gehemmt fühlte. Als würde ich nur eine Rolle spielen und sie hätte mich durchschaut.

Sie stand auf, um uns zu begrüßen. Silberne Armreifen glitten über ihr Handgelenk Richtung Ellbogen, als sie sich die Haare über die Schulter strich. Man konnte ihr Cherokee-Erbe in den langen dunklen Haaren, ihren tiefbraunen Augen und den hohen Wangenknochen erkennen.

Sie streckte Trey über den Schreibtisch die Hand hin. »Sie müssen Trey West sein. Der Sheriff ist gleich zurück.«

Rochelle hatte ihren Highschool-Abschluss im selben Jahr gemacht wie ich und gerade ihren Vollzeitjob hier angetreten, als ich in die Stadt kam. Wir alle wussten, dass der Sheriff auf sie angewiesen war. Über die Jahre hatte sie ihr eigenes System entwickelt, nach dem sich die anderen richten mussten. Sie war außerdem meinungsstark und hatte mir vor Jahren, als ich noch glaubte, wir könnten Freundinnen werden, nach mehreren Tequilas im Last Stop erzählt, was ihrer Meinung nach den Vier Burschenschaftlern zugestoßen sei.

Ich hasste Tequila, rümpfte die Nase, als sie ihn bestellte, trank aber trotzdem mit. Damals wollte ich, dass sie mit mir redete, mich mochte. Auf meine erste Nachfrage reagierte sie zunächst genervt: *Du bist genau wie alle anderen. Klar.* Ein Verdrehen der Augen. *Gaffer, wo man hinguckt.*

Aber dann, gerade als ich glaubte, sie würde nichts weiter sagen und mich ignorieren, leerte sie mühelos ihr Tequila-glas und fuhr fort: *Natürlich sind sie abgestürzt. Im Dunkeln losgezogen und in die Schlucht gefallen.* Simpel und prägnant. Ohne einen Gedanken an die logischen Lücken zu verschwenden, an die Teile, die sich nicht ineinanderfügten. Mit einem Selbstbewusstsein ausgesprochen, das an Wachsamkeit grenzte.

Aber sie wurden nie gefunden, erwiderte ich. Denn war das nicht das eigentliche Rätsel?

Sie warf die Hände in die Luft, verärgert über mich oder die Details, die sich weigerten zusammenzupassen. *Tiere. Da ist alles voller Knochen aus längst vergangenen Zeiten.*

Jemand hätte sie doch gesehen. Sie haben gesucht.

Im Ernst? Sie blinzelte mich an, lange dunkle Wimpern und tiefbraune Augen. *Woher willst du das überhaupt wissen? Du warst nicht hier.* Sie hielt meinen Blick fest, bis ich als Erste wegschaute.

Die Tatsache, dass sie bereits ein Jahrzehnt lang im Büro des Sheriffs arbeitete und damit, wie ich annahm, Zugang zu sämtlichen Unterlagen hatte, hätte ausreichen müssen. Wenn es irgendetwas Wissenswertes gab, irgendwelche Geheimnisse, die in verschlossenen Aktenschränken aufbewahrt wurden, irgendwelche Gerüchte, die in Hinterzimmern flüsternd weitergegeben wurden, musste sie es wissen. Und nach allem, was ich über ihre Persönlichkeit wusste, glaubte ich nicht, dass sie etwas davon für sich behalten würde.

»Bleibst du hier, Abby?«, fragte sie, als ich in dem kleinen Wartebereich neben Trey Platz nahm.

Es war Trey, der antwortete. »Abby war so nett, meine Reiseführerin zu spielen. Heute Morgen hat sie mich sogar nach Shallow Falls mitgenommen.«

In diesem Moment betrat der Sheriff von der Straße aus das Büro. Er hatte einen Kaffeebecher dabei, den er auf Rochelles Schreibtisch stellte.

»Danke, Boss«, sagte sie.

So viel musste ich ihr lassen, sie war der einzige Mensch, den ich kannte, der von seinem Vorgesetzten Kaffee gebracht bekam.

Sie nickte in unsere Richtung. »Trey West ist hier, um dich zu sehen.«

Trey stand auf und streckte die Hand aus.

»Mr. West«, begrüßte ihn der Sheriff, dessen Sonnenbrand auf dem Nasenrücken heute besonders rosa wirkte, entweder von der Hitze oder von der körperlichen Anstrengung. Er nahm Treys Hand zwischen seine eigenen. »Ich bin froh, dass Sie sich doch entschieden haben herzukommen.« Und dann, an mich gewandt: »Musst du zurück ins Hotel?«

»Sie ist meine Fahrerin«, erklärte Trey. Ich hatte das Gefühl, dass er mich dabeihaben wollte. Sich eine Zeugin wünschte, jemanden an seiner Seite, der ihm half, durch die Komplexität von Cutter's Pass zu navigieren.

Aber Sheriff Stamer hatte ihm bereits die Hand auf die Schulter gelegt und dirigierte ihn am Empfangstisch vorbei. »Wir können Sie im Anschluss an unser Gespräch zurückbringen«, sagte er mit einem verkniffenen Lächeln in meine Richtung. »Ich denke nicht, dass wir dich hier in irgendeiner offiziellen Funktion brauchen, Abby.«

Ich verstand die Andeutung, nickte.

Als sich die Tür hinter ihnen schloss, deutete Rochelle mit dem Daumen auf Stamers Büro und sagte: »Das da ist keine gute Idee.«

»Ich habe ihn nur mit auf eine Wanderung genommen«, sagte ich. Mit ihrer Direktheit schaffte sie es immer wieder, mich aus dem Gleichgewicht zu bringen, als müsste ich mich gegen etwas verteidigen, das noch nicht passiert war.

Sie grinste. »Auch keine gute Idee, wenn du meine Meinung hören willst.«

Wollte ich nicht. »Ich versuche ihm nur zu helfen.« Es war etwas Beunruhigendes an der Art, wie sie mich stets zu beurteilen schien. Ich hatte das Gefühl, dass ich für Rochelle immer eine Außenseiterin sein würde, ganz gleich, wie lange ich hier lebte.

»Weißt du …«, setzte sie an, doch dann klingelte das Telefon. Sie hob einen manikürten Finger, während die Armbänder an ihrem Handgelenk klimperten. »Büro des Sheriffs«, sagte sie und klemmte sich das Telefon zwischen Wange und Schulter, ihre Hände schwebten über der Tastatur.

Ich nahm mir eins der eingewickelten Pfefferminzbonbons aus der Schale auf ihrem Schreibtisch und ging zum Ausgang, bevor sie ihren Gedanken zu Ende führen konnte.

»Hey«, hörte ich sie in dem Moment hinter mir rufen, als die Tür zuschlug, aber ich ging weiter. Ich konnte mir ihre Warnungen auch so gut vorstellen, denn ich lebte lange genug hier, um sie zu kennen: *Du solltest dich nicht einmischen* und *Bloß niemanden ermutigen, es gibt nichts mehr zu finden.* Aber ausnahmsweise lagen sie falsch. Und ausnahmsweise wusste ich es zuerst.

Kapitel 10

Ich saß im Auto, während ich mich die ganze Zeit fragte, was der Sheriff Trey zu sagen hatte. Was Trey dem Sheriff erzählen würde. Während ich mir den Kopf über einen Grund zerbrach, mich weiter in der Nähe aufhalten zu können …

Als mein Handy klingelte, schrak ich zusammen, bevor ich in der Handtasche danach kramte.

Es war Georgia, die von ihrem Handy anrief.

»Abby«, sagte sie statt einer Begrüßung. »Bist du noch in der Stadt?« Ich hörte den Wind durch das Mikrofon und wusste, dass sie draußen stand, wo sie den besten Empfang hatte.

Ich schloss die Augen, drückte zwei Finger gegen meinen Nasenrücken. »Ja, aber ich mache mich gleich auf den Rückweg.«

»Das musst du nicht, alles in Ordnung. Es geht nur um die Gruppe in den Waldblick-Zimmern. Sie sind auf einer Wanderung und haben vorher gefragt, ob wir für morgen einen Ausritt für sie organisieren können. Die Computer laufen nicht, irgendwas stimmt nicht mit der Internetverbindung.«

»Ich hab Harris schon Bescheid gesagt.«

»Super. Könntest du trotzdem kurz beim Reitstall vorbeischauen, da du schon in der Stadt bist? Wenn du fragst, sind sie eher bereit, kurzfristig etwas möglich zu machen.«

Ich konnte ihr nicht widersprechen. In meiner Anfangszeit hier hatte ich meine Freizeit größtenteils bei den Pferden verbracht, die mich immer beruhigten, mich an zu Hause erinnerten.

»Ich kümmere mich drum.« Es war mir lieber, kurz dort vorbeizuschauen, als direkt zurück ins Passage Inn zu fahren.

»Danke …« Sie machte eine Pause. »Warte kurz.« Das Geräusch von Schritten auf Kies. Ich stellte mir vor, wie sie den Parkplatz überquerte. »Ist Cory da? Ist das auf dem Mitarbeiterparkplatz sein Auto?«

Anscheinend konnte sie es von ihrer Position aus sehen.

»Ja. Celeste hat ihn um Hilfe bei ein paar Sachen gebeten.«

»Super«, sagte sie wieder, doch diesmal trocken und monoton. »Okay, dann sehen wir uns gleich.« Dann legte sie auf. Ihr letzter Satz hatte wie eine Frage und eine Bitte zugleich geklungen.

Jenseits der Brücke, hinter dem Campingplatz, sah ich das Hinweisschild zum Flying Fox, halb versteckt unter einem Blätterdach. An der nächsten Kreuzung schlängelte sich rechts eine schmale Straße den Hügel hinauf, die vor den Stallungen endete. Über der unbefestigten Straße wölbte sich ein großer Bogen mit bronzenen Schriftzügen, der auf beiden Seiten von Hufeisen eingefasst war.

Auf dem Parkplatz standen mehrere Autos, darunter ein alter Van, Jacks ständiger Wohnsitz. Er hatte ihn zur Wohnung umgebaut, was anscheinend perfekt für seine Zwecke war. Wenn er in der Stadt war, parkte er den Van normalerweise auf dem Grundstück seiner Eltern und benutzte ihre Dusche und Waschmaschine. Ansonsten diente er als seine Homebase, wenn er auf Reisen war.

Eine Staubwolke hing in der heißen Luft, als ich aus meinem Auto stieg und auf die Scheune zusteuerte, über deren Tür ein Schild angebracht war, das die Besucher aufforderte, sich hier anzumelden.

Hinter dem Empfangstisch stand die Tochter der Eigentümer und zeichnete in ihrem Skizzenbuch. Sylvie hatte große braune

Augen und Haare im gleichen Farbton, die heute scharf in der Mitte gescheitelt und zu zwei Dutts gebunden waren.

»Hey, Abby«, sagte sie, schloss das schwarz eingebundene Buch und klemmte sich den Bleistift hinters Ohr.

Sie sah unfassbar jung aus, und ich konnte kaum glauben, dass ich in ihrem Alter gewesen war, als ich nach Cutter's Pass gekommen war. Sie hatte erst vor ein paar Monaten die Highschool beendet – ich war zu ihrer Abschlussparty hier gewesen –, aber ich kannte sie schon, seit sie ein kleines Mädchen gewesen war, das zwischen den Beinen der Eltern herumwuselte, wenn diese Reitunterricht gaben oder Reitausflüge organisierten.

»Hi, Sylvie.« Ich stützte einen Arm auf den Holztresen. »Ist Jack da?«

Sie schüttelte den Kopf. »Nein, der ist unterwegs. Wir brauchten dringend Unterstützung, und er hat immer mal wieder hier übernachtet, also …«

»Ich wusste gar nicht, dass er bei euch wohnt.« Im Laufe der Jahre hatte ich seinen Van in der Stadt, auf dem Campingplatz, unten am Fluss und ab und zu bei Cory gesehen.

Sie beugte sich vor, wie ein Kind mit einem Geheimnis. »Seine Eltern verkaufen. Sie gehen in Rente und wollen wegziehen. Anscheinend ist es nicht gut, wenn bei Hausbesichtigungen ein Van im Garten steht. Du kannst hier auf ihn warten, wenn du möchtest.«

»Eigentlich wollte ich mit dir sprechen. Könntet ihr morgen eventuell noch eine Sechsergruppe reinquetschen?«

Sylvie zog einen Laptop unter dem Tresen hervor, setzte sich eine Brille mit blauer Fassung auf und beugte sich zum Bildschirm. »Höchstens am Nachmittag.«

Um die Zeit würde es drückend heiß sein, aber das ließ sich nicht ändern. »Ich nehme den Termin.«

Sie schrieb die Details auf einen beigefarbenen Reservierungszettel. »Ich hab gehört, dass ihr Besuch habt«, bemerkte sie, den Kopf noch immer gesenkt.

Ich hätte nicht überrascht sein dürfen, vor allem nicht, seit ich wusste, dass Jack hier wohnte. Trotzdem.

»Was hast du gehört?«, erkundigte ich mich so ruhig wie möglich.

Sie hielt im Schreiben inne, musterte mich, den Kopf leicht zur Seite geneigt. »Nur dass bei euch Angehörige von dem Typen sind, der aus dem Passage Inn verschwunden ist.« Sie hob eine Braue, als würde sie erwarten, dass ich ihre Zusammenfassung bestätigte.

»Nur für ein paar Tage.«

Sie blinzelte zweimal, als würde sie darauf warten, dass ich noch mehr sagte, dann hielt sie mir den Zettel hin. »Bezahlen können sie morgen hier.«

»Danke. Ich bin dir was schuldig.«

Als ich zurückkam, stand Corys Wagen noch immer auf dem Parkplatz, direkt hinter Georgias. Aber ich wollte keine Fragen beantworten, weder zu Trey noch zu unserem Besuch beim Sheriff, zu nichts. Also stellte ich einfach mein Auto ab und ging die Auffahrt zu Fuß hinauf.

Als ich durch die Eingangstür trat, riss Georgia den Kopf hoch. Deutliche Erleichterung zeichnete sich auf ihrer Miene ab, als sie sah, dass ich es war.

»Der Ausritt ist organisiert.« Ich hielt ihr den Zettel mit den Termindetails hin. »Und du hast offiziell Feierabend«, fügte ich hinzu und trat neben sie hinter die Rezeption.

Sie schob mir unseren Ordner hin. »Sie sind noch unterwegs. Ich bin mir außerdem ziemlich sicher, dass einer von denen eine Flasche Schnaps dabeihatte.« Sie räusperte sich.

»Ich habs im Blick.«

Sie gehörten zu den Menschen, die einem schnell auf den

Geist gingen, während man sie gleichzeitig insgeheim beneidete. Ich konnte mir gut vorstellen, dass die Vier Burschenschaftler heute ganz ähnliche Typen wären – Jahre später, mit Ehefrauen im Schlepptau, vielleicht auch Kindern. Wie sie von ihren Abenteuern erzählten, Jahrzehnte zuvor. Verbunden durch eine gemeinsame Geschichte.

Georgia schob sich den Riemen ihrer Handtasche auf die Schulter, der Ring ihres Autoschlüssels baumelte an ihrem Zeigefinger, als hätte sie auf ihre Chance zur Flucht gewartet. »Ich gehe einkaufen. Brauchst du was?«

»Nein, danke.« Ich war mir sicher, dass sie ihren Supermarkttrip genau getimt hatte, um Cory nicht in die Arme zu laufen.

Kaum war die Tür hinter ihr zugefallen, nahm ich mein Handy und ging damit ins Büro. Ich hatte mit meinem Handy Zugriff auf das E-Mail-Konto des Hotels und wartete, während die Seite langsam lud. Als ich die Betreffs der vielen ungelesenen Nachrichten sah, die nach und nach auf dem Display erschienen, zuckte ich innerlich zusammen. *Telefone ausgefallen? Labor-Day-Wochenende. Frage!* Die letzte E-Mail ohne einen Hinweis darauf, um was für eine Frage es sich handelte.

»Hallo?«, erklang eine tiefe vertraute Stimme aus der Lobby.

»Im Büro!«, rief ich.

Im nächsten Moment erschien Harris im Türrahmen. Als er sah, wie ich das Handy in die Nähe der Scheibe hielt, lächelte er.

»Wie ich sehe, komme ich genau zum richtigen Zeitpunkt.«

Sofort entspannte ich mich ein wenig. Harris hatte eine Art, die jedes Problem kleiner und lösbar erscheinen ließ. Als bräuchte es nie mehr als ein frisches Stück Kabel, einen neuen Stecker – im Grunde also nur einen Anruf bei der richtigen Person.

»Danke, dass du so schnell hergekommen bist«, sagte ich und legte das Handy auf dem Fensterbrett ab, damit es die restlichen E-Mails lud.

Harris hatte braune Locken, einen spitz zulaufenden Haaransatz in der Stirnmitte und einen dazu passenden Vollbart. Er ließ ihn älter erscheinen oder so, als würde er sich in der Rolle wohlfühlen, in der er sich eingerichtet hatte. Er trug seine eigene Version von Arbeitskleidung: Baggy-Jeans, kariertes Button-down-Hemd, brauner Werkzeuggürtel, ein selbst gemachtes Perlenarmband am Handgelenk, meist mehr Schnur als Perlen. Die aktuelle Version bestand aus blauen Sternen und drei weißen Buchstabenperlen, die das Wort DAD bildeten.

»Ich hab deine Nachricht abgehört, als ich gerade in der Grundschule fertig war. Also dachte ich mir, ich schau gleich auf dem Rückweg bei euch vorbei.« Er stellte seinen Werkzeugkasten aus Metall auf dem langen Tisch ab.

Ich deutete auf sein Armband. »Die Sterne gefallen mir.« Beim letzten Mal war es ein Muschelmotiv gewesen.

»Elsie hat zum Geburtstag neue Perlen geschenkt bekommen.« Er lächelte, wie immer, wenn er über seine Tochter sprach. Ich ging davon aus, dass seine Frau ihr mit den Buchstaben geholfen hatte, da Elsie erst drei war. »Also, was ist mit den Leitungen los?«

»Das Festnetztelefon an der Rezeption ist tot, und das Internet funktioniert auch nicht. Aber ich hatte den Eindruck, dass die Leitung schon vorher immer mal wieder ausgefallen ist.«

Er verschwand aus dem Türrahmen, und ich scrollte weiter durch die E-Mails auf meinem Handy, wobei ich mir Namen und Nummern notierte, um später von meiner Wohnung aus anzurufen. Die E-Mails, mit denen Leute versuchten, an Informationen zu kommen, löschte ich. Ich war mir nie ganz sicher, ob es sich um Journalisten oder Hobbyermittler handelte, aber jede Nachricht, die nichts mit einer Reservierung zu tun hatte, landete sofort im Papierkorb. Im Laufe des Frühjahrs hatten die Anfragen nachgelassen, aber mit Beginn der Hauptsaison schienen wieder mehr Mails zu kommen. Genau wie der Sheriff und Marina gesagt hatten – die Leute redeten. Die Leute bohrten nach. *Sieht nach außen nicht gut aus.*

»Hey.« Harris war wieder im Türrahmen aufgetaucht, den er beinahe komplett ausfüllte. »Gibt es mit den anderen Leitungen auch Probleme?«

»In meiner Wohnung funktioniert das Telefon, und von den Gästen hat sich auch niemand beschwert. Aber das Internet läuft nicht zuverlässig.«

Er nickte. »Dann hat das Problem wahrscheinlich nichts mit den Leitungen draußen zu tun. Klingt nach einem lockeren Kabel. Ich müsste mir mal den Verteilerkasten unten ansehen.«

»Klar.« Ich fischte mein Schlüsselband mit der Marke aus der Handtasche und hängte es mir um den Hals.

Harris folgte mir durch die Lobby, blieb jedoch vor den alten Fotos vom Passage Inn stehen. »Habt ihr was verändert?«

Natürlich fiel es ihm auf. Harris hatte einen Hang zum Detail, den ich generell sehr zu schätzen wusste.

»Celeste lässt gerade ein Foto neu rahmen, aber du weißt ja, wie das ist, alles wird in die Nebensaison geschoben.«

Ich hielt meine elektronische Schlüsselmarke an den Mitarbeiterdurchgang und ging vor ihm die Treppe hinunter.

Als ich aus dem Treppenhaus in den Flur trat, schloss Cory gerade die Tür des Lagerraums hinter sich. »Hallo.« Er kam einen Schritt näher, als wollte er mir etwas sagen. Doch dann blieb er stehen, seine Gesichtszüge erstarrten, und er richtete den Blick auf Harris.

Cory mochte Harris nicht, oder Harris mochte Cory nicht. Ich war mir nie ganz sicher, wessen Abneigung größer war. Sie waren zusammen zur Schule gegangen und kannten einander so, wie ich sie niemals kennenlernen würde.

Allerdings ging ich nicht davon aus, dass sie jemals gute Gründe gehabt hatten, Freunde zu werden: Sie waren zwar fast genau gleich alt, aber während Harris einen festen Job und

Familie hatte, ließ sich Cory unter der Hand für geführte Touren bezahlen, die von Tragödien profitierten, arbeitete in der Gaststätte seiner Eltern und vertrieb sich vermutlich nur die Zeit, bis er das Last Stop erbte so wie zuvor sein Vater.

Harris räusperte sich.

Cory musterte ihn einen kurzen Augenblick, ohne Fragen zu stellen. »Wir sehen uns, Abby«, sagte er dann, bevor er durch die Tür am Ende des Flurs nach draußen verschwand.

Ich zeigte Harris den Lagerraum kurz vor dem Hinterausgang, in dem die Gartenmöbel und die Chemikalien für den Whirlpool verwahrt wurden. Er war in der Regel nicht abgeschlossen, da ohnehin nur wenige Menschen Zugang zum Souterrain hatten und die Mitarbeiter darauf zugreifen können mussten. Celeste und ich waren die Einzigen, die Generalschlüssel für alle weiteren Räume besaßen. Und vielleicht Cory.

Harris öffnete die Tür und schaltete das Licht ein. »Bingo.«

»Okay, super«, sagte ich und trat auf den Flur zurück. Dort drin roch es immer nach einer Mischung aus Erde, Betonboden, Staub und unverputzten Betonsteinwänden. Der Geruch gab mir jedes Mal das Gefühl, eingeschlossen zu sein, im Dunkeln, unter der Erde. »Ich muss zurück in die Lobby.«

»Alles klar, ich weiß, wo ich dich finde.« Er war bereits dabei, den beigefarbenen Kasten an der Wand zu öffnen.

Ich ging wieder nach oben und war froh, dass diesmal keine Gäste auf mich warteten. Mein Handy lag nach wie vor auf der Fensterbank im Büro. Ich stellte die Liste mit Anfragen fertig, die per E-Mail reingekommen waren, und nahm sie anschließend mit an den Computer an der Rezeption, um sie mit unserem Reservierungssystem abzugleichen, während ich auf Harris' Bewertung der Lage wartete.

Als plötzlich das Telefon neben mir zu klingeln begann, zuckte ich erschrocken zusammen, entspannte mich aber schnell wieder, froh darüber, dass das Problem, das Harris gefunden hatte, offensichtlich nicht schwer zu lösen gewesen war.

»Passage Inn«, meldete ich mich.

»Alles klar.« Harris' Stimme klang durch das Telefon tiefer und näher. »Bin gleich da.«

Ich hörte die Tür am Ende der Lobby und kurz darauf Harris' gemächliche Schritte, die sich näherten.

»Was war los?«, rief ich ihm entgegen. »Anscheinend kein größeres Problem, oder?«

Sein Mund bildete eine gerade Linie, während er sich mit den Fingern durch den unteren Teil seines Barts fuhr. »Nichts Schlimmes. War nur eine Leitung getrennt.«

Ich nickte. »Die muss schon eine ganze Weile locker gewesen sein. Die Verbindung war immer wieder weg und wieder da, bevor sie endgültig abgebrochen ist.«

Er schob den Werkzeugkasten auf den Tresen und zog einen Rechnungsblock heraus, schien es sich dann jedoch anders zu überlegen und steckte ihn zurück in den Kasten. »Lass uns sagen, wir sind quitt. Ich war sowieso unterwegs und musste das Kabel ja nur wieder anschließen.«

»Du brauchtest also gar kein neues?« Ich stellte mir ausgefranste Drähte vor. Dreißig Jahre alte Kabel.

Er fuhr sich mit der Zunge über die obere Zahnreihe, als würde er überlegen, wie er es formulieren sollte. »Das Kabel ist in Ordnung.« Er fing meinen Blick auf, bevor er den Arm auf den Tresen legte. »Ich glaube nicht, dass es von selbst rausgefallen ist, Abby. Das Kabel ist vollkommen intakt.«

»Vielleicht ein Versehen?«, fragte ich ruhig. *Bitte.*

Harris tat mir den Gefallen, es zumindest nicht auszuschließen. »Alles ist möglich, ich würde mich auf nichts festlegen. Seid einfach vorsichtig, wen ihr da unten reinlasst.«

Sein vielsagender Ton verriet mir, dass er das Bild von Cory im Kopf hatte, der aus dem Lagerraum kam.

Ich konnte nicht anders, als mir das gleiche Bild vorzustellen, durch seinen Blick verschob sich alles. Gänsehaut prickelte in meinem Nacken, als ich mir Cory dort unten vorstellte. Cory, dessen Finger sich um das Kabel schlossen. Cory, der immer hier hereingefunden hatte.

Aber es kamen auch andere infrage. Die Reinigungsfirma. Diverse Handwerker. Menschen, die Georgia oder ich reinließen, ohne darüber nachzudenken.

Harris klopfte einmal mit der flachen Hand auf die Rezeption, wobei sein silberner Ehering auf das Holz schlug. »Ruf mich an, wenn du mich brauchst.«

»Danke, Harris. Grüße an die Familie.«

Nachdem er sich verabschiedet hatte, ging ich weiter die Möglichkeiten durch. Es könnte ein Versehen gewesen sein. Jemand, der beim Verstauen eines Möbelstücks gegen den Verteilerkasten gestoßen war, wodurch sich das ohnehin schon lose Kabel vollends aus der Buchse gelöst hatte. Wie Harris gesagt hatte, alles war möglich.

Dennoch wurde ich während meiner restlichen Schicht den Verdacht nicht los, dass es absichtlich passiert war. Ich dachte über die letzten Tage nach, die Leute, die hier ein und aus gegangen waren. Unsere allabendliche Happy Hour. Die Leute, die wir bei uns willkommen geheißen hatten.

Ich war noch immer aufgewühlt und nicht ganz bei der Sache, als die Sechsergruppe endlich von ihrer Wanderung zurückkehrte und nach einem Erste-Hilfe-Kasten fragte. Der Mann mit den roten Wangen – Mr. Lorenzo – hatte einen Arm um seine Frau gelegt, um sie zu stützen, als sie mit einer blutenden Kniewunde auf mich zuhumpelte.

»O nein«, sagte ich und griff nach einem Verbandspäckchen, das wir in einer Schachtel unter der Rezeption aufbewahrten.

»Sieht schlimmer aus, als es ist«, erwiderte sie lachend.

Nach dem Funkeln in ihren Augen zu urteilen, würde es sich sehr viel schlimmer anfühlen, sobald die Wirkung des Alkohols in ihrem Blut nachließ.

»Das sollte sich ein Arzt anschauen«, sagte ich, denn ich war mir ziemlich sicher, dass die Wunde genäht werden musste. Ich reichte ihnen die Notfallnummer zusammen mit dem Verbandset und der Reservierung für den morgigen Ausritt über den Tresen.

Obwohl ich sah, wie sie mit lauten Stimmen die Treppe in den ersten Stock ansteuerten, stellte ich mir ein ganz anderes Szenario vor: ein verletztes Knie und niemand, der ihr helfen konnte, sie saß am Rand eines Felsen und wartete auf Hilfe, die nicht eintreffen würde …

Wieder öffnete sich die Eingangstür, und diesmal kam Georgia herein. Sie hatte mehrere Plastiktüten dabei, deren Griffe in die Haut ihrer Handgelenke schnitten.

»Hi.«

»Hi.« Ich trat beiseite, damit sie die Tüten auf den Tresen stellen konnte.

»Vorräte für unseren kleinen Kühlschrank im Büro«, sagte sie und holte zwei Träger mit aromatisiertem Mineralwasser in der Geschmacksrichtung heraus, die wir am liebsten mochten. Während sie die Getränke ins Büro brachte, zog ich für einen Augenblick in Erwägung, sie nicht zu fragen, ihr nicht die Laune zu verderben – aber ich musste einfach herausfinden, welche Möglichkeiten es gab.

»Georgia«, sagte ich, als sie mit einer Wasserflasche mit Himbeergeschmack zurückkam, »hast du in letzter Zeit jemanden ins Souterrain gelassen?«

Sie drehte sich langsam zu mir um, die geöffnete Flasche auf halbem Weg zum Mund.

»Ich meine nicht …« Ich wedelte mit den Händen zwischen

uns herum. Ihr Privatleben ging mich nichts an. Also versuchte ich es noch einmal. »Ich glaube, wir müssen anfangen, eine Liste mit den Leuten zu führen, die hier ein und aus gehen.«

Sie trat einen Schritt näher. »Warum?« Ihre Augen waren geweitet, die Besorgnis begann bereits, ihre Wurzeln darin zu schlagen.

»Die Telefonleitung ist wieder repariert, aber ich glaube, dass jemand den Verteilerkasten angerempelt hat. Wäre einfach gut zu wissen, wer wann da unten war – für den Fall, dass irgendwann wieder was passiert.«

Sie trank einen kleinen Schluck, ohne den Blick von mir zu lösen, und ich war mir nicht sicher, ob sie mir glaubte. Dann begann sie, die Plastiktüten einzusammeln, beschäftigte ihre Hände, ausnahmsweise einmal, ohne ihre Gedanken laut auszusprechen. Auf einmal hielt sie inne, sah mich wieder an. »Mein Vater war für mich immer der Einzige, dem ich vertrauen konnte. Auch wenn er nicht bei uns gelebt hat, war er der einzige Mensch, der mich wirklich gesehen hat. Der mir die Wahrheit gesagt hat. Selbst wenn ich sie nicht hören wollte.«

Ich hatte es mir zur Angewohnheit gemacht, eine innere Mauer hochzuziehen, wenn Georgia ihren Vater erwähnte, als würde uns etwas verbinden, weil wir beide einen Elternteil verloren hatten. Aber ihre Mutter lebte noch, auch wenn sie sich offensichtlich nicht sehr gut verstanden. Doch in diesem Augenblick hatte ich das Gefühl, dass sie damit etwas über mich zum Ausdruck bringen wollte, über uns. Zum Thema Vertrauen.

Georgia hatte einen Sinn für Gefahrenpotenzial, aber nur in ganz offensichtlichen Kontexten: in einem leeren Raum, in einem unterbrochenen Telefonat, bei einer Suche im Wald. In all den Dingen, die wir kommen sahen. Dabei lauerte die wirkliche Gefahr dort, wo wir sie nicht vermuteten. Sie erschien ohne Vorwarnung. Treys Ankunft, die unterbrochene Telefonleitung, der versteckte USB-Stick.

»Es wird alles gut, Georgia.«

Ich war nicht naiv, was Georgias Anwesenheit an diesem Ort betraf. Schließlich stiefelte man nicht spontan in ein Hotel und blieb aus einer Laune heraus dort. Nicht wenn man über Geld und andere Ressourcen verfügte. Nicht ohne Grund.

»Okay«, sagte sie fast flüsternd.

So standen wir da, die Blicke ineinander verschränkt, bis der junge Typ vom Last Stop uns auseinanderfahren ließ, als er mit der ersten Ladung Häppchen für die Happy Hour die Lobby betrat.

Die Happy Hour neigte sich bereits dem Ende zu, als der Sheriff hereinkam. Er trug noch seine Uniform. Ich hielt Ausschau nach Trey, doch er war nirgendwo zu sehen.

Stamer fing meinen Blick auf und kam langsam durch die Lobby auf mich zu, wobei er die wenigen verbliebenen Gäste mit ein paar Worten hier und da begrüßte. *Hoffe, Sie genießen Ihren Aufenthalt. Waren Sie schon bei den Wasserfällen?* Angenehm, oberflächlich.

»Ich dachte, ich schau vorbei, weil du dich bestimmt fragst, wie unser Gespräch gelaufen ist«, bemerkte er, als er dicht genug herangekommen waren, dass niemand außer mir seine Worte hören konnte.

»Ist mit Trey alles in Ordnung?«

Er legte den Kopf ein wenig schief. »Ich hab ihn mitgebracht. Wir waren noch zusammen Mittag essen. Sind alles durchgegangen, was im Frühjahr passiert ist.« Er trommelte mit den Fingerspitzen auf den Holztresen. »Er schien ziemlich überrascht, was wir alles unternommen haben. Wie ausgiebig unsere Suche war.« Er wartete ab, bis die Aushilfe vom Last Stop mit einigen übereinandergestapelten Tabletts den Ausgang ansteuerte. »Er hat mir die Fotos gezeigt und gesagt, du hättest sie auch gesehen?«

Ich nickte. »Welche Schlüsse ziehst du daraus?«

»Es sind nur Fotos. Ehrlich gesagt bestätigen sie, was wir bereits vermutet haben. Ich habe es überprüft, sie wurden alle am selben Tag aufgenommen, und zwar mit der Kamera, die laut unserer Akten zu Farrah Jordans vermissten Besitztümern zählt.«

Ich hatte nicht so weit gedacht nachzusehen, welche weiteren Informationen die Fotos vielleicht bereithielten.

»Dann hatte jemand anders die Kamera?«

»Scheint so.« Er räusperte sich. »Kann sein, dass sie jemand irgendwo da draußen gefunden hat, der keine Ahnung hatte, um was es sich handelt.«

Das war möglich, aber irgendjemand musste darauf gekommen sein. Jemand hatte die Puzzleteile zusammengefügt. Jemand hatte Landon West diese Fotos zugespielt, als Tipp.

»Was passiert als Nächstes?«

»Nichts, Abby. Die Kamera kann ja jeder gefunden haben. Das ist drei Jahre her. Wir haben keine Ahnung, wie Landon West an die Bilder rangekommen ist. Und wahrscheinlich werden wir es auch nie erfahren.« Für einen flüchtigen Moment legte er seine Hand auf meine – vielleicht war es das erste Mal, dass er so etwas tat. »Das wollte ich dich nur wissen lassen. Es ist ein alter Fall. Das Ganze kommt dir vielleicht wie ein neuer Hinweis vor, aber in Wahrheit sagt uns das nicht wirklich mehr, als wir sowieso schon wussten. Auch wenn sein Bruder vielleicht auf etwas anderes gehofft hat, bedeutet es keinen Durchbruch in diesem Fall.«

Als ob der letzte Mensch im Besitz dieser Fotos nicht vor vier Monaten verschwunden wäre. Als ob er nicht an dem Ort übernachtet hätte, wo ich aufgepasst und es dennoch nicht mitbekommen hatte. Als ob uns die Geschichte nicht gelehrt hätte, dass es wieder passieren konnte.

»Glaubst du das wirklich?«, fragte ich. Er warf einen raschen Blick über die Schulter, sah dann zurück zu mir. Ich senkte die Stimme. »Dass es nichts ist?«

Mit Wunschdenken ist niemandem geholfen, hatte Marina zu mir gesagt.

»Hat Trey dir auch erzählt, wo er den Stick gefunden hat?«, fuhr ich fort. »In der Hütte. Gut versteckt.«

Seine Miene verschloss sich, seine Lippen bildeten einen Strich. »Ich weiß, dass es nicht *nichts* ist, Abby. Es wird uns nur nirgendwo hinführen.« Und damit strich er sich die Krawatte glatt, drehte sich um und ging davon. Mehr würde ich nicht von ihm bekommen. Das war alles, was er unternehmen würde.

Ich schaute ihm nach und sah ihn zum ersten Mal seit Langem so, wie es vielleicht ein Außenstehender wie Trey tat. Als den Mann, der das Rätsel nicht lösen konnte, was Landon und Farrah und Alice Kelly zugestoßen war. Der zugelassen hatte, dass die Untersuchungen ein stilles, unbefriedigendes Ende fanden. Der keine Überprüfung von außen zulassen und mich dabei auf seiner Seite haben wollte. Ich war mir nicht sicher, ob er selbst glaubte, was er sagte.

Die Happy Hour endete, und bald räumte ich in der Stille des Abends auf, schloss Türen ab, dimmte die Lichter in der Lobby.

Anschließend trat ich in die Nacht hinaus und lauschte den Geräuschen des Waldes, die lebendig wurden: Grillen und ein entferntes Bellen und das Geräusch von Dingen, die sich in den Zweigen über mir bewegten – eine wilde Kakofonie. Ich schlich zum Rand des Grundstücks, wo sich der Weg zu den Hütten entlangschlängelte, in der Hoffnung, Trey zu begegnen. Sein Auto stand immer noch an derselben Stelle, aber sonst war nichts von ihm zu sehen, und ich brachte es nicht über mich, an die Tür von Hütte vier zu klopfen und ihm meine Fragen zu stellen. Hatte er gefunden, wofür er hergekommen war? Was hatte der Sheriff gesagt? Hatte er ihm geglaubt?

Trey war ein schwarzes Loch, und ich fiel hinein. Ich erinnerte mich an Dinge, die ich schon lange aus meinem Kopf verdrängt und für irrelevant erklärt hatte. Farrahs Fotos hatten alles zurück an die Oberfläche gezerrt, und jetzt kreiste ich in Gedanken um die Erinnerungen von vor drei Jahren und die Bilder. Irgendetwas an ihnen hatte mich irritiert. Etwas stimmt nicht mit ihnen.

Die Wahrheit ist …

Die Wahrheit war, dass Farrah mich noch immer verfolgte.

Die Wahrheit war, dass sie an jenem Tag ins Passage Inn gekommen war, bevor sie zum Trail aufgebrochen war. Wir hatten wegen der Winterrenovierungsarbeiten geschlossen, aber da die Tür zur Lobby nicht abgeschlossen war, kamen trotz des Hinweisschilds draußen immer wieder Touristen herein. Ich strich gerade die Sockelleisten der offenen Treppe, die in den ersten Stock hinaufführte, und war ohnehin schon genervt. Ein kleiner Wasserfleck hatte sich als ausgewachsener Rohrbruch entpuppt, und plötzlich gab es Trockenbaumaßnahmen, Holzarbeiten, Elektroinstallationen. Auftragnehmer kamen und gingen, aber nicht in der richtigen Reihenfolge, und die Noteinsätze kosteten extra – lauter Summen, die wir nicht eingeplant hatten.

Dementsprechend schlecht war meine Laune, als sich erneut die Tür öffnete. Doch es kam keiner der Handwerker herein, die wir mit diversen Reparaturen beauftragt hatten. Ich spürte, wie sie in der Lobby stand, direkt hinter mir. Ich hatte Farbe an den Fingerknöcheln, einen Pinsel in der Hand und war gereizt, und obwohl ich ihr erklärte, dass wir derzeit geschlossen hätten, rührte sie sich nicht von der Stelle.

Ich erkundigte mich nicht, wie ich ihr helfen könnte. Was für eine Art von Touristin sie war, erkannte ich daran, wie sie mit der Kameratasche über der Schulter dastand, wie sie sich umsah, selbstbewusst, als wüsste sie Bescheid. Noch bevor sie den Mund aufmachte, war mir klar, dass sie wegen unserer Geschichte gekommen war. Sie war hier, um sich umzusehen, die Schichten aufzubrechen, etwas zu finden.

Waren Sie hier, begann sie, *als Alice Kelly verschwunden ist?*

Zuerst antwortete ich ihr nicht, bis ich zu dem Schluss kam, dass es nicht schaden konnte, die Wahrheit zu sagen.

Nein, sagte ich und strich wieder mit dem Pinsel über den Sockel. *Ich war nicht hier.*

Ich bin ihr mal begegnet. Das ist aber lange her.

Als ob sie das zu irgendetwas berechtigte. Als ob ihr die Tatsache, dass sie vor sieben Jahren jemandem über den Weg gelaufen war, irgendwelche besonderen Einblicke verschaffen würde.

Wie gesagt, da war ich noch nicht hier.

Aber sie gab nicht auf, trat stattdessen näher und stellte ihren Fuß auf die unterste Treppenstufe. Ich stand drei Stufen höher und starrte auf sie hinunter.

Wissen Sie, wer sie gesehen hat?, fragte sie. *Wie heißen die Zeugen aus dem Lokal?*

Als würden wir alle über sämtliche Informationen verfügen. Als würde ich ihr diese einfach aushändigen, dieser Fremden. Stattdessen sagte ich, was Cory gesagt hätte, und verstand in diesem Augenblick genau, warum er es tat – wir dachten an all die Menschen, die wir damit schützten. Diese Fremden waren doch nichts als Traumatouristen, die unsere Existenz als reine Unterhaltung betrachteten. Sieben Jahre in Cutter's Pass hatten mich abstumpfen lassen. Wir waren nicht mehr als eine Gruppe von Menschen, die gegen ihren Willen in ein Mysterium verstrickt waren. Als wäre die Stadt ein Puzzle, das es zu lösen galt, und wir die passenden Teile. Und so antwortete ich: *Sie werden hier keine Geheimnisse finden.*

Und das waren vermutlich die letzten Worte, die jemals jemand zu Farrah Jordan gesagt hatte.

Drei Tage später, als ihr Auto gefunden wurde, als ihr Foto herumgereicht wurde und Celeste sagte, sie habe sie am Ausgangspunkt des Wanderwegs gesehen, gestand ich ihr, dass ich mit Farrah gesprochen hatte. Dass sie im Passage Inn gewesen war und nach Alice gefragt hatte. *Das ist nicht relevant*, hatte sie mir mit einer Art Endgültigkeit versichert, die dazu führte, dass ich ihr glaubte. *Wir können es nicht gebrauchen, dass unser Hotel im Zentrum des Ganzen steht, nicht wahr?* Und dann, mit einem Kopfschütteln: *Armes Mädchen, was hat sie da draußen im Schnee gemacht, ganz allein?*

Sie hatte mir versichert, dass ich keine Schuld an ihrem Verschwinden trug, dass ich ihr nichts schuldig war, dass ich nichts falsch gemacht hatte, und ich hatte ihr geglaubt – weil ich wollte, dass es wahr war.

Dabei wusste ich, dass die Geschichte über das Verschwinden von Farrah Jordan im Kern falsch war. Farrah Jordan hatte genau gewusst, wer wir waren, was dieser Ort war. Sie war nicht zufällig nach Cutter's Pass gekommen, angezogen von der Schönheit der Umgebung. Nein, etwas anderes hatte sie angelockt. Die flüchtige Erinnerung an Alice Kelly.

Sie hatte genau gewusst, wo sie war.

In den drei Jahren, die seither vergangen waren, hatte ich mir große Mühe gegeben, niemals mehr jemanden wegzuschicken, der das Hotel betrat. Keine Wanderer, die vom Berg herunterkamen. Keine Touristen, die sich am Kaminfeuer aufwärmen wollten. Und auch nicht Trey West.

Die Lobby war menschenleer, als ich von meinem Rundgang über das Grundstück zurückkehrte, aber auf dem Rezeptionstresen stand ein blauer Teller. Abendessen, von Georgia. Sie stellte mir immer einen Teller hin, wenn sie gekocht hatte. Es sei von der Menge her einfacher, für zwei zu kochen, behauptete sie. Paniertes Hühnchen und Spargel mit einer cremigen

Soße, die geradezu dekadent duftete, auf einem blauen Keramikteller aus ihrer Küche. Ihre Wohnung roch immer nach frisch gekochtem Essen oder Blumen. Wie ein Zuhause.

Ich ging auf die andere Seite der Rezeption und entdeckte ein Glas mit Rotwein. Normalerweise trank ich während der Arbeitszeit nicht, aber nach den letzten Tagen erlaubte ich mir, die Regeln, die ich mir selbst auferlegt hatte, etwas zu lockern.

Ich probierte einen Schluck. Definitiv nicht der Wein, den wir in der Regel für das Passage Inn bestellten. Ich stellte mir Georgia vor, die auf einem Küchenhocker saß, vor dem angerichteten Teller und einer offenen Weinflasche. Ich stellte mir die Abendessen vor, die sie in der Vergangenheit genossen hatte, die Person, die sie gewesen war, bevor ihr Vater starb.

Und dann stellte ich mir Farrah vor, ihren Geist, der am Fuß der Treppe stand und mich beobachtete. Als würde sie darauf warten, dass ich ihr Aufmerksamkeit schenkte, dass ich ehrlich war. Um sie zu finden.

Ich wartete, bis ich sicher sein konnte, dass alle Gäste wieder auf ihre Zimmer gegangen waren, bevor ich den passwortgeschützten Ordner auf dem Computer in der Lobby öffnete. Bevor ich mir die Fotos noch einmal anschaute, dieses Mal sorgfältig, alleine.

Ich stellte mir vor, wie Sheriff Stamer die Bilder betrachtete, die Landschaft einzuordnen versuchte, und fragte mich, was er darin sah. Welche Geschichte er sich selbst über diesen Ort erzählte. Die Bilder waren eindimensional, endgültig – sie verwiesen nur auf einen bestimmten Ort und eine bestimmte Zeit.

Und endlich kam ich darauf, was mich an ihnen so irritiert hatte. Es hatte damit zu tun, was sie nicht waren: Sie erinnerten nicht an Farrahs Arbeiten. Sie waren kein bisschen künstlerisch.

Farrah hatte ein öffentliches Instagram-Profil gehabt und immer wieder neue Landschaftsfotos gepostet. Seit einem Monat vor ihrem Verschwinden war allerdings nichts Neues mehr hochgeladen worden.

Ich ging mit meinem Handy ins Büro und öffnete den Instagram-Account des Hotels. Dann suchte ich nach Farrahs Profil, was ich im letzten Jahr nur noch selten getan hatte. In den ersten Monaten nach ihrem Verschwinden hatte ich ihn mir immer wieder angesehen in der Hoffnung, ein tieferes Verständnis zu entwickeln.

Obwohl ihre Fotos sehr abwechslungsreich waren – Berge, Strände, Wüste und auch eines von einem Hinterhof in einem Vorort –, gab es eine Art verbindendes Merkmal. Alle Fotos waren farbig und unterschieden sich damit von den schneeweißen Aufnahmen auf dem USB-Stick. Beim Betrachten ihres Instagram-Profils hatte ich immer das Gefühl gehabt, ihre Bilder hätten einen bestimmten Fokus. Dienten einem Zweck.

Das war es, was fehlte. Die Intention hinter den Bildern. Natürlich war dies nur eine Serie von Aufnahmen, von denen sie vielleicht nur eine zur Bearbeitung ausgewählt hätte. Aber die Fotos von Cutter's Pass schienen einen anderen Zweck zu erfüllen.

Ich wechselte von ihrem Feed zu dem Raster von Bildern, auf denen sie markiert war, der einzige Ort, an dem ich Aufnahmen von ihr mit einem echten, aufrichtigen Lächeln finden konnte. Etwas, das ich nie persönlich erlebt hatte.

Am beunruhigendsten war vielleicht, wie die Anzahl der markierten Bilder in den Jahren nach ihrem Verschwinden weiter zugenommen hatte. Ihre Freunde und ihre Studenten teilten alte Fotos und ließen sie so lebendig erscheinen. Als würde sie in einem zweiten, geheimen Leben weiterexistieren.

Die neuesten Fotos, auf denen sie markiert worden war, hingen mit dem Fall Landon West zusammen. Es gab mehrere aus Zeitungsartikeln, auf denen sie alle nebeneinander abgebildet waren. Landon und Farrah und Alice Kelly und die Vier Burschenschaftler. Es war der dritte Post dieser Art, der mich wegen des Benutzernamens innehalten ließ.

AliceKellyWasHere

Ich klickte das Profil an. In der Beschreibung stand:

In Erinnerung an meine wunderschöne Schwester Ali
In Liebe, Quinn

Die Zeilen erschütterten mich. *Meine wunderschöne Schwester Ali.* Eine Seite von Alice Kelly, die keiner von uns hatte erahnen können. Das Profilbild zeigte eine jüngere Version von Alice Kelly, die den Blick nach unten auf ein viel kleineres Mädchen gerichtet hatte – Quinn, nahm ich an. Beide mit dunkelroten Locken, die zu hohen Pferdeschwänzen gebunden waren.

Der letzte Beitrag war erst drei Tage zuvor gepostet worden und bestand aus einer Reihe von Fotos, die mit einer Aufnahme von Alice Kelly begann. Im Hintergrund waren Wälder zu sehen, und sie schien gerade zu einer Wanderung aufzubrechen. Auf dem Foto wirkte sie jünger als in dem Jahr, in dem sie verschwunden war, irgendwie sorgloser. Die Bildunterschrift lautete: *Ich kann nicht glauben, dass es fast zehn Jahre her ist. Vermisse dich jeden Tag.*

Ich betrachtete sie. Ihr strahlendes Lächeln, ihre Hände an den Rucksackriemen, in deren Mitte ein schmaler leuchtend orangefarbener gezackter Streifen verlief.

Ein plötzlicher Schauer durchfuhr mich.

Ich klickte zum nächsten Bild weiter und wurde mit dem Anblick von Alice Kelly konfrontiert, die gerade den Wald betrat. Sie schaute über die Schulter zurück in die Kamera.

Das Handy entglitt mir, prallte auf dem Tisch ab, ein Geräusch, das die Stille zerschnitt, alles durchbrach.

Das Bild war immer noch auf dem Display zu sehen. Ich konnte nicht atmen. Jetzt verstand ich gar nichts mehr.

Ich schnappte mir das Handy und rannte los, durch die Lobby. Meine Hand zitterte, als ich die elektronische Marke an die Tür hielt. Ich stolperte die Stufen hinunter ins Souterrain und an Georgias Apartment vorbei, aus dem wie immer Musik zu hören war.

Ich brauchte drei Versuche, um den Schlüssel ins Schloss meiner Wohnung zu bekommen, dann stieß ich die Tür auf, machte das Licht an und fiel auf die Knie, vor dem Rucksack, den ich Stunden zuvor hier zurückgelassen hatte.

Es war dieser Rucksack. Beige, mit einer orangefarbenen Naht auf den Riemen. Ich spürte, wie mir kalter Schweiß ausbrach. Es musste mehr als einen geben. Natürlich gab es mehr als einen, Rucksäcke wie dieser entstammten Massenproduktionen. Aber es waren die Details: der abgerissene Aufnäher, unter dem ein dunkler Fleck zum Vorschein gekommen war. Ich vergrößerte das Foto auf meinem Handy, bis ich es deutlich erkennen konnte: die fehlende Schlaufe am Reißverschluss der kleineren Tasche, wo ich als Ersatz einen Kabelbinder befestigt hatte.

Meine Sicht begann zu verschwimmen, selbst als das Bild klarer wurde.

Nein. Nicht mein Rucksack. Nicht dieser Ort. Nicht auch noch sie.

Dies war der Rucksack, den ich vor fast zehn Jahren aus unserer Fundkiste ausgegraben hatte, nur wenige Monate nachdem sie verschwunden war. Alice' Rucksack.

Hier im Passage Inn.

Ich lehnte mich an die Wand, wollte, dass die Wahrheit eine andere war. Aber es führte kein Weg daran vorbei: Seit zehn Jahren trug ich den Rucksack auf dem Rücken, der vor einem Jahrzehnt noch Alice Kelly gehört hatte. Alice Kelly, die aus diesen Wäldern nach Cutter's Pass gekommen und dann verschwunden war. Um niemals wiedergesehen zu werden.

Teil 3

ALICE KELLY

Vermisst seit: 2. September 2012
Letzter bekannter Aufenthaltsort: Cutter's Pass,
North Carolina
The Last Stop Tavern

Kapitel 11

Ich kannte die Geschichte von Alice Kelly sehr gut. Zwar war ich danach hergekommen – nach der Suche, nach der polizeilichen Ermittlung, nachdem sich die Verdachtswolke über der Stadt aufgelöst hatte. Der Fall mochte bereits zu den Akten gelegt worden sein, als ich in jenem Winter herkam, aber ich spürte ihn in jedem Aspekt von Cutter's Pass.

Es war der erste Vermisstenfall seit den Vier Burschenschaftlern fünfzehn Jahre zuvor. Was ihn umso bemerkenswerter machte. Die Geschichte der Vier Burschenschaftler wurde ausgegraben und aufgewärmt. Vergleiche wurden gezogen. Bewohner der Stadt, die schon damals hier gelebt hatten, wurden genauer unter die Lupe genommen. Es spielte keine Rolle, dass sich die beiden Fälle in jedem Aspekt unterschieden – bis auf den Ort. In Cutter's Pass herrschte eine gewisse Anspannung. Die Grenzen wurden enger gezogen, die Einwohner waren stiller als sonst, alles wandte sich nach innen.

Die Geschichte verbreitete sich in den Appalachen und schließlich auch darüber hinaus. Ich wohnte damals in Nashville, in einer Zweizimmerwohnung im dritten Stock ohne Aufzug, weil mir bewusst war, wie schwer krank meine Mutter war – dass sie meine Hilfe benötigte und auch dass die Zeit ablief. Für uns vergingen die Tage anders, in langsamer Monotonie, während sie gleichzeitig viel zu schnell verstrichen.

Zum ersten Mal hatte ich Alice Kellys lächelndes Gesicht –

hohe Wangenknochen und Sommersprossen – in den Nachrichten eines Lokalsenders gesehen, den meine Mom den ganzen Tag in unserem in Dämmerlicht getauchten Wohnzimmer laufen ließ. Von jenem Tag an hatte sie den Fall mit einer Aufmerksamkeit verfolgt, die ich nicht verstand – es wurden ständig irgendwo Menschen vermisst, Tragödien, die hinter uns lagen, Tragödien, die uns erwarteten –, aber als ich neben ihr auf jener braunen Couch saß, hielt sie meine Hand und starrte auf den Fernseher, als würden wir sie kennen. Und dann, als wir die Sendung immer weiter verfolgten, hatten wir tatsächlich das Gefühl, sie zu kennen.

Alice Kelly, die gerade ihr letztes Collegejahr begonnen hatte, war mit einer großen Gruppe vom Outdoorclub über das lange Labor-Day-Wochenende zu einer Wanderung aufgebrochen, die bis zum nächsten Tag dauern sollte. Aber das Grüppchen, mit dem sie lief – insgesamt drei Leute –, war zurückgefallen und hatte beschlossen, nahe der Kreuzung der beiden Trails zu campen. Alice wollte nicht. Nach Aussage ihrer Begleiter hatte sie unter Tränen gesagt, dass am übernächsten Tag eine Prüfung anstehe, die sie auf keinen Fall verpassen dürfe. Sie sah die Stadt in der Ferne – die Kuppel des Passage Inn und die Kirchtürme zwischen den Bäumen – und entschied, dass sie es bis Sonnenuntergang dorthin schaffen würde. Von ihnen allen war sie die erfahrenste Wanderin. Und sie hatte einen Plan.

Ich hatte die Interviews zusammen mit meiner Mutter angesehen und hatte gehört, wie sie sagte: *Irgendetwas stimmt nicht mit dieser Stadt.*

Danach hatte ich mir Alice häufig vorgestellt, wie sie auf dem Bergrücken stand und Cutter's Pass aus der Ferne sah – eine Stadt, ein sicherer Hafen, eine Option. Wie sie ihre Sachen zusammengepackt und ihren Freunden versichert hatte, dass schon alles gut gehen würde.

Und zuerst tat es das auch. Sie hatte es aus dem Wald heraugeschafft und war der Straße in die Stadt gefolgt, die – genau wie die Restaurants – aufgrund des Feiertagwochenendes aus allen Nähten platzte. Sie schaffte es bis zum Last Stop, wo sie beim Einschalten ihres Handys festgestellt haben musste, dass jetzt – wo sie sich endlich wieder in der Nähe eines Telefonnetzes befand – der Akku leer war. Nach Zeugenaussagen hatte sie das Telefon hinter der Bar benutzt, um einen einzigen Anruf zu tätigen, bevor sie das Lokal verlassen hatte.

Und das war das letzte Mal, dass sie gesehen worden war.

Dass sie vermisst wurde, hatte man erst am nächsten Tag festgestellt, als ihre Wanderfreunde wieder Netz hatten und versuchten, sie auf ihrem Handy zu erreichen. Zu dem Zeitpunkt hatten sie gemerkt, dass etwas nicht stimmte. Dass Alice verschwunden war. Sie war nicht an die Uni zurückgekehrt. Ihre Familie hatte nichts von ihr gehört. Ihre Freunde hatten nichts von ihr gehört. Niemand hatte von ihr gehört.

Und alle ausgehenden Anrufe aus dem Last Stop an jenem Abend waren solche mit Ortsvorwahl von Cutter's Pass gewesen. Keiner hatte besonders lang gedauert. Aber jeder dieser Anruf würde rückverfolgt, und keiner der Empfänger erinnerte sich, aus welchem Grund auch immer von einer jungen Frau angerufen worden zu sein. Zwei Anrufe waren an ein Taxiunternehmen rausgegangen, aber keiner der Fahrer hatte eine Person abgeholt, auf die ihre Beschreibung gepasst hätte. Dennoch: Jeder Taxifahrer wurde vernommen, jeder Gast, der sich im Last Stop aufgehalten hatte, jede Person, die Grund gehabt hatte, sich an jenem Abend in der Innenstadt von Cutter's Pass aufzuhalten. Niemand konnte sich erinnern, sie nach dem Verlassen des Lokals gesehen zu haben.

In den darauffolgenden Monaten war der Vermisstenfall nach und nach aus den Nachrichten verschwunden, doch sobald Cutter's Pass erwähnt wurde, hörte ich die warnende Stimme meiner Mutter: *Irgendetwas stimmt nicht mit dieser Stadt.* Was für eine Ironie, dass ich nach ihrem Tod ausgerechnet hierhergekommen war und ein wenig Trost gefunden hatte.

Dies war der Kontext, die Geschichte, in die ich hineinkam. In einen Ort, der noch immer von Alice Kellys Verschwinden aufgewühlt war. Eine Abrechnung, die nie wirklich stattgefunden hatte. Eine kurze Destabilisierung. Es hatte keine Antworten gegeben. Keine eindeutige Verbindung zwischen den beiden Fällen. Keine Spur von ihr. Keine Spur von einem der Männer.

Bis der Rucksack aufgetaucht war, den ich jahrelang mit mir herumgetragen hatte, ohne etwas zu ahnen. Dieser Rucksack, der es irgendwie ins Souterrain geschafft hatte, wo ich schlief, wo ich aß. Ich sah sie in meinem Halbtraum vor mir: Die rotbraunen Haare zu einem Pferdeschwanz gebunden, Schmutzschlieren auf den sommersprossigen Wangen, mit aufgerissenen Augen und den Händen an den Riemen jenes Rucksacks stand sie am Ende des Flurs in diesem Souterrain …

Ein Klingeln riss mich zurück an die Oberfläche – zumindest glaubte ich, dass es das Klingeln eines Telefons war. Als ich endlich richtig wach war, war es bereits verstummt. Vielleicht war es auch ein Teil des Traums über Alice gewesen.

Ich raffte mich dazu auf, die Füße auf den Boden zu stellen, spürte einen Schmerz im Nacken von meiner unbequemen Schlafposition mit dem Kopf auf dem Rucksack, als ob ich sie in meinem Traum heraufbeschworen hätte, indem ich den Geruch von Erde und Wald einatmete. Auf meiner Zunge lag der metallische Geschmack von Wein, und ich trug noch immer meine Arbeitssachen vom Tag zuvor, steif und unbequem.

Sonnenstrahlen fielen durch die Jalousien in mein Wohnzimmer – ich hätte nicht sagen können, wie spät es war, nur dass ich ungewöhnlich lange geschlafen hatte. Ich fühlte mich desorientiert, verwirrt, als läge mein gesamtes Dasein zersplittert um mich herum.

Ich ging ins Bad, wo ich die Kleidung vom Vortag auszog und mit viel zu heißem Wasser duschte, während der warme Dampf meine Lungen füllte. Meine Hände zitterten unkontrolliert, wie sie es bisher nur einmal getan hatten, als ich Fieber gehabt hatte und Celeste immer wieder nach unten gekommen war, um nach mir zu sehen, mir Suppe gebracht, eine Hand auf die Stirn gelegt hatte. Sie hatte sogar einen Arzt gerufen, der eine Grippe diagnostizierte und feststellte, dass man nichts anderes tun könne als abzuwarten, bis das Fieber runterging. Es war das erste Mal gewesen, dass ich Celeste wirklich verängstigt sah. Sie war bei mir geblieben, hatte auf dem Sofa gesessen, um mich im Auge zu behalten. Nach dem Tod meiner Mutter hatte ich geglaubt, dass ich so etwas nie wieder erleben würde.

Lange Zeit hatte mir das, was Alice Kelly zugestoßen war, keine Angst gemacht. Weil ich sie mir als einen Menschen wie mich selbst vorgestellt hatte, den nichts mehr an einem bestimmten Ort hielt. Weil, wie die Leute schnell herausfanden, am übernächsten Tag gar keine Prüfung anstand, wie sie es ihren Freunden erzählt hatte. Sie hatte gar keinen Grund gehabt, möglichst schnell an die Uni zurückzukehren – das waren Lügen gewesen.

Ich glaubte fest an das, was ich während unserer Wanderung zu Trey gesagt hatte. Dass manche Menschen nicht gefunden werden wollten. Und ich war der Überzeugung, dass Alice weggelaufen war. Warum hätte sie sonst diese Geschichte erfinden sollen, die sie ihren Wanderfreunden an jenem Tag auf dem Bergrücken erzählt hatte? Ich glaubte, dass sie eine Bilanz aus ihrem bisherigen Leben gezogen und entschieden hatte, eine andere Richtung einzuschlagen. Und wenn es ein Geheimnis gab, das Cutter's Pass verbarg, dann war es dieses. Damals hatte ich mich gefragt, ob sie alle weggelaufen waren.

Aber die Geschichte entsprach nicht der Wahrheit. Ihr Rucksack hatte sich die ganze Zeit über im Souterrain des Passage Inn befunden.

Und mit einem Mal führte alles zu diesem Ort zurück. Ich konnte ihre Geister sehen: die von Landon, von Farrah und jetzt von Alice.

Die Wälder waren nicht das verbindende Glied, sosehr Trey auch daran glauben wollte. Landon West und Farrah Jordan waren aus einem bestimmten Grund hierhergekommen. Sie hatten nach etwas gesucht. Nach jemandem. Und nun hatte ich einen Hinweis, dass vielleicht auch Alice Kelly hier gewesen war.

Wie gestern an den Wasserfällen fühlte ich mich, als würde ich am Grund eines Trichters stehen, als wäre ich selbst das Zentrum eines Trichters.

Das Passage Inn – das war das Zentrum.

Alice Kellys Rucksack hatte in der Fundkiste gelegen und nur darauf gewartet, dass ich ihn fand. Und es gab nur eine begrenzte Anzahl Leute, die wissen konnten, wie er dort hingekommen war.

Als ich aus dem Bad trat, begann das Telefon erneut zu klingeln.

»Hallo«, sagte Georgia, als ich dranging. »Entschuldige, dass ich dich geweckt habe. Ich wollte nur mal hören, ob alles in Ordnung ist.«

»Alles bestens.« Ich räusperte mich, verscheuchte den Nebel aus meinem Kopf. Dann warf ich einen Blick auf die Uhr. Es war neun und damit so spät, dass ich normalerweise schon eine Weile wach wäre, aber nicht spät genug, als dass Georgia sich Sorgen machen müsste. »Was ist los?«

Eine Pause.

»Es ist nur … Heute Morgen war das Büro nicht abgeschlossen, und das Geschirr stand noch draußen und … Entschuldige, ich bin einfach gleich vom Schlimmsten ausgegangen.« Sie stieß ein Lachen aus, schrill und gekünstelt.

»O Gott, das tut mir leid. Ich bin gestern Abend schnell runtergelaufen, um was nachzuschauen, und wollte danach noch mal hochkommen und abschließen. Aber dann bin ich einfach eingeschlafen. Ich glaube, der Wein hat mich umgehauen. Ich bin gleich oben und räume auf – war übrigens sehr lecker, vielen Dank.«

»Nein, nein, alles gut, ich kümmere mich darum.« Ich konnte sie immer noch atmen hören, dicht am Hörer. »Allerdings kann ich unseren Ordner nicht finden. Kannst du dich erinnern, wo du ihn hingelegt hast?«

Während wir sprachen, starrte ich mein Konterfei im Schlafzimmerspiegel an. Die Ringe unter meinen Augen und das scharf hervorstehende Schlüsselbein, die Vögel, die zum Flug ansetzten.

Dieser Ort fühlte sich zum ersten Mal wie Treibsand an.

»Bin gleich oben«, sagte ich, streifte ein T-Shirt über und stieg in Jeansshorts. Ich hatte keine Zeit, meine Haare zu föhnen. Abgesehen davon hatte ich nicht vor, den Vormittag im Passage Inn zu verbringen.

Oben herrschte das übliche geschäftige Frühstückstreiben. Als ich durch die Tür vom Treppenhaus in die Lobby trat, sah ich weder nach rechts noch nach links und stieß mit einem Mann zusammen, der einen Teller in der Hand trug.

Der Teller landete auf dem Boden, Serviette und eine leere Butterverpackung mischten sich unter die Porzellanscherben.

»Das tut mir wahnsinnig leid«, beeilte ich mich zu entschuldigen, im selben Moment, als er sagte: »Ich habe sie leider nicht gese…«

Ich sah zuerst auf. Trey West, der sowohl eine Rasur als auch Schlaf nötig gehabt hätte.

»Hi«, sagte ich.

Er hielt inne, sah dann auf. Musterte meine offenen langen Haare, meinen Freizeitlook. »Abby«, sagte er langsam. »Tut mir leid, ich habe Sie erst gar nicht erkannt.« Und dann, mit einem Zucken des Mundwinkels. »Sie sind ein regelrechtes Chamäleon.«

Ich verharrte auf der Stelle. Es machte mich nervös, ihn hier zu sehen, in dieser Eingangshalle. Dem Ort, wo ich auch seinem Bruder das erste Mal begegnet war.

In diesem Moment kam Georgia auf uns zu, aufgeschreckt von dem lauten Geräusch. Als sie uns erkannte, blieb sie abrupt stehen.

»Ich kümmere mich drum«, rief ich ihr zu, als Trey zu ihr hinübersah.

Sie strich sich die Haare aus der Stirn und lächelte verkrampft. »Danke.«

»Wer ist das?«, fragte Trey, ohne den Blick von ihr zu lösen. Alles andere wäre schwer gewesen. Sie war fünfundzwanzig, bildhübsch, von den langen Beinen bis hin zu ihrem langen Hals.

»Georgia«, sagte ich in der Hoffnung, dass ihn der Sheriff nicht über jedes Detail aufgeklärt hatte – insbesondere nicht darüber, wer die Hütte seines Bruders verlassen vorgefunden hatte. In der Hoffnung, dass er sich nicht mit der gleichen Intensität auf sie stürzen würde wie auf alles andere.

»Sie kommt mir bekannt vor«, sagte er, während er nach wie vor auf die Stelle starrte, an der sie eben noch gestanden hatte.

»Sie arbeitet in der Regel vormittags. Ich bin mir sicher, dass

Sie sie irgendwann schon mal hier gesehen haben.« Dann sammelte ich die verbliebenen Scherben ein und stand auf.

Trey, der neben mir gekauert hatte, erhob sich ebenfalls und runzelte die Stirn, als sein Blick auf meine zitternden Hände fiel.

»Ich habe Sie aufgewühlt«, stellte er fest. Ich wollte protestieren, aber er ließ mich nicht zu Wort kommen. »Ich meine nicht nur gerade eben, sondern auch gestern. Es tut mir leid, dass ich nach meinem Termin mit dem Sheriff nicht mehr vorbeigekommen bin. Ich hatte eine Menge zu verdauen.«

Ich winkte ab. »Nein, bitte, alles in Ordnung. Es ist Ihre Familie, Sie haben ein Anrecht auf etwas Privatsphäre. Ist es denn gut gelaufen?«

Er wich meinem Blick aus. »Ja«, begann er langsam. »Alle sind so unglaublich freundlich. Ehrlich gesagt hatte ich irgendwann Angst, dass er und Rochelle mich in Grund und Boden quatschen.«

Ich lächelte. »Na ja, sie sind eben die beiden Menschen, die an einem Ort wie diesem das meiste Wissen vereinen.«

»So was in der Art habe ich mir auch gedacht. Sagen Sie mal«, er hatte auf einmal die Stimme gesenkt, »darf ich Ihnen später noch ein paar Fragen stellen? Wenn Sie nicht gerade in Eile sind?« Ein verhaltenes Lächeln.

Ich nickte, strich mir die nassen Haare hinters Ohr. »Heute Vormittag muss ich ein paar Dinge erledigen, aber am Nachmittag arbeite ich. Sie wissen, wo Sie mich finden.«

Georgias Bemerkung am Telefon beunruhigte mich, der Ordner hätte an der gewohnten Stelle liegen müssen. Erst ein verlorener Schlüssel und jetzt ein vermisster Ordner – zu viele Erinnerungen daran, dass an diesem Ort Dinge die Angewohnheit hatten zu verschwinden.

Trey wandte sich ab und ging in Richtung hintere Veranda, von der er gerade gekommen war, und wieder einmal schockierte mich die Ähnlichkeit zwischen ihm und seinem Bruder: in der Statur, aber auch in den Eigenarten. Auf einmal wurde mir klar, warum ich mich von Anfang an von ihm angezogen gefühlt hatte. Als könnte ich ihn diesmal aufhalten, bevor er sich wegstahl. Indem ich im Gespräch etwas anderes sagte, mich anders verhielt, eine Einladung aussprach. Als wäre es möglich, ihn zurückzuholen – sie alle zurückzuholen.

Ich hatte Landon West in der Lobby vorgefunden, direkt vor dem Eingang zum Mitarbeitertreppenhaus und in einer Situation, die der mit seinem Bruder gerade eben auf unheimliche Weise ähnelte. Allerdings war die Lobby damals fast leer gewesen. Ich musste zweimal hinschauen, als ich aus der Tür trat und ihn so ruhig ganz in der Nähe des Mitarbeiterbereichs herumstehen sah. Etwas hatte mich innehalten lassen, und ich hatte die Tür hinter mir zugezogen, bis ich das sichere Klicken des Schlosses hörte, anstatt darauf zu warten, dass sie von selbst zufiel.

Guten Morgen, sagte ich, während er mein Poloshirt anstarrte, das Logo in der oberen Ecke, bevor er auf eines der Fotos an der Wand deutete.

Stimmt es, dass die Eigentümer das Passage Inn selbst gebaut haben?

Ich lächelte. *Geplant und gebaut. Mit Blut und Schweiß und ein wenig Glück.* Das Gleiche, was Celeste einmal zu mir gesagt hatte. Aber dann warf ich einen Blick über die Schulter, beugte mich ein wenig näher zu ihm und raunte in gespielt verschwörerischem Ton: *Ich kann Ihnen aber versichern, dass viele Menschen ihren Teil dazu beigetragen haben. Beispielsweise habe ich letztes Jahr die Wände hier gestrichen.*

Er trat einen Schritt zurück, als würde er mein Werk bewundernd in Augenschein nehmen. *Äußerst professionelle Ar-*

*beit, die Sie da geleistet haben. Haben Sie auch die Bilder auf-
gehängt?*

Ja.

Ich beobachtete ihn dabei, wie er ein Bild nach dem anderen betrachtete. *Als würde man zwei Versionen von ein und derselben Sache sehen.* Das Foto vom Rohbau, in Holz gerahmt. Die Bauzeichnungen auf dem letzten Foto. Er zeigte auf die Tür, aus der ich eben getreten war. *Bieten Sie Führungen da unten an?*

Mein Lächeln verblasste. *Nein, dort befinden sich Privatwohnungen.*

So wie im Kutschenhaus draußen?

Ich wusste nicht, warum er sich nach Celestes Haus erkundigte. Oder nach meiner Wohnung. Aber es versetzte mich in Alarmbereitschaft. Erinnerte mich daran, wo wir uns befanden, ließ mich an Farrah denken und die Leute, die gekommen waren, um nach ihr zu suchen, auf Umwegen Fragen gestellt hatten.

Sind Sie Gast bei uns, Sir?

Landon West, stellte er sich vor und streckte die Hand aus. Ein breites Lächeln, bei dem sich ein Grübchen in der Wange bildete.

Oh, ich habe Sie bisher noch gar nicht gesehen. Allerdings erinnerte ich mich, seinen Namen im System gelesen zu haben. Ich war davon ausgegangen, dass er eine der Hütten als Ausgangsbasis für Wanderungen nutzte. Soweit ich mich erinnern konnte, war er bisher bei keiner Happy Hour gewesen.

Ich arbeite an einem Buch, sagte er, und sein Blick wanderte zurück zu den gerahmten Fotos. *Wie war noch mal Ihr Name?*

Ich hatte ihn ihm noch nicht genannt. *Abby.*

Abby, wiederholte er. *Arbeiten Sie schon länger hier?*

Seit zehn Jahren.

Seit zehn Jahren, wiederholte er. Irgendetwas stimmte nicht mit ihm, mit der Art, wie er eine Frage umkreiste, meine Antworten wiederholte. Aber ich musste Georgia ablösen, und mir fiel kein Grund ein, aus dem ich ihn hätte bitten können zu gehen.

Später am Abend, nachdem ich die Rezeption geschlossen hatte und die Treppe nach unten gegangen war, hörte ich, wie jemand an der Hintertür rüttelte. Unserem Privateingang. Der Tür unterhalb der öffentlich zugänglichen Terrasse. Ich hatte keine Angst. Stattdessen öffnete ich die Tür von innen und spähte in die Nacht hinaus, aber wer auch immer dort gewesen war, musste mich gehört haben und war geflohen. Ich konnte natürlich nicht mit Sicherheit sagen, dass er es gewesen war – es gab immer wieder Gäste, die sich auf dem Gelände umsahen und versuchten, eine Tür zu öffnen –, aber in diesem Moment glaubte ich es.

In der Lobby war Georgia damit beschäftigt, mit den Händen jede Oberfläche abzutasten, unter den Tischen zu suchen, zwischen den Holzscheiten um den Kamin herum. Ihre Handtasche lag auf der Rezeption, als wäre sie gerade erst hereingekommen, obwohl sie vermutlich bereits seit Stunden hier oben war.

»Hi!«, rief ich. »Kein Glück bisher?«

»Hier oben habe ich schon alles abgesucht. Selbst in den Toilettenräumen, nur für den Fall der Fälle.«

In dem Ordner befanden sich in der Regel Kreditkartendurchschläge. Wir hielten darin Check-in- und Check-out-Zeiten fest, Autokennzeichen, Bestellungen beim Last Stop für die Happy Hour, die Anzahl an Wanderstöcken, die wir verliehen hatten. Normalerweise bewahrten wir ihn weggeschlossen im Büro auf, aber ich konnte mich nicht mehr erinnern, wo er sich gestern bei meinem übereilten Aufbruch befunden hatte.

Ich schauderte, als ich mich an das Foto von Alice Kelly erinnerte, wie sie über die Schulter sah, als würde sie zu mir zurückblicken. *Siehst du mich?*

»Ich kann mich nicht erinnern, ihn weggeräumt zu haben«, sagte ich und fuhr mir durch die nassen Haare. Mir entging nicht, wie ihr Blick meinen Fingern folgte, wie sie sich anschließend hektisch umsah, als könnte der Ordner auf magische Weise plötzlich irgendwo erscheinen.

Ich konnte mich nicht erinnern, wann ich den Ordner das letzte Mal benutzt hatte. Vielleicht als die Sechsergruppe von ihrer Wanderung zurückgekehrt war? Nachdem ich ihre Wanderstöcke in Empfang genommen und ihnen das Verbandspäckchen sowie die Nummer für akute Notfälle gegeben hatte?

Ich begann, an den Orten zu suchen, an denen ich ihn liegen gelassen haben könnte – unter der Rezeption, in den Schränken im Büro.

»Da habe ich schon überall nachgesehen«, sagte Georgia, die mir gefolgt war und verärgert wirkte. Im Gegensatz zu mir. Ich spürte, wie mich langsam Angst beschlich.

»Verdammt.« Ich richtete mich auf, die Hände in die Hüften gestützt. »Ich glaube zwar nicht, dass ich ihn mit in meine Wohnung genommen habe, aber ich sehe trotzdem nach.« Die letzten Momente des vergangenen Abends waren in meiner Erinnerung verschwommen. »Während meiner Schicht werde ich versuchen, so viel wie möglich aus dem Gedächtnis aufzuschreiben. Leg jetzt einfach erst mal ein Blatt für Check-in und Check-out an.«

Sie schob den Unterkiefer hin und her. »Glaubst du, jemand hat ihn gestohlen?«

Das Einzige von Wert in dem Ordner waren die Kreditkarteninformationen. Derjenige müsste also gewusst haben, wonach er suchte.

Ich blinzelte. »Fehlt sonst noch was?«

Ihre Augen weiteten sich, und mein Magen zog sich zusammen. Mir war klar, dass wir beide dasselbe dachten: die Schlüssel, der Safe. Ich öffnete die Schränke, und die Anspannung in meinen Schultern löste sich – der Safe war verschlossen.

»Sieht so aus, als wäre sonst alles da.« Gott sei Dank waren sowohl Georgia als auch ich im Besitz eines Schlüssels für den Safe, und zumindest diesen schien ich abgeschlossen zu haben, bevor ich nach unten gegangen war.

»Wahrscheinlich hab ich ihn gedankenverloren irgendwo abgelegt.« Auch wenn ich keine Ahnung hatte, wo das sein könnte.

»Oder jemand hat gedacht, es wäre eine Gästemappe oder so«, sagte Georgia, während sie an der Nagelhaut ihres Daumens herumbiss.

Ich nickte, wollte, dass es stimmte.

Aber ich wurde das Gefühl nicht los, dass mich jemand in der Nacht zuvor beobachtet hatte. Jemand, der gesehen hatte, wie ich die Rezeption unverschlossen zurückließ. Jemand, der unsere Sachen durchwühlt hatte, während ich unten eingeschlafen war.

Ich dachte wieder an Trey West. Vielleicht war er seinem Bruder sogar ähnlicher, als er selbst ahnte. Indem er herumwühlte, auf der Suche nach Antworten und mit allen Mitteln.

»Tut mir leid, dass ich dich heute Morgen geweckt habe«, sagte Georgia.

»Ich war schon wach. Ich muss gleich nur ein paar persönliche Dinge erledigen.«

Dabei beließ ich es, bevor ich zurück in meine Wohnung ging, wo ich flüchtig alle Oberflächen absuchte, auch wenn ich bereits wusste, dass ich den Ordner hier nicht finden würde. Ich war gestern Abend nicht viel weiter als bis zum ersten Schrank gekommen.

Dann nahm ich Alice' Rucksack auf den Rücken, schnappte mir meinen Schlüssel und ging zum Parkplatz, wo ich den Rucksack auf den Rücksitz meines Autos stellte. Die Luft im Innenraum war abgestanden und stickig. Mir war zu heiß, als hätte ich einen Kater, obwohl ich nur das eine Glas Wein getrunken hatte.

Als ich den Schlüssel im Zündschloss drehte, war lediglich ein schwaches Röcheln zu hören. Ich ließ mich an die Kopfstütze sinken, schloss die Augen. Dann versuchte ich es noch einmal, mit demselben Ergebnis. Der Motor war, wie seit Langem vorherzusehen gewesen war, endgültig tot.

»Verdammte Scheiße!«, rief ich, als ich die Fahrertür hinter mir zuknallte, und begann, neben dem Wagen auf und ab zu laufen.

Georgias kleiner SUV parkte neben meinem Auto. Ich war noch nie damit gefahren, aber ich ging nicht davon aus, dass sie etwas dagegen haben würde. Also ging ich zurück in die Lobby, wo Georgia gerade einen Gast auscheckte.

Ich trat neben sie hinter die Rezeption, fing ihren Blick auf, schob eine Hand in ihre Handtasche und zog ihren Autoschlüssel heraus. *Ich muss mir dein Auto ausleihen*, formte ich stumm mit den Lippen.

Ihre Miene blieb wie erstarrt, als würde sie nicht verstehen, was gerade passierte. »Oh«, sagte sie und deutete in meine Richtung.

»Bin nicht lange weg«, sagte ich, und sie lächelte, fuhr sich mit den Fingern durch die kurzen Haare, wandte sich wieder dem Gast zu.

Ihr Wagen hatte eine Zentralverriegelung und gab ein Piepsen von sich, als ich auf das Schlosssymbol auf dem Schlüssel drückte. Dann holte ich Alice' Rucksack aus meinem Wagen und stellte ihn auf die Rückbank von Georgias SUV.

Ich musste Cory sprechen, und ich war mir sicher, dass er an einem Sonntagmorgen um diese Zeit noch zu Hause war und schlief. Seine Führungen fanden später am Tag statt, und er blieb danach im Last Stop, bis es zumachte, um die Innenstadt während des Wochenmarktes zu meiden. Ich rief nicht vorher an. Es war das Beste, wenn ich ihn unvorbereitet überraschte.

Kapitel 12

Der Anblick der Innenstadt von Cutter's Pass an einem Sommerwochenendmorgen erinnerte an eine Seite aus einem Bilderbuch. Straßen, die aussahen wie aus der flachen Landschaft herausgemeißelt, Berge, die sich in der Ferne erhoben, Baumwipfel zu allen Seiten. Ein bernsteinfarbener Glanz lag auf den Schaufenstern der Läden, die um diese Zeit noch geschlossen hatten. Und der Platz im Stadtzentrum war bereits für den Wochenmarkt vorbereitet: Tische und Stände in einem labyrinthischen Muster, von dem sich Fußgänger in die umliegenden Gassen ergossen, während Kinder auf dem Bürgersteig Fangen spielten.

Ich navigierte mit dem Fuß über der Bremse durch die Straßen, bis ich schließlich die Brücke in der Nähe des Besucherzentrums überquerte. Ich wusste, dass das Wasser zum Teil von den Shallow Falls kam. Und alles Wasser kam von den Bergen.

Jenseits der Campingplätze und Reitställe waren die Straßen bewaldet und führten an Wohngebieten vorbei, die in parallel verlaufenden kleineren Straßen den Hang hinaufkletterten, hauptsächlich Zweitwohnsitze, kleine, aber teure Immobilien, die wochenweise gemietet werden konnten, und einige wenige Grundstücke im Besitz von Einheimischen, die bereits seit Generationen daran festhielten und sie finanzierten, indem sie eine Etage an Touristen vermieteten.

Aber die meisten ständigen Bewohner von Cutter's Pass lebten in ihrer eigenen Enklave, direkt hinter diesem Gebiet, wo sich die Straße in den Wald schlängelte.

Cory wohnte etwa eine Meile außerhalb der Stadt auf einem Stück Land mit einer Zufahrt, die mit einer behelfsmäßigen Brücke aus groben Holzplanken über einen kleinen Bach führte. Ich war mir nicht sicher, ob die Konstruktion dafür gebaut worden war, das Gewicht eines Fahrzeugs zu halten, aber bei Cory war alles ein Sprung ins Ungewisse.

Er bewohnte eine alte Ranch, die er den Langshores abgekauft hatte, nachdem Nora Langshore gestorben war und die junge Generation Cutter's Pass wenig überraschend verlassen hatte. Es gab immer Menschen, von denen man wusste, dass sie blieben, und solche, von denen man wusste, dass sie gingen. Und dann gab es die anderen, die gingen und wiederkamen, wie Celeste – als hätte sie keine Alternative zu diesem Ort gefunden und stattdessen die Dinge, die sie liebte, mit hierhergebracht.

Cory würde bleiben, da hatte ich keinerlei Zweifel. Er lebte mit seinen zwei Hunden zusammen, Billie und Tuck, beides Retriever, und ich konnte sie bereits bellen hören, als ich den Motor von Georgias Wagen abstellte. Billie hatte ich schon als Welpen kennengelernt. Cory brachte häufig beide Hunde mit in die Stadt. Wenn er arbeitete, hatten Billie und Tuck ihren festen Platz in einer der hinteren Ecken auf der Terrasse. Vor ihnen standen Wasserschüsseln, und sie lechzten stets danach, von einem der Gäste getätschelt zu werden.

Ich hörte den Wind kommen, der zuerst in die Bäume fuhr, dann in das Windspiel am Rande der Veranda. Nach dem Kauf der Ranch hatte er die Futterstationen für die Kolibris und die Verandamöbel und das Windspiel behalten, das wie der Regen auf den Dachfenstern des Passage Inn klang.

Cory war an der Tür, bevor ich eine Chance hatte zu klingeln. Nach seinem Gesichtsausdruck zu urteilen, hatte er eindeutig jemand anderen erwartet als mich. Ich versuchte, es nicht als Beleidigung aufzufassen.

»Hi«, sagte er langsam. In seiner Begrüßung lag eine Frage. Normalerweise tauchte ich nicht einfach so bei ihm auf. Das letzte Mal lag so weit zurück, dass ich mich nicht erinnern konnte, wann es gewesen war. Aber jetzt fiel mir auf, dass sich seitdem nichts verändert hatte.

Das war die Stelle, wo ich mit den Füßen in seinem Schoß dagesessen und Glühwürmchen beobachtet hatte. Da war die Tür, die ich auf dem Weg nach draußen hinter mir zugeknallt hatte, weil ich es nicht mehr ertrug, wie er jede Frage, die sich nach etwas Realem anfühlte, abtat. Danach hatte ich in meinem Auto gesessen, hatte mich beruhigt und darauf gewartet, dass er nach mir sehen würde, aber er war nicht gekommen.

»Ich muss mit dir reden«, sagte ich jetzt, wartete darauf, dass er mich hereinließ. Dabei hoffte ich, dass ihn nicht bei einem Übernachtungsbesuch seiner neuen Freundin störte ... oder einer Touristin, die er in der Stadt kennengelernt hatte.

Billie tauchte hinter Cory auf, stupste mit der Schnauze in meine Hand, und ich kraulte ihr den Kopf, bis Cory endlich sagte: »Klar, komm rein.«

»Ich dachte, du schläfst vielleicht noch«, bemerkte ich, als wir im Wohnzimmer standen. Der riesige Kamin und die überdimensionierte Wohnlandschaft waren dieselben, aber die Wände waren frisch gestrichen, die Steine um den Kamin herum nun weiß, für einen modernen Look, und die Dielenböden abgezogen. »Es sieht ... Wow.«

Das Innere des Erdgeschosses war teilweise entkernt worden, die Wand, die einst die Küche vom Wohnraum getrennt hatte, entfernt, um den Raum zu öffnen. Das Ganze wirkte nun hell und luftig, und ich erinnerte mich, dass Cory mir einmal erzählt hatte, er würde gerne alte Häuser in der Gegend renovieren und sie anschließend verkaufen. Aber er hatte das so erwähnt wie seine Pläne, die Serengeti zu bereisen und sich die Sieben Weltwunder anzusehen. Ich hätte nie gedacht, dass er sein Vorhaben tatsächlich in die Tat umsetzen würde.

»Das meiste habe ich an den Wochenenden gemacht. Dachte, es ist an der Zeit, es endlich zu meinem Haus zu machen.« Er fuhr sich durchs dunkle Haar. »Ist alles in Ordnung? Ich hab gehört, dass Trey beim Sheriff war.«

»Was hast du genau gehört?« Ich fragte mich, ob Cory von den Fotos wusste, von den neuen Beweisen in Farrahs Fall, die der Sheriff als unwichtig deklariert hatte.

Er zuckte mit den Schultern. »Nur das. Rochelle meinte, dass sie stundenlang zusammen in seinem Büro gesessen haben.« Was eine andere Version von dem war, was mir Stamer erzählt hatte. *Wir waren noch zusammen Mittagessen*, waren seine Worte gewesen. Vielleicht stimmte ja beides.

Dennoch, wenn Rochelle von den Fotos gehört hatte, dann auch, dass ich etwas damit zu tun hatte. Die Tatsache, dass Cory nicht darüber Bescheid wusste, bedeutete, dass der Sheriff gegenüber beiden Stillschweigen bewahrte. Ich war mir nicht sicher, warum. Aber ich machte mir eine gedankliche Notiz.

»Ich bin nicht wegen Trey West hier, Cory.«

»Und was bringt dich dann an diesem wunderschönen Samstagmorgen an meine Haustür?« Er lehnte sich gegen die Rückseite des Sofas, ganz nonchalant, vollkommen sorglos.

»Ich möchte dich etwas fragen. Und diesmal musst du mir eine Antwort geben.«

»Diesmal muss ich dir eine Antwort geben«, wiederholte er, langsam, als würde er bereits etwas ahnen. Ich konnte sehen, wie sich seine Haltung veränderte, wie sich seine Schultern anspannten, seine Miene in sich zusammenfiel.

»Du musst mir von Alice Kelly erzählen.«

Er regte sich nicht, umklammerte nur die Sofalehne fester,

starrte mich an. »Herrgott, Abby, fang nicht wieder damit an.« Ich stelle zu viele Fragen, das war es, was er damals zu mir gesagt hatte, als wir noch zusammen waren. Er würde anfangen, Geld von mir zu nehmen, wenn ich ohnehin nur dasselbe wolle wie die Traumatouristen.

Jetzt schwieg er wieder, distanzierte sich spürbar von mir. Versuchte es nicht mal mit einem Scherz abzutun, wie er es vielleicht früher getan hätte: *Du wirst hier keine Geheimnisse finden.*

Nein, diesmal war die Frage zu direkt gestellt, zu gefährlich. Ich fragte mich, ob er begriff, wonach ich wirklich fragte: *Wie lange hast du in meiner Wohnung gelebt, in dem Apartment neben dem Raum, in dem ich Alice' Rucksack gefunden habe?*

Jetzt stellte ich mir vor, wie Cory mit ihr an der Bar saß, nachdem sie ein Taxi gerufen hatte, und wie er sagte: *Ich arbeite im Passage Inn*, um sie davon zu überzeugen, mit ihm zu kommen. Ich stellte mir vor, wie er sie schubste, wie er mich schubste …

»Erzähl mir, was passiert ist.« Ich flehte ihn praktisch an, denn ich hatte gehofft, dass unsere Vergangenheit irgendwie zählte. Aber nun fragte ich mich, ob er Angst hatte und deshalb nicht antwortete. »Ich hab damals noch nicht hier gelebt, und die Geschichte ist total unlogisch.« Zumindest jetzt. Seit ich ihren Rucksack gefunden hatte.

»Ich verstehe nicht, was du von mir willst. Oder warum du dermaßen von ihrer Geschichte besessen bist. Ich weiß nichts über Alice Kelly, was du nicht auch schon weißt.«

Ich schloss die Augen, holte tief Luft, nahm den Duft von Haselnusskaffee wahr, fühlte mich zehn Jahre zurückversetzt, ein fauler Morgen mit ihm. Aber dann dachte ich an Cory im Souterrain. Cory, der immer irgendwie hereinkam. Die Telefonleitung, an der sich jemand zu schaffen gemacht hatte. Mir war bewusst, dass er seine Geheimnisse für sich behielt, hatte aber nie in Erwägung gezogen, dass er selbst darin verwickelt sein könnte. Ich wusste nicht, was er schützte, und konnte meine Gedanken nicht davon abhalten, der Sache hinterherzujagen, die Möglichkeiten durchzugehen – eine Gefahr, von der ich nichts geahnt hatte.

»Erzähl mir die Wahrheit, Cory. Bitte. Ich denke, zumindest so viel schuldest du mir.«

Als er das Gesicht verzog, wurde mir klar, dass ich einen Fehler gemacht hatte. Cory war nicht der Ansicht, dass er mir irgendetwas schuldete. Aus seiner Sicht war ich es, die sich verändert hatte.

»Erzähl *du mir* die Wahrheit, Abby.«

Ich spürte, wie sich zu meiner Angst Wut gesellte – auf Cory, auf diese ganze Stadt, auf den Klatsch und Tratsch und auf die Tatsache, dass im Kern irgendetwas nicht stimmte.

»Du willst also die Wahrheit hören, Cory? Dann sieh dir das an.«

Ich stürmte aus der Haustür und spürte, wie er mir folgte. Diesmal tat er es wirklich – anders als damals, als ich gedacht hatte, er würde mir hinterherlaufen, als ich ihn verlassen hatte. Wobei ich das in seinen Augen vielleicht gar nicht getan hatte. Denn auch danach endete ich manchmal mit ihm im Souterrain des Passage Inn. Manchmal war es dort unten so still, die Zeit verstrich, und ich musste irgendetwas tun, nur um mich daran zu erinnern, dass ich noch immer da war. Eine andere Art von Lebensbeweis. Doch von jenem Tag an war mir klar, wofür sich Cory Shiles am meisten interessierte.

Ich riss die hintere Tür von Georgias Auto auf und zog den Rucksack heraus, während sich meine Kehle immer weiter zuschnürte. Diese ganzen Gefühle, direkt unter der Oberfläche.

»Du willst die Wahrheit?«, fragte ich, hörte meine Stimme brechen und brachte sie wieder unter Kontrolle. »Hier. Den Rucksack hab ich die letzten zehn Jahre lang benutzt.«

Cory hielt den Rucksack vorsichtig in den Händen, Verwirrung breitete sich auf seinen Zügen aus, bevor er mich ansah. »Ich kapiere nicht, wovon du redest. Das ist dein Rucksack.«

Ich holte mein Handy raus, öffnete das Instagram-Profil *AliceKellyWasHere* und suchte das Foto von Alice Kelly heraus, auf dem sie unterwegs in den Wald war.

»Schau.« Ich hielt ihm das Handy vor die Augen. »Schau hin!«

»Okay.« Er runzelte die Stirn. »Das ist dieselbe Art Rucksack, na und?«

»Nein, Cory, verdammt noch mal, sieh mal genau hin.« Ich nahm ihm den Rucksack ab und drückte ihm stattdessen mein Telefon in die Hand. Beobachtete, wie er mit zwei dicken Fingern ins Bild hineinzoomte, dabei seine Augenbrauen zusammenzog. »Der abgerissene Aufnäher. Der Reißverschluss. Siehst du das?«

Ich verfolgte seinen Blick vom Display zum Rucksack und wieder zurück. Hin und her, hin und her. Und dann sah ich, wie sein Kehlkopf hüpfte. Seine Miene bekam etwas Ausdrucksloses, verschloss sich. Er ließ die Hand fallen.

Cory hatte es gesehen. Ich war mir sicher.

»Ich habe den Rucksack im Passage Inn gefunden, Cory. Wie ist er da hingekommen?«

Er gab mir das Handy zurück. »Ich weiß es nicht.«

»All die Jahre habe ich ihn mit mir rumgetragen, ohne die leiseste Ahnung ...«

Er legte die Hände auf meine Schultern, und erst jetzt fiel mir auf, dass einer von uns beiden zitterte.

»Cory«, sagte ich, kaum lauter als ein Flüstern. »Erzähl es mir. Bitte.«

Er trat einen Schritt zurück, sah auf mich herunter. »Du glaubst, ich hätte ihr was angetan?«

Es verstrich zu viel Zeit, bis ich antwortete. »Nein. Natürlich nicht, sonst wäre ich ja nicht hergekommen, um dich danach zu fragen, oder?«

Er holte langsam und tief Luft, sah zur Seite, in den Wald, von wo ich den Wind kommen hörte, bevor ich ihn spürte. Gerade als ich mir sicher war, dass er mir etwas erzählen würde, das Geheimnis von Cutter's Pass, schüttelte er den Kopf. »Sie … Ich hab keine Ahnung, wie dieser beschissene Rucksack im Hotel gelandet ist, aber du solltest zusehen, dass du ihn loswirst, Abby.«

Er griff danach, und ich zog ihn zurück, unsere Blicke waren ineinander verhakt. Er war stärker, das war uns beiden klar. Was uns ebenfalls klar war: was es bedeutete, wenn er den Rucksack an sich nahm.

»Im Ernst, Abby. Das ist gar nicht gut. Es ist gefährlich.«

»Ich benutze ihn seit zehn Jahren«, sagte ich mit brechender Stimme, als würde ich Anspruch darauf erheben, als hätte ich nicht einfach nur Angst davor, ihn zu verlieren. Wieder ein Gegenstand, von dem ich glaubte, dass er verschwinden würde, sobald ich ihn aus den Augen ließ.

In diesem Moment waren von draußen Reifen auf Kies zu hören, und er ließ den Rucksack los. Ich verstaute ihn wieder in Georgias Auto, bevor ich dem Truck entgegensah. Dem dunkelblauen Pick-up, den ich schon oft auf dem Parkplatz hinter dem Last Stop hatte stehen sehen.

»Meine Eltern wollten vorbeikommen«, sagte er leise.

Hinter der Windschutzscheibe waren sie kaum zu erkennen, während sie über die behelfsmäßige Holzbrücke fuhren und dann neben mir parkten.

Marina stieg zuerst aus, mit starrer Miene. Sie sah zwischen uns hin und her, bevor sie sich zu einem Lächeln zwang. »Hi, Abby. Mit dir haben wir heute Morgen gar nicht gerechnet.«

»Ich bin spontan vorbeigekommen«, sagte ich, um zu signalisieren, dass ich nicht die Nacht bei Cory verbracht hatte. Marina und Rey waren mir gegenüber aufgetaut, nachdem Corys und meine Beziehung abgekühlt war, als ich einfach nur eine Frau war, die im Passage Inn arbeitete, Celestes Nichte, die beim Last Stop Bestellungen aufgab. Für Cutter's Pass war ich eine Außenseiterin. Es gab nach wie vor Dinge, die für mich tabu waren, und ihr Sohn schien dazuzugehören, zumindest aus ihrer Sicht.

»Sie hat mir Farbe vorbeigebracht, die sie im Hotel übrig hatten«, sagte Cory, als Ray die Fahrertür zuschlug.

Marina und Rey trugen beide Jeans und Turnschuhe und ein T-Shirt mit dem Logo des Last Stop.

»Wie nett von dir, Liebes. Du siehst aus wie …« Sie verstummte, aber ich wusste, wie ich aussah. Ich sah der Person zu ähnlich, die ich gewesen war, als ich vor zehn Jahren hier angekommen war. Unfertig, ohne Fundament. Ein wenig leichtsinnig und scharfkantig.

Ray öffnete die Klappe zur Ladefläche des Pick-ups, von der er eine Kiste herunterholte.

»Ich helfe dir, Dad.« Cory nahm ihm die Kiste aus den Händen. Etwas darin verrutschte, es klang zerbrechlich. »Kacheln«, erklärte Cory. »Fürs Bad.«

»Warst du drin?«, fragte mich Ray, sein Stolz war ihm anzusehen.

»Ja. Es ist toll geworden.«

Er zog eine weitere Kiste zum Rand der Ladefläche. »Die habe ich für kleines Geld von einer Baustelle, wo sie welche übrig hatten.«

»Ist das Georgias Wagen, Liebes?«, fragte Marina, während sie mit zusammengekniffenen Augen den silbernen SUV musterte.

»Ja. Meiner ist heute Morgen nicht angesprungen.«

Cory hatte nicht einmal danach gefragt. Und mir wurde bewusst, dass er mir so gut wie nie Fragen stellte, weil das bedeutet hätte, dass er sich mir ebenfalls hätte öffnen müssen.

»Hat Cory dir angeboten, sich das mal anzusehen?«, erkundigte sich Ray.

Cory blickte mich aus seinen dunklen Augen an. »Ja. Gib Bescheid, wann es dir passt, dann komme ich vorbei.«

Ray schien zu merken, dass etwas nicht stimmte. Er verlangsamte seine Bewegungen. »Falls er dir nicht helfen kann, kennen wir einen guten Mechaniker. Der macht dir einen vernünftigen Preis.«

»Danke, Ray. Vielleicht braucht der Wagen einfach nur Starthilfe. Heute Morgen war ich nur so in Eile. Mach dir deswegen keine Gedanken.«

Doch Marina spähte durch das hintere Fenster von Georgias Wagen, wo der Rucksack lag. Orangene Naht, fehlendes Label, Ersatzschlaufe am Reißverschluss, alles sichtbar. Der Rucksack, mit dem sie mich vermutlich schon viele Male gesehen hatten.

»Na dann, lass dich von uns nicht aufhalten, Abby.« Sie schenkte mir ihr vertrautes Zahnlückenlächeln, aber etwas daran fühlte sich gezwungen an. »Bei der Happy Hour heute bin ich wieder dabei. Neulich Abend war eine nette Abwechslung.«

Ich ging um Georgias Wagen herum, öffnete die Fahrertür. »Dann bis später.«

Cory nickte mir zu, als ich mich auf den Sitz schob.

Ich sah ihnen nach, als sie ins Haus gingen, sein Dad hatte ihm eine Hand auf die Schulter gelegt. Ein Gefühl in meiner Brust, das ich zurückdrängen musste.

Ich startete den Wagen und schaltete die Klimaanlage an, bevor ich den Gang einlegte und vorsichtig rückwärts über die Brücke manövrierte, während Corys Haus langsam hinter den Bäumen verschwand.

Ich lenkte den Wagen Richtung Stadt, hielt jedoch hinter der Kurve wieder an.

Alice' Rucksack war im Rückspiegel zu sehen, und ich stellte mir vor, dass stattdessen sie in diesem Moment dort hinten saß, dass ihre Augen im Rückspiegel zu sehen waren.

Was nun?

Diese Stadt glich einer Familiengruft, und ich lebte zu lange hier, um sie noch länger von außen betrachten zu können. Dennoch spürte ich nach wie vor eine Distanz, in der Art, wie Marina mich ansah, in den Dingen, die Cory nicht aussprechen würde. Wie sie alle die Reihen schlossen, den Mund hielten, mit gelassenen und unergründlichen Mienen.

Ich wusste bereits, welche Antwort mir Celeste geben würde, wenn ich sie fragte, wann Cory zuletzt im Passage Inn gearbeitet habe: *Warum müssen wir das wissen?* Und ebenso eifrig, wie Rochelle Informationen aufnahm, verteilte sie sie ganz bewusst, als wollte sie damit Macht ausüben. Jack war damals auch hier gewesen, aber er gehörte zu ihrem Kreis – einer Gruppe, in die ich nie wirklich eindringen konnte. Sheriff Stamer war so gut wie Familie, er würde nie etwas sagen, was das Potenzial hatte, jemandem zu schaden, der ihm wichtig war.

Es gab nur eine Person, die Cory von damals kannte, von der ich glaubte, dass sie mir die Wahrheit sagen würde. Harris war mit ihnen allen zur Schule gegangen – mit Cory und Jack und Rochelle –, sie sahen ihre Vergangenheit durch denselben Filter. Doch im Gegensatz zu ihnen hatte er diesen Ort für eine Weile verlassen.

Cory war hiergeblieben und arbeitete für seine Eltern. Jack hatte seine Talente und seine Leidenschaft in etwas gesteckt, was er liebte und womit er über die Runden kam. Rochelle belegte im Sommer Fortbildungskurse, arbeitete aber weiter für den Sheriff, und ihr Job entwickelte sich mit ihr. Harris hielt sich von ihnen fern. Er hatte schon immer außerhalb der Stadtgrenze gewohnt, und er hatte die Stadt für eine Zeit verlassen. Das wusste ich, weil ich bei seiner Rückkehr hier gewesen war.

Ich parkte an der Kreuzung, wo Corys schmale Zufahrt in eine größere Straße mündete. Kein weiteres Auto in Sicht, ich wählte Harris' Handynummer. Auch wenn wir eigentlich nicht so eng miteinander waren, dass ich einfach bei ihm vorbeifahren konnte, um ihm ein paar Fragen zu stellen – welche Wahl blieb mir? Vielleicht könnte ich ihn bitten, im Passage Inn vorbeizuschauen, es nebenbei erwähnen. Aber mein Anruf wurde sofort auf die Mailbox weitergeleitet: *Dies ist der Anschluss von Harris Donald. Wenn Sie mir eine Nachricht hinterlassen, rufe ich Sie zurück.*

Ich erinnerte mich an seinen Gesichtsausdruck, als er Cory im Mitarbeitertrakt gesehen hatte. Seine Andeutung, nachdem er festgestellt hatte, dass die Leitung getrennt gewesen war. Seine unverblümte Warnung: *Seid einfach vorsichtig, wen ihr da unten reinlasst.*

Ich wendete den Wagen und fuhr in die andere Richtung – raus aus Cutter's Pass.

Kapitel 13

Ich war schon einmal am Grundstück der Donalds vorbeigefahren. Es lag etwa fünf Meilen hinter der Stadtgrenze von
Cutter's Pass und zehn Meilen entfernt von Springwood, dem
nächsten Ort, den man über eine Serpentinenstraße erreichte.

Aber zwischen Cutter's Pass und diesem Anstieg befand sich
ein Stück gerodetes Ackerland mit vereinzelten Häusern auf
größeren Flächen. Als ich in Cutter's Pass ankam, war Harris
auf dem College in der Nähe von Asheville und das Grundstück noch im Besitz seiner Großeltern gewesen. Allerdings
hatten sie die Landwirtschaft längst aufgegeben, sodass der
umliegende Wald immer weiter vorgedrungen und die Umzäu-
nung schließlich verfallen war.

Nach dem Tod der Großeltern hatte Harris das Land geerbt,
doch als ständiger Bewohner des Hauses war er offiziell erst
vor fünf Jahren zurückgekehrt. Inzwischen war er verheiratet
und hatte sein eigenes Unternehmen aufgebaut. Seine Kund-
schaft hatte er aus dem Umfeld der Menschen und Orte gewonnen, die er einst so gut gekannt hatte.

Allerdings war es keine vollständige Heimkehr. Es gab eine
Kluft, die nicht überwunden werden konnte – weder von ihm
noch vom Rest der Stadt. Als könnte auch er diesen Ort nur
von außen sehen. Ich fragte mich, wie er ihn jetzt sah, nachdem er auf der anderen Seite gewesen war.

Ich bog in die kurvenreiche Schotterauffahrt ein, die zu einem
zweistöckigen Haus führte. Neben der separaten Garage park-

ten zwei Autos – eine kleine weiße Limousine und ein Pick-up. Ein Zeichen, dass Harris zu Hause war.

Auf der breiten Veranda zögerte ich und hoffte, dass ich niemanden weckte. Aber als ich näher kam, hörte ich die eingängige Melodie, die das Ende eines samstagmorgendlichen Zeichentrickfilms verkündete. Zumindest ihre Tochter musste schon auf den Beinen sein. Trotzdem klopfte ich nur zaghaft.

Das Tapsen von Füßen war zu hören, leicht und schnell, dann kämpfte sie mit dem Schloss, drehte den Knauf mehrmals hin und her, bevor sie es schließlich schaffte, die Tür zu öffnen.

Die Türangeln quietschten, und ein kleines Mädchen in einem lila Pyjama stand barfuß im Eingang. Sie sperrte ihre großen braunen Augen auf, und der Daumen war schon auf dem Weg zum Mund, als sie mich sah.

»Hi, Elsie«, begrüßte ich sie und beugte mich mit den Händen auf den Oberschenkeln hinunter. Ich war mir nie ganz sicher, wie ich mit Kindern sprechen sollte, ab welchem Alter sie in der Lage waren, eine Unterhaltung zu führen. »Ich bin Abby. Ist dein Dad zu Hause?«

Sie rannte durch die Diele davon, genau in dem Moment, als von irgendwoher eine Stimme erklang. »Elsie? Ist das Dad?«

Eine Frau sah um die Ecke. Innerhalb von Sekundenbruchteilen wechselte ihr Gesichtsausdruck von verwirrt zu herzlich.

»Hi«, sagte sie zögerlich und trat in den Eingang. »Abby, richtig?«

Ich strich mir die Haare hinters Ohr. »Ja, entschuldige, dass ich einfach so reinplatze. Ich war gerade in der Gegend und dachte, dass ich vielleicht das Glück habe, Harris zu erwischen.« In meinem Gedächtnis kramte ich nach ihrem Namen – sie war jung, kam aus einem anderen Bundesstaat, aus Florida, meinte ich mich zu erinnern, und war nur selten Gesprächsthema. Das Einzige, was sich über sie sagen ließ, war nämlich, dass wir sie selten zu Gesicht bekamen. Sie hatte schulterlange rotblonde Haare und braune Augen wie ihre Tochter. Ihre Züge und ihre Stimme hatten etwas Weiches an sich, was dazu führte, dass ich sie durch Celestes Augen sah. Und vermutete, dass sie keine schwierigen Aufgaben übernehmen konnte. Samantha, jetzt fiel es mir wieder ein.

»Schön, dich zu sehen, Samantha. Tut mir leid, dass ich störe.«

Ihr Lächeln wurde, falls möglich, noch breiter. »Nein, nein, komm rein.« Sie strahlte Wärme aus, eine gewisse Unschuld, und ich verstand, warum Harris sie mochte, warum sie Harris mochte. Sie hatte die Haare zu einem lockeren Pferdeschwanz zusammengebunden, trug ein übergroßes T-Shirt über einer Leggins. Wie ihre Tochter war sie barfuß. Es roch nach Sirup und Zuhause, und ich wurde von einem kurzen Nostalgieanfall ergriffen, als ich mich daran erinnerte, wie meine Mom samstagmorgens mit Keksausstechern Pfannkuchen in Herzform gemacht hatte.

»Allerdings ist Harris nicht da«, sagte Samantha. »Tut mir leid. Er ist bei einem Kunden. Du kannst aber gerne auf ihn warten, er sollte jeden Moment zurück sein. Es gibt Kaffee, falls du einen möchtest.«

»Oh, nein danke. Ich habe meinen Koffeinbedarf für heute schon gedeckt.« Das stimmte nicht, aber ich wollte mich nicht unnötig aufhalten. Nicht mit Alice' Rucksack auf der Rückbank, wenn Trey mit seinen Fragen im Passage Inn saß und Georgia darauf wartete, dass ich ihren Wagen zurückbrachte. »Was wahrscheinlich erklärt, warum mein Anruf direkt auf die Mailbox weitergeleitet wurde. Den Hinweis hätte ich nicht ignorieren sollen. Aber ich war gerade in der Gegend.«

»Es ist auf jeden Fall schön, dich mal wiederzusehen. Wie läuft es im Passage Inn?«

Ich versuchte mich zu erinnern, wann wir das letzte Mal miteinander gesprochen hatten. Als Elsie noch ein Kleinkind gewesen war und sie im Hotel vorbeigekommen waren, um Harris sein Mittagessen zu bringen? Das war während unserer zweiwöchigen Renovierungsschließzeit vor zwei Jahren gewesen. Die meisten Updates bekam ich von Harris. Meine Welt mit dem Passage Inn im Zentrum war im Laufe der vergangenen zehn Jahre immer enger geworden.

Mir wurde bewusst, wie fernab von allem Samantha hier war, ganz allein, mit ihrer Tochter. Ich konnte die Substanz dessen spüren, was dieser Ort einmal gewesen war, die Vergangenheit nicht einmal ganz außer Sichtweite. Die Tapete im Wohnzimmer musste noch aus der Zeit stammen, in der Harris hier bei seinen Großeltern aufgewachsen war. Sie hatte getan, was sie konnte, und ein Familienbild im Eingangsbereich angebracht. An einer Wand im Wohnzimmer hingen weitere Fotos – ein Wanderweg im Wald, ein mäandernder Fluss, eine Blumenexplosion –, was erstaunlicherweise gut zu der beigen Tapete mit dem floralen Muster passte.

»Gut. Um diese Zeit ist immer viel los.« Ich drehte mich auf den Fußballen, bewegte mich langsam Richtung Haustür.

»Er hat erwähnt, dass ihr oben ein paar Probleme hattet.« Sie warf einen Blick über die Schulter ins Wohnzimmer. »Machst du dir keine Sorgen?«

Ich begegnete ihrem Blick und fragte mich, was genau Harris ihr erzählt hatte, wie besorgt *er* gewesen war, was er mir gegenüber nicht wirklich zugegeben hatte.

»Der vermisste Journalist«, fügte sie hinzu, als ich nicht antwortete, leise für den Fall, das Elsie uns hören konnte – obwohl sie nur wenige Zentimeter vom Fernseher entfernt auf dem Boden saß.

»Nein, ich meine, ja, es ist schrecklich.«

Sie nickte langsam. »Es sind immer Touristen, oder?« Ihr Mundwinkel zuckte. »Jeder in dieser Stadt tut so, als wäre alles gut. Nichts ist gut.«

Ich schüttelte den Kopf. »Nein«, wiederholte ich, »nichts ist gut.«

»Wie denkst du darüber?«, fragte sie und knabberte an der Nagelhaut ihres Daumens.

Ich schüttelte wieder den Kopf, diesmal energischer, weil ich keine Antwort auf ihre Frage hatte. Weil das der Grund war, aus dem ich hier war, mit Alice' Rucksack auf der Rückbank.

»Ich weiß nicht.« Die ehrlichste Antwort, die ich zu bieten hatte.

Mit einem Seufzen sah sie sich um. »Eigentlich wollten wir nur übergangsweise hier wohnen. Dann gab es immer einen Grund, aus dem wir bleiben mussten … Aber nachdem dieser Journalist …« Sie presste die dünnen Lippen zusammen. »Ich möchte hier wegziehen, und Harris hat mir versprochen, dass wir es tun, aber glaubst du, dass er es tatsächlich könnte? Nachdem er sein ganzes Geschäft mit den Leuten dort aufgebaut hat?«

Mir fiel auf, dass sie Cutter's Pass als *dort* bezeichnete. Dass sie sich selbst ebenfalls als Außenseiterin betrachtete.

»Es ist ein schöner Ort zum Leben«, wandte ich ein, denn was konnte ich schon groß sagen, wenn ich im Haus einer Familie stand, am Rand der Stadt, die über die Jahre hinweg zu meiner eigenen geworden war?

Sie lachte, verstummte abrupt. »Okay«, sagte sie dann, wobei sie das Wort in die Länge zog. »Wie lange dauert es, bis man dieses Gefühl bekommt?« Dann fügte sie hinzu: »Es ist nur … Ich lebe jetzt seit vier Jahren hier, und alle sind nett und freundlich, aber …«

Ich verzog das Gesicht. »Ja, es dauert eine Weile, bis man ein Gefühl für die Menschen hier entwickelt …«

»Harris meint immer, dass ich nach Springwood fahren soll, wenn ich was brauche. Nicht dass ich da viel mehr Leute kennen würde …«

Die Frage, die sie stellen wollte, lautete: Gab es wirklich etwas in Cutter's Pass, vor dem man sich fürchten musste? Kein Wunder, dass sie sich hier draußen einsam fühlte. An diesem Ort half es, wenn man jemanden hatte, der für einen bürgte. Harris sollte eigentlich ausreichen. Jedermann rief ihn an, wenn es um Geschäftliches ging, vom Sheriff bis zur Grundschule, aber ansonsten hielt man ihn auf Abstand. Genauso wie er uns auf Abstand hielt. Aber ich hatte eine Ahnung, dass Harris mehr über diesen Ort wusste, als er zugab – etwas, vor dem er seine Frau schützen wollte, und ich störte ihn dabei.

Auf einmal traf mich die Erkenntnis, dass ich nicht hätte herkommen sollen.

»Ich muss los. Sagst du Harris, dass ich da war?«, fragte ich in dem Versuch, mich möglichst höflich zu verabschieden.

Im selben Augenblick sah ich, wie Harris mit seinem Wagen die Kiesauffahrt entlangkam.

»Da ist er ja«, sagte Samantha mit einem Lächeln.

»Danke«, sagte ich, eine Hand auf dem Türknauf. »Ich möchte dich nicht länger aufhalten.«

»Wir sollten mal zusammen ausgehen, wenn Harris frei hat. Vielleicht könnten wir sogar einen Abend nach Springwood fahren?«, fügte sie mit einem nervösen Lachen hinzu.

Ich nickte. »Sehr gerne. Harris hat meine Nummer.« Ich zwang mich zu einem Lächeln, bevor ich mich abwandte und so schnell wie möglich, ohne Verdacht zu erregen, das Haus verließ.

Ich wollte Harris ein paar Fragen stellen, die nicht dazu beitragen würden, seine Frau zu beruhigen. Und ich glaubte auch nicht, dass er in ihrer Gegenwart die Wahrheit sagen würde. Nicht vor dem Hintergrund dessen, was ich gerade erfahren hatte – wie gerne sie hier wegwollte. Sie waren beide gefangen durch dieses Stück Land, mit dessen Hilfe er ihnen eine Existenz aufgebaut hatte. Doch die hatte ihren Preis, und zurzeit war es Samantha, die ihn zahlte.

Harris kam gerade aus der Garage, als ich auf ihn zutrat. Er beäugte den unbekannten Wagen in seiner Auffahrt, offensichtlich darum bemüht, ihn mit mir in Verbindung zu bringen.

»Hey, das ist ja mal eine Überraschung«, rief er. Dann verblasste sein Lächeln. »Im Hotel alles in Ordnung?«

»Sorry, ich hab zuerst versucht, dich anzurufen. Und dann bin ich hier vorbeigefahren«, sagte ich mit einer nichtssagenden Geste.

Er zog das Handy aus seiner Gesäßtasche. »Wahrscheinlich war ich gerade in einem Funkloch.« Er runzelte die Stirn. »Mir wird gar kein Anruf von dir angezeigt.«

»Ich hab keine Nachricht hinterlassen. Es ging um eine eher persönliche Frage.« Ich warf einen Blick über die Schulter zurück zum Haus. Stellte mir seine Frau vor, die nach draußen spähte. Ich drehte mich so, dass ich mit dem Rücken zum Haus stand.

»Okay«, sagte er langsam.

»Die Telefonleitungen«, fing ich an, und sein Blick wanderte ebenfalls zum Haus hinüber, zu seiner Frau und seiner Tochter, und ich fragte mich, ob er mehr Angst um sie hatte, als er Samantha vermittelt hatte. Ob er seine Sorgen vor ihr verbarg in dem Wissen, dass sein Auskommen zu einem großen Teil von diesem Ort abhing.

Er kniff die Augen zusammen und hielt sich die Hand an die Stirn, um die Morgensonne abzuschirmen. »Was ist damit?«

»Du hast eine Bemerkung gemacht …« Ich schüttelte den Kopf. »Ich hatte den Eindruck, du denkst, dass Cory etwas damit zu tun haben könnte, und ich hab mich gefragt … warum du das denkst.«

Er starrte mich an, schweigend, versuchte, zwischen den Zeilen zu lesen.

Ich schloss die Augen, probierte es anders. »Ich weiß, dass du hier aufgewachsen bist. Dass du vielleicht etwas weißt, was ich nicht weiß. Was ich weiß, ist, dass er mal im Passage Inn gearbeitet hat.« Und jetzt kam es, ich musste ihn einfach fragen. »Hat er dort gewohnt, als Alice Kelly verschwunden ist?«

Er fuhr sich mit seiner kräftigen Hand durch den Bart. »Das ist lange her. Damals habe ich nicht hier gewohnt.« Er holte einmal tief Luft durch die Nase. »Ich glaube, er hat zumindest teilweise dort gewohnt.« Er machte einen weiteren Schritt auf dem Kies und trat dann zur Seite, beschäftigte sich mit etwas in seinem Truck. »Allerdings kann ich das nicht beschwören. Ich war auf dem College, wir haben uns in unterschiedlichen Kreisen bewegt. Ich kann nicht behaupten, dass wir uns drum gekümmert hätten, was der andere gerade so treibt.«

»Ihr wart nie befreundet?«

»Na ja, an einem Ort wie diesem muss man nicht wirklich befreundet sein, um etwas vom Leben des anderen mitzubekommen.« Er schloss die Ladeklappe seines Trucks. »Aber sieh dich mal um«, sagte er, und ich war mir nicht sicher, ob er das grundsätzlich meinte oder den konkreten Ort, an dem wir uns gerade befanden. »Ich bin hier aufgewachsen, bei meinen Großeltern, die kaum in der Stadt zu tun hatten. Ich bin in die Schule gegangen, nach Hause gekommen und abgehauen, sobald es ging. Cory war eine Klasse unter mir und ist quasi als Cutter's-Pass-Adel aufgewachsen. Also nein, wir waren nie befreundet. Er hat gemacht, was er wollte, ist mit dem davongekommen, was er wollte, und hat diese Mentalität bis heute nicht wirklich abgelegt, würde ich behaupten.« Er bedachte mich mit einem vielsagenden Blick, und ich war mir sicher, dass er bis zu einem gewissen Punkt über meine und Corys

Beziehung Bescheid wusste. »Warum fragst du mich nach Alice Kelly, nach all der Zeit?«

»Weil ich seit zehn Jahren hier lebe und du die erste Person bist, die bereit ist, mir zu antworten.«

Er sah wieder zum Haus hinüber, bevor er langsam ein- und wieder ausatmete. »Willst du meinen Rat?«

Ich nickte. Immerhin war ich deswegen hergekommen.

»Diese Stadt wird nicht zulassen, dass ihm etwas passiert. Ich wäre vorsichtig damit, wem du diese Frage stellst.«

Ich trat einen Schritt zurück, lächelte, in dem Versuch, die vergangenen zehn Minuten rückgängig zu machen. Ich fühlte mich nicht besser, hatte keine Klarheit gewonnen. Stattdessen hatte ich das Gefühl, mich immer weiter vom Kern der Dinge zu entfernen.

»Deine Frau ist sehr nett«, sagte ich. »Danke, Harris. Entschuldige, dass ich dich am Wochenende gestört habe.«

»Du kannst mich jederzeit anrufen, Abby. Was auch immer es da oben für Probleme gibt, okay?«

»Danke«, sagte ich noch einmal.

Meine Hände zitterten leicht, als ich mich auf den Fahrersitz von Georgias Auto fallen ließ. Ich sah Harris auf das Haus zugehen, und die Tür wurde geöffnet, noch bevor er auch nur einen Fuß auf die erste Verandastufe gesetzt hatte. Das kleine Mädchen kam hinter den Beinen ihrer Mutter herausgerannt.

Der Schlüssel fiel mir aus der Hand, und ich musste ihn aus dem Spalt zwischen Sitz und Konsole fischen. Ich streckte die Finger danach aus, bis ich Metall berührte, dann zog ich daran. Der Schlüsselbund kam zum Vorschein, aber zwischen meinen Fingern steckte ein kleiner Schlüssel, der mir bisher noch nicht aufgefallen war.

Rasch ging ich jeden Schlüssel an dem Bund durch, den ich aus Georgias Handtasche genommen hatte. Ich erkannte den

Schlüssel zu ihrem Apartment neben dem für das Auto. Und da war der Schlüssel, mit dem man von außen in den Mitarbeitertrakt gelangte. Und es gab einen einzigen weiteren Schlüssel: klein und silbern, mit einem schräg eingravierten *E*.

Irgendetwas daran kam mir vage bekannt vor, aber ich war mir sicher, dass er zu keinem der Gästezimmer im Passage Inn gehörte. Es handelte sich auch nicht um den Schlüssel für das Büro oder den Safe darin, die wir beide zusammen mit der elektronischen Marke, die uns Zugang zu allen Zimmern gewährte, bei der Arbeit an einem Schlüsselband um den Hals trugen. Nein, dieser Schlüssel war etwas anderes.

Harris und Samantha standen noch immer in der offenen Tür, von wo sie zu mir herüberschauten, also startete ich den Motor, hob zum Abschied eine Hand und fuhr so schnell an, dass Kies in alle Richtungen flog.

Ich fuhr durch die Stadt, sah jeden Laden, jede Person aus einem anderen Blickwinkel. Die Wochenmarktmassen machten den Wochenend-Mittagessen-Massen Platz, Autos, die die Straßen entlangkrochen auf der Suche nach einem Parkplatz oder weil die Insassen den Ausblick auf den Berg genossen. Es war ein Leichtes, die Einwohner von Cutter's Pass herauszufiltern, denn sie bewegten sich anders als die anderen, legten eine Art Teilnahmslosigkeit oder Zurückhaltung an den Tag, als würden sie sich durch ein Meer von Menschen bewegen, die nicht wirklich existierten. Als wären die übrigen Spielteilnehmer nur Statisten. Und entsprach das in ihrer Welt nicht sogar der Wahrheit?

Da war ein junger Deputy, ohne Uniform, der diagonal über die Straße durch eine Lücke im Verkehr joggte. Da war Marina, die hinter Corys nicht angeleinten Hunden ging und sich zwischen den Touristen in Richtung Last Stop hindurchschlängelte.

Da war Rochelle, die in die entgegengesetzte Richtung lief, mit den Fingerknöcheln gegen die Schaufensterscheibe des Edge klopfte und jemandem im Inneren des Geschäfts zulächelte. Und dann war da Jack, der rückwärts mit dem Postkartenständer aus der Ladentür kam und mit einem schüchternen Lächeln etwas sagte, was ich nicht verstehen konnte.

Ich stellte mir die Vier Burschenschaftler vor, wie sie auf dem berühmten Bild, das hinter der Bar im Last Stop hing, diese Straße hinunterliefen. Alice Kelly, die durch die Schwingtüren trat. Farrah Jordan, die an derselben Stelle stand wie gerade Jack und sich nach dem richtigen Weg erkundigte.

Ich sah etwas Rotes aus dem Augenwinkel, und mein Herz blieb stehen, als ich mir sie anstelle des Touristen mit dem roten T-Shirt vorstellte.

Gerade platzierte Jack die Kreidetafel mit dem aktuellen Angebot auf dem Bürgersteig. Ich hatte ihn schon häufiger und zu verschiedenen Zeiten dabei gesehen – die Angebote variierten nach Tages- und Jahreszeit und je nachdem, welche Art Touristen gerade hauptsächlich in der Stadt unterwegs waren. Jetzt standen drei Zeilen darauf, mit farbiger Kreide geschrieben: *Kaffee* in Lila mit einem dampfenden Becher, *Ausrüstung* in Grün neben einer schlichten Zeltzeichnung und *Schlösser* in Weiß mit der kleinen Skizze eines Schlüssels.

Ich starrte noch immer auf die Tafel, als mich der Autofahrer hinter mir mit einem Hupen darauf aufmerksam machte, dass sich der Verkehr vor mir inzwischen einen halben Block weiterbewegt hatte.

Ich hob entschuldigend die Hand, während ich gleichzeitig den Fuß von der Bremse nahm, aber meine Gedanken kreisten weiter um die Kreidetafel.

Ein Schloss. Ein Schlüssel.

Statt auf die Mountain Pass Road zu fahren, die in Richtung Hotel anstieg, bog ich beim Last Stop links ab und fuhr um die Innenstadt herum zu meinem geheimen Parkplatz. Doch als ich das Ende der Sackgasse erreichte, stellte ich fest, dass ich nicht die Erste hier war. In meiner Parkbucht stand ein schwarzer Audi mit Maryland-Kennzeichen. Trey West hatte seinen Wagen so weit vorgefahren, dass die Stoßstange die Büsche streifte.

Aus irgendeinem Grund wurde ich das Gefühl nicht los, dass er mich beobachtete, obwohl er als Erster hier gewesen war. Dass er nachprüfte, was ich ihm erzählt hatte. Dass ich im Moment nicht diejenige war, die die Kontrolle hatte, und es vielleicht auch niemals gewesen war.

Ich parkte hinter ihm auf dem Seitenstreifen. Vielleicht stattete er dem Sheriff einen weiteren Besuch ab, um ihm noch ein paar Fragen zu stellen. Vielleicht wollte er rausfinden, ob er weitere Informationen aus den anderen Bewohnern der Stadt herausbekommen konnte. Vielleicht ging meine Fantasie mit mir durch, und er saß einfach nur im Last Stop oder im CJ's Hideaway oder in einem der anderen Restaurants, um dort zu Mittag zu essen.

Aber das Nichtwissen machte mich nervös, und ich grübelte herum, was er wohl vorhatte. Und was er mir nicht erzählt hatte.

Ich stellte den Motor ab und nahm den Schlüsselbund in die Hand, starrte den kleinen Schlüssel an.

Ich hatte gesehen, wie Jack und andere Angestellte im Edge solche Schlüssel an Wanderer ausgaben, für die sie im Schließfach Dinge verwahrten, die unterwegs nicht unbedingt gebraucht wurden. Und ich hatte Wanderer gesehen, die einen solchen Schlüssel an der Ladentheke zurückgaben und nach ihrer Tour die Nahrungsmittelvorräte wieder auffüllten, die sie im Voraus für ihre langen Wanderungen durch die Appalachen herbestellt hatten.

Es war ein Schlüssel zu einem der Schließfächer im Edge.

Beinahe hätte ich das Auto rückwärts aus der schmalen Straße gelenkt, um zurück zum Passage Inn zu fahren. Fast hätte ich es dabei bewenden lassen. Georgias Privatleben gehörte ihr. Aber dann dachte ich: Sie lebte in einem Apartment, das sie abschließen und in dem sie vermutlich alles aufbewahren konnte, was sie benötigte.

Als mir klar geworden war, dass ich Cory falsch eingeschätzt hatte, musste ich jeden hier neu beurteilen. Und alle Gründe, die in meiner Vorstellung die Menschen an diesen Ort führten.

Es würde nicht lange dauern. Sie musste niemals davon erfahren.

Kapitel 14

Der Vordereingang des Edge hatte keine Glocke, die einen neuen Kunden ankündigte, aber es war trotzdem unmöglich, den Laden unbemerkt zu betreten. An der Wand neben der Tür hing eine Auswahl an Ausrüstung und Snacks, und jedes Mal wenn sich die Tür öffnete, setzte der Luftzug die Gegenstände in Bewegung – Verpackungen knisterten, Haken und Scharniere klapperten.

Im Laden befanden sich mehrere Touristen, die die Regale durchstöberten, Wasserflaschen mit Wandersprüchen und Hüte mit Markenlogos betrachteten und ziellos herumschlenderten. Jack stand an der Ladentheke, hinter ihm lief Filterkaffee in eine Kanne auf einer Warmhalteplatte. Er hob den Kopf, noch bevor die Tür hinter mir zugeschlagen war.

»Morgen!«, rief er zur Begrüßung, was er bis in den späten Nachmittag hinein tat, bis er einen Übergang zu »'n Abend« rechtfertigen konnte. Er schenkte mir das Lächeln, das er für Touristen reserviert hatte, freundlich, aber unverbindlich. Doch sein Gesichtsausdruck veränderte sich, als ich näher kam und er mich in einen anderen Kontext stellte – ohne meine Arbeitskleidung, ohne meine übliche Frisur –, und sein Lächeln wurde breiter, seine Stimmer tiefer: »Hallo, Abby vom Inn.«

So nannte mich Jack, seit wir uns zum ersten Mal begegnet waren, bei der Happy Hour, als Celeste mich allen vorgestellt hatte – den Leuten von Cutter's Pass, die ungefähr in meinem

Alter waren und weiterhin hier mit mir leben würden. Jack und ich hatten nie besonders viel miteinander zu tun gehabt, auch nicht als Cory und ich zusammen gewesen waren.

Er begrüßte jeden, der nicht aus Cutter's Pass stammte, mit einem Ehrentitel, etwas, woran er sich erinnern konnte – oder vielleicht auch, um uns daran zu erinnern, dass wir durch unsere Jobs definiert wurden. Der Besitzer der Ferienwohnungsvermietung um die Ecke war immer noch *Brad aus New York*, obwohl seine Eltern hierhergezogen waren, als er noch zur Highschool ging, und er seinen Abschluss zusammen mit Jack und Cory gemacht hatte.

»Morgen, Jack.« Ich konnte mich nicht dazu durchringen, die Neckerei zu erwidern. Vor allem, weil ich nicht richtig schlau aus ihm wurde: *Jack vom Edge? Jack mit dem Van? Jack aus den Wäldern?* »Bleibst du noch eine Weile in der Stadt?«

»Ja, noch bis September. Dann bin ich weg, bin für verschiedene Schulprogramme gebucht worden.« Die Kaffeemaschine hinter ihm piepste, und er wandte sich ab, um die Kanne herauszunehmen.

Jack gehörte zum Inventar der Stadt, genau wie Cory. Seine jüngere Schwester Jamie dagegen war so schnell wie möglich weggegangen. Ich hatte sie einmal im Last Stop gesehen, kurz nachdem ich angekommen war, wobei sie sich ein wenig zu dicht herübergebeugt, zu laut geflüstert, zu stark nach Wodka gerochen hatte für eine Siebzehnjährige, die noch versuchte, sich selbst an einem Ort zu finden, an dem jeder genau wusste, wer sie war. *Was auch immer du tust, bleib nicht zu lang hier. Je länger du bleibst, desto schwieriger wird es, hier wieder wegzukommen.*

Die Geschwister Olivier waren das perfekte Beispiel zweier Menschen, die in derselben Umgebung aufgewachsen waren, um sich anschließend in komplett entgegengesetzte Richtungen zu bewegen. Aber Jack war großartig in seinem Job – eigentlich in jedem Job, einschließlich diesem hier. Er konnte jedes dieser Produkte verkaufen, obwohl er sie selbst selten benutzte, allein durch seine Authentizität. Er war wahrscheinlich der Einzige, der die großen detaillierten Bergkarten lesen konnte, die an der Rückwand des Ladens hingen, mit Höhenlinien und Geländeangaben und einem Netz von Wanderwegen – eine komplexe Geografie.

Ich trommelte mit den Fingern auf die Ladentheke, während er mit anderen Dingen beschäftigt war. »Was weiß du über einen Mann, der in den Wäldern lebt?«, fragte ich.

Seine Hand verharrte einen Moment in der Bewegung, bevor er mich über die Schulter hinweg mit einem fragenden Lächeln ansah. »Hast du wieder bei einer von Corys Führungen zugehört?«

Ich schüttelte den Kopf. »Ich dachte mir nur, wenn einer weiß, ob es stimmt, dann du.« Er wusste, wer auf den Berg stieg und wer wieder herunterkam. Kannte die Wege, von deren Existenz wir anderen nicht mal etwas ahnten. Wusste über alles Bescheid, was einem dort draußen begegnen konnte.

Er trat wieder an den Tresen zwischen uns, die Hände auf die Oberfläche gepresst, leicht vorgebeugt, der Inbegriff der Gleichgültigkeit. »Na ja, ich hab nie was gesehen, was mich vermuten ließe, dass es stimmt. Aber das da draußen ist eine große weite Welt.« Er zeigte ein Zahnpastagrinsen, und ich konnte mir vorstellen, wie er den Satz jedem Touristen, jedem Kunden mit auf den Weg gab. »Kann ich dir an diesem wundervollen Tag mit noch irgendwas behilflich sein?«, wechselte er dann das Thema.

Mein Blick wanderte zur Rückwand, hinter die Kleiderständer, die den Hauptbereich des Ladens füllten. Der linke Teil der Wand war von kleinen würfelförmigen Schließfächern bedeckt, die für Portemonnaies oder Schuhe gedacht waren und aussahen wie diejenigen, die man für ein paar Stunden in einem Vergnügungspark mieten würde. Größere Schließfächer, wie ich sie aus der Highschool kannte, nahmen den Rest der Wand ein und waren anscheinend tief genug, um Zelte und Seesäcke darin unterzubringen.

Ich war mir nicht sicher, zu welcher Art Schließfach Georgias Schlüssel passte. Oder wie ich hinübergehen sollte, ohne dass Jack es merkte. Ich beschloss, es ihm einfach zu sagen. Unwahrscheinlich, dass er sich später daran erinnern würde. Außerdem hatte er keinen Grund, viel mit Georgia zu interagieren. Wahrscheinlich hatte sie den Schlüssel nicht mal von ihm.

»Ich muss nur noch was für Georgia erledigen.« Ich hielt den kleinen Schlüssel hoch. »Allerdings weiß ich die Schließfachnummer nicht.«

Wieder wurde die Ladentür geöffnet, und eine vierköpfige Familie kam herein, alle mit blassen Beinen in kakifarbenen Shorts und geschnürten Wanderstiefeln über zu weißen Socken: eine Mutter und ein Vater, offensichtlich hocherfreut, hier zu sein, und zwei Teenager, ein Junge und ein Mädchen, entschieden weniger begeistert.

»Morgen!«, rief Jack ihnen zu. »Kann ich Ihnen behilflich sein?«

»Ja«, antwortete der Vater bestimmend, autoritär. »Wir unternehmen unseren ersten Campingausflug.«

»Dann sind Sie hier genau richtig«, sagte Jack. »Ich bin gleich bei Ihnen.« Er zog ein großes braunes Buch unter der Theke hervor, und mir stieg ein Hauch von staubigem Papier in die Nase, als er es vor mir auf die Holzoberfläche legte. »Ist dann so weit alles klar?«

»Ja, danke«, sagte ich, als er sich bereits hinter der Ladentheke hervorschlängelte, um sich der Familie zu widmen. »Das Topfset ist toll, wenn Sie richtig kochen möchten …«

In dem Buch, das er mir hingelegt hatte, steckte ein altmodisches Lesebändchen, und ich konnte nicht umhin, an ein altes Zauberbuch zu denken. Von innen erinnerte es eher an ein Kassenbuch, nur dass darin die Schließfachvermietungen dokumentiert wurden. Jede Seite fungierte wie eine Art Bibliotheksausweis mit einer Liste von Namen, dem Beginn und dem geplanten Ende der Miete. Zum Teil war es zwar nach Schließfachnummern sortiert, aber das schien nicht das eigentliche System zu sein. Stattdessen gab es Abschnitte für tägliche, wöchentliche oder monatliche Mieten.

Die Seiten mit noch verfügbaren Schließfächern waren mit gelben Papierstreifen markiert. Alle früheren Namen waren mit einem dicken schwarzen Filzstift durchgestrichen, was die Suche zumindest ein wenig eingrenzte. Das System wirkte so rudimentär, dieses Protokoll aus Papier und Tinte, in dem man mit einem Filzstiftstrich die Existenz aller vorherigen Aufzeichnungen auslöschen konnte. Eine Art Buchhaltung, mit der nur ein Ort wie dieser durchkommen konnte. Wobei ich mir nicht ganz sicher war, ob es am fehlenden technischen Interesse lag oder daran, dass ein solcher Ort nach Privatsphäre verlangte.

Wie dem auch war, am Ende blieb mir nichts anderes übrig, als Seite für Seite nach Georgias Namen zu suchen.

Für einige der belegten Fächer war die Mietzeit bereits abgelaufen, und ich konnte mir nur vorstellen, dass sie irgendwann von Jack oder einem der anderen Mitarbeiter ausgeräumt würden, wenn niemand kam, um die Sachen abzuholen. So ähnlich wie die Gegenstände und Kleidungsstücke, die in den Gästezimmern des Passage Inn zurückgelassen wurden und schließlich ihren Weg in die Fundkiste fanden.

Jack und die vierköpfige Familie waren weiterhin in ein Gespräch über Kochzubehör vertieft, die Mutter bewunderte gerade eine ultraleichte French Press. Ich konnte mir nicht vorstellen, dass sie dort draußen besonders weit kommen würden.

Ich blätterte schneller durch die Seiten in der Hoffnung, die richtige Nummer gefunden zu haben, bevor Jack zurückkam und weitere Fragen stellen konnte. Georgias Name war keinem der kleinen Tagesschließfächer zugeordnet, aber auch keinem der Wochenschließfächer. Als ich mich bis zu den großen Schließfächern vorgearbeitet hatte, von denen es viel weniger gab, stellte sich eine schleichende Frustration ein, und ich fragte mich, ob der Schlüssel vielleicht doch zu keinem der Schließfächer hier gehörte, ob meine Fantasie mit mir durchgegangen war, genau wie meine Mutter immer gesagt hatte.

Und dann hielt ich inne. Die Seite für Schließfach 203 bestand aus einer Reihe von durchgestrichenen Namen, dann folgte eine weitere Zeile, ausgefüllt mit geschwungener Schrift in blauer Tinte.

Ein Schauder lief meinen Rücken hinab.

In der Zeile stand: *Abby Lovett.*

Ich starrte die Worte an, als könnten sie auf magische Weise eine Erinnerung in mir hervorrufen. Das war nicht meine Handschrift. Das war nicht mein Werk.

Ich schaute über die Schulter und beobachtete, wie die Familie Jack zur Zeltabteilung folgte. Dann las ich die Seite noch einmal. Die Namen über meinem waren mit schwarzem Filzstift durchgestrichen, und laut der Dokumentation war mein Name im April in das Verzeichnis von Schließfach 203 eingetragen worden. Die Mietdauer war ursprünglich mit drei Monaten angegeben, was bedeutete, dass sie bereits abgelaufen war. Falls jemand kürzlich das Buch durchgesehen hatte, dann war das Schließfach möglicherweise bereits geleert worden.

Ich wusste nicht, was das bedeutete, warum mein Name in diesem Buch stand. Aber ich tat, was mir am sichersten erschien. Ich nahm den Filzstift aus dem Stiftebecher auf der Ladentheke und strich meinen Namen mit einer dicken Linie durch, bis jede Spur getilgt war. Dann klappte ich das Buch zu und ging nach hinten, um mir Schließfach 203 anzusehen.

Die Kleiderständer im Laden waren ziemlich hoch und so angeordnet, dass man sich dazwischen wie durch ein Labyrinth bewegen konnte, sodass ich mich einigermaßen vor Blicken geschützt fühlte. Doch ich sah immer wieder Jacks Haarschopf und die Köpfe irgendwelcher Kunden oberhalb der Kleiderständer.

Jedes Schließfach hatte ein Nummernschild, das an der grauen Metallfront klebte. Ein kleines Schlüsselloch direkt unter dem Riegel.

Ich stand vor Schließfach Nummer 203 und atmete langsam und kontrolliert, mein Blick lief wie durch einen Tunnel auf diesen einen Punkt zu. Diesen einen Moment.

Manchmal sah ich sie kommen, eine Verschiebung meiner Existenz. Ich hatte es im Klingeln des Telefons gehört, bevor meine Mutter den Anruf entgegennahm, der uns beide für immer verändern würde. Ich wusste es vom ersten schrillen Klingeln an – etwas näherte sich. Ich hatte es erneut gespürt, als Celeste die Tür zu meiner Souterrainwohnung im Passage Inn geöffnet und mich hereingewinkt hatte – das hier war etwas für mich.

Und nun spürte ich es wieder, einen Vorboten in dem kleinen Metallschlüssel zwischen meinen zitternden Fingern. Die restlichen Schlüssel baumelten an der Kette darunter, und ich schloss rasch die Faust darum, damit sie kein Geräusch machten.

Ich steckte den kleinen Schlüssel in das Schloss, spürte, wie sich der Mechanismus im Inneren des Schlosses drehte. Dann warf ich einen weiteren Blick über die Schulter, um sicherzugehen, dass ich hier hinten allein war, bevor ich den Riegel anhob.

Das Schließfach war nicht leer. Im Gegenteil. Etwas Schwarzes kam mir von dem Haken an der Seite entgegen, der vermutlich für Jacken und Rucksäcke gedacht war, und es dauerte einen Moment, bis ich begriff, was ich da vor mir hatte.

Eine Kamera.

Im Inneren des Schließfachs befanden sich noch mehr Gegenstände, ein kleiner Stapel auf dem oberen Regalbrett, das etwas zu hoch hing, als dass ich es richtig einsehen konnte, doch ich schloss die Tür schnell wieder, atmete keuchend. Meine Hände zitterten, mir drehte sich der Magen um. Was …? Warum …? Wie …?

Ein Lachen, das von der Ladentheke herüberscholl, wo Jack inzwischen mit seinen Kunden stand.

Was, verdammt noch mal, sollte ich damit machen? Alles einschließen und so tun, als würde es nicht existieren? Obwohl das Schließfach auf meinen Namen lief und Georgia den Schlüssel dazu hatte? Wie lange würde es noch dauern, bis Jack oder einer der anderen Mitarbeiter im Dokumentationsbuch nachsah und sich daran erinnerte, dass ich hier gewesen war?

Ich drehte den Schlüssel, stellte sicher, dass das Schloss eingerastet war, und schlängelte mich anschließend so rasch wie möglich zwischen den Kleiderständern und Regalen hindurch. Als ich die Ladentür aufzog, sah Jack auf und rief meinen Namen.

»Hey, Abby vom Inn, hast du das richtige Fach gefunden?«

Ich hob einen Finger, um ihm zu signalisieren, dass ich gleich zurück sein würde. Meiner Stimme traute ich nicht über den Weg.

Wie auf Autopilot überquerte ich die Straße mit ausgestrecktem Arm, um den Verkehr zum Anhalten zu zwingen.

Genau in dem Moment, als ich am Büro des Sheriffs vorbeilief, kam Rochelle heraus und blieb stehen, einen Fuß bereits auf dem Bürgersteig, den anderen noch auf der Stufe.

»Abby?«, rief sie, als wäre sie sich nicht ganz sicher.

Ich murmelte etwas in ihre Richtung – *Mach gerade Besorgungen* oder *Muss schnell was abholen* oder vielleicht auch nur *Hi, Rochelle* –, doch was auch immer es war, sie ging zum Glück weiter. Eilig lief ich den schmalen Trampelpfad zwischen den Büschen entlang und stand kurz darauf in der Sackgasse, in der ich Georgias Wagen geparkt hatte. Treys Auto war auch noch da. Ich entriegelte schnell die Türen und holte meinen Rucksack – Alice' Rucksack – heraus, warf ihn mir über die Schulter und hastete zum Edge zurück.

Was den Rucksack betraf, konnte ich nichts tun, aber immerhin hatte ich eine einleuchtende Erklärung.

Das Sicherste war, die Sachen aus dem Schließfach zu holen und dafür zu sorgen, dass niemand etwas davon zu sehen bekam. *Das ist nur Abby vom Inn mit dem Rucksack, den sie schon immer benutzt. Sie holt sich bloß ein paar Sachen für eine Wanderung.* Ich durfte nicht riskieren, die Sachen im Schließfach zu lassen, jetzt, da ich von ihrer Existenz wusste.

Als ich das Edge betrat, spürte ich den Schweiß meinen Rücken hinablaufen, und alle fünf Kunden, die sich im Laden aufhielten, wandten sich nach mir um. Die zwei Teenager waren zurück zu den Kleiderständern gegangen, während ihre Eltern an der Kasse bezahlten und Jack sie über die besten Trails, die besten Rundwege, die besten Zeltplätze aufklärte.

Die Tochter hatte ihr Handy herausgeholt und drehte sich damit langsam im Kreis, als würde sie ein kurzes Video für einen Social-Media-Post aufnehmen. Wahrscheinlich mit einer Caption wie *Bereit für die Wildnis* oder etwas ähnlich Unrealistischem, wenn man bedachte, was ihre Eltern gerade an Ausrüstung erstanden.

Als sie einen Hut mit breiter Krempe anprobierte, nutzte ich den Moment, um erneut das Schließfach zu öffnen. Den Rucksack stellte ich vor meine Füße. Ich zog den Reißverschluss auf und stopfte zuerst die Kamera hinein, dann warf ich wieder einen Blick über die Schulter. Das Mädchen war noch immer mit dem Hut beschäftigt, aber ihr Bruder bewegte sich in meine Richtung – vermutlich hatte ich durch mein auffälliges Verhalten seine Aufmerksamkeit geweckt. Es war wichtig, dass ich mich beruhigte.

Ich schloss die Augen und atmete einmal tief und langsam ein, versuchte, das Zittern in meinen Händen mit reiner Willenskraft zu stoppen, aber alles, was ich mir vorstellen konnte, war Farrah, mit der Kamera um den Hals. Und Alice mit ihrem Rucksack auf dem Rücken.

Gleich geschafft. Ich stellte mich auf die Zehenspitzen, um zu sehen, was sich auf dem oberen Regalbrett befand. Ein kleines in schwarzes Leder gebundenes Buch, abgewetzt, das Papier wellte sich an den Seiten durch den Einfluss von Luftfeuchtigkeit oder Wasser oder das Alter.

Ich sank auf die Ballen zurück, presste die Hand auf den Mund.

Das Buch, nach dem Trey gesucht hatte. Landon Wests verschwundenes Notizbuch …

»Kommst du, Anna?« Alle Köpfe wandten sich in ihre Richtung, und das Mädchen – Anna, nahm ich an – hängte den Hut zurück an den Ständer, um ihren Eltern und ihrem Bruder aus dem Laden zu folgen.

Jetzt. Ich musste es jetzt tun.

Ich griff in das Schließfach, zog den Stapel mit Sachen heraus, ein Handy rutschte mir entgegen. Ich fing es auf, indem ich es gegen meinen Körper drückte, bevor es auf den Boden fallen konnte. Kein Teil von mir wollte irgendetwas mit alldem zu tun haben. Ich wollte, dass die Dinge verschwanden. Wollte dem Sheriff davon erzählen. Es weit von mir wegschieben.

Doch ich stopfte alle Sachen in den Rucksack, zog den Reißverschluss zu, schwang ihn mir wieder auf den Rücken, drückte die Tür des Schließfachs zu, schloss es ab, ging mit gesenktem Kopf Richtung Ausgang.

»Einen schönen Tag noch, Abby vom Inn«, rief Jack.

Ich hob eine Hand zum Zeichen, dass ich ihn gehört hatte. Das Einzige, was ich tun konnte. Ich musste hier raus. Ich musste alles aus dem Schließfach wegschaffen, so weit weg wie möglich.

Dennoch zwang ich mich auf dem Weg zurück zum Auto zu einem normalen Tempo – in dem Wissen, dass Rochelle dort drinnen im Büro des Sheriffs oder irgendwo auf dieser Straße sein könnte. Und Cory am Ende des Blocks – wenn seine Hunde da waren, dann auch er. Und Marina und Ray und vielleicht Sheriff Stamer, der durch die Stadt lief.

Wie oft war der Sheriff hier vorbeigekommen? Der Laden war Teil seiner morgendlichen Routinerunde. Kaffee im Edge, eine Zeitung vom Stand vor dem Souvenirladen Trace of the Mountain, ein Platz an der Bar im Last Stop. Wie oft hatte er sich in unmittelbarer Nähe von Farrah Jordans Kamera und Landon Wests Notizbuch befunden? Wie oft hatte er mich mit Alice Kellys Rucksack gesehen, ohne auch nur zu ahnen, was er vor sich hatte?

Wir alle waren so ahnungslos.

Als ich endlich wieder in Georgias Auto saß, den Rucksack auf dem Beifahrersitz neben mir, verriegelte ich die Türen, bevor ich den Motor startete. Als ob mir jemand folgen würde.

So gerne ich sofort nachgesehen hätte, musste ich doch erst hier weg.

Die kurze Fahrt zurück zum Passage Inn fühlte sich wie eine Ewigkeit an. Alles, woran ich denken konnte, war der Rucksack neben mir und wie es aussehen würde, wenn mich jemand in Besitz all dieser Beweise sähe. Es wäre genauso, wie wenn jemand das Schließfach geöffnet hätte, das auf meinen Namen angemietet war.

Ich fuhr auf den Mitarbeiterparkplatz und bis zum hinteren Ende, stellte Georgias Wagen dort ab, wo er zuvor gestanden hatte, neben meinem. Und dann saß ich da, starrte auf den Rucksack, überlegte, was ich damit machen sollte. Einen Moment lang dachte ich darüber nach, meine restlichen Sachen zu holen und wegzugehen. Einfach wegzugehen, an einen neuen Ort, einen nächsten Ort.

Mein Umzug nach Cutter's Pass lag inzwischen so lange zurück – damals war ich kaum erwachsen gewesen, hatte kaum einen Plan gehabt. Celeste hatte mir eine Möglichkeit gegeben, einen Sinn, ein Zuhause, und ich war in eine Routine verfallen, eine komfortable Existenz. Aber es war ewig her, dass ich zuletzt darüber nachgedacht hatte, was ich hier tat, warum ich blieb. Ob ich besser …

Ich hörte Schritte auf dem Kies, sah lange Beine im Rückspiegel und hatte kaum Zeit, mich innerlich zu wappnen, bevor Georgia an das Fenster auf der Fahrerseite klopfte, sich runterbeugte, hineinspähte. Ich stellte den Motor ab, versuchte, den Rucksack neben mir zu ignorieren – mit allem darin, was vermutlich Georgia in einem Schließfach versteckt hatte. All die Dinge, die Georgia wusste.

»Hi«, sagte sie, als ich einen Fuß auf den Kies gesetzt hatte. »Ich hab dich kommen sehen. Ich hab schon auf dich gewartet.«

»Okay, eine Sekunde, lass mich nur schnell meine Sachen in die Wohnung bringen …«

»Celeste ist in der Lobby, zusammen mit einem Gast.«

Ich atmete erleichtert aus. Es ging nicht um das Schließfach oder die Kamera oder Landon Wests Notizbuch. Trotzdem spürte ich Georgias Blick im Nacken, als ich den Rucksack vom Beifahrersitz nahm. Sie hatte die Stirn gerunzelt.

»Bin gleich wieder da«, sagte ich und wandte mich schnell ab aus Angst, meine Miene könnte mich verraten.

»Abby.« Sie machte einen Schritt auf mich zu. Als ich sie ansah, hatte sie die Hand ausgestreckt, und mir wurde klar, dass sie ihren Schlüssel zurückhaben wollte. »Was hast du gemacht?«

Ich wartete einen Moment, bis ich mir sicher war, dass meine Hand nicht zitterte, atmete gleichmäßig, als ich den Schlüsselbund in ihre offene Handfläche fallen ließ. »Wie gesagt, ein paar Besorgungen.« Während ich dachte: *Trau dich nachzubohren. Trau dich, noch mal zu fragen.*

Als ich mich Richtung Hintereingang in Bewegung setzte, rief sie mir nach: »Kommst du nicht mit in die Lobby?« Sie hatte eine Hand in die Hüfte gestützt. »Celeste hat nach dir gefragt.«

»Bin sofort da, muss mich nur schnell umziehen.«

In meiner Wohnung schloss ich die Tür ab. Erst jetzt spürte ich das Adrenalin in Wellen durch meinen Körper pumpen. Ich hatte den ganzen Tag noch nichts gegessen und mir war so schlecht, dass ich befürchtete, mich übergeben zu müssen. Ich musste den Rucksack irgendwo verstecken, um mich später damit zu beschäftigen. Und dies war der einzige Ort, der mir sicher genug erschien. Mein Apartment bot nicht viele Verstecke – fest verschraubte Regalböden und Einbauhängeschränke und einen Einbaukleiderschrank.

Ich öffnete die Tür zum Garderobenschrank, weil er am nächsten lag und weil mir klar war, dass das beste Versteck eines war, auf das der Blick als Erstes fiel und von dem man deswegen dachte, dass niemand dort etwas verstecken würde. Dann zog ich mich eilig um, band meine Haare zu einem Knoten, schlüpfte in meine Arbeitsschuhe.

Nur ein Teil von Cutter's Pass. Nur Abby vom Inn, die in der Lobby gebraucht wurde.

Wie sich herausstellte, brauchte mich Celeste, um die Lorenzos auf einem anderen Stockwerk unterzubringen. Die Wunde an Mrs. Lorenzos Knie hatte tatsächlich genäht werden müssen, und nun stellte sich die Treppe nach oben als zu schwierig heraus – und anscheinend war ich die einzige Person, die in der Lage war, sich darum zu kümmern.

»Georgia meinte, du hast den Ordner verlegt?«, fragte Celeste, als sie neben mir hinter die Rezeption trat, so leise, dass nur ich sie verstehen konnte. Es waren nicht länger *wir*, sondern *ich*, die Dinge verlor, die nicht richtig aufpasste.

»Ja, aber den können wir ganz einfach ersetzen.«

Sie hob die Augenbrauen, statt die Frage zu stellen, die keine von uns beiden aussprach: *Hat ihn jemand genommen?* Mir fiel nur einer ein, und mir gefiel nicht, was das in der Konsequenz bedeutete. Wollte er überprüfen, was ich ihm erzählt hatte. Ging er davon aus, dass wir ihm etwas verschwiegen?

»Georgia meinte, dass du irgendwo handschriftlich Reservierungen notiert hast, deswegen wollten wir zuerst mit dir sprechen – damit es keine Missverständnisse gibt«, sagte Celeste.

Ich fragte mich, was Georgia ihr sonst noch alles erzählt hatte, aber die faltete gerade Handtücher auf der Bank in der Lobby und mied meinen Blick.

Ich öffnete das Reservierungssystem auf dem Computer, um nachzusehen, welche Zimmer gerade nicht belegt waren. Wir erwarteten ein Paar, das ein Zimmer im Erdgeschoss reserviert hatte, aber sie würden es als Upgrade verstehen, wenn wir ihnen dafür eines im ersten Stock anboten. Das Zimmer im Erdgeschoss bezeichneten wir als Felsresidenz, als handelte es sich um etwas Besonderes, Exklusives und nicht um einen Raum mit Schrägen, in den nur wenig natürliches Licht hereinfiel.

Ich gab die Änderungen in das System ein. »Georgia«, sagte ich, ohne aufzusehen, »Waldblick eins muss vor der Check-in-

Zeit hergerichtet sein.« Dann, zu Celeste: »Die Felsenresidenz ist fertig. Die Lorenzos können gleich rein.«

Und dann gingen sie beide, und meine Schicht begann ganz offiziell in der Abwesenheit jeglicher anderer Personen.

Rochelle hatte behauptet, die Schlucht sei voller Knochen, und manchmal fühlte es sich an, als gelte das für die ganze Stadt. Dass ich hier leben und hier sterben und zusammen mit allem anderen verschwinden würde, nicht unterscheidbar.

In letzter Zeit fühlte ich mich, als wäre ich in eine Falle getappt. Als wäre dieser Ort ein Gefängnis und kein Zufluchtsort. Ein Auto, das nicht auf meinen Namen gemeldet war, und eine Wohnung, die ich durch meinen Job bekommen hatte – alles war miteinander verstrickt und hielt mich hier fest.

Zugleich spürte ich die Unsterblichkeit dieses Ortes. Die Art, wie man sich an die Namen erinnerte. Das Rätsel um Cutter's Pass, das größer war als jede einzelne Person. Die Art, wie mich Jack *Abby vom Inn* nannte. Und ich war zu einem Teil dieser Stadt geworden, spielte eine Rolle darin, die Bestand hatte wie die Fotos an den Wänden der Lobby. Ich konnte mir vorstellen, wie ich selbst dort hing, neben Celeste, neben Vincent. Konnte mir die Menschen vorstellen, die nach mir kamen, genauer hinsahen, über das Rätsel grübelten, wer ich gewesen war. Ein echter Lebensbeweis.

Ich ging ins Büro und schickte die Fotos, die ich Anfang der Woche gemacht hatte, an Sloane – mit dem Nebel, der sich von den Bergen erhob, unheimlich und eindringlich. Eine Erinnerung, dass ich hier war – für den Fall, dass jemand kam, um nach mir zu suchen.

Ich fühlte mich den Knochen, dem innersten Kern dieses Ortes nah. Etwas Schreckliches geschah hier. Etwas Grundlegenderes, Verstörenderes, Unausweichliches.

Was tatsächlich hier passiert war, war nicht dasselbe wie die

Geschichten, die im Last Stop erzählt wurden, oder das Foto an der Wand hinter der Bar oder die letzten Bilder, die uns durch die bloße Kraft von Gerüchten in unser kollektives Gedächtnis gepflanzt worden waren: Farrah Jordan am Ausgangspunkt des Wanderwegs, wie sie sich in den Wald aufmachte. Alice Kelly, die das Last Stop verließ und im geschäftigen Feierabendgewusel verschwand. Die Vier Burschenschaftler, wie sie die Straße runterliefen, mit dem Berg im Hintergrund, die untergehende Sonne im Rücken.

Diese Bilder waren nicht real. Realität war Farrah, die vor mir im Passage Inn stand und sich nach Alice Kelly erkundigte. Realität waren die Fotos, die Alice' Schwester gepostet hatte, um die Erinnerung an sie wachzuhalten und uns daran zu erinnern, wer sie wirklich gewesen war. Ich wollte – brauchte – mehr.

Ich öffnete Farrahs Profil, überflog die Fotos, auf denen sie verlinkt war. Dann wechselte ich zum Instagram-Account von *AliceKellyWasHere* und sah mir nicht nur ihren Rucksack, sondern sie selbst an. Der Account war öffentlich, genau wie der, den ich benutzte, um ihn mir anzusehen – ein bereits seit längerer Zeit existierender Account mit ordentlichen Follower-Zahlen, der den Namen unseres Hotels trug.

Aus einem Impuls heraus verfasste ich eine private Nachricht.

Hallo, durch Zufall bin ich über Ihre schöne Hommage an Ihre Schwester gestolpert. Bald ist es zehn Jahre her. Zu diesem Anlass helfen wir der Stadt bei der Suche nach Fotos und haben uns gefragt, ob Sie vielleicht bereit wären, einige neuere Bilder zur Verfügung zu stellen?

Die Eingangstür zur Lobby wurde geöffnet, und ich verließ das Büro, um die angekommenen Gäste zu begrüßen, um mich im Rhythmus des Passage Inn zu verlieren, in den täglichen Routinen, die ich lieben gelernt hatte. Ich trug dazu bei, diesen

Ort am Laufen zu halten, und wusste, wenn ich ginge, würde meine Abwesenheit zu spüren sein. Auf dieselbe Art wie Vincents Abwesenheit bei meiner Ankunft.

Ich versuchte, nicht an die anderen zu denken: Farrah, die niemand bemerkte, bis man ihr verlassenes Auto entdeckt hatte. Oder Landon und seine leere Hütte.

Check-in und Check-out, Fragen und Anfragen – ich zählte die Stunden, bis ich mich in meine Wohnung zurückziehen, den Schrank öffnen, mich in den Inhalt jenes Rucksacks vertiefen konnte. Marina kam zur Happy Hour, und ich versuchte, ihr die Version von mir zu zeigen, die sie am besten kannte, half ihr beim Anrichten des Essens und nickte an den richtigen Stellen.

Aber ich konnte ihr nicht in die Augen sehen, nicht wenn ich mir vorstellte, zu was Cory fähig sein könnte.

Später half ich Marina beim Aufräumen, begleitete die Gäste von außerhalb nach draußen und schaute noch einmal auf die Uhr. Fast so weit. Fast fertig. Die Sonne war untergegangen, und ich war endlich allein, hatte gerade das Schild am Telefon platziert, das darüber informierte, wie man mich gegebenenfalls erreichen konnte.

Die Tür zur Lobby wurde erneut geöffnet, und ich holte tief Luft, ließ die Schultern sinken, wappnete mich für einen letzten Gast.

Aber die einzige Person in der Lobby, die auf mich wartete, war Trey West.

Kapitel 15

»Passt es gerade?«, fragte Trey und sah sich in der menschenleeren Lobby um.

Ich fragte mich, warum er heute in der Stadt gewesen war – mit wem er gesprochen hatte.

Unbewusst musste ich genickt haben, denn er fuhr fort: »Ich hatte gehofft, dass wir uns irgendwo unter vier Augen unterhalten können.«

»Klar«, sagte ich, als sein Blick zur offen stehenden Bürotür wanderte. Allerdings gefiel mir die Vorstellung nicht, mit diesem Mann, den ich falsch eingeschätzt hatte, in einem Raum eingesperrt zu sein. Ich hatte nicht länger die Oberhand, wusste nicht, ob er vielleicht herumgeschnüffelt hatte – mir gefolgt war, beobachtet hatte, wie ich die Rezeption verließ, und dann den Ordner genommen hatte. Vielleicht hatte er in Wirklichkeit mich beobachtet, während ich in dem Glauben gewesen war, ihn zu beobachten. Sollte mich das wirklich überraschen? Er hatte bereits bei seiner Ankunft gelogen, und als ich ihn dabei ertappt hatte, musste er nur seine Strategie ein wenig anpassen.

»Wir können uns draußen hinsetzen«, sagte ich und ging ihm voraus durch die Lobby, schaltete die Außenbeleuchtung ein, bevor ich auf die Terrasse trat. Ein Ort, an dem ich gesehen werden konnte. Von dem ich flüchten konnte. Das Notizbuch seines Bruders befand sich im Souterrain des Hotels, und ich musste dafür sorgen, dass er ihm nicht zu nahe kam.

Trey ließ sich auf den Metallstuhl gegenüber von mir fallen, zwischen uns ein runder schmiedeeiserner Tisch. Stechmücken in Schwärmen um die Lampen neben der Tür, eine Motte, die immer wieder gegen den runden Glasschirm flog. Er trug eine ausgeblichene Jeans und ein eng anliegendes schwarzes T-Shirt, über den Sneakern waren seine nackten Knöchel zu sehen, und er passte in keiner Weise hierher.

Er ließ die Stirn gegen seine Hand sinken, richtete sich dann wieder auf, strich sich die Haare zurück, wie es Georgia vielleicht auch tun würde.

»Mein Bruder hat auf dem Weg hierher bei meinen Eltern haltgemacht.« Die Ringe unter seinen Augen wirkten durch die Schatten dunkler, seine Narbe im Kontrast heller. »Er ist eine Nacht geblieben, hat in seinem alten Kinderzimmer geschlafen.« Ein Zucken im Mundwinkel. Nicht ganz ein Lächeln. »Landon war immer der gute Sohn. Derjenige, der mit ihnen Schritt gehalten hat. Ich war der Wandervogel.«

»Das muss schwer gewesen sein«, sagte ich, weil ich mir nicht sicher war, was im Moment meine Aufgabe war. Ich verstand nicht, warum er mir das erzählte.

Er hob leicht die rechte Schulter, als hätte meine Antwort nicht den Punkt getroffen. »Sie wollten, dass ich sein Zimmer durchgehe. Alles zusammenpacke.« Er schluckte, als würde er sich innerlich für etwas wappnen. »Sie haben gewartet, bis ich nach Hause gekommen bin, und mich gebeten, ihnen dabei zu helfen. Ich bin zu dem Schluss gekommen, dass ich wenigstens das für sie tun konnte.«

»Ich weiß, wie sich das anfühlt.« Ich hatte das Gleiche tun müssen, nachdem meine Mutter gestorben war. Ihre Sachen zusammenpacken, alles, was sich in ihrer Wohnung befand, weil es niemand anderen gegeben hatte, der es für mich hätte tun können. Das meiste hatte ich verkauft, die Kleidung gespendet, hatte nur behalten, was in den Kofferraum des Autos passte.

Trey holte tief Luft. »Ich stehe also mit einem Bier in der Hand in seinem Zimmer, schaue seine Highschooljahrbücher durch und fünfzehn Jahre alte Konzertkartenabrisse. Werfe so viel wie möglich weg, packe den Rest in Kisten, und dann finde ich das hier in der obersten Schublade seines Schreibtischs.« Er knallte ein liniertes Blatt Papier zwischen uns auf den Tisch, als handelte es sich um den Trumpf in einem Kartenspiel. Die Ränder flatterten leicht in der Abendbrise.

Ich wusste nicht, wann ihm dieses Blatt in die Hände gefallen war. Ob er es schon die ganze Zeit dabeigehabt hatte. Alles an Trey fühlte sich an wie ein Zaubertrick.

Ich richtete mich ein wenig auf. Das Blatt war einmal in der Mitte gefaltet, und ich erinnerte mich, wie es in seiner Gesäßtasche gesteckt hatte, die ganze Zeit schon. Auf dem Papier waren mehrere Zahlenreihen notiert, doch nur eine stach ins Auge.

»Kommt Ihnen etwas daran bekannt vor?«

»Ja.« Es war eine Telefonnummer. Meine Kehle fühlte sich wie ausgedörrt an. »Die Nummer vom Passage Inn.«

»Die Nummer vom Passage Inn«, wiederholte er. Dann deutete er mit dem Zeigefinger auf die Zahlenreihe darüber. Aber ich konnte nur auf seinen Nagel starren, der bis zum weißen Halbmond heruntergekaut war. Seine Hand hatte etwas Raues an sich, das zu Beginn der Woche noch nicht existiert hatte. »Was, glauben Sie, ist das?«

Ich schüttelte den Kopf. Zwei Zahlen, mit einem Bindestrich dazwischen: 8–13. »Keine Ahnung.«

Er stach mit dem Finger auf das Blatt ein, und ich überlegte erneut.

»Dieser Zettel lag einfach so in seinem Zimmer rum?«, fragte ich schließlich.

»Er muss sich diese Notizen gemacht haben, während er bei meinen Eltern war, dann hat er angerufen, den Zettel in die Schublade gelegt und dort vergessen.«

»Er hatte nicht reserviert, sondern ist einfach eines Tages aufgetaucht. Genau wie Sie. Georgia hat ihn eingecheckt.«

Er grinste. »Genau. Auf die Lösung bin ich erst heute Morgen gekommen, als Sie mir von Ihrer Schicht erzählt haben. Ich glaube nämlich, dass es eine Uhrzeit ist.«

Ich spürte, wie mir keuchend der Atem entwich. Weil er recht hatte, natürlich. Die Telefonnummer vom Passage Inn. Ein Zeitfenster, um den Anruf zu tätigen.

»Jetzt frage ich mich, warum er ausgerechnet zwischen acht und eins angerufen hat.«

Ich kannte die Antwort auf seine Frage, und er sah es mir an.

»Um mit jemandem zu sprechen, der zu der Zeit arbeitet.«

»Genau das glaube ich auch.«

»Ich werde sie fragen ...«

»Das habe ich schon versucht«, unterbrach er mich, und ich spürte, wie ich unwillkürlich das Gesicht verzog. »Nach dem Frühstück bin ich noch mal in die Lobby gegangen. Sie hat immer wieder das Gleiche gesagt: *Ich weiß es nicht. Ich habe keine Ahnung. Ich kann mich nicht erinnern, mit ihm telefoniert zu haben.*« Er riss die Augen auf und sah dabei Georgia frappierend ähnlich, wenn man sie unvorbereitet mit etwas konfrontierte. Dann schüttelte er den Kopf. »Aber ich habe sie schon mal gesehen, Abby. Ganz sicher.«

Georgia, ständig nervös aus Angst davor, mit Trey reden zu müssen, dass er in die Lobby kommen und sie etwas fragen könnte. Die immer darauf wartete, dass ich kam, damit sie sich im Hintergrund halten konnte.

Ich dachte an die Dinge, die sie hinter ihrem Verhalten versteckt hatte – eine Angst, nicht vor einer Gefahr für sie selbst, sondern vor etwas, das darüber hinausging. In diesem Moment stellte ich mir vor, wie sie sich nachts mithilfe des Generalschlüssels in die Hütte neben Treys schlich oder durchs

Fenster einstieg aus Angst, sie könnte sonst gesehen werden. Wie sie versuchte, ihn zur Abreise zu bewegen.

Sie hatte ein Schließfach auf meinen Namen gemietet. Hatte Farrahs Kamera und Landons Notizbuch und Handy darin versteckt. Hatte dann mit mir zu Abend gegessen und über ihre Vergangenheit gesprochen, und ich hatte es ihr abgenommen. Alles. Hatte Celeste nicht versucht, mich zu warnen? Ich hatte keine Ahnung, wer sie war, diese Frau, die aus heiterem Himmel hier hereingeschneit war und Spuren des Berges davongetragen hatte. Mit einer festen Absicht. Eine Frau, von der ich geglaubt hatte, dass sie auch die schwierigen Aufgaben übernehmen konnte. Ich hatte eine Geschichte für sie zusammengestrickt – über ihre angebliche Selbstfindung –, und ich hatte sie selbst geglaubt.

»Nun habe ich eine Frage an Sie«, sagte er, während ich noch immer versuchte, die neuen Informationen zu verarbeiten.

»Ich wusste es nicht.«

Er lächelte leicht. »Das war nicht meine Frage.« Er lehnte sich zurück, die großen Hände auf den Knien, wodurch mir seine Körpergröße – und meine – sehr bewusst wurde. »Gestern hat mich der Sheriff durch die gesamte Untersuchung zu dem Fall geführt. Er war sehr viel mitteilsamer, als ich erwartet hatte. Er hat mir erzählt, dass Georgia diejenige war, die festgestellt hatte, dass seine Hütte leer war, dass sie und Celeste vernommen wurden. Er hat mir berichtet, dass keiner der Mitarbeiter unter Verdacht stand und dass man davon ausgegangen ist, dass er sich beim Wandern verlaufen hat. Und das verstehe ich alles, es klingt alles logisch. Was ich mich allerdings frage – warum hat er kein einziges Mal Sie erwähnt?«

Die Nacht um uns herum fühlte sich lebendig an. Die Geräusche des Waldes wurden lauter. Trey, näher, als ich es beabsichtigt hatte. Als müsste er mich lediglich mit dem kleinen Finger anstupsen, und alle Fäden würden sich lösen.

Er kam näher, sodass ich erkennen konnte, dass sich seine oberen Schneidezähne leicht überlappten und seine Narbe am Kinn eine weiße gezackte Linie war, weniger gerade, als ich gedacht hatte. »Haben Sie ihn gar nicht gesehen, Abby?«

»Ich habe ihn gesehen«, antwortete ich ebenso leise, als könnten die Worte andernfalls in die Nacht entschwinden wie Nebel über den Bergen. »Nur nicht an dem Tag, an dem er verschwunden ist.«

Er hob eine Augenbraue.

»Ich bin ihm nur zweimal begegnet. Einmal bin ich vor dem Treppenaufgang zum Mitarbeitertrakt mit ihm zusammengestoßen. Und das andere Mal«, ich deutete zur Tür, »haben wir uns in der Lobby gesehen.«

Trey wirkte so still, so versunken, dass ich mir nicht sicher war, ob er mich gehört hatte. Nur seine abgerissenen, unregelmäßigen Atemzüge verrieten ihn.

Das letzte Mal, dass ich Landon West gesehen hatte, war um zehn Uhr abends gewesen, nachdem ich gerade alles für die Nacht abgeschlossen hatte. Ich war bereits nach unten gegangen, hatte dann aber festgestellt, dass mein Handy noch im Büro lag, wo ich Fotos auf einen unserer Social-Media-Kanäle hochgeladen hatte.

Und da war er plötzlich gewesen, hatte sich die Arme gerieben, nachdem er aus der Kälte hereingekommen war. Er stand in der Nähe der Rezeption, als würde er auf jemanden warten, doch als ich mich näherte, blickte er auf.

Kann ich Ihnen helfen?, hatte ich mich erkundigt und hatte mich plötzlich nicht getraut, ins Büro zu gehen, mich selbst in eine mögliche Falle zu begeben. Es kam nur selten vor, dass ich mich in Gegenwart von Gästen nicht ganz wohlfühlte. Bisweilen wenn bei der Happy Hour zu viel Wein im Spiel war und sich irgendwelche Typen gegenseitig hochschaukelten. Nur selten, wenn ich abends alleine einem Mann gegenüberstand.

Doch in solchen Momenten fiel einem alles wieder ein. Celestes Mahnung, ich solle gut auf mich aufpassen. Dass man keinen Handyempfang hatte, dass das Büro des Sheriffs um diese Zeit nicht besetzt war und dass man am schnellsten Hilfe bekommen würde, wenn man Rochelle anrief.

Das hoffe ich, sagte er. *Tut mir leid, dass ich Sie erschreckt habe. Das Telefon in meiner Hütte funktioniert nicht. Deswegen hatte ich gehofft, dass ich das hier benutzen darf.*

Ja, natürlich. Dafür ist es schließlich da.

Aber dann hatte er etwas unter seinen Mantel geschoben, und ich war mir sicher, dass er nicht wegen des Telefons hier war. Aber vielleicht hatte er es sich auch nur deswegen anders überlegt, weil ich aufgetaucht war.

Soll ich morgen früh jemanden vorbeischicken, der sich das Telefon in Ihrem Zimmer ansieht?, fragte ich.

Am besten versuche ich es gleich selbst noch mal. Bitte entschuldigen Sie die Umstände.

Kein Problem.

Gute Nacht, Abby, sagte er, und es beunruhigte mich, dass er sich an meinen Namen erinnerte.

Gute Nacht, Mr. West.

Am folgenden Nachmittag war er verschwunden.

»Aber Sie wurden nicht vernommen«, sagte Trey.

Ich winkte ab, stieß meinen Stuhl zurück. Es war mir zu nah, und langsam verfiel ich seinem Bann. »Natürlich habe ich mit den Ermittlern gesprochen«, sagte ich. »Ich hatte einfach nur nicht besonders viel Kontakt mit ihm. Er hat außerhalb meiner Schicht eingecheckt, und ich war auch nicht diejenige, die festgestellt hat, dass er verschwunden ist.«

»Was genau haben Sie getan, als sie es gemerkt haben?«

Ich inhalierte die Abendluft, sah zum Wald hinüber. Jedermann könnte dort draußen sein, zurückstarren.

Ich wählte meine Worte mit größter Vorsicht. Ich erinnerte

mich an das Gefühl, vor der leeren Hütte zu stehen. Dieses unheimliche, eindringliche Gefühl, dass etwas an die Oberfläche
stieg …

»Wir haben zu dritt das gesamte Grundstück abgesucht.
Sein Auto war noch da. Zuerst haben wir herumtelefoniert.
Und dann den Sheriff angerufen.«

»Wen haben Sie zuerst angerufen? Wo haben Sie gedacht,
dass er ist?«

»Im Last Stop. Das liegt zu Fuß am nächsten. Viele unserer
Gäste gehen dort essen.«

»Haben sie ihn gekannt?«

»Wie meinen Sie das?«

»Sie haben gesagt, dass Sie zuerst in der Gaststätte angerufen
haben, um sich nach meinem Bruder zu erkundigen. Wusste
man dort, von wem Sie sprechen?«

Er meinte Marina und Ray. An jenem Tag war Marina ans
Telefon gegangen. Ich erinnerte mich gut daran, wie sich ihre
Stimme verändert hatte, leiser geworden war und wachsam.
Mit welcher Vorsicht auch sie ihre Worte gewählt hatte.

»Das weiß ich nicht. Ich habe gesagt, dass wir auf der Suche
nach einem unserer Gäste sind, einem Mann namens Landon
West. Sie haben sich unter den Gästen umgehört und mir dann
am Telefon gesagt: *Nein, hier ist niemand, der so heißt.*«

»Sie schreiben auf, wer wann kommt und geht«, sagte er
mit einem Anflug von Vorwurf im Ton. Und in diesem Moment wurde mir klar, dass er derjenige gewesen war, der sich
ins Büro geschlichen hatte, nachdem ich vergessen hatte abzuschließen. Der unseren Ordner gestohlen hatte. Der uns alle
im Auge behielt. Er grub herum, und er würde nicht damit aufhören.

»Sie sind ins Büro gegangen und haben den Ordner gestohlen?« Ich stand auf, zur Flucht bereit.

Er verzog keine Miene, als hätten wir den Punkt, an dem wir

uns gegenseitig etwas vormachen mussten, überschritten. »Sie beantworten keine Frage, und irgendwo muss ich die Antworten herbekommen.«

»Damit haben wir angefangen, nachdem Ihr Bruder verschwunden war«, konterte ich.

»Ich glaube, dass Sie etwas wissen«, sagte er, die Fingerspitzen auf die Tischplatte gepresst, »und ich frage Sie. Bitte.« Er schüttelte den Kopf, erhob sich ebenfalls.

Ich erinnerte mich, wie schnell sich seine Laune ändern konnte, und ich war dankbar für die Auswege: die Wiese, den Wald – Fluchtmöglichkeiten.

»Bitte, Abby«, wiederholte er.

Er wollte es unbedingt. Es war ihm anzusehen. Sein ganzer Körper schien danach zu schreien. Nach Antworten.

»Wenn ich etwas wüsste, würde ich es Ihnen sagen, versprochen. Dann hätte ich es schon vor langer Zeit gesagt.«

Dabei musste ich an das Notizbuch seines Bruders in meinem Schrank denken, die Geheimnisse, die auch ich bewahrte.

»Sie reisen morgen ab, oder?«, fragte ich. Ein Appell, eine Erinnerung. Angehörige – Celeste hatte mich vor ihnen gewarnt.

»Am Montag. Außer alle Hütten sind ab morgen plötzlich belegt?«

Ich schüttelte den Kopf, traute meiner Stimme nicht.

»Na dann, gute Nacht«, sagte er, aber ich wusste, dass die Loyalität, mit der wir begonnen hatten, worin auch immer sie genau bestanden hatte, gebrochen war. Dass jegliches Vertrauen, das ich mir mit meinem Anruf beim Sheriff, mit meinen Antworten auf seine Fragen verdient hatte, längst aufgebraucht war. Dass wir jetzt auf gegenüberliegenden Seiten einer Kluft standen.

Sobald er gegangen war, schloss ich das Büro ab und ging nach unten. Ich konnte mich nicht entscheiden, ob ich zuerst bei Georgia vorbeischauen oder mir den Inhalt des Rucksacks genauer ansehen sollte.

Doch die Entscheidung wurde mir abgenommen, als ich feststellte, dass die Tür zu meinem Apartment einen Spaltbreit offen stand, als hätte sich gerade jemand hineingeschoben, um ebenfalls nach etwas zu suchen.

Ich dachte an Trey, dem es gelang, die Geheimnisse anhand meiner Miene zu entziffern. Dann an Georgia beim Gedanken an das, was ich gefunden hatte.

Ich blieb im Flur stehen, stieß vorsichtig mit einer Hand die Tür weiter auf, als uns das Quietschen der Angeln beide zusammenzucken ließ.

Doch die andere Person, die in meiner Wohnung stand und nicht mal Anstalten machte, sich zu verstecken, war Cory.

»Was zur Hölle ...?«, rief ich, trat in die Wohnung und knallte die Tür hinter mir zu. Mehr wütend als ängstlich und ohne nachzudenken.

Aber da hatte ich auch noch nicht bemerkt, was er in den Händen hielt. Alice' Rucksack stand hinter ihm auf dem Boden, und jetzt fuhr er zu mir herum, Landons ledergebundenes Notizbuch in der Hand. »Warum hast du dieses Notizbuch?«

Als ob ich die Einzige wäre, die etwas falsch gemacht hatte. Als würde er nach allem, was geschehen war, ausgerechnet mich verdächtigen.

»Was machst du hier, Cory?«, fragte ich stattdessen, während Wut in meinen Adern pochte. Ich trat näher, ganz dicht, und schubste ihn, während ich mir auf einmal vorstellen konnte, wie er Alice schubste, und Farrah, die vereisten Stufen bei Shallow Falls hinunter ...

»Was glaubst du denn?« Er hielt beide Hände hoch, als wollte er damit seine Unschuld zum Ausdruck bringen, nur dass sich das Notizbuch nun außerhalb meiner Reichweite befand. »Du kommst mit diesem Rucksack bei mir vorbei und beschuldigst mich ...«

»Ich habe dich nicht beschuldigt.«

»Ach, bitte.« Sein Gesichtsausdruck wirkte, als sei er eher verletzt als wütend.

Aber ich hatte mich schon einmal in Cory getäuscht, der vielleicht gar nicht so harmlos war, der in diesem Rucksack einen Gegenstand sah, der ihn in irgendetwas hineinziehen könnte. »Und dann hast du einfach beschlossen, hier einzubrechen und ihn mitzunehmen? Um Beweise zu vernichten? Um so zu tun, als hätte er nie existiert, genau wie alles andere?«

Seine Augen verdunkelten sich, doch er stritt nichts ab. Das war eine von Corys Eigenarten – er log nicht. Sondern sagte nur nie die ganze Wahrheit. Umging meine Fragen, gab sich harmlos und oberflächlich, wobei er seine Geheimnisse für sich bewahrte.

»Ich frage dich noch einmal. Warum hast du dieses Notizbuch?«

Erzähl mir die Wahrheit, hatte er gesagt. Und vielleicht war das alles, was es bei ihm brauchte. Was es an einem Ort wie diesem brauchte, um dazuzugehören.

»Ich habe es in einem Schließfach im Edge gefunden. Der Schlüssel dazu hing an Georgias Schlüsselbund«, antwortete ich ehrlich, wartete auf seine Antwort als Gegenleistung.

Aber er kniff nur misstrauisch die Augen zusammen, als würde meine Geschichte zu viel Vertrauen voraussetzen. »Das Notizbuch war in Georgias Schließfach? Und du hast nicht dem Sheriff Bescheid gesagt?« Er wirkte ungläubig, als würde mich das nur noch verdächtiger machen. Aber nicht jeder war unter dem Schutz des Sheriffs aufgewachsen, in dem Wissen, dass er stets auf seiner Seite stand.

»Ich habe es ihm nicht gesagt, weil das Schließfach auf meinen Namen angemietet worden ist«, erklärte ich. Er riss die Augen auf, und ich fuhr hastig fort: »Ich schwöre, dass ich es nicht selbst gemietet habe. Aber was meinst du, wie das wirken würde?«

Er antwortete nicht. Das war auch nicht nötig. Es würde nicht gut aussehen, das wussten wir beide.

Langsam ließ er den Arm sinken, sodass sich das Notizbuch wieder in meiner Reichweite befand.

»Was steht drin?«, erkundigte ich mich. »Ich hatte noch keine Gelegenheit …« Bitte, dachte ich und stellte mir einen Text vor, einen Artikel, das Ende des Satzes, das ich so verzweifelt lesen wollte: *Die Wahrheit ist …*

Cory seufzte. »Ich weiß es nicht, es sieht so aus, als wäre er die Ermittlungen durchgegangen, hätte Listen erstellt.« Eine Pause. »Eine Liste mit Zeugen. Oder Verdächtigen? Ich weiß es nicht.«

»Im Fall Farrah Jordan?«

Er nickte. Schluckte. »Und Alice Kelly.«

Er legte das Notizbuch auf die Küchenzeile. Ein Friedensangebot. Und ich nahm es an.

Landon West hatte tatsächlich mit Farrah Jordan begonnen. Ihr Name stand ganz oben, dazu das Datum, ab dem sie vermisst wurde, eine Notiz, dass sie zuletzt am Ausgangspunkt des Shallow Falls Trail gesehen worden war, und eine Liste mit Leuten, die in dem Fall vernommen worden waren. Er hatte lediglich ihre Vornamen benutzt, als ob er eine persönliche Beziehung zu ihnen gehabt hätte. Als ob ihm seine Recherchen das Gefühl vermittelt hätten, sie zu kennen. Celeste, Jack, Barbara und Stu – die Eigentümer des Edge, die sich für Jack hatten verbürgen müssen, der versichert hatte, dass sie um die Mittagszeit vorbeigeschaut hätten und dass er da gewesen sei, wie immer, verlässlich.

Neben jedem Namen stand eine Telefonnummer, alle mit der Vorwahl von Cutter's Pass.

Es stand niemand auf der Liste, dessen Namen ich nicht kannte. Landon West hatte hier gesucht. Er hatte nur hier gesucht.

Die Liste auf der folgenden Seite war länger. Alice Kelly, vermisst seit, zuletzt gesehen in der Last Stop Tavern. Die Namen erstreckten sich hier bis zum Ende der Seite: Cory, Ray und Marina, Patrick.

Ein Schauer lief mir den Rücken hinab, als mir klar wurde, dass der Sheriff auf seiner Liste stand. Dass Landon West vielleicht die Nummer angerufen hatte, die neben Patricks Namen stand. Ich stellte mir vor, wie Rochelle abnahm, das Telefon zwischen Schulter und Kinn geklemmt, wie sie seine Kontaktdaten notierte. *Ich werde dem Sheriff Bescheid geben, dass Sie angerufen haben ...*

Aber dort standen auch Namen, die mir nichts sagten, eine weitere lange Liste unter der ersten. Lacy, James, Caroline. Die Freunde, mit denen sie gewandert war – das war das Einzige, was mir dazu einfiel. Menschen am Rande der Ermittlungen. Nicht neben jedem Namen stand eine Nummer, als wäre er noch damit beschäftigt gewesen, die Kontakte zu recherchieren.

Erst jetzt fielen mir die winzigen Häkchen auf, die in Blau hinter die Namen mit Telefonnummern gesetzt worden waren. Als ob er sie nach und nach abtelefoniert hatte.

»Cory ...«, setzte ich an.

»So weit bin ich in etwa auch gekommen, als du reingeplatzt bist.«

Ich begegnete seinem Blick über den Rand des Notizbuchs hinweg. Corys Name war der erste auf der Liste, unter dem von Alice, daneben ein kleines blaues Häkchen. »Cory, hat er dich angerufen?«

»Ja.« Er fuhr sich mit einer Hand durchs Haar. Mein Gott, wie viele Leute hatten noch behauptet, dass sie keinen Kontakt zu Landon West gehabt hatten? Wie war es möglich, dass niemand etwas gemerkt hatte?

»Er hat von hier aus angerufen. Abby, auf meinem Handy wurde die Nummer vom Passage Inn angezeigt, deswegen bin ich natürlich drangegangen.«

»Mein Gott, Cory. Was hast du ihm erzählt?«

»Nichts. Er wollte über Alice Kelly reden. Ich hab in meinem Leben genug Anrufe bekommen, in denen es um dieses Thema ging. Ich hab ihn wissen lassen, dass ich alles dazu gesagt habe, und dann hab ich aufgelegt. Das wars.« Er sah mich an, die Augen groß und dunkel und flehend. »Ich wusste nicht, wer er war. Das schwöre ich.«

»Er hat es nicht noch mal probiert?«

»Nein, hat er nicht.« Aber sein Blick wich mir aus. Ich hatte ihn beim Schnüffeln erwischt, und es fühlte sich noch immer so an, als würde er versuchen, sich aus etwas herauszumanövrieren, indem er mir bloß nicht zu viele Informationen gab, genauso wie allen anderen.

»Er hatte diese ganzen Nummern abtelefoniert. All diese Leute.« Jack und Corys Eltern und Celeste und den Sheriff. All die Menschen, denen wir täglich begegneten.

Landon West hatte die Anrufe vom Passage Inn aus getätigt, damit sie drangingen. Als ich ihn in der Lobby sah, hatte er gerade einen Gegenstand unter seinem Mantel versteckt – war es sein Notizbuch, das er gerade durchgegangen war? Hatte er den Falschen angerufen?

Cory blätterte um. Eine weitere Liste mit Namen, diesmal war sie in Zeilen und Spalten dargestellt. Als hätte man eine Aufstellung der Einwohner von Cutter's Pass vor sich – nur dass sie auf Menschen über vierzig beschränkt zu sein schien.

Eine Liste von Leuten, die bei jedem Verschwinden seit dem der Vier Burschenschaftler hier gewesen waren.

»Scheiße.« Cory stieß scharf den Atem aus.

Die Liste der Verdächtigen – falls es sich um eine Verdächtigenliste handelte, und das schien eindeutig der Fall zu sein – erstreckte sich über die Grenzen von Cutter's Pass hinaus über das ganze Tal.

Die Wahrheit ist … Die Wahrheit war, dass niemand von uns gewollt hätte, dass das Notizbuch öffentlich wurde. Nicht mit all den Namen, die es enthielt. Nicht mit diesem Beweis, dass Landon West tief in den alten Ermittlungen herumgewühlt hatte.

»Er hat nach der Verbindung gesucht«, sagte ich. Genau wie alle Traumatouristen, die vor ihm da gewesen waren, ihre Fragen gestellt hatten, die glaubten, sie würden es sein, die den Fall lösten. Doch plötzlich schien es, als hätte er es tatsächlich getan oder wäre zumindest auf dem besten Weg dahin gewesen. Die Kamera hatte ihn hierhergeführt …

Cory blätterte erneut um – und erstarrte. Der ganze Raum erstarrte. Unsere Atmung erstarrte.

Auf der letzten Seite stand ein einziger Name, in großen Buchstaben, mit zwei Fragezeichen dahinter. *ABBY??*

Cory sagte nichts. Das musste er auch nicht. Wir alle waren in diese Sache verstrickt. Mit jeder Frage, die wir einander stellten, setzten wir uns selbst dieser Frage aus.

»Wir könnten es verbrennen«, sagte er, und ich wusste nicht, ob es ein Scherz war.

»Georgia hat es gesehen.«

»Georgia«, wiederholte er angewidert. »Ich wünschte, ich könnte sagen, dass ich überrascht bin, aber das wäre gelogen.«

»Ach, bitte, Cory, ich hab dich hier unten gesehen. Wie damals, als ich gerade hier angekommen war.«

»Das war nicht …« Er schloss die Augen. »Celeste hat ihr

zuerst nicht über den Weg getraut, wegen der Art und Weise, wie sie plötzlich hier aufgetaucht ist, und weil du sie ohne große Nachfragen aufgenommen hast. Sie hat mich gebeten, ein Auge auf sie zu haben. Und das hatte ich.«

Ich verzog das Gesicht. Es tat weh, dass sie mir nichts gesagt hatte. Ich hatte immer geglaubt, dass Celeste mir gegenüber ehrlich war. Aber Cory kam an erster Stelle. Cory kam für alle an erster Stelle.

»Du hast ›ein Auge auf sie gehabt‹?«, wiederholte ich trocken.

Er winkte ab. »So war das nicht. Ich hätte es dir erzählt, wenn du mich danach gefragt hättest.« Aber ich hatte Cory im Laufe der Jahre Tausende Fragen gestellt, und auf keine hatte er mir eine brauchbare Antwort gegeben. Er hatte kein Recht, diese Karte auszuspielen. »Ich hab Rochelle gebeten, eine kleine Hintergrundrecherche zu machen, ohne dass jemand was davon erfährt. Wie sich dabei herausgestellt hat, hat sie die Schule geschmissen, nachdem ihr Dad gestorben war.«

»Ich weiß, das hat sie mir …«

»Warte. Sie hat mit ihrer Mom in Pennsylvania gelebt, sie trägt ihren Nachnamen, aber ihr Dad stammte aus Maryland. Das habe ich recherchiert, Abby, nachdem Landon West verschwunden war. Die Wohnorte von ihrem Dad und von der Familie West liegen ganz in der Nähe voneinander. Was wettest du darauf, dass sich die Wege der beiden früher schon mal gekreuzt haben? Wahrscheinlich hat sie sich vor Angst fast in die Hose gemacht, nachdem er verschwunden war, und jede Sekunde damit gerechnet, dass jemand die Verbindung zwischen den beiden rausfindet.«

Ich ließ den Kopf in die Hände sinken. Die Notiz, die Trey im Schreibtisch seines Bruders gefunden hatte, mit der Uhrzeit, zu der er anrufen wollte, bestätigte mir, dass Corys Vermutung stimmte. Georgias Panik nach Landon Wests Verschwinden hatte auch daher gerührt, dass sie es gewesen war, die ihn hergebracht hatte. Sie musste alle Hebel in Bewegung gesetzt haben, um diese Spur zu verwischen. Seinen Laptop, seine Hütte durchsucht haben, in Panik. Verängstigt. Und ich hatte ihr Unbehagen fälschlicherweise als Unschuld interpretiert. Immerhin in einer Hinsicht hatte ich mich nicht geirrt: Georgia war jemand, der schwierige Aufgaben übernehmen konnte.

»Ich hab ihr gesagt, dass sie aufpassen soll«, fügte Cory hinzu.

»Du hast Georgia gedroht? Du wusstest doch gar nicht, wie alles zusammenhing, bevor Landon West verschwunden ist.«

»Aber ich hatte recht, oder etwa nicht? Wenn man so viel Geld hat, kommt man nicht ohne Grund hierher. Sie ist stinkreich, verdammt noch mal.«

»Sie wollte einen Neuanfang«, wandte ich ein, aber es klang nicht sonderlich überzeugt.

Cory verdrehte die Augen. »Sie hat die Kamera gefunden und einem Journalisten gegeben. Nicht dir. Nicht Celeste. Nicht dem Sheriff. Sondern denen.« Denen. Den Leuten von außerhalb. Und wir befanden uns innen. Endlich war ich ein Teil dieses Ortes.

Er holte tief Luft, schüttelte den Kopf. »Du bist zu vertrauensselig. Du möchtest das Beste in den Menschen sehen. Du möchtest daran glauben, dass dir hier niemand etwas antun kann. Aber das stimmt nicht.«

»Ich weiß.«

»Wirklich?« Er warf einen Blick auf das Notizbuch.

Ich spürte ein Gefühl in mir aufsteigen, ohne mir sicher zu sein, ob es sich um Wut oder Scham oder Angst handelte.

»Hat Celeste dich auch darum gebeten, mich im Blick zu behalten?«

»Nein«, antwortete er zögerlich. »Warum sollte sie das tun?«

Wir waren uns zu nah – näher als seit Jahren. So, wie wir voreinander standen, in Bezug auf die Fragen, mit denen wir konfrontiert waren. Wegen der Dinge, die wir beinahe aussprachen.

Schließlich war er derjenige, der das Schweigen brach.

»Ich werde dir die Wahrheit sagen, Abby.« Er hatte so leise gesprochen, dass ich ihn kaum verstand.

Ich nickte. Ein Waffenstillstand zwischen uns nahm Gestalt an. Ein Vertrauen aus Notwendigkeit.

Er fuhr sich über das Gesicht, zog die Haut nach unten und sah auf einmal kränklich, älter aus. »Alice. Ich habe sie nicht gesehen.«

»Du hast schon gesagt, dass ...«

»Nein.« Er schloss die Augen. »Ich habe sie überhaupt nicht gesehen.«

Als er sich die Hand vor den Mund hielt, konnte ich praktisch seinen Atem spüren, als wäre seine Hand meine eigene, heiß und verängstigt, während etwas in ihm endlich an die Oberfläche stieg.

»An dem Abend hab ich gearbeitet. Wir haben alle gearbeitet. Ich war neunzehn«, sagte er, als ob ihn das auf irgendeine Weise freisprechen würde. Als ob unsere Jugend uns alle von etwas freisprechen könnte. »Ständig sind Leute gekommen und gegangen. Es war das Labor-Day-Wochenende. Und ich hab heimlich getrunken, hinter der Bar.« Er schüttelte den Kopf, als wollte er seine Gedanken ordnen. »Am nächsten Tag ist der Sheriff vorbeigekommen, hat uns ein Foto von ihr gezeigt. Meinte, dass sie zu uns unterwegs war und verschwunden ist. Und, ich weiß auch nicht, ich hab einfach Ja gesagt: *Ja, sie war hier.*« Er musste meinen ungläubigen Gesichtsausdruck registriert haben, denn er fügte hinzu: »Du weißt nicht, wie das ist, wenn man an so einem Ort aufwächst. Mit diesem Foto hinter der Bar, das immer da ist. Mit Leuten, die Geschichten erzählen, einen ansehen. Jeder Einwohner, der damals schon gelebt hat, wurde befragt. Jeder. Wie verteidigt man sich bei so was? Also habe ich einfach Ja gesagt. Es war ein Impuls. Ich hab gesagt, sie war hier, und ich dachte, sie ruft sich ein Taxi.«

»Dann ist sie also gar nicht da gewesen?«

»Ich weiß es nicht, Abby. Andere haben nämlich das Gleiche ausgesagt, aber nach mir. Meine Eltern haben meine Aussage gestützt und gemeint, sie sei da gewesen. Sie haben behauptet, sie auch gesehen zu haben. Und auf einmal war es so, als hätte ich es irgendwie manifestiert.« Er fuhr sich wieder durch die Haare. Sah weg. »Wir sprechen nicht darüber. Kein einziges Mal haben wir darüber gesprochen. Nach so etwas kann man nicht fragen. Niemals.«

Und ich glaubte, es zu verstehen. Wollte man tatsächlich eine Antwort darauf haben? Herausfinden, dass die eigenen Eltern die Vermisste zwar nicht gesehen, aber gedacht hatten, dass man vielleicht was mit ihrem Verschwinden zu tun haben könnte – und einen deshalb gedeckt hatten? War das in irgendeiner Hinsicht besser als die Ungewissheit?

»Verdammt.« Ich kniff mir in den Nasenrücken, versuchte, mich neu zu kalibrieren. Vielleicht war Alice Kelly nie bis zum Last Stop gekommen. Vielleicht war sie nicht weiter gekommen als bis zum Passage Inn …

Ich öffnete die Augen, als ich hörte, wie er eine Seite aus dem Notizbuch riss. Die Seite mit meinem Namen darauf. Mit den Fragezeichen.

»Wir werden älter, Abby«, sagte er. »Denkst du je darüber nach, was als Nächstes kommt?«

Ich konnte nicht. Ich steckte fest. In gewisser Hinsicht tat er das auch – sein Name war mit diesem Ort verbunden, verwoben.

»Wir müssen das verbrennen.«

Er hatte recht. Wir mussten es verbrennen. Und er startete symbolisch mit meiner Seite, um meine Zustimmung einzuholen.

Ich sah zu, wie er den Herd anstellte. Hörte das *Klick-Klick-Klick* des Gases, beobachtete, wie die Flamme hochzüngelte. Ein Versprechen, ein Band. Er hielt die Seite an einer Ecke über die Flamme, und die Tinte wurde durch das weiße Papier hindurch beleuchtet.

»Stopp«, sagte ich, riss die Seite an mich, löschte die kokelnde Stelle in meiner Handfläche. Es dauerte einen kurzen Moment, bis der Schmerz einsetzte …

»Was machst du da?«

Ich drehte die Seite herum, damit er sie sehen konnte. Eine Ecke verkohlt, weggefressen, aber der Rest deutlich sichtbar. Die Worte, die Landon geschrieben und mit schwarzer Tinte eingekreist hatte. Etwas, das ich noch nie gesehen, nie gehört hatte. Weder in Form eines betrunkenen Ausrutschers noch eines weit hergeholten Gerüchts oder eines vorsichtigen Flüsterns.

Da stand klar und deutlich: DIE FÜNF BURSCHEN-SCHAFTLER.

Teil 4

DIE VIER BURSCHENSCHAFTLER

Vermisst seit: 6. Juni 1997
Letzter bekannter Aufenthaltsort: Cutter's Pass,
North Carolina
Ecke Main Street und Mountain Pass Road

Kapitel 16

Die Vier Burschenschaftler. Wie oft hatte ich den Ausdruck gehört? Es war immer die Rede von vier Männern gewesen. Neil und Jerome und Toby und Brian. Nie ein Hinweis darauf, dass es anders gewesen war. Jedes Jahr waren die vier zusammen verreist. Auf jedem Foto ihrer früheren Abenteuer waren immer nur sie zu sehen gewesen.

Sie kannten sich schon aus ihrer Teenagerzeit, denn sie hatten im Alter zwischen zwölf und sechzehn jedes Jahr drei Wochen in einem Sommerferiencamp in derselben Hütte verbracht. Nachdem sie fürs Sommercamp zu alt geworden waren, hatten sie die Tradition weitergeführt – von da an hatten sie ihre Abenteuer durchs ganze Land geführt. Sie waren sehr verschieden, von ihrer Herkunft und von den Lebenswegen her, die sie eingeschlagen hatten und sicher auch künftig eingeschlagen hätten. Wenn man es wollte, konnte man sich in jedem von ihnen wiederfinden. Konnte sich ihr Leben vorstellen, wie es sich weiterentwickelt hätte – so wie ich es oft getan hatte.

Neil, dünn und drahtig, nicht sonderlich klein, aber der Kleinste der Gruppe, der Sohn einer alleinerziehenden Mutter aus Ohio. Jerome, auf älteren Fotos eher stämmig, eine Masse, die er in späteren Jahren durch Muskeln ersetzt hatte, aufgewachsen in einer Großfamilie in D. C. Toby, der mit seinen beiden Schwestern ein Internat besucht hatte, während seine Eltern aus geschäftlichen Gründen von Boston nach Paris und wieder zurück gezogen waren. Brian, der Sportlichste der

Gruppe, der mit einem Baseballstipendium aufs College gegangen war. Die Ideen für die Reisen stammten in der Regel von ihm, er war der Planer der Gruppe, und sein Cap mit den griechischen Buchstaben seiner alten Studentenverbindung hatte ihnen den Spitznamen eingebracht.

Sie hatten Raftingtouren im Grand Canyon unternommen, waren in der Nähe von Las Vegas Fallschirm springen gewesen, hatten Wanderritte durch ganz Tennessee unternommen, waren in Montana angeln und jagen gewesen. In den Nachrichten waren Fotos von diesen jährlichen Reisen gezeigt worden. Brian trug dabei stets die abgewetzte Baseballkappe mit jenem verblichenen Logo der Studentenverbindung, genau wie auf dem letzten Foto, das von ihnen aufgenommen worden war, bevor sie sich auf den Weg machten, und so hatten sie ihren Spitznamen bekommen: die Vier Burschenschaftler.

Einen Hinweis auf einen Fünften in der Gruppe hatte es nie gegeben.

Ich beobachtete Cory aufmerksam, während er mit gerunzelter Stirn und hüpfendem Adamsapfel die Worte auf der Seite von Landons Tagebuch anstarrte und vermutlich darüber nachgrübelte, ob sie ihm irgendetwas sagten. Cory, der an diesem Ort aufgewachsen war, mit Eltern, die befragt worden waren, Lehrern, die befragt worden waren, und Freunden, die das Gleiche durchgemacht hatten. Er hatte miterlebt, wie die Ermittlungen im Laufe der Jahre ohne Anhaltspunkte immer weiter in die Vergangenheit gerückt waren. Er hatte zugesehen, wie die ganze Stadt sich dem Trauma hingab, einer Identität, die um ihre traurige Berühmtheit herum aufgebaut war. Und jeden Tag seines Lebens auf das Bild dieser vier jungen Männer hinter der Bar gestarrt. Ein Stück seiner eigenen Geschichte. Seines Fundaments.

Schließlich hob er den Blick, traf meinen, die Augen weit aufgerissen und fragend. Ich glaubte, ihn gut genug zu kennen, um zu wissen, dass dies auch für ihn eine Überraschung war. In all den Geschichten, die er erzählt und gehört hatte, war niemals davon die Rede gewesen.

»Könnte es sein, dass es nur eine Vermutung von ihm war? Eine Theorie?«, fragte er, und ich nickte, denn sie waren vor fünfundzwanzig Jahren verschwunden, und alles, was wir tun konnten, war, Vermutungen anzustellen, jetzt, in der Rückschau.

Da sie alle verschwunden waren, konnte nicht einmal jemand mit Gewissheit sagen, was sie vorgehabt hatten. Man wusste auch nicht, wessen Idee es gewesen war, nach Cutter's Pass zu kommen. Brians Freundin hatte ausgesagt, es sei nicht seine gewesen. Tobys Schwestern hatten nicht einmal gewusst, dass er vorgehabt hatte zu verreisen. Jerome hatte seinen Flug relativ kurzfristig gebucht. Neil hatte Urlaub eingereicht, seinem Chef aber lediglich mitgeteilt, es handele sich um einen Notfall in der Familie. Die wackligen Fundamente der späteren Legende standen bereits in den Tagen vor ihrer Ankunft.

Eine weitere Herausforderung lag darin, dass ihre Familien sich kaum kannten. Es gab keine gemeinsame Suche. Immer wieder einmal wurden Belohnungen für Informationen ausgeschrieben. Aber manche Familien verfügten über mehr Ressourcen, verlangten mehr und trieben die Suche auf unterschiedliche Weise voran.

Diejenigen in der Stadt, die es durchgemacht, die nach ihnen gesucht, die Fragen beantwortet und den Verdächtigungen standgehalten hatten, waren daraus mit einer stärkeren Verbindung zueinander hervorgegangen. Ganz Cutter's Pass war aus dieser Zeit verändert hervorgegangen.

»Wir sollten alles verbrennen«, sagte Cory leise, als würde uns jemand belauschen. »Du weißt nicht, wie das war, als Alice verschwunden ist. Dadurch kam das alles hier wieder an die Oberfläche. Die ganzen Fragen, was fünfzehn Jahre zuvor passiert war. Sie haben so gut wie jeden in der Stadt vernommen. Du hast keine Ahnung, wie es sein wird, wenn du das hier an die Polizei gibst.«

»Ich war hier, als Farrah verschwunden ist«, erinnerte ich ihn.

»Aber um ihr Verschwinden gab es kein großes Mysterium, Abby.«

»Ist das dein Ernst?« Ich stürmte zum Schrank, in dem er das Notizbuch gefunden hatte. Hatte er nicht tiefer gegraben? Jeder hier griff stets nach dem Erstbesten, was er sah, grub niemals tiefer, niemand wollte wissen, in welcher Verbindung es zu allem anderen stand. »Hast du die hier nicht gesehen?«

In der Hand hielt ich die kaputte Kamera. Gesprungenes Objektiv, ausgefranster Trageriemen. Etwas war damit passiert, genau wie mit Farrah.

Die Gegenstände kehrten zurück: Alice' Rucksack, Farrahs Kamera, Landons Notizbuch. Erhoben sich aus dem Untergrund, hoben die Erde, stießen hindurch wie Gräser im Frühling. Als würden sie darum betteln, dass sie jemand fand, sie sah. Als ob sie schon die ganze Zeit nur auf mich gewartet hätten, damit ich die Teile zusammensetzte.

»Wo kommt die her?«, fragte Cory.

Ich zuckte mit den Schultern. »Keine Ahnung. Sie lag wie das Notizbuch in dem Schließfach.«

Ein Geräusch von draußen vor dem Wohnzimmerfenster erregte Corys Aufmerksamkeit. Mit langen Schritten durchquerte er den Raum und riss die Vorhänge auf, um in die Dunkelheit hinauszustarren. Dann ging er, ohne mich um Erlaubnis zu bitten, ins Schlafzimmer, als wäre es seine Wohnung. Er stand vor den Fenstern, die Zimmerbeleuchtung ausgeschaltet, spähte hinaus, den Blick konzentriert in die Dunkelheit gerichtet.

»Da kommt niemand hoch«, sagte ich von der Tür aus.

Er drehte sich zu mir um, und seinem Gesichtsausdruck nach zu urteilen, irrte ich mich.

Sein Blick wanderte abermals zu den Fensterscheiben, während eine Art nervöse Energie durch seinen Körper zu pulsieren schien. Ich war mir nicht ganz sicher, weswegen er sich Sorgen machte – ob es etwas Reales war, das er herannahen spürte, oder ob es an den Dingen lag, nach denen er sich nicht zu fragen traute. Dinge, die er weder über die Menschen noch über die Stadt wissen wollte, die er beide über alles liebte. Oder ob es noch etwas anderes gab, eine weitere Sache, die er für sich behielt, von der ich nichts erfahren sollte.

»Willst du gar nicht wissen, was ihnen zugestoßen ist? Ja, es ist fünfundzwanzig Jahre her, aber es ist genau hier passiert.«

Er warf die Hände in die Luft, ganz anders als der Cory, der Führungen machte, oder der Cory aus der Gaststätte, der sich mit Freude auf jede Theorie stürzte. »Sie haben sich verlaufen, Abby. Sie haben sich verlaufen, und sie sind gestorben, und irgendwelche Tiere haben sich um den Rest gekümmert.« Als ich den Mund öffnete, streckte er eine flache Hand in meine Richtung. »Oder auch nicht. Oder sie haben es bis in die nächste Stadt geschafft oder in die übernächste, und dort ist ihnen irgendwas zugestoßen. Oder sie waren in irgendwelche kriminellen Machenschaften verstrickt und mussten von der Bildfläche verschwinden, und genau das ist passiert.«

Das waren die Gerüchte, die wir alle schon einmal in den vergangenen Jahren gehört hatten. Und was war falsch daran, sie zu glauben?

»Wissen«, sagte er, »ändert jetzt nichts mehr.«

»Nur dass es noch Alice gibt. Und Farrah. Und Landon.«

»Ich denke, dass du vorsichtig damit sein solltest, wem du das hier zeigst.«

Das war mir klar. Alle unsere Namen standen darin. Wir waren alle darin verstrickt.

»Was auch immer du hoffst, darin zu finden. Du wirst es nicht finden.«

»Woher willst du das wissen?«

»Was wäre eine gute Antwort darauf, Abby? Jetzt mal ganz im Ernst. Sag mir, worauf du hoffst.«

Ich schüttelte den Kopf, verstand nicht.

»Wenn die Antworten in dieser Stadt zu finden sind, dann wird es kein Fremder sein.«

»Das weiß ich.«

Diese Männer – die Vier Burschenschaftler – waren Menschen begegnet, die nach wie vor hier lebten. Menschen, die sich erinnerten. Ihre Namen standen in Landons Notizbuch. Ein Sheriff, der damals ein junger Deputy gewesen war. Ein Paar, das gerade erst die Familiengaststätte übernommen hatte, mit einem kleinen Kind. Die Eigentümer eines Hotels, das sich gerade erst etablierte.

Und all die Menschen in meinem Alter – Jack, Rochelle, Harris und Cory – hatten aus dem Hintergrund zugesehen und gelauscht, als die Polizei an der Haustür geklingelt hatte, um mit ihren Eltern oder Großeltern zu sprechen. Hatten die stille Anspannung erlebt, nachdem die Beamten wieder gegangen waren, und sahen jetzt zu, wie diejenigen, die hiergeblieben waren, einander mit einem anderen Verständnis anschauten.

Das war es, was ich verpasst hatte, indem ich nicht hier aufgewachsen war.

Es war kein bewusster Ausschluss, sondern ein Mangel an echtem Verständnis. Das Ereignis war in ihr kollektives Bewusstsein eingeschrieben, in ihr Fundament, ihre innerste Substanz. Sie wussten, wie schnell sich ein Riss ausbreiten, wie alles zu bröckeln beginnen konnte.

Die Grenze zwischen Insider und Outsider hatte ich schon so lange überschreiten wollen, und endlich hatte ich es geschafft: Cory sah mich als Teil ihrer Welt.

Es hatte nur zehn Jahre gedauert. Zehn Jahre, in denen ich alles an diesem Ort und mich darin lieben gelernt hatte. Und jetzt war ich im Besitz von etwas, das den Kern seiner Existenz bedrohte.

Die Wahrheit war, keiner von uns wollte, dass dieses Notizbuch öffentlich wurde. Keiner von uns war sicher. Alle Geschichten waren miteinander verwoben. Wenn man mit einem Fall in Verbindung stand, wurde man in alle anderen hineingezogen.

Dies war der implizite Vertrag, den man mit Cutter's Pass abschloss, ob wir uns dessen bewusst waren oder nicht: Man wurde beschützt, solange man im Gegenzug die anderen schützte. Man konnte hier leben und hier lieben und dafür zurückgeliebt werden. Solange man versprach, nicht zu genau hinzusehen.

»Ich muss los«, sagte er, und ich stellte keine weiteren Fragen. »Tu mir einen Gefallen.« Er tippte auf das Notizbuch auf der Küchenarbeitsfläche. »Sag mir Bescheid, bevor du damit irgendetwas machst.«

»Werde ich«, sagte ich, doch das war eine Lüge. Zehn Jahre lang hatte es keinen brauchbaren Hinweis gegeben, und auf einmal lag alles in meiner Hand. Zehn Jahre, und jetzt gehörte es mir.

Ich wollte all diese Nummern anrufen, um zu hören, wer abnahm. Fragen, wonach Landon West gesucht hatte.

Er musste dem Rätsel zu nah gekommen sein.

Die Wahrheit ist …

Die Wahrheit war, dass ich diesen Satz jetzt für ihn beenden wollte.

Die Wahrheit war, man durfte nicht zu viel Lärm machen, wenn man nach Cutter's Pass kam. Man durfte die Stadt nicht wissen lassen, wonach man suchte. Was man wusste.

Cory umfasste mit einer Hand mein Kinn. Seine dunklen Augen blickten suchend in meine, und ich tat das Gleiche, suchte, fragte mich, was er wusste, was er beschützen wollte:

sich selbst, ja – und das Geheimnis, das er über Alice bewahrte. Aber vielleicht nicht nur das. Ich musste ihm vertrauen. Es gab keine andere Möglichkeit.

Er küsste mich, hart und schnell, als wäre es das letzte Mal, und wahrscheinlich war es das auch. Und ich erinnerte mich daran, dass ich ihn einmal geliebt hatte. Genauso wie ich diesen Ort liebte und mich selbst darin.

Hier war etwas, das niemand wusste, nicht mal Cory. Laut Treys Aussage hatte Landon West sein Handy benutzt, um seine Notizen aufzunehmen. Und jetzt befand es sich in meinem Besitz.

Sobald Cory gegangen war, schloss ich sein Handy an mein Ladekabel an und wartete. Als es endlich zum Leben erwachte, erschien die Aufforderung zum Eingeben eines Pins, und ich starrte aufs Display, steckte fest. Bis ich mich an das erinnerte, was Trey gesagt hatte, als wir den Inhalt des USB-Sticks untersucht hatten. Das Passwort, das er seit seiner Kindheit benutzt hatte.

Ich probierte es aus, 9–8–7–6, und auf einmal war ich drin.

In seiner Diktier-App gab es einen Ordner namens *CP* mit fünf gespeicherten Aufzeichnungen, deren Dateinamen auch das Datum der Aufnahme enthielten. Die erste stammte vom Tag nach seiner Ankunft im Passage Inn.

Okay, ich bin bereit, hallte Georgias Stimme durch meine Wohnung, nachdem ich bei der Aufzeichnung namens *Interview 1* auf »Play« gedrückt hatte. Ich beeilte mich, die Lautstärke zu reduzieren.

Du nennst aber nicht meinen Namen, okay?, fügte sie nach einer kurzen Pause hinzu.

Versprochen. Landons Stimme verursachte mir eine Gänsehaut. Es war, als würde er neben mir sitzen.

Als könnte ich ihn diesmal aufhalten.

Lass uns von vorn beginnen. Wo hast du die Kamera gefunden?

Hier.

Mir lief ein Schauer den Rücken hinab.

Im Passage Inn?

Nein, Gäste haben sie von einer Wanderung mitgebracht. Sie hat in einer von diesen wasserdichten Hüllen gesteckt, sah aber aus, als wäre sie von irgendeinem Tier durch die Gegend geschleift worden. Sie meinten, sie hätten sie in dem Abschnitt hinter den Wasserfällen gefunden und sich gefragt, ob sie vielleicht einem unserer anderen Gäste gehört.

Wusstest du, dass es Farrah Jordans Kamera war?

Nein, das wusste ich nicht. Ich hab sie an mich genommen und versprochen, dass ich mich umhöre. Es gab kein Namensschild, also hab ich die Speicherkarte rausgenommen, um vielleicht auf dem Weg rauszufinden, wem sie gehörte, damit ich sie dem Eigentümer zurückgeben könnte.

Und?

Und dann stand da das Datum. Das Aufnahmedatum der Fotos. So habe ich es rausgefunden. Im Januar schließen wir das Hotel immer für zwei Wochen. Ich wusste, dass sie um die Zeit vor einigen Jahren das letzte Mal am Ausgangspunkt des Wanderwegs gesehen worden war. Daher wusste ich, dass es ihre Kamera ist.

Hast du irgendjemandem davon erzählt?

Nein. Pause. *Du hast die Aufnahmezeiten auch gesehen, oder? Die ersten Bilder, die verschwommenen, im Schnee, die wurden Stunden vor den restlichen auf der Speicherkarte gemacht.*

Ich kann dir nicht folgen.

Sie stieß ein lang gezogenes vertrautes Seufzen aus. *Ich glaube, dass etwas passiert ist. Zwischen den Aufnahmen. Es sieht nach einem Kampf aus. Oder einem Sturz.* Die Stille dehnte sich aus, dann hörte ich das Geräusch von etwas, das sich bewegte, und ich stellte mir vor, wie sie sich die Haare aus der Stirn strich und zur Seite sah. Sie senkte ihre Stimme, und ich konnte das Zögern darin hören. *Ich glaube, dass der Rest der Fotos von jemand anderem gemacht wurde.*

Das Rascheln von Stoff, als würde Landon seine Sitzposition verändern. *Du hast es niemandem hier erzählt.* Eine Feststellung und gleichzeitig eine Frage.

Nein. Ich wusste nicht ... Ich wusste nicht, was ich damit machen sollte. Und dann bist du mir eingefallen. Mein Dad hat früher immer deine Artikel aufbewahrt, da du auf dem College doch das Praktikum bei ihm gemacht hattest.

Es war eine ganz schöne Überraschung, über die Feiertage einen Anruf von dir im Haus meiner Eltern zu bekommen.

Ein nervöses Lachen. *Na ja, ich wusste, wie ich sie erreichen konnte. Hab einfach darauf gehofft, dass du dort sein würdest.*

Dann endete die Aufnahme.

Ich sah über die Schulter zu meiner geschlossenen Wohnungstür, stellte mir vor, dass Georgia nur ein paar Meter weiter auf dem Flur stand.

Ihre Vermutung hatte mich wie ein Blitz getroffen. Sie glaubte nicht, dass alle Fotos von Farrah stammten. Und war das nicht genau das, was schon die ganze Zeit an mir nagte? Sie erinnerten deshalb nicht an Farrahs typische Aufnahmen, weil es nicht ihre waren.

Ich hatte nicht auf die Uhrzeiten geachtet, zu denen die Fotos gemacht worden waren, aber mir war klar, dass der Sheriff sie sich angesehen haben musste. Sah er dieselben Dinge, die sie gesehen hatte? Einen Kampf, irgendein Ereignis. Einen Zeitsprung. Etwas, das sich verändert hatte. Oder hing alles davon ab, was man sehen wollte?

Sie hatte recht mit der Annahme, dass die Fotos nicht so aussahen, als wären sie alle von Farrah gemacht worden. Und sie lag wohl auch mit allem anderen richtig. Dass die Aufnahmen der Kamera nicht zeigten, wo sie gewesen war, sondern was ihr zugestoßen war.

Aber diese Erkenntnis verblasste im Angesicht der nächsten Einsicht: Sie hatte Farrahs Kamera gefunden und Landon West kontaktiert, anstatt es uns zu sagen. Georgia hatte es mir nicht erzählt, mich nicht danach gefragt – als würde sie mir nicht wirklich vertrauen. Oder nicht glauben, dass ich nichts damit zu tun hatte.

Ich nahm mir *Interview 2* vor, fragte mich, wen Landon sonst noch zum Reden gebracht hatte – und wie. Diese Stadt hatte so lange geschwiegen und sich gegenüber Außenstehenden verschlossen. Sie hatten eine vereinte, undurchdringliche Front gebildet.

Das Erste, was ich auf der Aufnahme hörte, war Gelächter im Hintergrund. Das Klirren von Gläsern, entfernte Unterhaltungen. Und dann: *Noch eins?* Eine Männerstimme, tief und gemessen.

Das wäre großartig. Landons Stimme, näher am Mikrofon. *Soll ich anschreiben?*

Ich zahle sofort, bar. Ray, richtig?

Mmm. Das Geräusch eines Glases, das über eine Oberfläche geschoben wurde. Ich konnte es mir perfekt vorstellen: Landon West, der an der Bar der Last Stop Tavern saß und sich über die Theke hinweg mit Ray unterhielt. Allerdings klang es nicht nach einem Interview. Eher so, als hätte Ray überhaupt nicht gewusst, dass das Gespräch aufgenommen wurde.

Auf diesem Foto, fuhr Landon fort, *das sind die berühmten Vier Burschenschaftler, von denen alle reden, oder?*

Ganz genau.

Ich lächelte leicht, als ich Rays knappe Antworten hörte. Der arme Landon West wusste nicht, dass er sich die eine Person in der Gaststätte ausgesucht hatte, die ihm am wenigsten

Informationen geben würde. Kein Klatsch würde verbreitet, keine Gerüchte weitererzählt werden. Er könnte sich glücklich schätzen, wenn er mehr als eine Zwei-Wort-Antwort bekam.

Wer hat das Foto gemacht?

Wie bitte?

Ich meine, wie ist das Foto in Ihren Besitz gekommen? Jemand muss es aufgenommen haben, oder?

Einwegkamera. Einer von den Jungs hatte sie mitgebracht. Sie müssen jemanden im Lokal gebeten haben, mit rauszukommen, um das Foto zu machen. Die Kamera haben sie liegen lassen.

Und das war das einzige Bild, das drauf war?

Ja. Die hatten wohl kaum Gelegenheit, noch mehr zu machen.

Ich konnte mir vorstellen, wie Ray hinter der Bar auf und ab lief, zu einem anderen Gast, einem anderen Touristen.

Haben Sie damals hier gearbeitet?

Wieder Landons Stimme, und ich stellte mir vor, wie Ray an ihm vorbeiging. Ich stellte mir den angespannten, stoischen Ausdruck auf seinem Gesicht vor.

Ja, das Lokal hat früher meinen Eltern gehört.

Muss eine verrückte Zeit gewesen sein. Sie müssen ungefähr im selben Alter wie die vier gewesen sein, oder? Wie hat sich das angefühlt?

Ich fürchte, ich hab Ihnen nicht viel Klatsch und Tratsch anzubieten. Ich hatte damals ein kleines Kind, mit dem ich ziemlich beschäftigt war. Eine Pause, ein plötzlicher Knall, als hätte jemand mit der flachen Hand auf den Tresen gehauen. *Ihre Rechnung, Sir.*

Die Aufzeichnung endete.

Ich lehnte mich zurück, ging alles noch einmal in Gedanken durch.

Es gab Fragen, die die Leute häufig stellten: *Haben Sie damals schon hier gelebt? Wie war es damals? Was, denken Sie, ist passiert?*

Und dann waren da die eher unüblichen, an Forderungen grenzenden Fragen, die mir bisher noch nicht in den Sinn gekommen waren. Dazu zählte die Frage: *Wer hat das Foto gemacht?* So oft hatte ich an der Bar gesessen und ihr Foto angestarrt, doch nie hatte ich diese Frage gestellt.

Hatte Landon West vermutet, dass das Foto von dem mysteriösen fünften Mitglied der Gruppe gemacht worden war?

Interview 3 machte eher den Eindruck eines Gesprächsversuchs, als dass es sich um ein tatsächliches Interview gehandelt hätte.

Hi, ich hatte gehofft, mit Sheriff Stamer sprechen zu können. Landons Stimme, leicht gedämpft, als wäre das Aufnahmegerät hinter einer Schicht Stoff verborgen. Ich stellte mir das Handy in seiner Tasche vor. Er hatte die Worte all dieser Menschen ohne ihr Wissen aufgezeichnet.

Haben Sie einen Termin? Rochelle brachte mich selten zum Grinsen, aber ich wusste ihre knappe Antwort in diesem Fall zu schätzen, weil mir damit klar wurde, dass ihre Ungeduld nicht nur mir galt.

Nein, ich hatte gehofft, ein paar Informationen über die ruhenden Vermisstenfälle einholen zu können. Für ein Buch ...

Sir, wenn ich Sie da gleich unterbrechen dürfte. Der Sheriff wird sich nicht wegen eines Buchs mit Ihnen unterhalten.

Und aus Neugier?

Auch nicht.

Und im Rahmen einer Untersuchung dieser Fälle?

Stille. Wieder hatte ich dieses Gefühl der Vertrautheit, eines Déjà-vus. Es war die gleiche kriecherische Art, an die ich mich aus meinen Gesprächen mit Landon West erinnerte. Wie schnell es sich anschlich, dieses Gefühl, dass etwas nicht stimmte – dass er nicht die Person war, für die man ihn zuerst gehalten hatte.

Ich bin mir sicher, antwortete Rochelle schließlich, zögernd und wachsam, *Ihnen ist bewusst, dass jede Art von Untersuchung* – ich konnte mir vorstellen, wie sie dabei Anführungszeichen in die Luft malte, das Gesicht ironisch verzogen – *auf dem offiziellen Weg laufen muss. Also würde ich vorschlagen, dass auch Sie sich daran halten, Sir.*

Landon West, erwiderte er, als hätte sie ihn danach gefragt. Dann das Rascheln von Stoff, als er das Büro verließ. Die Aufnahme endete.

Ich hatte eine Gänsehaut. Ich hatte keine Ahnung gehabt, dass er im Büro des Sheriffs gewesen war, dass er dort seinen Namen genannt hatte. Dass sie irgendeinen Hinweis auf seine Identität gehabt hatten, als er verschwunden war. Aber auf einmal begriff ich es: Jeder hier hatte es gewusst. Rochelle und der Sheriff, Ray und vermutlich der Rest seiner Familie. Sie alle hatten gewusst, um wen es sich handelte, als wir sie mit der Nachricht anriefen, dass einer unserer Gäste vermisst wurde. Meine Erinnerung an diese erste Suchaktion verschob sich. Ich versuchte, mich zu entsinnen, wer zu uns ins Hotel gekommen war und warum. Welche Hilfe sie zu welchem Zeitpunkt angeboten hatten.

Interview 4 war ein paar Tage später in derselben Woche aufgezeichnet worden, am Morgen.

Stimmt es, dass die Eigentümer das Hotel selbst gebaut haben?

Ich erstarrte, hielt die Luft an. Wusste, welche Worte als Nächstes kamen, hörte meine eigene Stimme, wie aus weiter Ferne und gedämpft. *Geplant und gebaut …*

Mein Gott, er hatte auch unser Gespräch aufgenommen. An jenem Morgen, als ich aus dem Treppenhaus zum Mitarbeitertrakt getreten war, überrascht, ihn dort zu sehen, wie er die Fotos an der Wand betrachtete. Er hatte meine Antworten häufig wiederholt, was ich unangenehm gefunden, aber seiner merkwürdigen Art zugeschrieben hatte. Nun fragte ich mich, ob er sie lediglich für sich selbst nachgesprochen hatte, um sicherzugehen, dass er sie auf Band hatte.

Warum war er zu dem Schluss gekommen, dass die Aufnahme von unserem Gespräch es wert war, abgespeichert zu werden? Ich hörte mir selbst zu, dem eindringlichen Echo meiner eigenen Stimme. Es war die Unterhaltung, die ich nach seinem Verschwinden immer wieder in Gedanken durchgegangen war. Aber ich verstand einfach nicht, warum er die Aufzeichnung behalten hatte.

Vermutlich weil irgendetwas darin dazu geführt hatte, dass er *ABBY??* In sein Notizbuch geschrieben hatte.

Oder hatte er mich aufgesucht, nachdem er etwas über mich erfahren hatte? Weil er eine Frage gehabt hatte, die allein für mich bestimmt gewesen war? Hatte er doch auf mich gewartet? Als hätte er in unser Inneres gesehen, die Dinge gesehen, die wir verborgen hielten.

Es gab nur eine weitere Aufnahme. Sie hatte keinen Namen und war an dem Abend aufgenommen worden, bevor wir sein Verschwinden bemerkt hatten. Ich fragte mich, ob sie von unserem Zusammentreffen in der Lobby stammte.

Aber als ich auf »Play« drückte, war nur Landon West zu hören, wie er mit sich selbst sprach. Sprachnotizen für den Artikel, den er im Begriff gewesen war zu schreiben.

Es gibt eine Gruppe von Leuten, die bei allen Vermisstenfällen dabei gewesen sind. Es handelt sich um eine kleine Stadt – da ist die Zahl über fünfundzwanzig Jahre hinweg einigermaßen überschaubar. Die Chancen stehen nicht schlecht.

Eine Pause, während der ich ihn tippen hörte. Ich konnte mir vorstellen, wie er an dem Dokument arbeitete, das wir auf seinem USB-Stick gefunden hatten.

Und dann, plötzlich, ein Klopfen. Dreimal kurz hintereinander. Jemand stand vor der Tür.

Eine Sekunde, sagte er laut. Ich hörte ihn leise fluchen, ein Rascheln, und dann zweimal dumpfes Stampfen auf den Holzdielen, als hätte er sich seine Wanderschuhe angezogen. Als Nächstes waren Geräusche zu hören, die klangen, als würde er seinen Schreibtisch aufräumen, eine Pause – schwere Schritte, eine weitere Pause, während er vielleicht den USB-Stick versteckte.

Komme.

Und die Aufnahme wurde unterbrochen.

Ich starrte auf das Handy, versuchte zu begreifen. Das war sie, seine letzte Aufnahme. Von dem Abend, als ich ihn an der Lobby hatte stehen sehen. Vermutlich war er anschließend zurück in seine Hütte gegangen, um an seinem Artikel weiterzuarbeiten. Und dann hatte jemand an die Tür geklopft.

O Gott, diese Person, auf der anderen Seite seiner Tür, war die letzte, die ihn gesehen hatte. Oder schlimmer.

Ich konnte sie spüren, diese Person draußen in der Nacht, wie sie an die Hüttentür klopfte.

Ich spielte die letzte Aufnahme noch einmal von Anfang an ab und lauschte auf Hintergrundgeräusche. Irgendetwas. Einen Hinweis. Schritte oder eine Stimme. Aber es war jedes Mal dasselbe. Frustrierende Stille.

Als würde ich sie verlieren. Als wäre ich ganz nahe dran gewesen und nun würden sie mir wieder alle durch die Finger gleiten.

Kapitel 17

Mehr aus schlichter Notwendigkeit als aus irgendeinem anderen Grund war ich gegen Mitternacht eingeschlafen, zusammengerollt auf der Couch im Wohnzimmer, die Vorhänge fest zugezogen und Landon Wests Notizbuch aufgeschlagen auf meiner Brust. Aber im Laufe der Nacht war ich mehrmals und am frühen Morgen endgültig aufgewacht. Jedes Geräusch hatte mich hochschrecken lassen, sodass ich mir das Schlimmste vorstellte. Kein Tier draußen, sondern einen Menschen, gebückt, der versuchte hineinzuspähen. Meine Fantasie griff nach jedem Strohhalm.

Ich schaute auf die Uhr, wartete darauf, dass es acht wurde, die Uhrzeit, um die Georgia aufstehen würde. Sonntags gab es ein spätes Frühstück und keine Happy Hour, aber ich wusste, dass sie sich inzwischen für die Arbeit fertig machte.

Ich würde sie zur Rede stellen müssen. Nach dem Warum fragen müssen – warum sie zu Landon gegangen war und nicht zu mir oder Celeste oder dem Sheriff. Warum sie im April in Panik geraten war und alles in einem Schließfach mit meinem Namen versteckt hatte. Was sie glaubte, wozu ich fähig war.

Tageslicht bot Sicherheit, wenn ich außerhalb der Grenzen dieses Wohntrakts in aller Öffentlichkeit mit ihr sprach. Ich trat in den Flur hinaus, aus ihrem Zimmer kam keine Musik. Sie musste bereits oben sein.

Aber als ich die Tür vom Treppenhaus aufstieß, herrschte

in der Lobby unheimliche Stille. Da war nur das ältere Paar, das im Adlernest übernachtet hatte und sogar etwas zu früh zum Check-out gekommen war. Als ich mich näherte, drehte sich der Mann um, den Schlüssel zu ihrem Zimmer in der Hand.

»Oh, hallo, ich wollte den schon einfach auf der Rezeption liegen lassen«, begrüßte er mich.

»Vielen Dank, alles bestens so«, erwiderte ich, nahm den Schlüssel aber dennoch entgegen. »Ich hoffe, Sie hatten einen schönen Aufenthalt.« Dabei sah ich mich unauffällig in der Lobby um. Ansonsten menschenleer. Die Tür zum Büro war geschlossen und von den Dingen, die wir tagsüber an der Rezeption benötigten, noch nichts herausgeräumt worden.

»Den hatten wir«, sagte er, dann wandten sich die beiden ab und steuerten, ihre zwei Rollkoffer hinter sich herziehend, den Ausgang an.

Sobald sie die Lobby verlassen hatten, benutzte ich meinen Generalschlüssel, um das Büro zu öffnen: leer, Licht ausgeschaltet, Kasse und Safe unberührt im Schrank.

Ich schluckte meine Panik wegen Georgias Abwesenheit herunter. Vielleicht hatte ich mich getäuscht, vielleicht war sie doch noch in ihrer Wohnung.

Ich spürte meinen Herzschlag und wie mir kalter Schweiß am Rücken ausbrach. Meine Hand zitterte, als ich die elektronische Schlüsselmarke an die Tür zur Treppe hielt, die nach unten führte.

Zurück im Souterrain klopfte ich an ihre Tür. Die Stille war beunruhigend. Das Unwohlsein in meinem Magen nahm zu.

Dies sind die Anzeichen für ein Verschwinden: eine Lücke. Stille. Leere. Die Erkenntnis, dass irgendetwas anderes da sein sollte. Musik, Schritte, Atemzüge. Ein unkontrollierbares Zittern deiner Hand, deines Körpers, der es begreift, noch ehe du selbst es verstanden hast. Es waren Zeichen, so ähnlich wie damals, als Landon verschwunden war, als ich ihre unsicheren Schritte, die Anspannung in ihren Schultern bemerkt hatte. Der Moment, bevor die tatsächliche Erkenntnis einsetzte.

»Georgia?«, rief ich durch die geschlossene Tür, während ich die Gründe durchging, aus denen ich mich täuschen könnte. Georgia mit einer Magenverstimmung im Bad, nicht einmal in der Lage, die Treppe nach oben in Angriff zu nehmen. Georgia auf einer morgendlichen Joggingrunde, in diesem Moment längst auf dem Rückweg. Georgia, die im Dunkeln hingefallen war, sich den Kopf angeschlagen hatte, Hilfe brauchte.

Celeste und ich waren die einzigen beiden Personen außer Georgia, die einen Generalschlüssel besaßen, mit dem man auch die Wohnungstüren öffnen konnte, und ich diskutierte innerlich mit mir selbst, ob ich davon Gebrauch machen sollte in dem Wissen, was ich empfinden würde, wenn einfach irgendjemand unangekündigt in mein Apartment käme. Ich erinnerte mich an meine Wut, als ich gestern Abend Cory in meinem Wohnzimmer überrascht hatte – diesen Stich, den mir der Vertrauensmissbrauch, die Verletzung meiner Privatsphäre versetzt hatte.

Aber dann kamen die Gedanken zurück, dass Georgia vielleicht Hilfe brauchte, und ich zögerte nicht länger. Ich tat es einfach. Schlüssel ins Schloss, eine halbe Drehung – aber es stellte sich als unnötig heraus. Die Wohnungstür war nicht abgeschlossen.

»Hallo?«, rief ich, während ich die Tür weiter aufschob. »Georgia? Ich bins. Abby.«

Ich war den morgendlichen Duft von Toast gewohnt und von der einen Tasse Kaffee, die sie trank. Aber hier war nichts – die Küche war tadellos aufgeräumt und sauber, die Oberflächen waren leer. Das Gefühl, das in mir aufstieg, während ich hier, in ihrer Wohnung, stand, gefiel mir nicht.

Im Wohnzimmer lagen ein paar Zierkissen auf der Couch verstreut, auf dem Couchtisch stand eine blaugrüne Keramik-schale. Sonst nichts. Ich überprüfte die restlichen Räume: das Schlafzimmer (Bett gemacht, Zimmer ansonsten leer) und das Bad (Tür offen, keine Feuchtigkeit am Spiegel). Der Zahnbürs-tenhalter aus Keramik – leer.

Verdammt. Meine Bewegungen wurden schneller und das Gefühl stärker. Die Schubladen unter dem Bett – leer. Blick in den Schrank – leer, bis auf die blanken Drahtbügel. Ich stand mitten im Wohnzimmer, die Hände in die Hüften gestemmt, und versuchte, die Szene, die sich mir bot, zu verarbeiten. In der Keramikschale auf dem Couchtisch sah ich eine weiße Ecke aufblitzen, das Einzige, was sie anscheinend nicht mit-genommen hatte. Ich trat näher: ein gefaltetes Blatt Papier.

Obenauf lagen der Schlüssel zu ihrer Wohnung und ihre elektronische Mitarbeitermarke. Als ich die Seite auffaltete, waren darauf drei Worte in ihrer vertrauten Schrift zu lesen: *Tut mir leid.*

Ich warf alles zurück in die Schüssel, stürmte aus der Woh-nung, nahm den Hinterausgang, stapfte hinüber zum Mit-arbeiterparkplatz, obwohl ich wusste, welcher Anblick sich mir dort bieten würde: Ihr Auto war weg. Georgia war weg.

Hatte sie gemerkt, dass ich das Schließfach geöffnet hatte, und war abgehauen? Hatte sie Angst vor dem, was ich sagen, was ich tun würde? Hatte sie vor etwas anderem Angst?

Ich lief die Auffahrt hinauf bis zu der Stelle, wo man den besten Empfang hatte. Aber meine Anrufe wurden jedes Mal direkt auf ihre Mailbox weitergeleitet.

Aus Verzweiflung schickte ich ihr eine SMS: *Bitte ruf mich an. Ich will nur wissen, was los ist.* Und dann fügte ich noch hinzu: *Ich möchte nur wissen, dass es dir gut geht.*

Aber die Nachricht wurde als nicht zugestellt angezeigt. Als hätte sie ihr Handy auf der Flucht ausgeschaltet.

»Abby?« Celeste stand in der Tür des Kutschenhauses. Sie trug ein weites orangefarbenes Oberteil, und ihre langen Haare fielen in einem geflochtenen Zopf nach vorne über ihre Schulter. Ich nahm an, dass sie darauf wartete, zum Gottesdienst abgeholt zu werden. So wie meistens am Sonntagmorgen. Als ich auf sie zulief, trat sie aus den Schatten hervor. »Ist alles in Ordnung?«

»Georgia ist weg.« Ich sah sie ihr an, die Sorge, den Anflug von Panik, der sich in ihrer Miene spiegelte. »Weg« war ein Wort, das hier sehr unterschiedliche Dinge bedeuten konnte. »Sie ist gegangen«, fügte ich hinzu.

Stirnrunzelnd betrachtete sie Georgias verlassenen Stellplatz auf dem Parkplatz. »Kommt sie zurück?«

Ich stieß ein lautes scharfes Lachen aus. »Das bezweifle ich stark, da sie ihren Wohnungsschlüssel und die elektronische Mitarbeitermarke dagelassen hat.« Ich presste meine Hand gegen den Mund, um die aufsteigenden Gefühle zurückzudrängen.

»Okay, komm rein. Komm rein«, forderte sie mich auf, streckte den einen Arm nach mir aus und wies mir mit dem anderen den Weg ins Haus.

Meine Kehle war wie zugeschnürt, vor Wut, vor Panik. Ich schüttelte hastig den Kopf. »Die Rezeption ist nicht besetzt. Ich muss …«

»Das kann warten«, unterbrach sie mich. »Alles kann warten. Komm, Abigail.«

Ich atmete langsam aus, bevor ich das Erdgeschoss des Hauses betrat, einen schmalen, schummrig beleuchteten Flur, von dem eine Tür in die Garage führte, in der Vincents Truck stand. Hinter uns befand sich eine Treppe, die in den ersten Stock hinaufführte, wo sich die Wohnräume befanden.

»Hat sie irgendwas gesagt?«, fragte Celeste. »Sind wir uns sicher, dass es ihr gut geht?«

»Nein, sie hat nichts gesagt. Aber ihre ganzen Sachen sind weg.«

»Wir sollten Patrick informieren, er müsste jeden Augenblick hier ...«

»Sie hat einen Zettel hinterlassen, Celeste. Darauf steht nur: *Tut mir leid*. Ich glaube nicht, dass ...« Wie sollte ich erklären, dass Georgia nicht diejenige war, für die wir sie gehalten hatten? Ich fing von vorne an. »Ich glaube, du hattest von Anfang an recht, was Georgia angeht.«

Celeste schien etwas zu dämmern, und sie nickte. »Dann ist sie also gegangen.« Es war so dunkel im Flur, dass das Sonnenlicht, das durch die offen stehende Tür hereinfiel, von einer gleißenden Helligkeit war. »Die letzten Monate waren nicht leicht für sie.« Celeste sah aus, als wollte sie noch etwas hinzufügen, schwieg aber. Dann fuhr sie doch fort, diesmal mit gesenkter Stimme: »Sie war einfach nicht für einen Ort wie diesen gemacht, Abby.«

Ihr Kompliment, das in der darauffolgenden Stille mitschwang: *Du dagegen schon.*

Als ein Auto auf den Mitarbeiterparkplatz einbog, hoffte ich für einen kurzen Moment, dass Georgia zurückgekehrt war. Doch stattdessen erkannte ich den blauen Honda des Sheriffs. Er stieg aus, Stoffhose, kurzärmeliges Hemd. Dazu allerdings dieselben Stiefel wie sonst.

»Bist du so weit, Celeste?«, rief er.

»Gib mir nur eine Minute, Patrick.«

Sheriff Stamer holte sie an den meisten Sonntagen ab, um mit ihr zusammen zur Kirche zu fahren, und brachte sie danach auch zurück. Seit meiner Ankunft hier war er Teil des Orbits von diesem Hotel, auf seine ganz eigene Weise an die Geschichte des Passage Inn gebunden.

»Du fährst trotzdem?«, fragte ich. Manchmal konnte ich nicht verstehen, wie sie einfach weitermachte, andererseits hat-

te sie Schlimmeres durchgestanden und Menschen verloren –
Menschen, die ihr etwas bedeutet hatten.

»Ich bin nicht viel länger als eine Stunde weg. Wenn du dich
ums Frühstück kümmerst, dann übernehme ich den Nachmittag, okay? Das Passage Inn wird nicht zusammenbrechen, versprochen.«

Ich nickte, noch immer damit beschäftigt, die Ereignisse zu
verdauen. Georgia war weg. Celeste und ich waren wieder allein.

Sie schob sich ihre Handtasche auf die Schulter. »Wenn du
eine Pause brauchst, stell einfach das Schild auf die Rezeption.
Lass uns erst mal nur das Nötigste tun. Ich höre mich nach jemandem um, der ihre Schichten übernehmen kann. Wir stellen jemanden ein. Keine Sorge, es gibt genug junge Menschen
auf der Suche nach einem Job.« Sie drückte meinen Arm, ein
kleines ermutigendes Lächeln auf den Lippen. »Wir haben das
schon mal geschafft, du und ich.«

Kurz nachdem ich hier angekommen war, aber das war im
Winter gewesen, in der Nebensaison. Wir hatten es mit Unterstützung der Stadtgemeinschaft geschafft. Nach Vincents Tod
waren alle um Celeste herumgewuselt. Sie hatten Schichten
übernommen, Reparaturen erledigt, nicht gewartet, bis sie von
ihr um Hilfe gebeten worden waren. Der Sheriff hatte Rochelle
vorbeigeschickt, um unser Computersystem neu zu organisieren. Ich nutzte immer noch, zehn Jahre später, die Tabellenkal-
kulationen, die sie damals angelegt hatte.

»Na komm«, sagte sie, trat in die Morgensonne hinaus und
hob die Hand zu einem Winken in Richtung des Sheriffs, der
an seinem Wagen lehnte, die Beine überkreuzt, der Inbegriff
von Lässigkeit – als gäbe es hier absolut nichts, weswegen man
sich Sorgen machen müsste.

Er tat so, als wäre ich nicht anwesend, während er Celeste
die Beifahrertür öffnete und einmal auf das Metalldach klopf-

te, nachdem er sie hinter ihr geschlossen hatte. Erst dann wanderte sein Blick zu mir, und er nickte einmal – »Schönen Tag, Abby« –, als hätte er mich gerade erst bemerkt, bevor er sich auf seinen Platz setzte.

Trey West kam nicht zum Frühstück. Zwei Paare checkten aus und baten mich, Georgia für ihre guten Tipps zu danken, und ich nickte und verspürte einen Stich. Nicht ihretwegen, sondern wegen der Person, für die ich sie gehalten hatte. Dann dachte ich über die Person nach, für die sie mich gehalten hatte. Bei ihrer Ankunft hatte sie mich als Teil dieses Ortes – des Passage Inn und der Stadt – gesehen. Sie hatte mich hier nie als Außenseiterin betrachtet.

Wenn ich im Nachhinein darüber nachdachte, dann war das vielleicht der Grund, der sie davon abgehalten hatte, mir zu vertrauen.

Nachdem die Gäste ausgecheckt hatten, kehrte Ruhe ein – und ich nutzte die Gelegenheit, mich für eine Pause in meine Wohnung zurückzuziehen. Ich war versucht gewesen, Landon Wests Notizbuch mit nach oben zu nehmen, um es nicht aus den Augen lassen zu müssen, aber meine Angst, dass ich Trey begegnen könnte und dass er es irgendwie würde spüren können, war zu groß. Ich hatte kein Interesse daran, dass dieses Notizbuch jemals wieder die vier Wände meiner Wohnung verließ. Und für einen Moment verstand ich, warum Georgia all die Dinge in einem Schließfach versteckt hatte. Aus dem Gefühl heraus, dass hier nichts sicher war. Nicht im Mitarbeitertrakt, auch nicht hinter verschlossenen Türen. Hatte Cory mir nicht bereits bewiesen, wie leicht es war, hier reinzukommen? Die Vergangenheit verfügte immer über Tausende Zugänge.

Ich fotografierte die Seiten des Notizbuchs mit meinem Handy ab, um sie durchsehen zu können, während ich darauf wartete, dass Celeste mich ablöste.

Ich konnte nicht aufhören, an die letzten Worte zu denken, die er geschrieben hatte: *Die Fünf Burschenschaftler.*

Das Klopfen an der Tür seiner Hütte während seiner letzten Aufnahme hallte in meinen Ohren nach.

Jetzt lag alles in meiner Hand. Die Macht, die Informationen für mich zu behalten. Die Entscheidung.

Zurück in der Lobby nahm ich den Hörer des Festnetztelefons an der Rezeption ab und starrte auf die Liste mit Namen und Telefonnummern. Ich überflog sie und hielt bei denen inne, die ich nicht kannte: Lacy, James, Caroline. Lediglich neben einem Namen stand eine Nummer mit der Ortsvorwahl von Cutter' Pass. James.

Sein Name stand nicht auf der Liste der Bewohner, die sich zum Zeitpunkt des Verschwindens aller vermissten Personen hier aufgehalten hatten – er war nur unter Alice eingetragen –, aber vielleicht hatte Landon Informationen von ihm erhalten, die ihn in eine bestimmte Richtung geführt hatten. An einen Punkt, an den zuvor noch niemand gelangt war.

Ich wählte die Nummer, das Telefon an mein Gesicht gedrückt, und mein Herzschlag beschleunigte sich, während das Klingeln anhielt. Schließlich hob eine Frau ab, eher verärgert als freundlich.

»Hi, könnte ich bitte mit James sprechen?«

»Sie haben sich verwählt«, sagte sie hastig und legte auf.

Okay, dann eben nicht. Weder neben Lacy noch neben Caroline war eine Nummer notiert. Womöglich konnte ich über das College die Telefonnummern bekommen. Oder zumindest ihre vollständigen Namen.

Im Büro lud mein Handy nach und nach die Benachrichtigungen, die während der vergangenen Nacht eingegangen waren: E-Mails ans Passage Inn, irgendwelche Social-Media-Tags und eine Benachrichtigung, dass eine neue Nachricht von *AliceKellyWasHere* eingegangen war.

Ich spürte, wie mir mit einem Keuchen der Atem entwich, als würde Alice aus der Vergangenheit nach mir greifen, obwohl ich wusste, dass es nur ihre Schwester war, die mir geantwortet hatte. Quinn. *Danke, dass Sie ihr Andenken wachhalten. Ich würde alles für eine frische Spur geben. Seit Jahren gibt es keine neuen Hinweise. Ich hoffe, die Fotos helfen jemandem dabei, sich an etwas zu erinnern. Es sind einige der letzten Bilder, die ich von meiner wunderbaren Schwester habe. Lassen Sie mich wissen, ob ich Ihnen sonst noch irgendwie helfen kann. Q*

Ich wünschte mir, die Bilder würden schneller geladen, aber sie bauten sich quälend langsam in verzerrten Balken von oben nach unten auf, während ich darauf wartete, Alice zu sehen. Und dann war sie da, in meiner Hand.

Dort stand sie, an einer Kücheninsel neben einer Frau, die ihre Mutter sein musste, die Hände tief in einer Teigschüssel versenkt, den Kopf geneigt und die Zunge in Richtung des Fotografen herausgestreckt, während ihre Mutter lachte.

Dort saß sie, auf dem Fahrersitz eines Autos, der Fotograf auf dem Beifahrersitz, sodass Alice zu nah am Bildschirm erschien, eine Hand am Lenkrad, während sie die andere grinsend zu einem Peace-Zeichen gehoben hatte.

Dort stand sie, vor einem Wald, in einer großen Gruppe von Studenten, zwischen ihnen ein Schild mit der Aufschrift OUTDOORCLUB. Sie stand ganz vorne, die Hände auf dem Schild, im Mittelpunkt des Fotos.

Sie hatte etwas Magnetisches, Anziehendes, das konnte ich allein anhand dieser Bilder erkennen. Die Art, wie ihre Mutter sie ansah, die Art und Weise, wie sich die Person hinter der Kamera auf sie konzentrierte. In der Gruppenaufnahme schauten mehrere ihrer Mitstudenten in ihre Richtung. Ein Mann hinter ihr, eine Frau zu ihrer Rechten, die die Hand auf ihre Schulter gelegt hatte, als wäre Alice der Grund für ihr Lachen gewesen.

Ich fragte mich, ob sie auf der Liste stand, ob die Schwester sie womöglich gekannt hatte. Vielleicht war es Lacy oder Caroline.

Ich antwortete: *Die Fotos sind perfekt. Sie ist umwerfend. Kennen Sie zufällig die Namen von anderen Leuten auf dem Gruppenbild? Würde gerne mit jemandem in Kontakt treten, der ihr nahestand und vielleicht weitere Bilder von ihr hat. Außerdem hat man mir die Namen Lacy, James und Caroline genannt. Freunde von ihr, an die ich mich wenden könne – wissen Sie, wie die drei mit Nachnamen heißen?*

Dann suchte ich nach Fotos von den Vier Burschenschaftlern. Eines tauchte überall auf – in Blogbeiträgen und alten Artikeln. Die vier, zwei mit Hut, einer mit dunkler Sonnenbrille, und alle blickten in die Kamera, mit dem Berg im Rücken. Ich hatte dieses Foto schon so oft gesehen. Aber auf dem Bildschirm wirkten sie immer ein wenig verrutscht, unscharf. Wie ein Foto von einem Foto. Ich klickte auf eines der Bilder, vergrößerte es ...

»Abby?«, rief Celeste. Ich war in meinen Gedanken versunken gewesen und hatte nicht gehört, wie die Eingangstür zur Lobby geöffnet worden war. Plötzlich stand Celeste neben mir, die von der Kirche zurück war. Ich schloss die Browserseite, wandte mich ihr zu. Der einzige Unterschied zu ihrem Outfit heute Morgen bestand in dem Schlüsselband mit dem Generalschlüssel, das sie jetzt um den Hals trug. »Ich hab gestreut, dass wir auf der Suche nach Unterstützung sind, und hab schon ein paar Tipps bekommen. Gut?« Sie lächelte mich an, als wäre dies die einzige Sache, um die wir uns sorgen müssten.

Mein Herzschlag raste noch immer vor Schreck, dass sie so plötzlich neben mir aufgetaucht war.

»Du machst dir Sorgen«, stellte sie mit einem Stirnrunzeln fest. »Wegen Georgia? Oder geht es immer noch um Landon West?«

Ich zuckte mit den Schultern. »Beides?«

Sie sah in Richtung Lobby, wo die Fotos von ihrem Mann hingen. »Vincent«, begann sie, und ihre Augen wurden feucht, ihr Blick verlor sich. »Nach den Vermisstenfällen war er nicht mehr derselbe. Er hat das Passage Inn nur noch ungern verlassen.«

Sie sprach von den Vier Burschenschaftlern. So musste es sein.

Sie holte tief Luft, sah mir in die Augen. »Du musst deinen Frieden damit machen, Abigail. Selbst wenn es keine Antworten gibt.«

Ich nickte, auch wenn ich nicht wusste, ob ich das konnte. Ich war nicht wie sie. Ich dachte daran, dass Celeste jeden Morgen diesen Berg hinaufstieg. Sich weigerte, Angst zu haben, wider besseres Wissen. Sie hatte eine Furchtlosigkeit an sich, um die ich sie beneidete.

Celeste drückte sich an mir vorbei, schob einige Dinge auf dem Schreibtisch hin und her, bis sie den neuen Ordner fand, den Georgia angelegt hatte. »Dann wollen wir mal sehen, an was ich mich noch erinnern kann.«

Celeste hatte immer schon eine Abneigung gegen sämtliche neuen Technologien gehabt. Sie behauptete, digitale Geräte seien unzuverlässig, ganz besonders an einem Ort wie diesem, und damit hatte sie recht.

»Soll ich dir die Reservierungsseite auf dem Computer aufrufen?« Als wir damals zusammengearbeitet hatten, hatte ich abends immer ihre handschriftlichen Notizen in unser Computersystem eingegeben.

Aber sie hob abwehrend eine Hand. »Lass gut sein. Ich hab mich nie darum geschert, und damit werde ich jetzt auch nicht mehr anfangen.« Um ihre Augen erschienen ein paar Fältchen, beinahe als würde sie lächeln. »Ihr alle verpasst so unglaublich viel, indem ihr ständig nach unten anstatt nach draußen schaut. Ein Display ist kein Ersatz für die Realität.«

In diesem Moment gab ich ihr darin recht.

Ich wusste jetzt, wo ich hingehen musste. Ich wusste, was ich sehen musste.

Kapitel 18

Es gab Dinge, die man wusste, wenn man hier lebte. Dinge, die mir immer das Gefühl gegeben hatten, ein Insider zu sein, auch wenn andere das nicht ganz so sahen: Im CJ's Hideaway fand mittwochs nach Geschäftsschluss ein wöchentliches Pokerspiel statt, im Edge konnte man, als Einwohner von Cutter's Pass und wenn Jack Olivier hinter der Ladentheke stand, kostenlos Ausrüstung ausleihen, solange man sie in demselben Zustand zurückgab, in dem man sie erhalten hatte, und der Ersatzschlüssel zum Last Stop wurde in einem kleinen Schlüsselkasten hinter der Lampe über der Hintertür aufbewahrt.

Cory hatte ihn benutzt, als er mich außerhalb der Öffnungszeiten dorthin mitgenommen hatte, mir einen Drink gemacht und es als Date bezeichnet hatte. Er hatte mir den Code nicht genannt, aber auch nie versucht, ihn vor mir zu verbergen, und so wusste ich, dass es das Hochzeitsdatum seiner Eltern war: 0823.

Es gab nur ein einziges echtes Beweisstück im Vermisstenfall der Vier Burschenschaftler, wenn man es überhaupt als solches bezeichnen konnte – und das hing in der Gaststätte hinter der Bar an der Wand, seit das Lokal seinen Namen in Last Stop Tavern geändert hatte. Digitale Kopien waren an Zeitungen und Websiteportale geschickt worden, aber es gab nur ein Original, und auf dieses erhoben wir Anspruch.

Ich schlüpfte zwischen den Ladenfronten hindurch in die

Gasse, in der sich der Eingang zu CJ's Hideaway befand. Eine Speisekarte hing am Fenster, durch das man ins Innere sehen konnte, das gewisse Ähnlichkeiten mit der Gasse hatte – dunkel wie eine Höhle, mit Weinflaschen bestückte Wände, umgeben von dunklem Backstein und schwerem Holz.

Das Restaurant war um diese Zeit geschlossen, und auch die Gasse war menschenleer. Am anderen Ende befand sich der Hintereingang der Last Stop Tavern, und ich steuerte darauf zu.

Als ich davorstand, sah ich mich nach links und rechts um, bevor ich mich auf die Zehenspitzen stellte, um den kleinen Schlüsselkasten zu erreichen, der hinter der Lampe steckte. Der Schlossmechanismus war leicht verrostet, die Zahlen abgenutzt, und der ganze Schlüsselkasten sah aus, als wäre er schon lange nicht benutzt worden, aber als ich ihn schüttelte, hörte ich das Geräusch von Metall auf Metall. Ich stellte den Code ein, und das Schloss öffnete sich. Darin lag ein einzelner goldfarbener Schlüssel.

Der Hintereingang des Lokals befand sich am Ende des schmalen, dunklen Flurs, von dem auch die Toiletten abgingen. Auf der gegenüberliegenden Seite öffnete er sich zur Bar und dem großen Essbereich mit den Fenstern zur Straße hin. Ich schloss hinter mir ab und lauschte auf Anzeichen, dass sich jemand hier aufhielt: Das Summen der Maschinen in der Küche jenseits der Wand zu meiner Rechten war zu hören, das Rattern der Klimaanlage über mir. Sonst nichts.

Ich durchquerte den Flur, der Rest der Gaststätte war aufgrund der breiten Fensterfront trotz ausgeschalteter Deckenlampen gut beleuchtet. Der Bürgersteig vor dem Last Stop schien menschenleer zu sein.

Sogar von der anderen Seite des Raumes stach das gerahmte Bild ins Auge. Es steckte hinter einer Acrylscheibe in einem Holzrahmen, der direkt unterhalb der oberen Regalböden hinter der Bar in die getäfelte Wand geschraubt worden war. Es war keine große Aufnahme – vielleicht dreizehn mal achtzehn Zentimeter –, und es waren vier Personen auf dem Foto, die es beinahe zur Gänze ausfüllten, weswegen ansonsten nicht viel darauf zu sehen war.

Ich hatte es schon gekannt, bevor ich hier angekommen war – aus Nachrichtensendungen, nachdem Alice Kelly verschwunden war. Aber wenn man davorstand, erwachten die Details zum Leben, die Farben wirkten lebendiger, genau wie die Menschen. Ich verstand, warum die Leute vorbeikamen, um es im Original zu sehen. Wie Celeste sagte, es gab keinen Ersatz für die Realität.

Was dieses Foto zeigte, war ein Gefühl. Diese vier jungen Männer waren glücklich und sorglos gewesen, und dies war das letzte Bild von ihnen. Brian, ganz rechts, war beim Lachen erwischt worden, mit geschlossenen Augen, vollkommen unwissend, was auf sie zukommen würde. Die beiden in der Mitte, Toby und Jerome, sahen statt des Fotografen mit verwirrten Mienen Brian an. Nur Neil blickte frontal in die Kamera. Es schien, als würde er nach ihr greifen – ich konnte mir seinen ausgestreckten Arm direkt unterhalb des Bildausschnitts vorstellen –, und sein Mund war halb geöffnet, als hätte er gerade etwas sagen wollen.

Hier konnten sie für immer vierundzwanzig und fünfundzwanzig sein. Verewigt. Hier hatten sie noch immer ihr ganzes Leben vor sich.

Wenn sie tatsächlich noch am Leben waren, müssten sie jetzt fünfzig oder knapp fünfzig sein. Sie würden ihren Geburtstag mit der Familie feiern oder vielleicht auch noch miteinander. Wenn man hier vor ihnen saß, war es ganz leicht, es sich vorzustellen.

Das Bild war nicht sehr klar, zum Teil wegen der starken Vergrößerung, zum Teil wegen der verschmierten Fingerabdrücke auf der Acrylscheibe von Touristen, die kamen, um ihnen ihre Aufwartung zu machen, sich hinter die Bar schlichen und einen Toast ausbrachten.

Ich schleppte einen Hocker auf die andere Seite der Bar, wobei die Stuhlbeine auf dem glatten Betonboden quietschten, dann kletterte ich hinauf. Mit dem Saum meines T-Shirts versuchte ich, die Fingerabdrücke abzuwischen, so gut es ging. So nah war ich ihnen noch nie gewesen.

Ich konnte sie auch spüren. Es fühlte sich an, als wären sie gerade hier, würden gerade ihre Wanderung planen. Als könnte ich mich umdrehen und sie an einem Tisch sitzen sehen, wie sie sich gegenseitig gutmütig auf die Schultern klopften, sich gegenseitig aufzogen, noch eine Runde bestellten, bevor sie das Last Stop verließen.

Brian hatte dieses Baseballcap auf, mit dem Logo seiner früheren Studentenverbindung. Toby trug auch eins, aber mit dem Schirm im Nacken, sein blondes Haar sah an den Seiten darunter hervor, es ging eine leichte Brise, die ich beinahe zu spüren meinte. Jerome hatte einen muskulösen Arm um Tobys Schultern geschlungen, das Grün seines Hemdes fügte sich perfekt in den Hintergrund ein. Neil trug eine Sonnenbrille, die sich an seine Schläfen schmiegte, die Art, wie sie eher zum Skifahren verwendet wurde, mit reflektierenden Gläsern und leichter blauer Tönung.

Ich beugte mich näher zum Foto. Landon hatte geglaubt, es habe eine fünfte Person gegeben. Er hatte herumgefragt, wer dieses Bild gemacht hatte, und jetzt ging mir diese Frage nicht mehr aus dem Kopf.

Wer war da, auf der anderen Seite der Einwegkamera? Nach wem griff Neil? Mit wem hatte Brian herumgewitzelt? Im Hintergrund war niemand zu sehen, nichts hinter ihnen als der Berg, an dem sie bald verschwinden würden.

Ich versuchte, mir noch jemanden vorzustellen, nur außerhalb des Holzrahmens. Aber nichts deutete darauf hin. Nur die Person, die das Foto schoss.

Ich konnte es beinahe spüren, wie sie einander mit Gesten signalisierten zusammenzurücken, wie sie herunterzählten, wie der Auslöser eine Sekunde zu früh betätigt wurde, bevor alle bereit waren.

Es gab keine Schaufenster, die ein Spiegelbild zeigten. Es gab nur Neils Sonnenbrille, aber alles war viel zu klein, und ich hatte keine Ahnung, wo sich der Originalfilm befand. Ich tat das Einzige, was ich tun konnte, und machte mit meinem Handy ein Foto von Neil, in der Hoffnung, dass ich auf dem Display mehr erkennen konnte, indem ich die Beleuchtung änderte oder den Bildausschnitt vergrößerte.

Ich rutschte vom Hocker, öffnete das Foto und zoomte in Neils Gesicht. Mein Gott, er war so jung. Jünger als ich in diesem Moment.

In einer Ecke seiner Brille spiegelte sich die untergehende Sonne, und mein Magen verkrampfte sich, weil ich wusste, dass es zu spät gewesen war. Zu spät, um sich auf den Weg zu machen, wovor man sie gewarnt hatte. Zu spät für jeden von ihnen. Ich wusste, dass sie nicht mehr am Leben waren. Diese Theorie war nicht zu halten. Trotz der Gerüchte über eine Sekte oder Leute, die nicht gefunden werden wollten, waren sie nur vier junge Männer in ihren Zwanzigern, die einen kurzen Ausflug unternommen hatten. Sie hatten keine große Flucht geplant. Dafür hatten sie zu viel zurückgelassen. Zu viel Ungelöstes. Sie waren tot. Das wusste ich jetzt.

Ich zoomte an das andere Brillenglas heran, das nicht von der Sonne beschienen wurde. Nichts außer einem kleinen weißen Fleck. Wie ein winziges Spinnennetz. Nein, kein Spinnennetz. Als ich mich darauf konzentrierte, sah es eher wie ein Riss aus, der sich ausbreitete.

Ich hielt das Handy noch näher vor mein Gesicht. So nah,

dass ich das Gefühl hatte, ich könnte die Hand ausstrecken und sein Gesicht berühren. Das Blau der Linse, das Weiß des Risses ...

Ein Laut entwich meiner Kehle, der durch den leeren Raum getragen wurde. Ein Logo. Es war ein Logo. Weiß auf Marineblau. Und ich wusste genau, was es darstellte: einen Baum, dessen kahle Äste in den Himmel ragten. Als würden sie nach etwas greifen.

Es war das Logo des Passage Inn.

Mein Zuhause, der Ort, an dem ich seit zehn Jahren lebte. Auf der anderen Seite der Kamera befand sich jemand, der ein Hemd mit dem Symbol trug oder einen Regenschirm vom Passage Inn in der Hand hielt oder im Besitz eines anderen Gegenstands mit dem Logo war. Jemand, der vielleicht wusste, was mit ihnen geschehen war. Der vielleicht das fünfte Mitglied der Gruppe gewesen war ...

Das Geräusch eines Schlüssels, der in ein Schloss glitt, ließ mich zusammenfahren. Ich spannte die Schultern an, das Handy nach wie vor in der Hand, und sah, wie Rochelle in dunkler Jeans und einem grünen Tanktop die Eingangstür des Last Stop aufstieß.

Sie blieb an der Tür stehen und wippte leicht auf ihren goldenen Sandalen vor und zurück. »Na, hallo.«

»Ich wollte nur ...«, begann ich mit zitternder Stimme, aber mir fiel keine plausible Erklärung ein, nicht mit diesem Bild im Kopf. Ich tat, was ein Außenseiter tun würde, herumspionieren, versuchen, ein Rätsel zu lösen, das so viele Jahre ungelöst geblieben war, als könnte ich diejenige sein, die die Wahrheit ans Licht bringt.

»Ja«, sagte sie, ein wenig amüsiert, »das sehe ich. So wie jeder andere auch. Wir haben gerade einen Anruf bekommen mit dem Hinweis, dass jemand im Last Stop herumschnüffelt.« Sie deutete hinter sich auf die Fensterfront.

»Und du bist hergekommen, um nachzusehen, was los ist?«

»Klar, gibt ja keinen Grund, unnötig Ressourcen zu verschwenden. Alle sind beschäftigt.«

Als wäre sie selbst Polizeibeamtin. Als ob sie entscheiden würde, welche Hinweise sie weitergab und um welche sie sich selbst kümmerte.

»Du hast einen Schlüssel?«, fragte ich.

Sie begann, im Gastraum herumzulaufen. »Wir haben hier fast für alles einen Ersatzschlüssel. So ist es den Ladeninhabern lieber, damit wir uns kümmern können, anstatt zu warten, bis sie mit dem Schlüssel kommen.« Natürlich hatten sie Ersatzschlüssel. Sie vertrauten einander. Aber nur einander.

»Wie ich sehe, hast du auch einen Weg hier reingefunden.«

Ich hielt den kleinen Schlüssel aus dem Kästchen in die Höhe, legte ihn dann auf dem Tresen ab wie ein Angebot. Hoffte, dass sie mich gehen ließ und das Ganze für sich behielt. Keine große Sache daraus machte.

Doch stattdessen kam sie näher, ließ mich nicht so einfach davonkommen.

Vielleicht war dies eine Gelegenheit. Rochelle war vielleicht die eine Person, die solche Dinge wusste. Die sich um jeden Anruf kümmerte, jedes System installieren konnte. Sie hatte überall Zugang, hörte alles und hatte in der Vergangenheit ihre eigene Theorie bereitwillig mit mir geteilt. *Natürlich sind sie abgestürzt*, hatte sie zu mir gesagt. Sie glaubte, dass sie in die Schlucht gefallen waren und sich Tiere um den Rest gekümmert hatten.

Aber es gab eine Notiz zu den Vier Burschenschaftlern, und ich konnte das Spiegelbild des Logos vom Passage Inn in Neils Brille erkennen. Und ich fragte mich, ob auch sie etwas übersah.

»Rochelle«, setzte ich an, weil sie mich ohnehin auf frischer Tat ertappt hatte, warum also sollte ich es weiter verheimlichen? Warum mir nicht holen, wofür ich hergekommen war?

»Als sie während der Ermittlungen alle vernommen haben …«

Ich musste nicht mal sagen, welchen Fall ich meinte. Das wusste sie, weil ich hier stand. »Gab es jemals einen Verdächtigen?«

Sie ließ den Kopf sinken, kam noch näher. »Oh, nein, nicht du auch noch. Es ist lange her, Abby. Es ist vorbei.«

Nur dass es nicht vorbei war. Es existierte neben uns, in allem, was wir taten. In jeder Frage, die uns ein Tourist stellte, in diesem Foto hinter der Bar. Es war das Wichtigste.

Ich holte tief Luft, bohrte weiter. »Haben sie …?«

Rochelle hob eine Hand, Armreifen rutschten an ihrem Handgelenk hinunter, dann streckte sie einen Finger in die Luft. Sie ging hinter die Bar und lehnte sich zurück, um zu sehen, was das Last Stop im Angebot hatte. Schließlich zog sie eine halb volle Flasche Tequila aus dem Regal direkt neben dem gerahmten Foto. Dann griff sie sich zwei Shotgläser und stellte alles auf dem Tresen zwischen uns ab.

Es war nicht mal zwölf Uhr mittags, aber Rochelle füllte beide Gläser bis zum Rand. »Ein Shot, eine Frage«, verkündete sie mit einem verschlagenen Grinsen. »Sorgt für Ehrlichkeit und dafür, dass man nicht zu gierig wird.« Sie stützte die Ellbogen auf die Theke, beugte sich vor, das Kinn in den Händen, als würde sie abwarten, was ich tat.

Ich nahm eins der Gläser, konnte den Alkohol riechen, das Brennen spüren, bevor ich ihn auf der Zunge hatte. Ich hasste Tequila, und irgendetwas sagte mir, dass sie das wusste, vielleicht von früher. Ich nippte einmal, dann stürzte ich den Shot in einem Zug herunter. Meine Kehle brannte, mein Magen zog sich zusammen. Ich hustete in die geschlossene Faust, dann stellte ich das Glas zurück auf den Tresen.

Ich beschwor das Bild von der Reflexion in Neils Sonnenbrille herauf, den Schatten eines fünften Mannes hinter der Kamera. »Ist Vincent jemals zu den Vier Burschenschaftlern vernommen worden?«, fragte ich, auch wenn er lange vor Farrahs Verschwinden gestorben war. Und dann hustete ich wieder. »Gab es irgendwelche Gerüchte über ihn?« Dieser Mensch, in dessen Abwesenheit ich so entschlossen hineingetreten war. Dieser Mensch, von dem ich das Gefühl hatte, ihn so gut zu kennen, nur weil ich den Platz eingenommen hatte, der einmal seiner gewesen war. Dabei kannte ich ihn nur durch Celestes alte Geschichten. Durch die Fotos, die an den Wänden des Hotels hingen. Sie hatte zu mir gesagt, dass er sich nach den Vermisstenfällen verändert, dass er das Passage Inn nur noch ungern verlassen hatte.

Rochelle lachte. »Was, glaubst du denn, ist hier vor fünfundzwanzig Jahren passiert? Jede Person zwischen fünfzehn und siebzig ist vernommen worden, sämtliche Alibis wurden überprüft, von vorne bis hinten auseinandergenommen. Ich habe Zugang zu den Akten, seit ich siebzehn war. Ich könnte quasi daraus rezitieren.« Sie schüttelte den Kopf. »Diese Stadt war traumatisiert. Ist es wirklich eine so große Überraschung, dass niemand darüber sprechen will? Wärst du hier aufgewachsen, wüsstest du das.«

Ich ging über ihren Seitenhieb hinweg. »Und Vincents Alibi war hieb- und stichfest?«

Sie lachte wieder, strich ihre Haare über eine Schulter nach vorne. »Vincent hatte das beste Alibi von allen. *Nicht in der Stadt gewesen, bestätigt von dem Hotel, in dem er zu der Zeit arbeitete.*« Es klang wie ein Zitat, das sie viele Male gelesen hatte. »Anscheinend musste er damals, nach der Eröffnung, seine Zeit noch zwischen dem Passage Inn und dem Hotel aufteilen, für das er damals gearbeitet hat. Er war also nicht mal hier, sondern ist erst am nächsten Tag zurückgekommen. Was du wissen müsstest.«

»Ich war drei.« Ein Kleinkind, genau wie sie damals, genau wie Cory, wie Jack – keiner von uns konnte sich an diese Zeit in seinem Leben zurückerinnern. Nur an die Geschichten, die man uns erzählt hatte.

Sie winkte ab, richtete sich auf. »Aber der Typ ... Ist mir egal, wie oft Celeste behauptet, dass er die Natur geliebt hat, ich hab ihn so gut wie nie draußen gesehen. Er war kein Wanderer, und auch sonst ist er kaum vor die Tür gegangen. Was hätte er dort draußen tun sollen? Er war Architekt. Um ehrlich zu sein, grenzt es an ein Wunder, dass Celeste ihn dazu gebracht hat, hier rauszuziehen.«

Ich verstand nicht, was sie meinte. Vincent war nicht mehr da, aber ich wusste, was ich gesehen hatte ...

»Hat damals noch jemand für das Passage Inn gearbeitet?«

Sie schwieg, und ich begriff. Ich nahm den zweiten Shot, legte den Kopf in den Nacken, stürzte ihn runter. Mein gesamter Körper stand in Flammen, und meine Nervenenden vibrierten, während ich auf ihre Antwort wartete. Weil ich plötzlich das Gefühl hatte, so nahe dran zu sein, zu nahe.

»Nein. Beziehungsweise, ich glaube nicht. Das Passage Inn hatte ein paar Jahre zuvor eröffnet, aber es war alles noch ziemlich neu, sie hatten noch nicht so viele Gäste. Ich denke nicht, dass sie es sich hätten leisten können, jemanden einzustellen. Das meiste haben sie selbst gemacht.«

Das meiste. Daran konnte ich mich klammern. Ich musste. Mir gefiel es nicht, wie sich die Szene verschob, welchen Geist ich plötzlich auf der anderen Seite dieser Kamera sehen konnte. Nur weil Rochelle Zugang zu den Fallakten hatte, bedeutete das nicht, dass alles drinstand. Sie war genauso alt wie ich und verließ sich auf die Geschichten anderer Leute, auf das, was aufgeschrieben oder aufgezeichnet worden war. So vieles geschah hier im Stillen, hinter den Kulissen, wurde flüsternd oder in Form von Gerüchten weitergegeben.

»Jeder ist vernommen worden, ja?«, bohrte ich nach. »Sogar der Sheriff?« Er war damals ein junger Deputy gewesen.

Ihre Züge verhärteten sich, ihre Augen wurden dunkler. Aber sie griff nicht nach der Flasche Tequila, goss mir kein weiteres Glas voll, und ich begriff – diese Frage würde sie nicht beantworten. Ich hatte eine Grenze überschritten. Oder sie wusste es nicht. Immerhin war damals sein Vater hier Sheriff gewesen. Wie hoch war die Wahrscheinlichkeit, dass man in den Akten etwas festgehalten hatte, was die Fähigkeit gehabt hätte, ihm zu schaden?

Sie senkte die Stimme. »Du hast fast jeden hier getäuscht, Abby. Vielleicht reicht es dem Sheriff, dass Celeste für dich bürgt. Vielleicht reicht es auch Cory.« Sie beugte sich wieder vor. »Aber du solltest vorsichtiger sein, Abby Lovett. Die Leute merken langsam, wie du wirklich bist.« Sie nahm die Flasche, goss ein weiteres Glas voll und nahm es in die Hand. Doch anstatt es mir hinzuhalten, lächelte sie verkniffen. »Ich bin an der Reihe.« Dann stürzte sie den Tequila in einem Schluck herunter und fuhr sich mit dem Handrücken über den Mund. »Was tust du hier?«

Ich deutete auf das Bild hinter der Bar. »Ich wollte nachsehen …«

»Nein.« Sie zog das Wort in die Länge. »Nicht hier.« Sie schlug mit der flachen Hand auf den Tresen, verortete uns. »Ich meine, hier in Cutter's Pass.«

Ich schüttelte den Kopf, nicht sicher, was ich darauf antworten sollte. Nicht sicher, was sie hören wollte.

Sie sog Luft durch ihre Zähne, ein schwaches Pfeifen. »Die Sache ist die, ich hab recherchiert, als du hier angekommen bist.« Ich musste das Gesicht verzogen haben, denn sie verdrehte die Augen. »Nimms nicht persönlich, das mach ich bei jedem, im Büro ist oft nicht besonders viel los. Und man kann hier nicht vorsichtig genug sein.« Ich wusste, dass sie für Cory in Georgias Vergangenheit gewühlt hatte. Dennoch wäre ich nie darauf gekommen, dass sie auch andere Leute genauer unter die Lupe nahm. »Und was soll ich sagen? Ziemlich sauber. Ein unbezahlter Strafzettel. Allerdings glaube ich nicht, dass dir das jemand krummnehmen würde, vor allem da du damals gerade mal siebzehn warst.« Sie senkte den Kopf. »Das mit deiner Mom tut mir leid.«

Ich spürte, wie ich sanft nickte, weil es mir auch leidtat.

»Aber ich konnte beim besten Willen keine Verbindung zwischen Vincent und dir herstellen.« Sie drehte das Schnapsglas auf der Theke. »Das habe ich auch zum Sheriff gesagt, aber er meinte: *Lass es, Rochelle, du weißt schon, diese verzweigten Familien, bla, bla, bla* ...« Ihr Tonfall suggerierte, dass das alles vollkommen belanglos sei, als wäre nicht gerade meine Verbindung zu diesem Ort durch ihre Worte, ihre Gerüchte bedroht. »Aber genau da liegt Patricks Schwäche. Bei Celeste, meine ich. Weißt du, dass sie eine Weile zusammen waren, bevor sie Vincent kennengelernt hat?« Ich schüttelte den Kopf, und sie verzog das Gesicht, als wollte sie sagen: *Natürlich nicht.* »Er ist ein paar Jahre jünger als sie, aber er ist schon sein ganzes Leben lang blind in Bezug auf alles, was sie sagt. Also ist er vielleicht nicht der Beste, um diese Dinge zu beurteilen.« Vielleicht zog es ihn deshalb so häufig ins Passage Inn, vielleicht half er deshalb aus und holte sie jede Woche zur Kirche ab. Eine Verbindung, die allem anderen vorausging. Sogar Vincent.

Aber ich blieb an dem hängen, was sie gerade preisgegeben hatte. Ich stellte mir vor, wie ich mit achtzehn ankam und Rochelle zu den Leuten sagte: *Ich traue ihr nicht.* Wie lange ich gebraucht hatte, um eine echte Verbindung zu diesem Ort herzustellen. Wie ich zu einigen Veranstaltungen und Hochzeiten und Abschlussfeiern eingeladen worden war – den größeren Events –, aber nie zu den kleineren. Zehn Jahre lang hatte sie die Leute gewarnt: *Sie ist keine von uns.*

»Wem hast du noch davon erzählt?«, fragte ich und hielt den Atem an.

»Cory natürlich, nachdem er sich schon voll auf dich einge-schossen hatte.«

Natürlich. Cory hatte sich nie wirklich auf mich eingelassen. Hatte mir nie ganz vertraut, bis er auch meinen Namen in die-sem Notizbuch gelesen hatte.

»Also, wirst du mir die Wahrheit sagen?« Sie grinste. »Ich habe den Shot getrunken und alles. Es ist nur fair.«

Ich presste die Kiefer aufeinander, fühlte mich in ihrer Ge-genwart nicht mehr klein und hilflos. Alles, was ich spüren konnte, war die Wut, die in mir wuchs. »Reichen dir zehn Jahre nicht?« Meine Stimme war lauter geworden, aber es war mir egal. »Habe ich mich bis heute nicht genug bewie-sen?«

Sie starrte mich an, hob eine Schulter, bevor sie antwortete. »Für einige Leute wahrscheinlich schon, denke ich. Aber dann finde ich dich hier.« Sie hob beide Hände und sah sich in dem leeren Lokal um, in dem ich mich gerade unerlaubterweise auf-hielt.

»Rochelle«, sagte ich, trug die Schnapsgläser zur Spüle und ließ Wasser hineinlaufen, denn das hier war kein Spiel. Mein Leben war kein Spiel. »Das hier ist mein Zuhause.«

Ihr Gesichtsausdruck war stoisch, bevor sie langsam in ein breites Grinsen verfiel. »Na dann, Abby«, sagte sie und hob die offene Flasche, »vergiss es nicht.«

Wir starrten einander an, die Luft war aufgeladen, meine Kehle brannte nach wie vor, und meine Gedanken drehten sich, als die Tür aufschwang.

Wir wandten uns gleichzeitig in dieselbe Richtung, aber nur eine von uns tat so, als wären wir bei etwas Verbotenem er-wischt worden.

Jack Olivier stand dort, mit einem leicht verwirrten Lächeln im Gesicht. »Hey, ist schon offen?«, fragte er und sah zwischen uns beiden hin und her. Augenblicklich wurden Rochelles Züge weicher, und plötzlich kam mir der Gedanke, dass sie ein Paar waren.

Mir kam auch der Gedanke, dass keins der Geheimnisse zwischen uns beiden bewahrt werden würde. Dass sie unsere Begegnung hier nicht vergessen würde. Dass mir die Zeit davonlief.

»Sicher, was darfs sein?«, fragte Rochelle und nahm ein frisches Glas von einem der Regalbretter. Keiner von beiden machte sich Sorgen, dass sie erwischt werden könnten. Oder darüber, was das für Folgen hätte.

»Hey«, sagte Jack, als ich auf dem Weg zum Ausgang an ihm vorbeiging. »Abby vom Inn. Gleich zweimal in zwei Tagen.«

Kapitel 19

Hatte Cory mich nicht gewarnt, dass es keine guten Antworten gab? Keine, die ich hören wollte, nichts, was ich wissen wollte?

Zehn Jahre lang hatte es keine neuen Entwicklungen gegeben. Zehn Jahre des Zuhörens und Beobachtens, um dabei so gut wie nichts zu erfahren. Bis Trey es geschafft hatte, einen losen Faden zu finden, und daran zog.

Aber dieser Ort war zu meinem Zuhause geworden. Diese Menschen waren inzwischen meine Familie.

Und dennoch.

Und dennoch.

Ich hatte das Gefühl, dass ich von Anfang an dazu bestimmt gewesen war, alles aufzudecken. Die Einzige, die dazu in der Lage war. Weder echte Insiderin noch richtige Außenstehende. Eine Spur, die allein für mich hinterlassen worden war. Wenn ich sie nur durchschauen würde.

Rochelle hatte geschworen, dass Vincent nicht in der Stadt gewesen war, als die Vier Burschenschaftler verschwunden waren. Wer blieb also übrig?

Mir war schlecht. Ich konnte Celeste nicht gegenübertreten. Konnte der Frau nicht in die Augen sehen, die zu meiner Familie geworden war. All die wunderbaren Dinge, die sie getan hatte – für mich, für diesen Ort, für uns. Der Platz, den sie in meinem Leben eingenommen hatte. Unser Verhältnis zueinander. Aber da war dieses Logo. Das Passage Inn, das im Mittel-punkt aller nachfolgenden Vermisstenfälle stand. Es blieben nur noch wenige Stellen zum Graben übrig, wenn man es über-haupt tun wollte.

Ich musste mir sicher sein. Wenn man hier die falsche Frage der falschen Person stellte, konnte alles auf dem Spiel stehen. Dann war alles in Gefahr: das Leben, das ich mir aufgebaut, die Menschen, die ich lieben gelernt hatte, die Person, die ich geworden war.

Um eine Begegnung mit Celeste zu vermeiden, betrat ich das Passage Inn durch den Hintereingang im Souterrain. Drinnen war es bis auf das Summen der Deckenbeleuchtung still. Aber ich konnte sehen, dass etwas an meiner Tür klebte.

Eine Nachricht von Celeste auf einem gelben Klebezettel: *Die Telefonleitungen sind ausgefallen.* Als ob sie hergekom-men wäre, um nach mir zu sehen.

Ich stellte mir vor, wie sie hier im Flur stand und klopfte. Meinen Namen rief wie ich heute Morgen Georgias. Wie sie nach dem Schlüssel griff, den sie an einem Band um den Hals trug – auch sie hatte einen Generalschlüssel. Natürlich konnte sie sich Zutritt zu meinem Apartment verschaffen.

Während ich die Wohnungstür öffnete, überlegte ich: War sie hineingegangen? Hatte sie sich umgesehen, den Schrank geöffnet, Landons Notizbuch und Farrahs Kamera gefunden? Ich sah mich nach Anzeichen um, dass jemand hier gewesen war, doch alles sah genauso aus, wie ich es verlassen hatte.

Vielleicht entsprang das alles nur meiner Fantasie. Jedes Detail. Und Celeste war genau so, wie ich sie immer gekannt hatte – stark und loyal und unabhängig –, und sie war nur heruntergegangen, um sich mein Handy auszuleihen, weil das Telefon in der Lobby nicht funktionierte.

Ich ging ins Schlafzimmer, um den Festnetzanschluss zu prüfen. Doch auch dieser war tot. Verdammt. Ich erinnerte mich an das, was Harris voriges Mal gemacht hatte, um das System wieder zum Laufen zu bringen. Anscheinend musste man nur ein Kabel in eine Buchse zurückstecken, falls es sich gelöst hatte.

Ich wollte nicht zu intensiv darüber nachdenken, wie genau es passiert war, ob durch Zufall, ein Versehen oder etwas anderes. Ich wollte einfach nur, dass die Telefone wieder funktionierten, und das so schnell wie möglich.

Also ging ich den Flur hinunter bis zu dem Lagerraum mit den Reinigungsutensilien und den verstaubten Möbeln, für den man keinen Schlüssel benötigte.

Drinnen war es dunkel, die Decke niedrig, mit einer unverputzten Betonsteinwand. Es roch nach Chemikalien und Erde. Ich öffnete den Verteilerkasten nahe der Tür, den mir Harris beim letzten Mal gezeigt hatte, und versuchte herauszufinden, wo das Problem lag. Alle Kabel schienen verbunden zu sein. Für alle Fälle schob ich eins nach dem anderen noch ein Stück weiter in die jeweilige Buchse. Ich hätte Harris um genauere Instruktionen bitten sollen, als er hier war.

Vielleicht gab es in dem anderen Lager auch so einen Kasten. Ich benutzte meinen Schlüssel, um mir Zutritt zu verschaffen, doch ich konnte in dem anderen Raum nichts dergleichen ausmachen. Alles, was mir auffiel, waren die Lücken in den Regalen, wo zuvor Vincents Kisten gestanden hatten, von denen Cory Anfang der Woche einige rausgeräumt hatte.

Der Raum erschien mir so viel größer, offener und heller. Ich warf einen Blick hinter eines der leeren Regale, um nichts zu übersehen, aber da war nichts.

Ich ließ die Tür offen stehen und schaute mich noch einmal im Lagerraum nebenan um. Vielleicht hatte ich aufgrund der schummrigen Beleuchtung etwas übersehen.

Doch auch hier befand sich kein weiterer Verteilerkasten, allerdings fiel mir wieder auf, wie viel kleiner dieser Lagerraum im Gegensatz zu dem anderen war. Die Wand hinter den gestapelten Gartenmöbeln und dem Regal mit dem Eimer, dem Wischmopp und den Reinigungsmitteln war rau und unverputzt geblieben im Gegensatz zu den übrigen Wänden. Als ob dieser Raum irgendwie der Erde näher wäre.

Und dann dachte ich an Landon West, der herumschnüffelte. An die Dinge, die Georgia ihm vielleicht erzählt, die sie ihm gezeigt hatte. Er hatte sich die Bauzeichnungen auf den Fotos in der Lobby angesehen und Fragen gestellt. Hatte nach *mir* gesucht und gefragt, ob Celeste und Vincent das Passage Inn tatsächlich selbst gebaut hatten.

Was könnte er hier drin gesehen haben? Was an den Bauzeichnungen hatte ihn so neugierig gemacht?

Was hatte Celeste dazu veranlasst, das Foto von den Bauzeichnungen kurz darauf von der Wand zu nehmen und zu behaupten, es müsse neu gerahmt werden?

Hatte Landon sie auf ihrer Privatnummer angerufen? Sie in der Lobby aufgehalten? War er zu ihrem Haus gegangen, oder hatte er sie bei einer Wanderung abgefangen?

Ich spürte, wie sich langsam jedes einzelne Härchen an meinen Armen, meinen Beinen, meinem Nacken aufrichtete, während ich die Möglichkeiten durchging. Und hörte ein schwaches Summen, das bestimmt nicht von einer der Deckenlampen kam.

Es gab keine Aufzeichnung von einem Interview mit Celeste, aber Landon hatte in seinem Notizbuch ein Häkchen neben ihren Namen gesetzt. Er musste sie angerufen haben. Er musste ihr Fragen gestellt haben.

Hatte er sich danach erkundigt, ob sie den Vier Burschenschaftlern begegnet war? Ob sie das Foto von ihnen gemacht hatte? Hatte er noch tiefer gebohrt, nachgehakt, ob etwas hinter den Mauern des Hotels verborgen und vielleicht gar nicht im Wald verloren gegangen war?

Deine Fantasie geht wieder mit dir durch.
Sei vorsichtig, Abigail.

Celeste war so zierlich. In den vergangenen zehn Jahren hatte ich sie nie als bedrohlich oder gewalttätig erlebt. Sie pflegte ihren Garten, spazierte einen Bergpfad entlang und überließ die harte Arbeit mir und seit Kurzem auch Georgia.

Ich war mir nicht sicher, wie lange ich dort gestanden hatte, während der Raum summte und meine Fantasie davongaloppierte. Ich starrte auf die gegenüberliegende Wand, atmete zu flach und spürte, wie sich der Raum um mich herum zusammenzog. Dann wich ich langsam zurück und schloss die Tür hinter mir.

Ich konnte gar nicht genug frische Luft in meine Lungen saugen. Während ich mir vorstellte, was hinter der unfertigen Betonsteinwand versteckt sein könnte. Wer sie gebaut hatte und wann. Und vor allem warum.

Ich stolperte am Gebäude entlang, eine Hand an der Wand, um mich zu stützen. Versuchte, mich selbst zu beruhigen – es war nur meine überaktive Fantasie, die mal wieder mit mir durchging. Kiesel spritzten auf, als ich zur Stelle auf dem Mitarbeiterparkplatz ging, wo ich den besten Empfang hatte.

Und zum ersten Mal seit Langem fragte ich mich, wen ich anrufen könnte. So wie Georgia, als sie herausfand, wem die Kamera gehörte, überlegte ich, über die Grenzen von Cutter's Pass hinauszugehen. Zu sagen: *Hier stimmt etwas nicht, ganz und gar nicht …*

Aus dem Augenwinkel nahm ich eine Bewegung hinter einem der Bürofenster wahr. Von außen konnte man kaum etwas von dem erkennen, was sich drinnen abspielte – zu viel Reflexion, zu viel Dreck –, aber ich konnte gerade so die Umrisse einer Person ausmachen, die am Fenster stand und hinausstarrte. Ich erkannte sie an ihrer Haltung, ihren Bewegungen, an der Hand, die sie zum Gruß hob. Es war Celeste, die mich beobachtete.

Auf einmal war ich vollkommen ruhig. Ich wedelte mit dem Handy in meiner Hand und deutete darauf, damit sie Bescheid wusste: *Ich kümmere mich um die kaputten Telefonleitungen, so wie du mich gebeten hast.*

Ich sah, wie sie zum Zeichen, dass sie verstanden hatte, nickte. Dann drehte ich ihr den Rücken zu, während ich Harris anrief.

Wie so oft wurde mein Anruf auf die Mailbox weitergeleitet. Aber da es Sonntag war, war ich mir nicht sicher, wann er sich zurückmelden würde. An den Wochenenden musste er einen Tag freinehmen, um Zeit mit seiner Familie verbringen zu können. Ich überlegte, ob ich überhaupt eine Nachricht hinterlassen sollte, andererseits hatte er mir angeboten, dass ich ihn jederzeit anrufen könne. Und sogar gesagt, dass ich es tun solle.

»Harris, hier ist Abby«, sagte ich. »Wir haben schon wieder Telefonprobleme. Ich habe den Verteilerkasten überprüft, aber es sieht alles in Ordnung aus. Irgendetwas muss ich übersehen haben. Ich störe dich ungern am Wochenende, aber diesmal ist nicht nur der Anschluss an der Rezeption betroffen, sondern auch der in meiner Wohnung. Ich bin mir nicht sicher, wie umfangreich das Problem ist. Könntest du mich bei Gelegenheit zurückrufen, damit ich es mir vielleicht noch mal ansehen kann, während wir über Handy telefonieren?«

Ich rechnete nicht damit, dass er sich bald zurückmelden würde. Wahrscheinlich genoss er den Tag mit Samantha und Elsie, fuhr mit ihnen nach Springwood, hielt sich weit von diesem Ort entfernt – schließlich wusste er es besser.

Ich spähte wieder über die Schulter in der Erwartung, Celeste nach wie vor am Fenster stehen zu sehen. Ich hatte ihren Blick gespürt, die ganze Zeit über, als ich Harris die Nachricht aufgesprochen hatte. Nur musste ich mir das eingebildet haben, denn hinter der Scheibe stand niemand.

Ein Auto kam die Straße herauf und bog auf den Parkplatz ein. Wahrscheinlich neue Gäste. Also war Celeste jetzt beschäftigt.

Es gab Dinge, die ich Stunden zuvor niemals in Erwägung gezogen hätte. Aber ich wusste, dass sich mir gerade eine einzigartige Gelegenheit bot, und ich musste sie nutzen.

Ich warf einen letzten Blick über die Schulter, vergewisserte mich, dass ich allein war. Dann lief ich zum Kutschenhaus hinüber. Ich musste sehen, was sie aus dem Lager geholt hatte, was so wichtig war, dass Cory es ihr nach Hause hatte bringen sollen – ich brauchte Sicherheit.

Während ich die schmale Treppe vom Erdgeschoss in den ersten Stock hinaufstieg, versuchte ich, es mir vorzustellen: die Vier Burschenschaftler und Celeste. Diese Person, die jeden Zentimeter des Berges wie ihre Westentasche kannte. Ich stellte sie mir auf den Fotos in der Lobby vor, jugendlich, abenteuerlustig, jemand, der eine Vision in die Realität überführen konnte.

Hatte sie sie im Last Stop getroffen? Hatte sie sie fotografiert und dann in den Wald gebracht? Und dann was? Wer war diese Person, die ich respektierte und vergötterte und die mir so viel Trost gespendet hatte?

Die Tür am oberen Ende der Treppe hatte einen alten Riegel, obwohl ich mich nicht erinnern konnte, wann Celeste jemals ihre Tür abgeschlossen hätte. Durch ihre eigene Unbekümmertheit hatte sie mir immer das Gefühl gegeben, hier sicher zu sein.

Ich legte eine Hand an den Knauf, er ließ sich ganz leicht drehen. Als ob es nichts zu verbergen gäbe. Nichts zu fürchten. Obwohl ich wusste, dass das nicht stimmte.

Es war schon eine Weile her, dass ich zuletzt in den Wohnräumen von Celestes Haus gewesen war. Nach meiner Ankunft hatten wir dort sonntags zusammen zu Abend gegessen, und ich hatte den Verlust ihres Mannes an den Orten, die er einst bewohnt hatte, immer noch gespürt. Ich hatte ihr geholfen, einige seiner Sachen zusammenzupacken und in den Lagerraum zu bringen. Was ihr Raum für ein Leben verschaffte, in dem sie seinen Geist nicht in jeder Ecke, in jedem Gegenstand spürte.

Der Wohnbereich war klein, aber sie sagte, mehr brauche sie nicht – schließlich habe sie den ganzen Berg. Weiße Wände, eine offene Balkendecke und ein gemauerter Kamin zwischen der Couch und dem Loungesessel, den anscheinend niemand benutzte und der Vincent gehört haben musste. Das Schlafzimmer lag hinter einer Tür zu meiner Linken.

In der Küche standen die Elektrogeräte an der einen Wand aufgereiht. In der Mitte des Raums befand sich ein rechteckiger Holztisch, der momentan mit Papieren bedeckt war. Eine der Kisten aus dem Lager stand offen auf einem Holzstuhl daneben.

Ich musste gar nicht lange suchen.

Ich hielt den Atem an und bereitete mich innerlich auf das vor, was ich finden würde. Aber die Dokumente schienen alt zu sein. Ich nahm das nächstbeste Blatt in die Hand. Ein Treuhandvertrag. Ein Dokument, aus dem hervorging, wem diese Immobilie und das Grundstück gehörten. Es waren beide Namen als Eigentümer eingetragen: Vincent Farley und Celeste Farley.

Das waren also die Unterlagen, nach denen sie gesucht hatte. Auf den ersten Blick nichts Geheimnisvolles. Dokumente, die sich auf das Passage Inn bezogen. Juristische Unterlagen – unsere Geschichte.

Darunter befand sich ein größerer Stapel Papiere, der von einem Gummiband zusammengehalten wurde. Ein Testament.

Da ich davon ausging, dass es sich um Vincents handelte, nahm ich es in die Hand. Aber es war Celestes. Es umfasste mehrere Seiten und schien noch auf die Unterschrift zu warten. Doch was mir ins Auge stach, als ich es durchblätterte, ohne zu begreifen, wonach ich suchte, war dasselbe, was mir in Landon Wests Notizbuch und im Dokumentationsbuch der Schließfächer im Edge ins Auge gestochen war: mein Name.

Ich hielt inne und las genauer, was dort stand. Las es noch einmal. Celeste schien mich zur Miteigentümerin des Passage Inn machen und mir diesen Ort eines Tages vererben zu wollen.

Ich holte tief Luft, und dieses Mal stellte ich mir alles vor, was ich immer in ihr gesehen hatte: einen Elternteil, da ich keine Eltern mehr gehabt hatte. Jemanden, der am meisten diesen Berg, diesen Ort und mich liebte.

Am liebsten hätte ich mich damit zufriedengegeben und aufgehört, hier herumzuwühlen – aber dafür war ich nicht hergekommen.

Ich legte das Testament beiseite und blätterte die anderen Unterlagen durch, auf der Suche nach den Bauzeichnungen. Aber ich fand nichts außer den juristischen Dokumenten und Bilanzrechnungen aus der Gründungszeit des Passage Inn – Kontoauszüge, Genehmigungen. Hier gab es weder Bauzeichnungen noch irgendwelche Notizen zur Architektur des Hotels.

Weitere Kisten waren nirgendwo zu sehen, aber ich war mir sicher, dass Cory sie hergebracht hatte. Ich wusste, dass sie hier waren, weil sie nicht mehr im Lager standen. Aber im Wohnbereich waren sie nicht. Hier befand sich nur diese eine Kiste.

Das Queensize-Bett in ihrem Schlafzimmer war ordentlich gemacht, die Oberflächen der Möbel waren staubfrei und kahl.

Auch hier keine Kisten.

Nur ein einzelnes gerahmtes Foto auf der Kommode von

ihr und Vincent, mit Wanderstöcken in der Hand, aus einer längst vergangenen Zeit. Zu beiden Seiten standen Bäume, im Hintergrund der Himmel und in der Ferne der Bergrücken – derselbe Aussichtspunkt, den ich Trey auf unserer Wanderung gezeigt hatte. Wie er da neben Celeste stand, sah Vincent aus, als würde er sich in der Natur mehr als irgendwo anders zu Hause fühlen, und überhaupt nicht wie der Mann, an den Rochelle sich aus ihrer Kindheit erinnerte.

Der einzige Ort, an dem ich noch nachsehen musste, war der Schrank am anderen Ende des Raums, und je länger ich suchte, desto schuldiger fühlte ich mich.

Aber ich war jetzt so nah dran.

Die Schranktüren quietschten, als ich sie öffnete. Ihre Kleidung hing an Stangen – Chinos und weit fallende Oberteile in Blau und Grün. Etliche Wanderschuhe und Sneakers und in einer Ecke ihr Wanderstock. Und dort, an der Rückwand, standen die anderen Kisten gestapelt, alle mit Vincents Namen darauf.

Hinter dem Stapel ragte eine braune Ecke hervor – ein Bilderrahmen. Er sah genauso aus wie die anderen in der Lobby.

Das war der Rahmen, den sie abgenommen und von dem sie behauptet hatte, er sei beschädigt und müsse ersetzt werden. Doch als ich ihn umdrehte, konnte ich nichts davon erkennen. Es musste einen Grund geben, warum sie die Bauzeichnungen nicht mehr dort hängen haben wollte.

Dieses Mal wusste ich genau, was ich suchte. Das Souterrain. Ich strich mit dem Finger über die Bauzeichnungen, folgte der Lobby bis zum Treppenhaus ins Souterrain. Die Lagerräume trugen die Bezeichnungen Lager A und Lager B. Beide mit den gleichen Abmessungen …

»Kann ich dir bei etwas behilflich sein, Abigail?«

Ich ließ den Rahmen fallen, die eine Ecke bohrte sich in den Holzboden, ein Aufprall, der in den Holzdielen nachhallte.

Mein Gott, sie bewegte sich so leise.

Ich drehte mich langsam um. Celeste stand mit stechend grünem Blick in der Tür und wartete auf eine Antwort.

Kapitel 20

Nach meiner Ankunft hier hatte es Zeiten gegeben, in denen ich Angst vor Celeste gehabt hatte. Nicht in körperlicher Hinsicht, sondern weil so viel von meinem Leben in ihren Händen lag, weil meine Zukunft zu großen Teilen von ihren Launen abhing. Ich war eingeschüchtert von den Erwartungen, die sie an mich stellte, und von ihrer Präsenz. Sie wurde von allen um uns herum so offensichtlich verehrt, und ihre Meinung über einen Menschen beeinflusste auch die Einschätzungen der anderen.

Ich hatte festgestellt, dass ihr Lob unausgesprochen blieb. Sie äußerte es stattdessen durch die Verantwortung, die sie in meine Hände legte, durch das Eigentum, das sie meiner Obhut überließ. Von Celeste geliebt zu werden, war eine große Leistung. Aber vielleicht hatte es mich davon abgehalten, die Wahrheit über diesen Ort zu sehen. Über sie.

»Ich habe danach gesucht.« Ich hob den Rahmen mit den Bauzeichnungen hoch und hielt ihn Celeste hin, denn eine ehrliche Antwort war die sicherste.

Sie runzelte die Stirn. »Ja, das sehe ich. Du hättest mich einfach danach fragen können.«

Ich konnte nicht tief durchatmen, konnte meinen Herzschlag nicht beruhigen, aber ich hatte keine Angst. Vielleicht hätte ich sie haben sollen, aber ich konnte es immer noch nicht zusammenbringen. Celeste, die mein sicherer Hafen gewesen war. Das konnte ich nicht aufgeben, nicht nach allem, was wir durchgemacht hatten.

Ich musste sie fragen. Und es fühlte sich an, als würde sie mir endlich die Erlaubnis dazu erteilen.

»Celeste«, begann ich, »was hast du getan?«

Sie starrte mich an, als versuchte sie, zwischen den Zeilen zu lesen, was ich meinte.

Sie presste die Lippen zusammen. »Komm mit, Abigail«, sagte sie. »Komm mit raus, wo wir reden können.« Ich folgte ihr in den Wohnbereich, wo sie einen Stuhl vom Esstisch zurückzog. Die Holzbeine scharrten über den Boden. »Komm, setz dich. Ich muss sitzen. Ich bin sehr müde.«

Langsam zog ich den Stuhl heran und stellte die gerahmten Bauzeichnungen neben meine Füße. Es entging mir nicht, dass das Testament immer noch zwischen uns lag. Ein physisches Versprechen: *Schau dir an, was ich versuche, für dich zu tun …*

Und dennoch.

Und dennoch.

»Du hast das Foto gemacht, Celeste.« Es gab keine guten Antworten, weil ich spürte, wie meine Augen feucht wurden, als ich es aussprach. Diese Person, die mich bei sich aufgenommen, mich zu einem Teil dieser Welt gemacht hatte und zu meiner Familie geworden war – all die guten Dinge an diesem Ort, die von ihr herrührten. »Das im Last Stop. Das Logo vom Passage Inn – man sieht die Reflexion. Du musst es gewesen sein.«

Und trotzdem wollte ich, dass sie es leugnete. Ich wartete darauf: *Welches Foto? Welches Logo? Nein, das ist nicht möglich, Liebes.*

Stattdessen stieß sie einen langen Seufzer aus und sah plötzlich so unglaublich alt, so gebrechlich aus. Und zu alledem gar nicht in der Lage. »Ich wusste, dass dieser Tag irgendwann kommen würde. Ich habe mich gefragt, wie lange es dauern würde. Wer mich damit konfrontieren würde.«

»Celeste«, sagte ich, und jetzt flehte, bettelte ich darum, dass es sich um ein Missverständnis handelte. Ich wollte, dass sie mir sagte, dass ich mich irrte, dass nicht sie das Foto ge-schossen hatte, dass es andere gab, die im Passage Inn gearbei-tet hatten, dass Rochelle sich irrte. Dass sie nicht das fünfte Mitglied ihrer Wandergruppe gewesen war.

Aber sie tat nichts dergleichen.

Und so wiederholte ich die einzige Frage, die zählte: »Was hast du getan?«

»Du musst mich verstehen«, sagte sie, und ich spürte, dass sie mich ebenso anflehte wie ich sie. Dass sie mich bat, ihr zu glauben oder sie zu verstehen oder einfach nur zuzuhören. Dann schüttelte sie den Kopf und holte schließlich tief Luft. »Alles ging so schnell. Es hat sich wie eine Ewigkeit angefühlt, aber es ging so schnell.«

»Was? Was ging schnell?« Meine Stimme war zu hoch, zu gepresst, und ich spürte, wie sich meine Hände unter dem Tisch unwillkürlich zu Fäusten ballten.

»Okay«, sagte sie, als hätte sie sich mit etwas abgefunden. »Das Ganze hat mit einem Unfall angefangen«, sagte sie, und in meinen Ohren setzte ein Schrillen ein.

»Ein Unfall«, wiederholte ich und versuchte, mir eine Ver-sion zu überlegen, die das Ereignis etwas weniger schlimm machte. Ein Absturz in die Schlucht, wie Rochelle gesagt hat-te. Jemand stolpert, eine Hand greift nach einer anderen – ein schrecklicher Unfall.

Ihre Hand zitterte, als sie nach mir tastete, aber meine Arme blieben in meinem Schoß unter dem Tisch. Sie holte tief Luft und begann erneut. »Doch der Unfall war eigentlich nicht der Anfang. Der Anfang … Es hat in der Stadt begonnen, wo ich sie getroffen habe. Irgendetwas schien mir mit ihnen nicht zu stimmen. Mit ihrer ganzen Dynamik. Es kam mir so vor, als wollten sie gar nicht wirklich hier sein.«

In all den Versionen und Gerüchten, die ich gehört hatte, war nie jemand anderes erwähnt worden. Nie erwähnt worden, mit wem sie sich vor ihrem Aufbruch zur Wanderung unterhalten hatten.

»Es war einfach Glück, dass ich da war.« Und ich musste daran denken, wie sehr unser aller Leben vom Glück abhing. »Ich wollte nach der Arbeit ins Last Stop gehen, um etwas zu trinken.« Ihr Blick wanderte zur Seite, und ich fragte mich, ob sie mit Sheriff Stamer, damals noch Deputy, verabredet gewesen war, während ihr Mann nicht in der Stadt war. Ich fragte mich, wie viel von Rochelles Schlussfolgerung wahr war.

»Und da standen diese Jungs vor dem Lokal, sie waren wirklich noch Jungs, und baten mich, ein Foto von ihnen zu machen.« Sie schloss die Augen. »Ja, ich habe das Foto für sie gemacht. Sie haben ihre Rucksäcke auf die Bank gestellt, und ich hab das Foto geschossen, und dann haben sie angefangen zu streiten. Irgendwie muss die Kamera dort, auf dieser Bank, liegen geblieben sein, nachdem sie ihre Rucksäcke geholt hatten.«

»Sie haben sich gestritten?« Hatte sie jemand im Lokal durch eines der Fenster gesehen? Oder waren sie außer Sichtweite gewesen?

»Ja, und zwar darüber, ob sie losgehen sollten. Sie haben mir erzählt, dass sie zum Appalachian Trail wollten, und ich habe zu ihnen gesagt: *Das werdet ihr heute nicht mehr schaffen, es ist zu spät.* Wie anscheinend jeder andere auch. Aber Brian, der mit der Baseballkappe, hat darauf beharrt. Er war der Sportlichste von ihnen und hat gemeint, er sei nicht den ganzen Weg hergefahren, um einen Tag in irgendeiner beschissenen Kleinstadt zu verschwenden. Als hätte ich nicht direkt neben ihnen gestanden.«

Ich hatte gehört, dass jeder im Last Stop ihnen davon abgeraten hatte, noch am selben Tag loszuwandern. Nur dass Celeste es ihnen auch gesagt hatte, davon hatte ich nichts gewusst.

»Die anderen hatten recht. Es war jedem klar, der sie gesehen hat. Ihre Ausrüstung zeigte, dass sie totale Amateure waren. Sie hatten alle was getrunken, vielleicht auch zu viel. Sie hatten nichts da draußen in der Dunkelheit verloren. Irgendwann haben sie eine Art Kompromiss geschlossen, dass sie noch am selben Tag losgehen würden, aber nur wenn sie jemanden fanden, der sich auskannte und sie führte. Sie fragten mich, ob ich jemanden kenne. Und aus irgendeinem Grund habe ich einfach gesagt: *Das kann* ich *machen.*«

Eine Pause.

»Ich denke so oft daran zurück«, sagte sie dann.

»Warum hast du ihnen das vorgeschlagen?« Ich legte meine Arme auf den Tisch und lehnte mich nach vorne.

»Ich habe mir Sorgen gemacht. Mir war klar, dass sie nicht den ganzen Trail schaffen würden. Das wussten wir alle. Aber ich dachte, ich könnte sie bis zu einer geeigneten, sicheren Stelle bringen und sie davon überzeugen, dort ihr Lager aufzuschlagen. Ich dachte, ich könnte verhindern, dass ihnen etwas zustößt. Weißt du, Abigail, ich dachte, ich könnte ihnen helfen.«

Ich konnte es mir so gut vorstellen, eine junge Celeste, die nicht anders konnte, als zu helfen, so wie sie mir geholfen hatte.

»Es hat nicht lange gedauert, bis mir klar wurde, dass es nicht nur um irgendeinen Campingausflug ging.« Sie hob eine Hand, als sie meinen Gesichtsausdruck sah, die Frage sah, von der sie wusste, dass sie kommen würde. »Es war einer und gleichzeitig auch nicht. Irgendetwas musste auf ihrer letzten Reise passiert sein. Ich kannte sie nicht, deswegen habe ich nicht gleich begriffen, worum es ging. Ich konnte nur versuchen, zwischen den Zeilen ihrer Gespräche zu lesen. Brian schien es nicht sonderlich gut zu gehen. Eigentlich schon seit dem College. Er war immer unvorsichtiger geworden bei seinen Aktivitäten und hatte mit Drogen herumexperimentiert. Jerome ist einen Teil der Strecke neben mir gelaufen und hat mich ein wenig aufgeklärt, während die anderen ein Stück hinter uns gingen. Brian war professioneller Sportler gewesen, war sogar mit einem Baseballstipendium aufs College gegangen, aber es war nicht besonders gut gelaufen. Er hatte eine Lücke zu füllen, eine Adrenalinlücke. Ich denke, die Reise war als Ansporn gedacht, damit er sich Hilfe holte. So etwas wie eine Intervention.«

»Eine Intervention?« Darauf wäre ich nie gekommen.

»Ja, das kam auch für Brian ziemlich überraschend. Ich kenne die Details nicht, aber die anderen begannen während der Wanderung, vorsichtig das Thema anzuschneiden. Aber sie hatten es nicht ordentlich geplant. Mir wurde klar, dass die meisten von ihnen wegen der Ereignisse im Jahr zuvor beschlossen hatten, in diesem Sommer nicht wieder dabei zu sein. Brian brachte es immer wieder zur Sprache, als hätte er eine Diskussion gewonnen: *Seht ihr, wusste ich es doch, dass ihr mitmacht. Ich wusste, dass ihr es euch noch mal überlegt.* Ich glaube aber, dass die Wanderung ursprünglich Tobys Idee gewesen war. Er schien Brian am nächsten zu stehen, erwähnte ein Treffen mit ihm einen Monat zuvor, als er auf der Durchreise in Chicago gewesen war. Ich denke, Toby hatte sich an die anderen gewandt, nachdem er mit eigenen Augen gesehen hatte, wie schlimm es um Brian wirklich stand, und sie haben die Reise aus einem Impuls heraus geplant, um in Ruhe mit ihm zu sprechen, ohne irgendwelche Ablenkungen. Um ihm zu helfen.«

Das erklärte, warum hinterher niemand so genau gewusst hatte, wer den Trip geplant hatte, nur dass es diesmal nicht Brian gewesen war. Warum Jerome sein Flugticket so kurzfristig gekauft hatte und Neil seinem Chef gesagt hatte, es handele sich um einen Notfall in der Familie. Denn das war es in gewisser Weise gewesen. Sie waren trotz all ihrer Unterschiede eine Familie, die sich gefunden hatte. Vier Menschen, die alles zusammen durchgestanden hatten – von der Highschool bis ins Erwachsenenalter. Die jeden Sommer sahen, wie Brian sich verändert hatte, dass es ihm immer schlechter ging. Es war ein Notfall, und sie kamen alle.

»Wir haben es nur bis Shallow Falls geschafft«, sagte sie. »Dort haben wir eine Pause gemacht. Ich habe zu ihnen gesagt, dass es zu dunkel sei, um weiterzugehen. Dass die Schlucht gefährlich sei. Da ging der Streit von vorne los. Wieder war es Brian, der unbedingt weitergehen wollte. Was auch immer ihn in dieser Nacht erwartete, es war, als hätte er es gespürt. Und er hat versucht, davor wegzulaufen.«

Ich stellte sie mir auf der offenen Fläche am Fuß der Wasserfälle vor, in der Mitte des Trichters. Celeste, die sie davon zu überzeugen versuchte, dass sie weit genug gegangen waren, da nun die Schlucht vor ihnen lag. Ich stellte mir den Unfall vor. Ein Ausrutschen. Ein Sturz. Der Anfang vom Ende …

»Doch dann ist die Situation richtig eskaliert«, sagte sie und fuhr mit den Händen an ihrem Zopf entlang. Sie sah mich nicht mehr an – als wäre sie jetzt *dort*, fünfundzwanzig Jahre entfernt. »Sie sagten immer wieder zu Brian, dass er nicht er selbst sei, dass er nicht zuhöre. Dass er dafür sorgen würde, dass sie sich verletzten oder Schlimmeres. Und dann hat Toby Brians Rucksack durchwühlt, um zu sehen, was er mitgebracht hatte – ich vermute, er ging von Drogen aus. Brian sagte zu ihm, er solle damit aufhören, und dann hat Toby eine Waffe aus Brians Rucksack gezogen.«

Ich riss den Kopf hoch.

»Und dann hat er angefangen zu schreien«, fuhr Celeste fort. *Warum hast du eine Waffe? Warum zum Teufel hast du eine Waffe auf einen Campingausflug mitgenommen, Brian?*

Celestes Augen waren geschlossen, aber ich konnte sehen, wie sie sich unter den Lidern hin und her bewegten.

Plötzlich riss sie die Augen wieder auf. »Es war so dunkel,

dass man kaum sehen konnte, was passierte. Aber es gab einen Kampf – Brian hat sich auf die Waffe gestürzt, Toby hat sie zurückgezogen. Und dann ist es passiert.« Ihre Kehle bewegte sich, als sie schluckte, die Worte wurden leise, heiser. »Ein plötzliches Krachen, und der Schuss war direkt durch Tobys Brust gegangen. Genau da.« Sie fasste sich ans Herz, als könnte sie die Kugel aufhalten.

Ich atmete nicht. Ich fühlte mich, als wäre ich dort, ganz nah, als stünde ich da, wo Celeste stand, streckte die Hand aus und versuchte, sie aufzuhalten.

»Du denkst, nach einem Schuss wird alles still. Aber genau das Gegenteil ist der Fall. Der Wald wurde lebendig. Die Tiere, die Vögel. Alles war in Bewegung und rannte davon. Es war schwer zu entscheiden, wohin man sich wenden sollte. Was zu tun war.«

Ich schloss meine Augen, hoffte, sie würde rennen.

»Danach ging alles so schnell. So schnell«, wiederholte sie flüsternd. »Brian hatte den Kopf in die Hände gestützt, und Jerome verstand das als sein Stichwort, um sich auf ihn zu stürzen – aber Brian drehte sich um, blitzschnell. *Bam.*«

Ich spürte den Rückstoß in jedem Wort, sah Jerome fallen, die Augen geweitet vor Schock und Verwirrung.

»Am Ende waren nur noch Neil und ich da, und wir beide waren die Kleinsten. Neil hatte die Hände erhoben, also tat ich dasselbe. Keiner von uns rührte sich, und dann fing Neil an zu reden, leise und ruhig. *Brian, es ist okay, leg die Waffe weg.* Natürlich konnte Brian die Waffe nicht weglegen, denn er wusste, dass es kein Zurück mehr gab. Zwei Tote, und wir waren Zeugen. Ich hatte panische Angst. Ich sah keinen Ausweg. Aber Neil machte weiter, als könnte es vielleicht doch noch funktionieren.«

Das Grauen war jetzt bei uns im Zimmer. Die Wahrheit, eine ganz andere, als ich vermutet hatte. Und ganz bestimmt nicht die, die ich hören wollte. Ich wollte ihr sagen, dass sie aufhören sollte, aber ich konnte nicht. Nicht jetzt.

»Ich denke viel darüber nach. Die Hoffnung, die er immer noch hatte, als ich bereits wusste, dass es zu spät war.« Sie holte langsam Luft, und ich konnte das Zittern in ihrem Atemzug hören. »Er hat versucht, auf die persönliche Ebene zu gehen. Das soll man machen, weißt du. *Bitte, Brian*, sagte er. *Ich bins.* Er war schlau. Es ist schwieriger, den Abzug zu betätigen, wenn man das Gesicht des Gegenübers sieht. Wenn man nicht einfach nur reagiert, sondern eine bewusste Wahl trifft. Es ist eine andere Art des Tötens. Er hat sein Bestes gegeben.« Sie griff über den Tisch hinweg nach mir. Und dieses Mal ließ ich es zu. »Er hat wirklich sein Bestes gegeben.« Sie legte ihre kalte Hand auf meinen Arm, ein leichtes Zittern. »Er sagte: *Bitte, Brian, ich habe eine Tochter.*«

Das Klingeln kehrte in meine Ohren zurück, und ich konnte nicht verstehen, was sie sagte. Aber sie machte weiter.

»Brian hat ihm nicht geglaubt. Er sagte: *Hast du gar nicht.*« Sie sah mich an, bat mich, die Szene mit ihren Augen zu sehen. »Aber Neil hat weitergemacht. Er sagte: *Doch, ich habe sie zwar noch nicht getroffen, aber ihre Mutter lebt in Tennessee, und ich schicke ihnen Geld, wenn ich kann. Er sagte: Ich habe eine Tochter, und sie ist wunderschön, und ihr Name ist Abigail Lovett.*«

Teil 5

ABBY LOVETT

Wohnhaft in Cutter's Pass seit: 7. Januar 2013
Erster bekannter Aufenthaltsort: Main Street, vor der Last
Stop Tavern

Kapitel 21

Sie wusste es. Ich brachte die Worte nicht über die Lippen, konnte nicht fragen, wie oder wann oder warum.

Jede Erinnerung, jede Interaktion, mein Verständnis von ihr, von uns – alles justierte sich neu. Natürlich hatte Celeste von meiner Verbindung zu den Vier Burschenschaftlern gewusst, noch bevor ich davon erfahren hatte.

Die Fixierung meiner Mutter auf den Fall Alice Kelly hatte nichts mit Alice Kelly zu tun gehabt. Sie hatte sie nicht als eine Art Manifestation ihrer eigenen Ängste betrachtet – ein Mädchen, das kurz davorstand, zurückgelassen zu werden, und den Rest ihres Lebens allein zurechtkommen musste. Es ging um den Ort des Geschehens: *Irgendetwas stimmt nicht mit dieser Stadt*, hatte sie gesagt und nach meiner Hand gegriffen.

Es war die Stadt, in der das komplette Leben meiner Mutter in eine andere Richtung abgebogen war, obwohl sie nie einen Fuß hineingesetzt hatte. Es war die Stadt, die auch meinem Leben eine andere Richtung gegeben hatte, obwohl ich bis heute nichts davon geahnt hatte.

Sie hatte es mir gesagt, ein einziges Mal. *Dein Vater war Neil Smith. Er war einer der Vier Burschenschaftler.* Tasha Lovetts letzte Worte. Bevor ich sie an die Medikamente verlor und einen Tag später an den Krebs.

Was sie mir davor über meinen Vater erzählt hatte, waren auch keine Lügen gewesen. Sie hatte gesagt: *Es war eine kurze*

Affäre. Sie hatte gesagt: *Nach deiner Geburt habe ich ihm von dir erzählt, und er hat uns Geld geschickt. Er hat sich ein besseres Leben für dich gewünscht.* Sie hatte gesagt: *Aber dann ist er verschwunden.*

Ich hatte nicht nachgebohrt, denn damals bedeutete Verschwinden etwas ganz anderes für mich. In meiner Vorstellung hatte mein Vater die Entscheidung getroffen, uns zu verlassen. Mich zurückzulassen, in der Vergangenheit. Sie ließ mich in dem Glauben, und ich hatte keinerlei Interesse an einem Menschen, der kein Interesse an mir zeigte.

Doch nachdem sie mir erzählt hatte, wer er gewesen war, konnte ich mir ein anderes Leben vorstellen. Ein Beinahe-Leben. Eine andere Zukunft, die mich hätte erwarten können, ein anderer Mensch, zu dem ich hätte werden können.

Zwischen ihren Sachen hatte ich ein einziges Foto von ihm gefunden, das mir vermutlich gar nicht aufgefallen wäre, hätte ich nicht danach gesucht. Sie war darauf zu sehen, zusammen mit den Vier Burschenschaftlern, die ganze Gruppe auf Pferden, in dem Reitstall, in dem sie gearbeitet hatte, als die vier in Tennessee unterwegs gewesen waren. Neil neben meiner Mutter, sie sah ihn an, ein leichtes Grinsen auf den Lippen.

Es war schlimmer, als wenn es gar kein Bild gegeben hätte. Dieses eine Foto, zehn mal fünfzehn Zentimeter, eine Krume, eine Spur, der man folgen konnte.

Neil und ich ähnelten uns, wir waren beide Einzelkinder einer alleinerziehenden Mutter. Ich recherchierte im Internet nach ihr – nach dieser Person, die meine Großmutter gewesen wäre –, aber sie war vor langer Zeit gestorben. Es gab niemanden, der die Erinnerung an ihn wachhielt, an seine Vergangenheit, um eine Verbindung herzustellen, um nach etwas darin zu suchen.

Es gab nur diese Stadt. Und mit Alice, einem neuen Vermisstenfall, der einen anderen Blickwinkel auf den Fall der Vier

Burschenschaftler eröffnete, bestand die Möglichkeit, mehr herauszufinden. Über ihn und über mich. In Cutter's Pass.

Ich hatte nicht vorgehabt zu bleiben. Ich hatte nicht vorgehabt, zehn Jahre lang ein Geheimnis zu bewahren, andererseits hatte es sich immer wie ein Geheimnis angefühlt: Meine Mutter hatte es niemandem verraten, achtzehn Jahre lang. Die Vergangenheit hatte die Angewohnheit, einen zurückzuziehen wie Treibsand. Wie sollte ich erklären, dass ich hergekommen war, weil mein Vater der Letzte gewesen war, der vor Alice Kelly verschwunden war?

Und nun hatte ich tatsächlich etwas gefunden – es war nur nicht das, wonach ich gesucht hatte.

Als ich zum ersten Mal in die Stadt hineinfuhr, erweckte sie den Eindruck, als wäre sie ein Ort, an dem man verschwinden könnte. Ich umklammerte das Lenkrad. Der Tunnel aus Bäumen und die glatte Fahrbahn, vereiste Pfützen und gefährliche Kurven in der Dunkelheit – es gab Tausende Möglichkeiten, wie ich von der Straße abkommen könnte, und ich stellte sie mir alle vor, während ich in dem alten Auto meiner Mutter saß, ohne jemanden, der auf mich hätte aufpassen können. Ohne jemanden, der nach mir suchen würde. Aber schließlich öffnete sich der Tunnel aus Bäumen, und Cutter's Pass präsentierte sich: eine wunderschöne Oase.

Die Innenstadt glich einem winterlichen Märchentraum, als ich zum ersten Mal in dieses Tal kam, Lichter in Form von Schneeflocken hingen von den Markisen, Bürgersteige voller flauschiger Wollmützen und Atemwolken und Dampf, der von der heißen Schokolade zwischen behandschuhten Händen aufstieg, und ich dachte: *Wie konnte jemand an einem Ort wie diesem verschwinden?*

Ich hatte vor einer Gaststätte geparkt, war ausgestiegen, stand mitten auf der Straße, wie einst mein Vater, mit dem

Berg im Hintergrund, und beinahe konnte ich ihn spüren. Hören, wie vielleicht seine Stimme geklungen hatte. Die Details bemerken. Einen Kontext herstellen. Als würde er sich nur gerade außerhalb meines Blickfelds aufhalten.

Suchst du das Passage Inn?

Ich drehte mich um und sah einen Typen in meinem Alter vor mir stehen. Vielleicht war ihm das Gepäck auf dem Rücksitz meines Autos aufgefallen. Oder er sah etwas anderes in mir. Ich sagte: *Ja, ich suche das Passage Inn.* Weil ich eine Unterkunft brauchte und bisher keine entdeckt hatte. Er streckte seinen Arm aus, deutete gerade den Berg hinauf, begleitet von einem scharfen Pfiff.

Danke, sagte ich.

Dank mir später. Du findest mich hier. Und er deutete auf das Lokal hinter sich. Die Last Stop Tavern.

Alles fühlte sich wie ein Zeichen an.

Als ich die Lobby des Passage Inn betrat, wusste ich, dass ich es mir nicht leisten konnte. Nicht mehr als ein oder zwei Nächte, bevor ich das Maximum meines Kreditkartenlimits ausgeschöpft hatte. Aber das war egal, denn die Frau an der Anmeldung – *Celeste*, obwohl sie damals kaum zu mir aufgeschaut hatte – wollte mir kein Zimmer geben. Sie sagte, das Hotel sei während der zweiwöchigen Winterpause geschlossen, was sowohl Pech als auch Glück bedeutete, je nachdem, aus welchem Blickwinkel man es betrachtete.

Sie wollte mir kein Zimmer geben: Pech. Aber als ich sah, dass gleich neben der Lobby ein Baugerüst aufgebaut wurde, sagte ich: *Außerdem bin ich auf der Suche nach einem Job*, weil ich dachte, dass ich dadurch etwas mehr Zeit hier gewinnen würde, doch sie sagte: *Im Moment haben wir keine freie Stelle.* Pech.

Ich wusste nicht, wohin, und es wurde dunkel, und ich war verzweifelt, also schlich ich mich abends, nachdem es im Passage Inn dunkel geworden war, in die am weitesten entfernte leere Hütte, bei der eines der Fenster auf der Rückseite nicht verriegelt war – in der Hoffnung auf eine warme Nacht, bevor ich entschied, wohin ich von hier aus weitergehen sollte. *Mit dem Fuß auf einen Baumstumpf und den Ellbogen auf die Fensterbank, und schon war ich drin.* Glück.

Sie hatte mich am nächsten Morgen dort gefunden. Möglicherweise hatte sie mein Auto gesehen, das ich hinter der nächstens Kurve versteckt hatte, von wo man zum Ausgangspunkt des Wanderwegs gelangte. Sie benutzte ihren Generalschlüssel und kam herein, als wüsste sie genau, was sie vorfinden würde. Es war nicht einmal hell, und ich schreckte orientierungslos aus dem Bett hoch.

Hör zu, Kleine, du kannst nicht einfach bleiben, ohne zu bezahlen.

Ich hatte vor zu bezahlen, erklärte ich, glitt aus der Wärme der Laken, holte das Portemonnaie aus meiner Tasche auf dem Schreibtisch, um ihr eine Kreditkarte zu geben.

Jetzt hör mal gut zu … Sie hielt die Kreditkarte in der Hand, suchte nach meinem Vornamen, um weiterzureden. Kniff die Augen zusammen, als könnte sie die kleinen Buchstaben nicht richtig entziffern. *Wie heißt du?*

Abby. Und als sie trotzdem weiter auf die Karte starrte, ergänzte ich: *Abby Lovett.* Ich hoffte, dass sie nicht die Polizei rufen würde. Ich hoffte, dass sie mich nicht rausschmeißen, dass sie nicht jedem in der Stadt von der Streunerin erzählen würde, die bei ihr eingebrochen war.

Abigail, sagte sie langsam, als wollte sie mich korrigieren.

Und ich nickte, weil es stimmte und weil ich in einem Bett gelegen hatte, das nicht meins war, in einer Hütte, die ihr gehörte. In diesem Moment würde ich sein, wer sie wollte.

Also, Abigail, was machst du hier?

Das habe ich Ihnen doch gesagt, ich bin auf der Suche nach einem Job. Ich hielt kurz inne. *Außerdem ist meine Mutter gestorben.* Eine weitere Wahrheit, wenn auch eine irrelevante. Aber es war das Einzige, von dem ich mir vorstellen konnte, dass es irgendeinen Eindruck auf sie machen würde.

Sie sah mich weiter schweigend an.

Ich weiß nicht, wo ich sonst hinsoll, fügte ich hinzu, während sich die Gefühle in meiner Kehle zusammenballten. Beinahe hätte ich ihr auch von meinem Vater und den Vier Burschenschaftlern erzählt, aber in diesem Moment drehte sie sich auf dem Absatz um, sodass ich ihren Rücken vor der offenen Tür anstarrte. Als würde sie etwas mit sich ausmachen.

Dann wandte sie sich wieder um. Musterte mich genau, der Blick aus ihren grünen Augen scharf und konzentriert, als würde sie etwas in mir sehen. *Okay, Abby, die Wahrheit ist, dass dieser Ort nur was für Menschen ist, die auch schwierige Aufgaben übernehmen können. Und so siehst du ehrlich gesagt nicht aus.*

Ich kann schwierige Aufgaben übernehmen, sagte ich, wild entschlossen, es ihr zu beweisen.

Na dann, auf gehts. Es gibt viel zu tun. Mach dich fertig.

Und das tat ich.

Jetzt dachte ich an die Geheimnisse, die ich jahrelang bewahrt hatte. Aus Angst, sie würde mich wegschicken, falls sie die Wahrheit erfahren sollte. Dabei kannte sie die Wahrheit von Anfang an. Mehr als das, sie hatte mich gedeckt. Hatte mir eine Geschichte verpasst, die für andere glaubhaft klang.

Ich erinnerte mich, wie Rochelle und Jack mich mit Fragen gelöchert hatten und Celeste zu ihnen sagte: *Sie ist Vincents Nichte,* und hinterher zu mir, als wäre das keine große Sache: *Glaub mir, so ist es einfacher.*

»Du wusstest, wer ich bin«, sagte ich, zwang die Worte hervor. Vom ersten Tag an. Sie hatte genau gewusst, was mir am wichtigsten war. Diese Person, von der ich dachte, sie hätte mich aufgenommen, mich schätzen gelernt, mich sogar geliebt – hatte sie mich die ganze Zeit hinters Licht geführt?

»Das war das Letzte, was er gesagt hat«, erklärte sie. Ich sah sie wieder vor mir, wie sie auf meinen Namen gestarrt und mich schließlich gebeten hatte, ihn auszusprechen. *Abigail.* »Es verfolgt mich seit Jahren. Er hat dich als Appell angeführt, um am Leben bleiben zu dürfen.«

Aber es hatte nicht funktioniert. Meine Existenz hatte nicht gereicht, um ihn zu retten.

Ich musste es wissen. »Was ist mit ihm passiert?«

»Oh«, sagte sie und stieß ein langes Seufzen aus. Sie lehnte sich auf dem Stuhl zurück, ihr ganzer Körper schrumpfte, sie sah so klein aus. »Nun, ich habe einen Fehler gemacht.«

Ich starrte sie mit brennenden Augen an, bis sie es aussprach.

»Brian würde ihn erschießen, da war ich mir sicher. Und dann wäre ich die Nächste gewesen. Ich hatte nur einen kurzen, nur einen einzigen Moment, um mich zu entscheiden.« Sie hob den Blick, und der Ausdruck in ihren grünen Augen war flehend und traurig zugleich. »Ich hab versucht, ihm die Waffe zu entreißen.«

Sie schloss die Augen, und ich konnte es mir vorstellen, noch bevor sie es sagte. *Bam*, so schnell. Ich stellte mir Neil vor, die Augen weit aufgerissen, den Mund geöffnet, mein Name noch warm auf seinen Lippen. Ich steckte so in diesem Moment, dass ich es kaum mitbekam, als sie weitersprach. Weil sie immer noch da war – *am Leben* – und die Einzige, die die Geschichte noch erzählen konnte. »Durch den Aufprall hat er sie fallen lassen, aber es war zu spät.«

»Was hast du getan, Celeste?« Sie sah mich nicht mehr an. Fünfundzwanzig Jahre lang hatte sie die Wahrheit verheimlicht und versteckt, ohne Abschluss, ohne Antworten – für niemanden.

»Es ging alles so schnell«, wiederholte sie. »Man denkt, man weiß, was man als Nächstes tut, Abby. Aber das weiß man nicht. Nicht immer.«

Sie starrte aus dem Fenster auf den Berg. Wieso war dieser Ort kein Albtraum für sie? Wie konnte sie es ertragen, hier zu sein?

»Ich habe im Dunkeln nach der Waffe gesucht, sie gefunden und auf ihn geschossen.« *Bam.* »Er war viel größer als ich. Was hätte ich tun sollen? Weglaufen?«

Ja, dachte ich. Weglaufen. Hilfe suchen. Hauptsache weg, und zwar schnell. Sie hatte die Waffe. Niemand kannte diesen Wald besser als sie. Sie hätte es schaffen können, indem sie zwischen den Bäumen hindurchgeschlüpft wäre …

Sie ließ den Kopf in die Hände fallen, und ich hatte den Eindruck, sie hätte sich mit der ganzen Sache abgefunden. Aber dann wurde mir klar, dass sie immer noch dort war, immer noch zusah, wie es sich vor ihren Augen abspielte. »Neil war noch am Leben, und ich habe versucht, die Blutung zu stoppen, aber es war einfach so viel Blut …« Sie hielt sich die Handflächen vor das Gesicht, als könnte sie darin noch das Blut sehen, nachdem sie sie auf die Wunde gepresst hatte. »Ich hab einen Druckverband angelegt, über der Schusswunde in seinem Bauch, hab ihm gesagt, er solle durchhalten. Ich hab ihm gesagt, dass ich Hilfe holen werde.« Sie holte zitternd Atem. »Aber du weißt, wie lang dieser Trail ist. Du weißt, wie lange es dauert, ihn nachts zu gehen.« Sie schüttelte den Kopf. »Als wir zurückkamen, war es zu spät.«

»Wir?« Ich riss den Kopf hoch. Wir? Sie hatte Hilfe geholt? Jemand anderes war dort gewesen? »Ich weiß, dass Vincent nicht da war«, sagte ich. Wenn nicht Vincent, wer dann?

Sie verzog den Mund. »Du hast gründlich recherchiert. Patrick und ich, wir kennen uns schon sehr lange. Er war im Passage Inn, als ich dort ankam. Er hatte nach mir gesucht, und da kam ich aus dem Wald, mit einer Waffe in der Hand, blutüberströmt, und habe ihn angefleht, mir zu helfen.« Sie schluckte. »Er hat keine Sekunde gezögert, hat mir einfach die Waffe abgenommen und ist mir gefolgt. Er war nicht im Dienst, wir hatten keine Handys, wir sind einfach durch den Wald gerannt. Oder besser gesagt, er ist hinter mir hergerannt, weil er glaubte, helfen zu können.«

»Und?«, fragte ich und spürte, wie meine Emotionen überzukochen drohten.

Sie ließ eine Weile Stille zu, bevor sie antwortete. »Wir konnten nichts mehr tun.«

Ich knallte beide Handflächen auf den Tisch zwischen uns. »Aber du hast etwas getan. Wo sind die Leichen, Celeste?« Während ich dachte: Bitte, lass es nicht zu, dass ich auf einem Friedhof gelebt habe. Bitte, lass es nicht zu, dass ich von ihren Knochen umgeben war. So nah, die ganze Zeit über.

»Hör zu«, sagte sie, und ich merkte, dass sie selbst wütend wurde. Als hätte sie nach all der Zeit etwas anderes von mir erwartet. Aber ich hatte zehn Jahre lang zugehört und herumgesucht. Zehn Jahre lang hatte ich gewartet – das war die schwierigste Aufgabe gewesen. »Wir haben es auf hundert verschiedene Arten durchgespielt. Die Waffe und ich und das Blut. Ich hatte geschossen. Und jetzt hatte ich Patrick mit hineingezogen. Man würde seine Fingerabdrücke darauf finden, und er wollte eines Tages Sheriff werden, und das Passage Inn hatte gerade erst geöffnet, und es gibt einen Unterschied, Abigail, zwischen Vermisstenfällen und einem verdammten Blutbad.« Sie zitterte am ganzen Körper und ich auch. »Keiner von uns hätte das überlebt. Weder Patrick noch ich oder dieser Ort, den du dein Zuhause nennst. Auch nicht die Stadt.«

»Also was? Ihr habt es einfach niemandem erzählt?«

»Ich habe es Vincent gesagt. Ich habe ihn gleich nach meiner Rückkehr im Hotel angerufen, wo er arbeitete, und er ist noch in derselben Nacht nach Hause gekommen. Er ist sofort mit Patrick raus, um zu helfen.«

»Um zu helfen …«, wiederholte ich, und mir wurde schlecht. »Wo sind sie, Celeste?«, presste ich zwischen zusammengebissenen Zähnen hervor.

Sie stieß sich vom Tisch ab, sichtlich aufgebracht. »Ich weiß es nicht. Das ist die eine Sache, die ich dir nicht sagen kann. Sie haben mich hierher zurückgeschickt … Ich war nicht in der Verfassung … Wir hatten Gäste, und die Leute mussten mich hier sehen, für den Fall der Fälle.«

Ich dachte an die Bauzeichnungen, die sie versteckt hatte. An das, worüber Landon wohl nachgegrübelt hatte, als er sie betrachtet hatte. An die hintere Wand im Lager, die nach innen versetzt war. Den Horror, den ich mir vorgestellt hatte.

»Celeste«, flüsterte ich, und obwohl es meine eigenen Worte waren, wollte ich sie nicht hören. »Sind sie hier?«

»Auf dem Berg? Ja, davon gehe ich aus. Ich erweise ihnen, so oft es geht, die Ehre.« Den Berg hinauf und wieder hinunter, jeden Morgen vor Sonnenaufgang. Ein Steinhaufen, ein Grabstein am Ort ihres Todes. Eine Blume aus dem Garten, um an sie zu erinnern. Für meinen Vater?

»Nein, nicht auf dem Berg. Hier.« Ich hob den Rahmen mit den Bauzeichnungen hoch, legte ihn auf den Tisch zwischen uns. Zeigte mit einem zitternden Finger auf den Raum im Souterrain. »Die hintere Wand in diesem Lager ist nach innen versetzt. Dieser Lagerraum ist nicht so tief wie der andere, obwohl die beiden genau gleich groß sein sollten.« Ich schlug mir die Hand vor den Mund, als könnte ich nicht glauben, was ich da gesagt hatte. Als würde ich damit eine Möglichkeit zu einer Tatsache machen.

Sie sah mir einen Moment zu lange in die Augen, bevor sie eine wedelnde Geste machte und damit unseren Blickkontakt brach. »Sei nicht albern. Natürlich nicht. Die haben nur als

Leitfaden für uns fungiert, das waren keine endgültigen Bauzeichnungen. Eher eine Art Entwurf. Du kennst die Landschaft hier, lauter Unwägbarkeiten. In diesem Bereich im Souterrain gibt es einen großen Felsvorsprung, der mehrere Meter in die Tiefe reicht. Wir konnten dort nichts ausheben. Also haben wir drumherum gebaut.« Sie zuckte mit den Schultern, als wäre das alles vollkommen offensichtlich.

Es wäre so leicht zu glauben, wenn ich nur wollte. Es wäre genauso leicht, es nicht zu glauben, und ich schwankte.

»Das Hotel war voller Gäste, Abigail. Das wäre gar nicht möglich gewesen. Zu zweit, in der Dunkelheit, auf diesem Trail kann man nicht vier …« Sie verstummte, wollte das Wort nicht aussprechen. Leichen. Es waren vier Leichen, und sie hatte das alles gedeckt. Ihr Blick kehrte zu mir zurück. »Niemals hätten wir sie hierhergebracht. Das wäre sehr gefährlich gewesen.« Sie blinzelte schnell, und jedes Wort, das sie sagte, war völlig logisch, wenn ich es einfach akzeptieren würde. Aber ich dachte daran, wie hart sie daran gearbeitet hatte, die Ermittlungen zu Farrahs Verschwinden vom Passage Inn fernzuhalten. Ich fragte mich, ob sie sich selbst nicht sicher war. Ob es sie verfolgte, das Nichtwissen.

»Du hast sie nie gefragt?«

»Wir haben nie wieder darüber gesprochen. Keiner von uns. Vincent musste zum Check-out zurück in dem Hotel sein, wo er arbeitete, damit er dort gesehen wurde. Patrick hatte am nächsten Tag Dienst. Es war keine Zeit. Wir mussten alle weitermachen. Du triffst eine Entscheidung, und dann lebst du damit.« Ihr Atem stockte. »Ich habe sie in dieser Nacht zerstört. Beide. Wenn er nicht hier gewesen wäre, wenn er mich nicht gesehen hätte …« Es dauerte einen Moment, bis mir klar wurde, dass sie vom Sheriff oder von Vincent sprach, nicht von meinem Vater. »Sie waren nie wieder so wie davor. Beide sind in der Vergangenheit gefangen. Wegen etwas, das ich getan habe. Vincent konnte die Schönheit dieses Ortes nicht mehr wahrnehmen, konnte nur noch diese eine Nacht darin sehen. Konnte sich nur vorstellen, was mir beinahe zugestoßen wäre. Und Patrick, na ja, du siehst es ja selbst. Sein Leben ist nicht weitergegangen. Als müsste er immer wieder hierher zurückkehren. Als könnte er diese Nacht nicht loswerden.«

Ich sah ihn jetzt mit anderen Augen: den Sheriff, dessen Leben sich nicht weiterentwickelt hatte. Der ein Leben in Buße führte, Celeste jeden Sonntag zum Gottesdienst abholte. Die Verbindung, die sie hatten. Woran mussten sie denken, wenn sie jedes Wochenende Seite an Seite mit gesenktem Kopf nebeneinandersaßen? Als wären sie durch ein Trauma aneinandergebunden anstatt durch Liebe. Vielleicht galt das für uns alle. Könnte einer von uns überhaupt noch den Unterschied erkennen?

Ich schloss die Augen und versuchte, eine eigene Entscheidung zu treffen. »Ihr habt einfach die Beweise vernichtet und ihre Familien … im Ungewissen gelassen?«

»Was glaubst du, wäre mit diesem Ort passiert? Nicht nur mit mir und Vincent und Patrick, sondern mit diesem Ort? Das Passage Inn, unser Leben hier – es war ebenso Vincents Traum wie meiner. Es hätte alles kaputt gemacht. Und auch diese Stadt wäre nicht mehr dieselbe gewesen.« Dann schüttelte sie den Kopf. »Glaubst du an diesen Ort, Abby? So wie ich es tue?« Ich hatte damals nicht an einen Gott geglaubt, aber an etwas anderes. An die Magie dieses Ortes. »Denn im Jahr nach Vincents Tod, als ich so einsam war wie nie zuvor und die Albträume nach so langer Zeit zurückkehrten, standest plötzlich du vor meiner Tür. Wie eine zweite Chance, um es wiedergutzumachen. Ihm gegenüber.«

Eine Verpflichtung, eine Verbindlichkeit. Schuld. Beweggründe hatten häufig die Eigenart, windig zu sein.

»Ich habe mich immer gefragt, ob du es weißt«, fuhr sie fort.

»Ich bin davon ausgegangen, dass es einen bestimmten Grund gab, aus dem du zu mir gekommen bist. Aber du hast nie gefragt. In all den Jahren hast du nichts gesagt.«

Ich hatte die Hoffnung aufgegeben, dass es hier etwas zu finden gab. Dabei hatte ich mich die ganze Zeit im Zentrum von allem befunden.

»Ich dachte, dass du mich wegschicken würdest. Und …«

Die unausgesprochene Wahrheit: Sie war alles, was ich hatte.

Sie holte tief Luft. »Ich habe mein Bestes getan, Abigail.«

Was jene Nacht betraf oder mich – da war ich mir nicht sicher. All die Dinge, die sie mir hinterlassen wollte, die längste Buße.

»Was ist mit Alice? Und Farrah? Und Landon?«

Sie runzelte die Stirn, richtete sich auf. »Was soll mit ihnen sein?«

»Landon West dachte … Jeder denkt … dass die Vermisstenfälle miteinander in Verbindung stehen.« Ich hatte seine Stimme in den Aufnahmen gehört. Er hatte sich auf die Leute konzentriert, die zum Zeitpunkt aller Fälle in der Stadt gelebt hatten. Er hatte daran geglaubt, dass er den Faden finden würde, der alles miteinander verwob.

»Das stimmt nicht. Es sind fünfundzwanzig Jahre vergangen. Über die anderen weiß ich nichts. Was sollte eine Studentin mit einem Vorfall zu tun haben, der fünfzehn Jahre zurückliegt?« Sie schüttelte den Kopf. »Tragisch, jeder einzelne Fall.« Sie beugte sich vor. »Aber es ist eine andere Art Tragödie.«

Doch sie war nicht die Einzige mit Geheimnissen.

Sie legte die Hände auf den Tisch, stemmte sich hoch. »In Ordnung, lass uns zurück ins Hotel gehen. Ruh dich aus, morgen reden wir weiter. Draußen, im Hellen, an der frischen Luft. Du brauchst ein wenig Zeit.«

»Sie sind nicht dort unten«, wiederholte ich, musste sicher sein, dass es stimmte.

»Das verspreche ich dir«, sagte sie, kaum lauter als ein Flüstern. »Sie sind irgendwo dort draußen begraben.« Sie deutete hinter sich, Richtung Berg.

»Eines Tages wird sie jemand finden. Jemand wird sehen, dass sie nicht vom Wetter überrascht wurden, dass es keine Tiere waren und auch kein Unfall.«

Sie fuhr mit der Hand an ihrem Zopf entlang, einen abwesenden Ausdruck in den Augen. »Ja, Abigail. Vielleicht, eines Tages.«

Ich kehrte benommen ins Passage Inn zurück. Führte alle Bewegungen wie auf Autopilot aus.

Jedes Türenknallen klang wie ein Schuss. *Bam.* Beim Klang einer Stimme stellte ich mir jedes Mal meinen Vater vor, die Worte, mit denen er um sein Leben gefleht hatte. Bei jedem lauten Männerlachen stellte ich mir Brian auf dem Bild im Last Stop vor, den Kopf zurückgeworfen, ohne einen Hinweis darauf, dass er am Ende der Nacht die anderen umgebracht haben würde, dass er selbst tot sein würde. Dieser Mann, den ich niemals zur Rechenschaft würde ziehen können für das, was er mir genommen hatte.

Falls das, was Celeste mir erzählt hatte, die Wahrheit war. Aber sie war nicht die Einzige, die an diesem Abend dort draußen gewesen war.

Es gab einen Sheriff, der mehr wusste, als er je zugegeben hatte. Der in der Vergangenheit feststeckte. Von ihr verfolgt wurde. Der wusste, dass Landon Fragen gestellt hatte und was passieren könnte, wenn er sie fand. Der über alles Bescheid wusste, was an einem Wochentag bis neun Uhr morgens in der Stadt passiert war oder passieren würde. Der, davon musste ich jetzt ausgehen, auch wusste, wer ich war.

Kapitel 22

Es war spät, und im Passage Inn war es still, und ich dachte an die Menschen, die etwas zu verbergen hatten. Ich war nicht als Einzige vorsichtig gewesen, weil – wie ich gelernt hatte – Angehörige einen am nervösesten machten.

Ich dachte an Corys Eltern, die seinetwegen gelogen hatten, ohne auch nur eine Frage zu stellen. Und an den jungen Patrick Stamer, der Celeste in den Wald gefolgt war. Und an Celeste, die weder ihren Mann noch den Sheriff jemals danach gefragt hatte, was sie getan hatten, nachdem sie sie weggeschickt hatten.

Niemand hier schien Antworten zu wollen. Weder damals noch heute. Als hätten sie Angst vor dem, was sie dabei vielleicht über andere erfahren könnten – oder über sich selbst.

Ich schloss gerade den Safe ab, um Feierabend zu machen, und hatte mein Handy auf das Fensterbrett im Büro gelegt, für den Fall, dass Georgia versuchen sollte, mich zu erreichen, als ich ein Klopfen von der Eingangstür in der Lobby hörte. Das war ungewöhnlich. Wir schlossen sie in der Regel nicht ab.

In dem Moment, als ich aus dem Büro trat, wurde die Tür aufgestoßen und ein Kopf hereingestreckt – braune Locken und ein Bart in derselben Farbe. Als er mich entdeckte, lächelte Harris. »Ich hatte Angst, dass es vielleicht schon zu spät ist«, sagte er und trat ein.

»Nein, nein, perfektes Timing. Ich wollte gerade alles abschließen. Du bist mein Retter.«

Er durchquerte die Lobby und griff über den Rezeptionstresen nach dem Telefonhörer, hielt ihn sich ans Ohr. »Hmm.« Er zog die Brauen zusammen. »Kann ich noch mal unten nachsehen?«

»Klar. Ich mach dir kurz auf.«

Ich ging voraus Richtung Treppenhaus. Die meisten unserer Gäste schliefen bereits, aus den Zimmern war kein Laut zu hören. Vor der Tür zur Treppe blieb ich stehen.

»Darf ich dich etwas fragen, im Vertrauen?«

»Schieß los.«

»Was denkst du über den Sheriff?«

Sein Blick wanderte zur Seite, und er fuhr sich mit der Zunge über die Zähne. »Ich denke«, sagte er dann mit einem feinen Lächeln, »dass er mich manchmal beauftragt. Und dass er der Grund ist, aus dem mich andere beauftragen.«

»Verstanden«, sagte ich und hielt die elektronische Schlüsselmarke an das Schloss.

Er drückte die Tür auf, hielt inne. »Was willst du mich damit eigentlich fragen, Abby?«

Er wusste genau, wie meine Frage gemeint war. Und ich erinnerte mich daran, dass Cory mich gewarnt hatte, vorsichtig zu sein.

»Ich habe das Gefühl, dass ich nicht wirklich weiß, wozu Menschen fähig sind«, begann ich. »Da ich bei den meisten Vermisstenfällen noch nicht hier war, habe ich das Gefühl, so viel verpasst zu haben.«

»Na ja, ich war auch nicht hier.« Er stieg die erste Stufe hinunter, drehte sich um. »Ich denke, dass es Menschen gibt, die dem Sheriff alles bedeuten. Und solche, die ihm absolut nichts bedeuten.«

Ich nickte knapp, zum Dank und als Zeichen meines Verständnisses.

In der Lobby bereitete ich alles für die Nacht vor, während

ich darauf wartete, dass Harris fertig würde, damit ich selbst nach unten, in meine Wohnung, gehen und mich mit allem auseinandersetzen konnte, was Celeste mir erzählt hatte. Um zu entscheiden, was ich mit dem Wissen anfangen sollte.

Als ich ins Büro ging, sah ich eine Benachrichtigung auf meinem Handydisplay aufleuchten. Ich hoffte, dass es Georgia war, die mir eine Nachricht geschickt hatte. Eine Erklärung, eine Entschuldigung. Oder Sloane, die uns beide daran erinnerte, dass wir in Sicherheit waren.

Doch es war eine Nachricht von *AliceKellyWasHere*.

Ich setzte mich auf die Fensterbank und spürte die Kälte der Nacht durch die Scheibe in meinem Rücken. Ich klickte die Nachricht an: *Die Nachnamen weiß ich leider nicht, aber ich kann mich an sie erinnern. Sie sind auf dem Gruppenfoto mit drauf. Ich weiß, sie sind schwer zu erkennen, aber ich schicke eine Nahaufnahme mit, auf der man sie besser sieht: Lacy auf der linken Seite. Caroline rechts. Sie waren bei der Wanderung dabei.*

Sie musste nicht erklären, welche Wanderung sie meinte. Die Wanderung, bei der sie Alice sich selbst überlassen, sie allein hatten losziehen lassen. Auf der sie verschwunden war, um nie wieder gesehen zu werden.

Das Foto lud langsam. Und dann war sie wieder da, Alice Kelly in der Bildmitte, eine Nahaufnahme der ersten Reihe. Quinn musste in das Gruppenfoto hineingezoomt haben. Lacy hatte eine Hand auf Alices Schulter gelegt und sich in ihre Richtung gedreht, Caroline lächelte in die Kamera. Sie waren alle so jung. Ich stellte mir vor, wie sie zusammen wanderten, mit Rucksäcken, die genauso viel zu wiegen schienen wie sie selbst, und wie Alice zehn Jahre später ausgesehen hätte. Wie sich das Leben der drei jungen Leute weiterentwickelt hätte. Und in welche Richtung sich das Leben der beiden Verbliebenen entwickelt hatte. Ob sie wohl an sie dachten? Ob sie hin und wieder glaubten, sie in einem Laden oder beim Abholen ihrer Kinder von der Schule aus dem Augenwinkel gesehen zu haben? Ob sie alle noch davon verfolgt wurden?

Mein Handy signalisierte mit einem Piepen den Eingang einer neuen Nachricht. Quinn war gerade online.

James war ihr Ex-Freund. Er gehörte nicht zu ihrer Wandergruppe. Ich bin überrascht, dass er überhaupt mitgegangen ist. Eigentlich war er nur wegen der Fotos Mitglied des Outdoorclubs geworden.

Ich las die Sätze noch zweimal, bevor ich antwortete: *War er Fotograf?* Hier war etwas. Irgendetwas zwischen Alice und Farrah.

Sie tippte. Und dann: *Ja, so haben sie sich kennengelernt. Bei einem Fotokurs außerhalb der Uni, der von irgendeinem Naturfotografen gegeben wurde. Alice ist wegen der Natur hin. Er wegen der Fotos.*

Langsame Schritte näherten sich durch die Lobby, und dann stand Harris im Türrahmen und sah zu, wie ich eine Antwort an Quinn tippte: *Wurde er jemals vernommen?*

»Mit wem schreibst du so spät in der Nacht?«, fragte er mit einem Grinsen.

»Mit Alice Kellys Schwester«, sagte ich und sah ihn an. »Ich habe sie auf Instagram gefunden.«

»Hm. Machst du dir wirklich Gedanken wegen des Sheriffs?«

Ich machte eine vage Geste. Ich war mir nicht sicher und wollte keine Gerüchte verbreiten, die ich nicht mehr stoppen könnte. »Hattest du da unten Glück?«

Er fuhr sich mit einer Hand übers Gesicht. »Leider nicht. Das Problem ist größer als gedacht. Ich sehe mal draußen nach.«

»Okay«, sagte ich abwesend, den Blick schon wieder auf das Display des Handys gerichtet, während ich auf ihre Antwort wartete.

Schließlich kam sie durch: *Nein, nicht dass ich wüsste. Von denen, die mit auf der Wanderung waren, wurde niemand verdächtigt. Sie haben sich auf die Leute aus der Stadt konzentriert.*

Nur dass sie es vielleicht gar nicht bis in die Stadt geschafft hatte. Cory hatte sie nicht gesehen. Niemand hatte sie gesehen.

Ist er auch auf dem Gruppenbild?

Ich schielte auf die Originalaufnahme, aber die Gesichter darauf waren zu klein, um jemanden richtig zu erkennen, da Alice sie abfotografiert hatte.

Sie tippte wieder.

Ja, Moment. Ich zoome ihn noch mal heran. Er ist der Typ, der hinter ihr steht.

Ich wartete darauf, dass das Foto lud. Ein leicht körniges Gesicht war zu sehen: zuerst braunes lockiges Haar, in der Mitte der Stirn spitz zusammenlaufend. Ich konnte seine Augen nicht sehen, weil er sie auf Alice gerichtet hatte. Und sein Gesicht war glatt, bartlos. Aber er war es. Mein Gott, das war Harris!

»Was …?«, sagte ich laut. Das war nicht James. Das war Harris Donald. Ich ging zum Safe, in dem wir auch unsere alten Rechnungen verwahrten, und begann, sie hektisch durchzublättern, bis ich einen rosafarbenen Durchschlag mit dem Namen seiner Firma fand: *J. Harris Donald.*

Ich schüttelte den Kopf, sah wieder auf das Foto. Es war zehn Jahre her. Viele junge Männer sahen so aus.

Zufall. Meine Fantasie, die mit mir durchging.

Hätte er es mir gesagt, wenn er sie gekannt hätte? Er hatte behauptet, nicht hier gewesen zu sein, als sie verschwunden war. Weil er zu dem Zeitpunkt das College besucht hatte. Trotzdem hätte er doch bestimmt erwähnt, dass er sie kannte? Dass er sogar mit ihr zusammen gewesen war?

Ich hatte Harris noch nie mit einer Kamera gesehen, hatte mich weder nach seinen Interessen noch seinen Hobbys erkundigt. Aber ich erinnerte mich an die Bilder in seinem Haus. Die Fotos an der Wand im Wohnzimmer, vom Trail, dem Fluss, den Blumen – hatte Harris sie gemacht? Hatte er auch Farrah gekannt? Hatte Farrah ihn gekannt?

Ein schriller Laut in meinen Ohren, scharf und blechern. Ich suchte auf meinem Handy nach dem Foto mit den Telefonnummern, die Landon West in sein Notizbuch geschrieben hatte. Eine Nummer mit der Vorwahl von Cutter's Pass neben dem Namen James. Die Frau, die meinen Anruf entgegengenommen hatte, hatte gesagt, ich hätte mich verwählt. Trotzdem wählte ich sie jetzt noch einmal.

Es klingelte lange, aber ich legte nicht auf. Ich ließ es ewig klingeln, bis sich schließlich jemand meldete. Eine Frau, schläfrig, verwirrt. »Hallo?«

Dieses Mal konnte ich die Stimme einordnen.

Es war Samantha.

»Samantha?« Ich hielt das Telefon nah an mein Gesicht, sprach leise, dringlich.

Das Rascheln von Laken. »Wer ist da?«

»Abby, aus dem Passage Inn.«

»Abby, ist alles in Ordnung?«

Nein, war es nicht.

»Ich habe schon mal angerufen und nach James gefragt. Ist das der Vorname deines Mannes?«, fragte ich und ließ dabei die Eingangstür zur Lobby nicht aus den Augen. Er war da draußen. Direkt vor der …

»Moment mal, was? Warum …? Das ist ein Traditionsname, der in seiner Familie weitergegeben wird. James war sein Großvater, er ist schon lange tot. Wenn ein Anrufer nach James fragt, ist das nur ein Zeichen für einen Betrugsversu…«

»Aber er heißt auch so?«, fiel ich ihr ins Wort, während ich das Telefon fester umklammerte. *J. Harris.*

»Ja, aber er benutzt den Namen nicht …«

Die Tür zum Passage Inn schwang auf, und ich hörte, wie Harris meinen Namen rief.

Mit zitternden Händen legte ich auf.

»Ja?«, rief ich. Versuchte, die Situation zu entschärfen. Um dieser Sache ein Ende zu bereiten.

»Ich muss dir etwas zeigen.« Er stand nach wie vor im Eingang.

»Können wir das auf morgen früh verschieben?«, fragte ich und dachte: Bitte geh weg. Geh weg.

»Kannst du kurz herkommen, es dauert nur eine Sekunde?«

Nicht Harris, der in diesem Augenblick nur wenige Schritte von mir entfernt stand. Der im Passage Inn ein und aus ging, den wir für Reparaturen anheuerten. Harris, der die Leitungen ohne Weiteres aus der Buchse ziehen oder durchtrennen konnte, um einen Grund zu haben, hierherzukommen und die Dinge im Auge zu behalten. Die Gefahr, ein Makel an diesem Ort – etwas, das ich durch mein Schweigen hatte geschehen lassen. Und die Gefahr war nach wie vor hier, genau wie er.

»Abby«, rief er wieder, und ich hatte Angst, dass er hereinkommen würde. Dass ich in diesem Raum gefangen wäre. Dass es keinen Ausweg für mich geben würde.

»Komme sofort!«, antwortete ich.

Wen sollte ich anrufen, welche Hilfe konnte am schnellsten hier sein?

Ich schrieb an Rochelle: *Es war Harris. Hol den Sheriff. Bitte. Er ist hier.*

Und dann ließ ich mein Handy auf der Fensterbank liegen, um sicherzustellen, dass die Nachricht durchging.

Wahrscheinlich würde niemand kommen. Nicht rechtzeitig.

Ich stand auf, in meinem Kopf drehte sich alles. Ich trat hinter der Rezeption hervor, wo die Wanderstöcke im Ständer warteten – nutzlos. Ich ging an der Feuerstelle mit den Holzstapeln vorbei, die zu perfekten Pyramiden aufgeschichtet waren. Und dann schnappte ich mir den eisernen Schürhaken, der wie zufällig daran lehnte, und trat hinaus in die Nacht.

Kapitel 23

Der Weg, der sich vom Hauptgebäude zu den Hütten schlängelte, war unbeleuchtet. Alle Lampen waren erloschen. Und als ich ins Freie trat, ging auch die Beleuchtung in der Lobby aus.

Wir waren in Dunkelheit getaucht.

»Die Leitungen wurden durchtrennt.« Harris' Stimme irgendwo von der Seite, nahe der Außenfassade, und ich wusste, dass er es gewesen war. Von Anfang an. Seit er von Treys Ankunft in der Stadt erfahren hatte, hatte er stets einen Grund gefunden hierherzukommen, um die Dinge im Auge zu behalten, um herauszufinden, was Trey wusste. Doch stattdessen hatte er herausgefunden, was *ich* wusste.

Verdammt. Alles, was ich hatte, war ein Schürhaken – und die Zeitspanne, bis ganz vielleicht der Sheriff auftauchte.

Ich stellte mir Alice vor, wie sie nach den Riemen ihres Rucksacks griff, als sie etwas hinter sich im Wald hörte, ihn erkannte, wie ihr verwirrtes Lächeln verblasste. Wie sie sich nach Hilfe umsah, nach jemandem …

Farrah, die sich auf dem verschneiten Weg herumdrehte …

Landon, der mitten in der Nacht die Tür seiner Hütte öffnete, nachdem jemand geklopft hatte …

Lauf, wollte ich ihnen zurufen. *Lauf. Schneller.*

»Abby? Bist du da?«

Ich dachte an Celeste und ihre Mahnung – dass wir hier oben allein seien, dass ich vor allem auf mich selbst aufpassen müsse. Mein Auto war kaputt. Die Telefonleitungen tot. Wie schnell würde Harris mich hören, wenn ich Richtung Stadt losrannte? Wie schnell würde er mich einholen?

Gänsehaut auf meinen Armen, in meinem Nacken. Die Nacht war zu weitläufig, zu ungewiss.

»Ich hole nur schnell eine Taschenlampe«, rief ich angespannt, bevor ich wieder hineinging. Ich schloss ab, wich vom Eingang zurück. Hinter die dicken Holztüren und das gehärtete Glas, das eine Kugel aufhalten konnte. An den Ort, der mich beschützen würde.

Ich umklammerte den Schürhaken und lauschte angestrengt, wartete auf das Geräusch seiner Schritte, den Schatten seines Körpers, der vor dem kugelsicheren Glas vorbeihuschte – aber da war nichts. Ich begann zu überlegen, ob ich mich vielleicht doch in ihm getäuscht hatte, in allem – doch dann hörte ich sie: Schritte in der Ferne, dumpfe Laute von irgendwo hinter mir.

Ich wirbelte herum. Starrte in die dunkle Lobby. Er stieg die Holztreppe zur Terrasse herauf. Die Tür, die von dort hereinführte, war unverschlossen …

Ich sprintete zur Tür, aber er war bereits da, der Knauf drehte sich, die Türangeln knarzten, und ich drehte mich zur Seite, hielt meinen Mitarbeiterausweis an das rote Licht des elektronischen Schlosses, schlüpfte in das dunkle Treppenhaus, das ins Souterrain führte.

Sein Schatten fiel im selben Moment vor die Tür, als ich sie zuzog.

»Abby?«

Ich hielt den Atem an, konnte das schnelle Schlagen meines eigenen Herzens in meinem Kopf widerhallen hören. Den Schürhaken fest mit einer Hand umklammert, stieg ich leise die Stufen hinunter, umgeben von Dunkelheit. Das dunkle Treppenhaus, der dunkle Flur.

Ich dachte an die Bauzeichnungen, die an der Wand gehangen

hatten, auf denen alle Ein- und Ausgänge markiert waren, deutlich beschriftet, und bewegte mich instinktiv, mit der Handfläche an der Betonwand. Ich kannte jeden Zentimeter dieses Ortes. Er war mein Zuhause. Noch fünf Stufen nach unten.

»Abby!«, wiederholte er, dieses Mal lauter, auf der anderen Seite der Tür. Ich dachte an die Gäste, das Passage Inn, all die Dinge, die in meiner Verantwortung lagen, die ich beschützen sollte.

»Ich bin hier«, sagte ich hinter der Sicherheit einer verschlossenen Tür und der dicken Mauern, die Substanz und Schutz gleichermaßen bieten sollten. Ich musste dafür sorgen, dass er blieb, wo er war, und darauf hoffen, dass Rochelle meine Nachricht bekam, den Sheriff dazu brachte ...

Aber dann hörte ich das vertraute Klicken des Schlosses, und für eine Sekunde sah ich seinen Schatten, bevor die Tür wieder zufiel.

Wir standen nur wenige Meter voneinander entfernt in völliger Dunkelheit.

Natürlich hatte er die Möglichkeit, sich Zutritt zu verschaffen. Natürlich konnte er kommen und gehen, wann er wollte, wer wusste, wie lange schon.

»Ich glaube, da draußen war jemand«, sagte Harris mit leiser Stimme, als wäre er mir nicht im Dunkeln hierher gefolgt.

Und ich dachte: *Du, du warst dort draußen.* An dem Tag, an dem Trey in die Stadt gekommen war, hatte Harris dort gearbeitet, wo sich die Neuigkeit schnell verbreitete, und das war allein meine Schuld. Ab da wusste er es. Dass jemand gekommen war, der suchte. Angehörige, die noch lange nach allen anderen weitergruben. Angetrieben von etwas anderem, Tieferem.

Ich erinnerte mich daran, was mein Vater getan hatte, als er seinem Mörder gegenüberstand, wie er versucht hatte, auf die persönliche Ebene zu gehen.

»Weiß deine Frau, dass du hier bist, Harris? Ich habe gerade mit ihr telefoniert«, sagte ich und machte gleichzeitig einen weiteren Schritt nach unten.

»Du hast was gemacht?« Er bewegte sich nicht. Ich hatte ihn überrascht.

»Deine Nummer tauchte in einer Liste von Leuten auf, die mit Alice Kelly befreundet waren«, fuhr ich fort. »Mir war nicht klar, dass du sie kanntest, Harris.«

»Das ist lange her, Abby«, sagte er, als ob noch irgendetwas zu retten wäre. Als ob er sich herausreden könnte, obwohl er Kabel und Leitungen durchtrennt und einen gestohlenen Schlüssel benutzt hatte, um mir zu folgen. »Worüber hast du mit ihrer Schwester gesprochen?«, fragte er, als wollte er herausfinden, wie viele Leute Bescheid wussten, wie weit die ganze Sache schon gediehen war.

Er setzte sich wieder in Bewegung, ein langsames Schlurfen die Treppe hinunter – er schien im Dunkeln unsicherer zu sein als ich.

»Nur über ein paar alte Fotos, auf denen du zu sehen bist. Und darüber, wie du Alice kennengelernt hast. In einem Fotokurs.«

Er kam weiter die Treppe herunter, und ich schlüpfte um die Ecke, mit der Hand an der Wand, während ich gedanklich meine Optionen durchging: meine Wohnung oder der Hinterausgang. Der Griff des Schürhakens in meiner Hand. Ein Gefühl der Sicherheit, aber nur in der Theorie.

»Das ist okay«, sagte ich, während ich mich weiter von ihm wegbewegte, ganz langsam. Das Leben in Cutter's Pass hatte mich eines gelehrt: Wenn man die Geheimnisse von jemand anderem herausfinden wollte, konnte man nicht auf seine eigenen Geheimnissen beharren. Ein Tauschgeschäft. Das war nur fair. »Ich habe auch Geheimnisse, Harris. Wusstest du, dass ich Farrah gesehen habe? Wusstest du, dass sie mir erzählt hat, dass sie Alice begegnet war? Ich nehme an, dich kannte sie auch.«

»Davon hast du der Polizei nichts gesagt?« Seine Stimme klang jetzt anders – er war näher gekommen. Nach unten, in den langen Flur, zu mir.

»Nein«, antwortete ich, als meine Hand die Tür meiner Wohnung streifte. Hatte ich Zeit, hineinzuschlüpfen und die Tür hinter mir zu schließen? Und dann was? Dann wohin? Ich hatte mich selbst in die Falle begeben – in der Hoffnung, dass er keine Möglichkeit hatte, hier hereinzukommen. »Ich habe ausgesagt, dass ich sie gar nicht gesehen habe.«

»Und warum hast du ihnen nichts davon erzählt?«

Ich dachte an Celeste, daran, wie ich ihrem Rat gefolgt war. »Weil mir jemand gesagt hat, ich solle es nicht tun.«

Er lachte, ein einzelnes lautes Bellen, das von den Wänden widerhallte. »Diese Stadt. Diese beschissene Stadt.«

»Ich weiß.«

»Ich wollte nicht hierher zurück.«

Aber ich glaubte zu verstehen. Alice. Er musste. »Ich weiß, dass du auf derselben Wanderung warst wie Alice.« Es spielte jetzt keine Rolle mehr, was ich wusste. Nur noch, wie ich es schaffte, eine Verbindung zu ihm aufzubauen. Er würde mir etwas antun, wenn ich ihm die Gelegenheit dazu gab. Deswegen musste ich das Gespräch in Gang halten. Während ich Richtung Hinterausgang schlich, mir einen Vorsprung verschaffte.

»Sie ist aus Cutter's Pass verschwunden. Aus dem Last Stop«, sagte er.

Doch das stimmte nicht. »Nein, ist sie nicht. Ich weiß, dass sie es nie aus dem Wald herausgeschafft hat. Cory hat gelogen, was dich nicht überraschen dürfte.«

Die Stille dehnte sich aus, und ich ging davon aus, dass er nicht mehr antworten würde. Doch dann tat er es doch.

»Es war ein Unfall. Ich schwöre, es war ein Unfall.« Er flüsterte, und er war mir so nah. Wenn ich eine Hand ausstreckte, würde ich ihn berühren. Er könnte nach mir greifen, mich festhalten, bevor ich eine Chance hatte zu flüchten. Mir gingen die Optionen aus. Was ich brauchte, war Zeit. Mehr Abstand zwischen uns. Meine Hand streifte jetzt die Tür des ersten Lagerraums. Wenn ich mich umdrehte, um loszurennen, könnte er mich einholen, und wer würde es überhaupt bemerken? Wie lange würde es dauern, bis jemand nach mir schaute? Würde ich nur ein weiterer Name auf einer Liste von Menschen sein, die hier verschwunden waren?

Ein weiterer Schritt, das zweite Lager. So nah.

»Ich wollte nur mit ihr reden, aber sie hat sich erschrocken«, fuhr er fort. »Ich wollte nur reden, und sie ist einfach losgerannt. Sie ist gestolpert, hat sich den Kopf angeschlagen.« Sein Atem stockte. »Ich bin in Panik geraten. Abby, ich war in Panik. Ich hab sie ein Stück auf dem Trail zurückgetragen, und ich schwöre, ich wusste nicht, was ich tun sollte. Aber als ich spät am Abend aus dem Wald kam, stand da Vincents Truck. Mit dem Autoschlüssel hinter der Sonnenblende.« Niemand hier hatte Angst vor den Dingen, vor denen wir Angst haben sollten. »Ganz so, als wäre es nicht meine eigene Idee gewesen.«

Ganz so, als läge es nur an diesem Ort. Als läge es immer an diesem Ort, der die Leute dazu brachte, irgendwelche Dinge zu tun. Als läge alles außerhalb unserer Kontrolle.

»Wo hast du sie hingebracht?«

»Nach Hause.« Ein Schauer lief mir über den Körper, als ich an das Stück Land dachte, auf dem ich gestanden hatte. An seine Frau und seine Tochter, die dort draußen spielte. »Dann hab ich den Truck zurückgebracht und weitergemacht. Ich weiß auch nicht, ich hab einfach weitergemacht. Und nichts ist passiert. Cory hat ausgesagt, dass er sie im Last Stop gesehen hat, so wie andere auch. Und es kam mir so vor, als ob es gar nicht wirklich geschehen war. Als hätte ich nur geträumt. Ein schrecklicher Albtraum, der sich in einem Paralleluniversum abgespielt hatte. Und wir konnten alle so tun, als wäre sie noch immer irgendwo dort draußen. Es ist das Beste so, Abby. Niemand hat mir jemals auch nur eine Frage gestellt.«

»Bis Farrah verschwunden ist.« Ich wich weiter zurück, jetzt in dem Wissen, was er getan hatte. In dem Wissen, dass ich hier wegmusste.

»Ja.« Pause. Er war mir so nah, und mir ging der Platz aus. Wusste er, wo wir uns befanden? Dass er mich in die Ecke getrieben hatte, von wo es nur noch einen Ausweg für mich gab? Ich legte die Hand auf den Türgriff ... »Sie hat mich in Springwood gesehen. Mit meiner Familie. Sie waren beim Arzt, und ich hab draußen gewartet, und sie ist vor meiner Nase vorbeigelaufen. Ich hab sie nicht erkannt. Bis sie meinen Namen gesagt hat. Und selbst danach hab ich noch eine Sekunde gebraucht. Hier in der Gegend ist mit James mein Großvater gemeint. Nur die Leute vom College haben mich so genannt. Sieben Jahre sind eine verdammt lange Zeit.«

Lauf, wollte ich ihr zurufen. *Los.*

Es war so weit. Es gab keine andere Möglichkeit. Ich warf mich mit meinem ganzen Gewicht gegen die Tür und setzte zum Sprint an. Die kühle Nachtluft, das Knistern des Grases unter meinen Schuhen – und Harris, nur einen Schritt hinter mir. Er streckte sich nach mir aus, schloss die Hand um meinen Arm, zog mich zurück, gegen die raue Außenfassade des Gebäudes.

»Wo willst du hin?«, fragte er.

Der Schürhaken in meiner Hand. Die Zeit, die sich in die Länge zog. Ein schmaler Grat, alles auf der Kippe. Mein Gott, er war schneller, als ich vermutet hatte. *Alice. Farrah.*

Ich zitterte, Adrenalin pumpte durch den ganzen Körper. Wieder in der Falle. »Ich brauche Luft«, keuchte ich schwer atmend. »Ich brauchte nur frische Luft.« Und die frische Luft half tatsächlich. Über mir die Sterne, deutlich und klar, und das Universum fühlte sich so nah an. Nah und lebendig. Ich konnte den Schatten des Berges vor mir sehen. Die Schatten der Hütten zu meiner Linken. Und dort, neben mir, den Schatten eines Mannes.

»Aber Farrah hat sich anscheinend an dich erinnert?« Ich war Celeste, die tief im Schlamassel steckte. Ich war mein Vater, der versuchte, die Situation zu entschärfen.

Ich spürte, wie sich sein Griff lockerte und er meinen Arm schließlich ganz losließ, und ich hielt den Atem an, bis er antwortete. »Ja. Sie meinte, dass sie oft an mich gedacht hat. Und an Alice. Gerade jetzt, hat sie gesagt – wir seien doch ganz in der Nähe des Orts, an dem es passiert sei, und außerdem sei es doch ein verrückter Zufall, dass sie mir ausgerechnet hier über den Weg laufe. Und dann ist Samantha mit dem Baby rausgekommen, und ich musste sie einander vorstellen. Meine Frau«, sagte er, »ist viel zu nett. Sie meinte, dass Farrah auf dem Weg nach Cutter's Pass bei uns vorbeischauen sollte, um sich meine Fotos anzusehen.« Er seufzte. »Ich konnte Farrah die Veränderung ansehen. *Moment mal, du lebst hier?*, hat sie gesagt. Und meine Frau hat geantwortet: *Glaub mir, ich weiß, was du denkst. Aber seine Familie lebt schon seit Generationen hier. Deswegen können wir nicht weg.*«

»Deine Frau hat Farrah auch gesehen?« Ich stellte sie mir vor, wie sie mit mir über die Vermisstenfälle gesprochen hatte und gefragt hatte: *Was denkst du darüber?* Mehr Fragen gestellt hatte. Ich begann wieder, mich vorsichtig von ihm wegzubewegen. Diese Wälder – Menschen konnten darin verschwinden. Auch ich könnte darin verschwinden.

»Du solltest von allen hier am ehesten wissen, dass man am besten nichts sagt. Alles ist so ineinander verstrickt.« Als ich nicht antwortete, meinte er: »Abby?«, und ich wusste, dass er meinen zurückweichenden Schatten sah, genauso wie ich ihn sehen konnte. Als einen Umriss, der sich näherte.

»Das weiß ich. Das weiß ich.« Sieh dir an, an welchem Punkt du dich in diesem Moment befindest. Was du dir bis vor die Haustür geschleppt hast.

»Ich habe es Farrah gesagt. Ich hab es ihr gesagt.« Als wäre es ihre Schuld und nicht seine. »Ich hab ihr erzählt, dass ich bei der Wanderung dabei war. Ich hatte ein Alibi.«

Aber sie hatte dennoch nachgeforscht. Als wenn sie es Alice schuldig gewesen wäre nach all der Zeit. Als wäre sie die Einzige gewesen, der etwas klar geworden war.

»Du bist ihr gefolgt.« Genau wie jetzt, während ich versuchte, mich wegzuschleichen. Aber er folgte jedem meiner Schritte.

»Als ich mitbekommen hab, was sie vorhat, wo sie hinwollte … Ich hab versucht, mit ihr zu reden, bevor sie mit den falschen Leuten drüber spricht.«

Aber sie hatte mit mir gesprochen. Ich hatte Celeste davon erzählt. Und wir hatten *nichts* unternommen. Mithilfe unseres Schweigens hatte er alles verbergen können, was er getan hatte.

»Sie … sie konnte es einfach nicht lassen.« Seine Hand lag jetzt auf meiner Schulter, ein Gewicht, das mich an Ort und Stelle hielt. »Ich wollte ihr nicht wehtun. Ich wusste einfach nicht, was ich tun sollte.« Obwohl er danach bei klarem Verstand gewesen zu sein schien. Obwohl ich wusste, dass er die Bilder mit ihrer Kamera gemacht hatte. Dass er sie da draußen hatte liegen lassen, damit wir sie eines Tages fänden. Damit wir dachten, dass sie sich ebenfalls im Wald verirrt hatte.

Ich konnte förmlich spüren, wie er eine Entscheidung traf. Das Risiko abwägte. Sein Van, die Dunkelheit. Die Leute drumherum. Die Spur, die ich gelegt haben könnte. Ich konnte nicht weg. Konnte keinen ausreichend großen Vorsprung herausholen.

Ich wusste, was zu tun war. Ihn schlagen, überraschen, die Chance nutzen und davonlaufen. Auf dem Pfad? Auf der Straße? Zu Celeste rennen und dabei schreien – in der Hoffnung, dass mich jemand hörte? Sein Atem war zu nah, und plötzlich war ich Alice, die versuchte zu fliehen und stolperte. Schritte, die sich näherten. Ich war Farrah, im Schnee, mit weit aufgerissenen Augen, gefangen.

»Okay, es war ein Unfall«, sagte ich, und mich überlief ein eiskalter Schauer. »Aber die Kamera. Landon West hatte sie entdeckt. Ich habe sein Notizbuch gefunden. Er hatte all unsere Namen hineingeschrieben und einen Haufen Telefonnummern. Dein Name stand auch drin. Ich weiß, dass er dich angerufen hat. Als ich ihn das letzte Mal gesehen habe, hat er mir gesagt, dass das Telefon in seiner Hütte nicht funktioniert. Und ich habe eine Aufnahme gehört, von jener Nacht, seiner letzten Nacht, da war jemand an der Tür …«

»Mein Gott, ich wollte es nicht, Abby. Ich wollte niemanden verletzen! Aber er hat immer weitergegraben. Er hat bei mir zu Hause angerufen, und ich musste einfach rausfinden, was er wusste. Ich habe inzwischen eine Tochter, ich muss sie beschützen. Ich würde alles tun …«

»Okay.« Ich konnte die Anspannung in seiner Stimme hören, er wurde immer aufgebrachter …

Eine Taschenlampe flammte auf, links von uns eine dritte Person. Der Schatten eines Mannes. Mein Herz machte einen Satz, weil ich davon ausging, dass es der Sheriff war. Aber stattdessen stand da Trey West und hielt sein Handy vor sich, die einzige Lichtquelle weit und breit.

»Nein, es ist nicht okay. Was zum Teufel haben Sie mit meinem Bruder gemacht?«

Er ließ alles eskalieren.

»Was verdammt noch mal …?« Harris riss einen Arm hoch, um nicht geblendet zu werden, und sein Schatten wurde auf die Fassade hinter ihm geworfen. Das Licht ließ etwas Metallenes in seiner Hand aufblitzen – eine Pistole. Etwas, das die ganze Zeit da gewesen sein musste. Zwischen uns, in jedem Wort. Immer eine Möglichkeit. *Bam.*

Ich konnte vor mir sehen, wie es sich abgespielt hatte. Das Klopfen an der Hüttentür. *Ich bin hier, um einen Blick auf Ihre Telefonleitung zu werfen, darf ich kurz reinkommen?* Wie er sich im Raum umsah. *Könnten Sie mir kurz mit etwas behilflich sein, draußen bei meinem Van?* Wie er die Waffe zog, ihn hineinzwang, und dann war es zu spät gewesen, es war immer zu spät.

»Scheiße«, rief Trey, während der Lichtstrahl auf mich zuglitt. Meine Augen vor Panik geweitet, ich hatte den Schürhaken zum Schutz vor mir ausgestreckt.

Ich war ausgeliefert.

»Moment«, sagte ich.

Ich brauchte mehr Zeit.

Aber es gab keinen Ausweg und keine Zeit, und ich dachte an Celeste, die im Dunkeln stand, und an meinen Vater, der mit erhobenen Händen alles tat, was er konnte.

»Harris, die Polizei kommt gleich.« Meine Stimme flehentlich, panisch.

Trey hatte das Handy fallen lassen, das Licht strahlte nun nach oben, und alles, was ich sehen konnte, waren unsere Schatten, die sich ausdehnten. Menschen, die sich bewegten.

»Nein.« Harris' Stimme, plötzlich hinter mir. »Niemand kommt, Abby. Es kommt nie jemand. Niemand schaut jemals hin. Du weißt das. Du bist eine von ihnen.«

Aber er wusste nicht, dass ich ein Jahrzehnt lang gesucht hatte. Ich hatte immer gesucht.

Dann ging alles ganz schnell.

Ich hörte Celestes Flüstern, spürte die Wirkung ihres Wortes: *Bam.* Damit hatte sich das Leben aller verändert. Ihres, das von ihnen, meins. Ich dachte an Harris' Tochter, ihre großen braunen Augen und ihr Leben, ihre Zukunft. Die Dinge, nach denen sie eines Tages suchen würde.

Du hast nur einen Versuch. Ich schwang den Schürhaken herum, in die Richtung, in der ich ihn vermutete. Spürte den Widerstand seines Körpers, hörte das scharfe Einatmen.

Der Moment dehnte sich aus wie in einer Animation, sein Arm im Schatten, zur Seite ausgestreckt, bis Trey mit ihm kollidierte und sie zusammen gegen die Fassade stießen. Ich hörte die Waffe zu Boden fallen, und dann suchten wir verzweifelt danach. Auf allen vieren.

Es war Trey, der sie fand. Er stand über Harris gebeugt da, der immer noch auf Händen und Knien kauerte und wahrscheinlich an der Stelle blutete, an der ich ihn mit dem Feuerhaken erwischt hatte.

»Ich wollte dir nicht wehtun, Abby …«, sagte Harris, zog die Hand von seiner Schulter und stöhnte, während er auf die eine Seite sackte.

»Holen Sie jemanden, Abby«, sagte Trey mit ausdrucksloser Stimme. »Los!«, schrie er mich an.

Aber ich konnte nicht. Ich wollte zu Celeste rennen, aber ich konnte ihn nicht allein mit der Waffe und dem Mann zurücklassen, der seinen Bruder umgebracht hatte. Konnte nicht darauf vertrauen, was er tun würde, wenn ich nicht hier war. Konnte nicht zulassen, dass noch etwas passierte, dass er auch ihn zugrunde richtete.

»Ich habe bereits Hilfe gerufen«, sagte ich und hielt den Schürhaken nach wie vor umklammert. Ich konnte noch immer die Vibration in meiner Hand spüren, als die Gerätschaft auf seinen Körper getroffen war.

Harris lachte, und Trey sagte: »Na los, weiter gehts«, und ich überlegte gerade, wie ich Trey dazu bringen könnte, die Waffe mir zu geben, als Scheinwerfer den Hügel heraufkamen.

Ich hätte in Tränen ausbrechen können, und vielleicht tat ich das auch, weil mein Atem abgerissen klang und meine Stimme zittrig war, als ich schrie: »Hier, hier drüben!«

Der Kies spritzte auf, die Autotür wurde aufgestoßen, und ein Mann erschien im Scheinwerferlicht. Der Sheriff, mit einer Waffe in der Hand, in Sporthose und T-Shirt, als wäre er gerade aufgestanden. »Abby?«, rief er in die Nacht.

»Hier!«, brüllte ich.

»Sie hat mich angegriffen«, schrie Harris vom Boden, während er versuchte, sich aufzurichten, und wieder zusammenbrach. »Verdammte Scheiße, sie hat mich attackiert!«

Der Sheriff richtete eine Taschenlampe auf uns, auf Trey, der über Harris stand. Dann richtete er seine Waffe auf ihn und rief: »Legen Sie die Waffe hin, ganz langsam. Legen Sie die Waffe hin!«

Trey trat einen Schritt von Harris zurück und legte die Pistole auf den Boden.

Doch keine dreißig Sekunden später kam ein zweites Auto, aus dem Rochelle sprang, dicht gefolgt von Jack. Zwei Lichtkegel tanzten vor ihnen, als sie auf uns zugerannt kamen.

Und dann ein drittes und ein viertes Auto.

Cory, Ray, Marina.

Bis die ganze Auffahrt von ihnen blockiert wurde, den Leuten von Cutter's Pass, die so lange gewartet hatten. Die in dem Moment freigesprochen wurden, als sie uns sahen, und die im Gegenzug ihre Eltern und Freunde und Angehörigen freisprachen.

Celeste bog um die Ecke, einen Schal um die Schultern geschlungen, und drängte sich durch die Menge, bis sie mich erreicht hatte. Sie legte eine Hand auf meine Schulter und drückte sie fest. »Mein Gott, Abigail. Es geht dir gut.« Was sowohl eine Frage als auch eine Feststellung war und keiner Antwort bedurfte.

Ich ließ den Schürhaken auf den Boden fallen, spürte ihre Hände auf meinem Gesicht, auf meinen Haaren, auf meinen Schultern. Ein rauer Daumen unter meinem Auge, obwohl ich mir nicht sicher war, ob ich wirklich weinte.

»Okay«, sagte sie, »wir bringen dich jetzt nach Hause.«

»Celeste«, rief der Sheriff. »Wir brauchen sie auf der Wache.«

»Ach, das kann noch etwas warten«, sagte sie. Ihre Worte waren gewichtig von alledem, was zwischen ihnen lag.

Sie verfügte über diese Art von Macht.

Die Fragerei erstreckte sich bis tief in die Nacht, nachdem wir es bis zur Polizeistation geschafft hatten. Ein Aufnahmegerät lag zwischen mir und dem Sheriff, der dunkle Ringe unter den Augen hatte. Er wollte, dass ich noch einmal alles von vorne erzählte, aber ich war müde und er auch. Schließlich drückte er auf »Stopp« und lehnte sich auf seinem Stuhl zurück.

»Hör auf, Dinge zurückzuhalten, Abby«, sagte er, als wüsste er, dass Teile fehlten, Menschen, die ich schützte. »Wie hast du es herausgefunden?« Antworten, die ich nicht preisgeben würde.

»Das habe ich dir doch schon gesagt, durch das Bild von Alice, das mir ihre Schwester geschickt hat. Harris hat mir alles erzählt. Trey hat uns draußen gehört. Harris hat praktisch zugegeben, dass er Landon etwas angetan hat, weil er ihm zu nahe gekommen ist.«

»Ich meinte vorher.« Was er meinte, war das Notizbuch. Das Schließfach auf meinen Namen. Die Geheimnisse, die ich für mich behalten würde.

»Vielleicht wäre das hier nicht passiert, wenn du nicht so viel Angst davor gehabt hättest, tiefer zu graben«, bemerkte ich, und er sah mich streng an.

»Du weißt, wer ich bin«, sagte ich. Es war keine Frage.

»Das muss in diesem Fall keine Rolle spielen.« Er deutete auf das Aufnahmegerät.

»Ich weiß auch, wer du bist.«

Er starrte mich weiter an. »Ich weiß nicht, wovon du redest, Abby.«

»Wo sind sie begraben?«, flüsterte ich und beugte mich vor. »Bitte.«

Sein Kehlkopf bewegte sich, und ich ging davon aus, dass er so tun würde, als wüsste er nicht, was ich damit meinte, und vielleicht hätte er es tatsächlich getan, wenn er geschlafen hätte, wenn er nicht so müde gewesen wäre, wenn er nicht gerade begriffen hätte, dass wahrscheinlich ganz in der Nähe drei Opfer begraben lagen.

»Ich weiß es nicht«, begann er mit rauer Stimme. Aber er sah mir noch immer in die Augen, entschied sich. Er senkte seine Stimme noch weiter, obwohl nur wir beide hier waren. »Die Stelle. Die Kugeln. Die Waffe.« Sein Kehlkopf hüpfte erneut. »Darum habe ich mich gekümmert. Alles andere?« Er schüttelte den Kopf, schloss die Augen, als wollte er nie wieder hinsehen. »Das weiß nur Vincent. Und er ist nicht mehr hier.«

Ich öffnete den Mund, schloss ihn wieder. Ich konnte es mir nicht vorstellen, begriff nicht, wie es möglich war, dass ein einzelner Mann so eine Aufgabe bewältigen konnte. Aber in diesem Moment konnte ich mich dafür entscheiden, loszulassen, mich entscheiden, es ihm zu überlassen.

Eine gesäuberte Geschichte.

Der Sheriff öffnete die Augen wieder, hob fragend den Blick. Wir starrten uns lange an.

Er drückte erneut auf »Aufnahme«.

Später am Abend, nach den Vernehmungen, wartete Trey auf mich. Ich sah ihn im Scheinwerferlicht des Autos auf einem Baumstumpf am Rand des Parkplatzes sitzen. Als ich näher kam, fuhr er sich mit einer Hand durchs Haar.

»Geht es Ihnen gut?«, fragte ich. Wieder stellte ich ihn mir mit der Waffe über Harris vor. Ich fragte mich, ob er seine Entscheidung bereute. Ob er, wenn er jene Sekunden in seinem Kopf erneut abspielte, sich vorstellte, wie es gewesen wäre, stattdessen den Abzug zu drücken. Ob ich ihn gedeckt hätte, ausgesagt hätte, dass er keine andere Wahl gehabt hatte …

Er stand auf, das Geräusch seiner Schritte im Kies durchschnitt die stille Nacht. »Das Notizbuch«, sagte er mit leiser Stimme. »Ich will es haben.«

Er hatte mich gehört, die Dinge, die ich zu Harris gesagt hatte, als ich draußen versucht hatte zu fliehen. Trey war wegen der ausgefallenen Lampen nach draußen gegangen, wegen des Gefühls, dass etwas nicht stimmte. Als die Eingangstür des Passage Inn verschlossen gewesen war, hatte er gewusst, dass gerade irgendetwas passierte. Er hatte im Dunkeln gewartet und gelauscht.

Aber ich konnte ihm das Handy und das Notizbuch nicht geben. Sie mussten verschwinden. Genau wie das Foto über der Bar.

»Es ist nicht mehr da. Es gab nichts darin, was Sie bei der Suche weitergebracht hätte«, sagte ich.

»Warum beschützen Sie sie?«

Wo sollte man anfangen? Es würde zehn Jahre dauern, bis er verstand.

»Gute Nacht, Trey.« Was ich meinte, war: Leb wohl.

Ich wusste, was ich tun würde, sobald ich mich sicher genug fühlte. Ich würde für die Gäste ein Lagerfeuer entzünden, und nachdem sie ins Bett gegangen waren, würde ich zusehen, wie alles, Stück für Stück, zu Asche wurde.

Ich würde unsere Geschichte neu formen. Ich hatte die Macht, sie zu verändern, sie zu glätten. Ich würde etwas Sicheres zum Anschauen erschaffen. Etwas, mit dem wir alle einverstanden sein könnten.

Ich würde zusehen, wie der Rauch über den Berg hinaufstieg, und ich würde zusehen, wie er im Nichts verschwand.

3. September 2022

Kapitel 24

Es war das Labor-Day-Wochenende, und die Stadt war überfüllt.

Eine kurze Zeit hatten wir uns gefragt, was es mit der Stadt machen würde. Aber der Mörder stammte schließlich nicht aus Cutter's Pass, er war außerhalb unserer Grenzen aufgewachsen, war nie wirklich als einer von uns angesehen worden.

Und die Bedrohung saß hinter Gittern: Am Ende hatte sich Harris nicht mehr gewehrt. Nicht, nachdem die Leichen auf seinem Grundstück gefunden worden waren. Spuren von Landons Blut auf der Ladefläche seines Lieferwagens. Eine Schusswunde, die zu der Waffe passte, mit der er in jener Nacht auf uns gezielt hatte. Die Spur an Beweisen, die eindeutig zu ihm führte. Seine Frau verließ zusammen mit ihrer Tochter die Stadt, ging zurück zu ihrer Familie nach Florida, durchtrennte sämtliche Verbindungen, noch bevor sie angefangen hatten, auf dem Grundstück zu graben. Eine tief sitzende Angst, der sie nie Ausdruck verliehen und die sich schließlich doch als begründet herausgestellt hatte.

Wochenlang war das Thema in den Nachrichten. Jede der Geschichten wurde noch einmal aufgewärmt, bis zu den Vier Burschenschaftlern – obwohl es von ihnen noch immer keine Spur gab.

Im Passage Inn machten wir uns mehr Sorgen. Ein Mann, der aus einer unserer Hütten verschwunden war. Ein Killer, nur wenige Schritte von unseren übrigen Gästen entfernt. Aber das Verbrechen schien keine Auswirkungen auf die Reservierungsanfragen zu haben. Die Gefahr lag hinter uns. Ganz im Gegenteil, die Anrufe und Buchungen nahmen sogar zu.

Manchmal sah ich, wie die Gäste sich die Stelle anschauten, wo es passiert war, direkt neben dem Haupthaus. Wo eine Angestellte den Täter mit einem Schürhaken niedergestreckt hatte, bevor er jemanden verletzen konnte, und Landon Wests Bruder ihn in Schach gehalten hatte, bis Hilfe eingetroffen war.

Die Geschichte war gut fürs Geschäft.

Die Leute fragten nicht mehr nach Alice und Farrah und Landon. Eine Tragödie war etwas ganz anderes als ein Mysterium. Die Fläche rund um die Farm der Donalds war zu einem Friedhof geworden. Drei Leichen, die weit draußen in den verwilderten Teilen des Ackerlandes vergraben worden waren. Landschaft, in die niemand einen Fuß setzen würde, da die Natur sie bereits zu großen Teilen zurückerobert hatte.

Die meisten Menschen nahmen einen Umweg in Kauf, um das verlassene Stück Land zu meiden, doch ich fuhr manchmal daran vorbei. Ich konnte mir vorstellen, wie schnell die Bäume und die wilden Tiere in den kommenden Jahren immer weiter vordringen würden, wie schnell ein Ort verschluckt werden konnte, bis man ihn beim Vorbeifahren nicht einmal mehr bemerkte. Nur eine Spur im Erdboden würde bleiben, wo früher eine Einfahrt gewesen war, und niemand würde wissen, um was es sich dabei handelte.

Aber sie fragten immer noch nach den Vier Burschenschaftlern. Durch das rätselhafte Verschwinden blieben sie weiterhin im Fokus. Die Leute behaupteten, sie hätten gehört, dass das berühmte Foto, die letzte Aufnahme, die in der Gaststätte hinter der Bar gehangen hatte, verschwunden sei. Gestohlen von einigen unternehmungslustigen Touristen, denen es gelungen sei, sich unentdeckt hineinzuschleichen.

Der Ort war übersät mit Toten. Aber es war auch der Ort, an dem sie nach wie vor am Leben sein konnten, wenn man daran glauben wollte.

Wir stellten jemanden ein, wie Celeste es versprochen hatte. Ashlyn war zwanzig und hier aufgewachsen – so war es am sichersten. Sie war die Tochter des Grundschuldirektors und wirkte unglaublich jung. Drei Tage nach Beginn ihrer Probezeit sah sie vollkommen überwältigt aus, aber sie machte weiter. Am vierten Tag trug sie ihr Haar wie ich, zu einem niedrigen Knoten gebunden, und wirkte selbstbewusster, entspannter.

An diesem Morgen nahm ich eine Gruppe von Gästen mit auf eine Wanderung. Als ich kurz an der Rezeption stehen blieb, lag da ein Umschlag, den Ashlyn mir zuschob. Mein Name und unsere Adresse, in vertrauter Schrift. »Jemand hat das gerade für dich abgegeben«, sagte sie.

Ich rannte nach draußen, den Umschlag in der Hand, gerade noch rechtzeitig, um sie einzuholen. Georgia drehte sich um, die Hand an der offenen Tür ihres Autos. Ihr Haar hing ihr fast bis in die Augen, und sie schob es beiseite. Sie wirkte verändert, und ich hatte das Gefühl, auf der Straße an jemandem vorbeizugehen, den ich nicht gleich einsortieren konnte.

Auf halbem Weg zwischen Eingang und Georgias Auto blieb ich stehen.

»Ich habe deinen Brief bekommen«, sagte sie.

Ich hatte ihn an die Adresse ihrer Mutter geschickt, die ich recherchiert hatte. Ich hatte wissen wollen, ob es ihr gut geht. Ich wollte, dass sie wusste, dass ich ihr vergeben hatte, dass es uns gut ging. Dennoch: Ich wollte wissen, warum.

Sie warf einen Blick über die Schulter zur Straße, die aus der Stadt hinausführte, und drehte sich dann mit einem Stirnrunzeln wieder zu mir um. »Ich wollte ihn dir eigentlich zuschicken. Eine Erklärung.« Sie wedelte mit der Hand. »Eine Entschuldigung. Ich war gerade auf dem Weg zur Post. Und dann bin ich einfach weitergefahren.« Ihr Blick streifte das Passage Inn, den Berg. »Ich wollte es mit eigenen Augen sehen. Sehen, ob es real ist.«

Ich versuchte zu sehen, was sie sah: ein Gebäude aus Holz und Stein, das sich auf einer Lichtung erhob, als wäre es schon immer seine Bestimmung gewesen, hier zu stehen. Dahinter löste sich gerade der Berg aus dem Nebel. Ich hatte Pläne für diesen Ort, für das, was noch daraus werden könnte.

»Du kannst bleiben«, sagte ich. Was ich meinte: eine Nacht oder länger. Ashlyn wohnte zu Hause bei ihren Eltern. Georgias alte Wohnung war frei. Was auch immer man glauben wollte – Cutter's Pass hieß einen in jedem Fall herzlich willkommen.

Aber sie schüttelte schnell den Kopf. »Es war eine Flucht. Es war immer nur eine Flucht. Etwas, das ich mir beweisen musste. Und dann diese Kamera – ich dachte, ich könnte etwas beweisen, aber sie hat nur dazu geführt, dass es ihn erwischt hat … Ich wünschte, ich könnte die Zeit zurückdrehen.« Sie schüttelte den Kopf und trat noch näher an das Auto heran, als fürchtete sie, von einer unnatürlichen Kraft angezogen zu werden. Einer Macht, die dieser Ort auf sie ausübte. Sie deutete auf den Brief. »Ich wollte mich nur entschuldigen. Und sagen, dass ich froh bin, dass es dir gut geht.«

Ich blickte ihr nach, als sie davonfuhr, weil ich wusste, dass ich sie zum letzten Mal gesehen hatte.

An der Wanderung an diesem Morgen nahmen vier Gäste teil. Wir hatten gerade die erste Kurve passiert, wo man sich umdrehte, um festzustellen, dass sich die Bäume und Rhododendronbüsche bereits in einem Tunnel aus Schatten um einen geschlossen hatten und man den Weg zurück nicht mehr sah.

Das Geräusch ihres Atems, das Rascheln von Wanderhosen, das Schleifen der Wanderstöcke auf dem Weg.

»Stimmt es«, fragte die Frau direkt hinter mir, »dass die Vier Burschenschaftler zuletzt auf dem Weg zu diesem Trail gesehen wurden?«

»Ja«, sagte ich und blickte über meine Schulter, »das stimmt.«

Sie beschleunigte ihr Tempo, um zu mir aufzuschließen, atmete schneller, hielt Schritt. »Ein Mann unten in der Gaststätte hat gesagt, dass er uns auf einer Führung erzählen könnte, was mit ihnen passiert ist.«

»Ach ja?«, sagte ich und glaubte, zwischen den Bäumen einen roten Schal aufblitzen zu sehen. Wahrscheinlich ein Kardinalvogel, wenn ich noch einmal hinsah. Aber ich tat es nicht.

Stattdessen sah ich zu der Frau hinüber, deren Blick in dieselbe Richtung gerichtet war. Auf etwas, das sie sah – oder beinahe sah.

»Fragen Sie mich, was Sie möchten«, sagte ich. »Ich weiß alles, was es über diesen Ort zu wissen gibt.«

Dank

Ich bin den vielen Menschen sehr dankbar, die mir geholfen haben, diese Geschichte vom ersten Funken einer Idee bis zum fertigen Buch zu entwickeln.

Vielen Dank meiner brillanten Lektorin Marysue Rucci und meiner wunderbaren Agentin Jennifer Joel für euren Rat, eure Einsichten und Rückmeldungen zu jeder einzelnen Version des Textes. Und vielen Dank dem gesamten Team von Scribner, einschließlich Nan Graham, Stu Smith, Brian Belfiglio, Katie Monaghan, Brianna Yamashita, Sasha Kobylinski, Jaya Miceli, Laura Wise und vielen anderen, die dazu beigetragen haben, dass dieses Buch das Licht der Welt erblicken konnte.

Vielen Dank meinen wunderbaren Freundinnen Elle Cosimano, Ashley Elston und Megan Shepherd für das Brainstorming, das Lesen meiner ersten Entwürfe und eure Ermutigungen.

Wie immer ein großes Dankeschön an meine Familie. An Luis, der mich auf jeder Recherchereise (und Wanderung) begleitet hat, während ich an dieser Geschichte gearbeitet habe. Und an meine Eltern, die mich jedes Jahr zum Wandern mitgenommen und mir die Berge gezeigt haben.

»Megan Miranda steht für atemberaubende Twists und überraschende Wendungen.«
The New York Times Book Review

Kannst du dir trauen, wenn du schläfst?

Arden Maynor ist sechs Jahre alt, als sie schlafwandelnd das Haus verlässt und in einer Sturmnacht verschwindet. Der Vermisstenfall wird zu einem nationalen Medienspektakel. Wie durch ein Wunder wird Arden Tage später gefunden, in einem unterirdischen Abwasserschacht – und am Leben.

Viele Jahre später lebt sie unter dem Namen Olivia hunderte Meilen entfernt. Doch nun, wo der zwanzigste Jahrestag ihrer Rettung näher rückt, fühlt sie sich wieder beobachtet. Eines Nachts wacht sie plötzlich außerhalb ihres Bettes auf, wie damals. Und zu ihren Füßen liegt die Leiche eines Mannes, den sie aus ihrem früheren Leben kennt …

 **PENGUIN** VERLAG

Eine verschlafene Kleinstadt.
Eine Familie voller Geheimnisse.
Und ein Mädchen, das so war wie du.

Die Schwestern Katy und Viola McKenzie waren so
unterschiedlich wie Tag und Nacht. Und doch teilten
sie viele Geheimnisse miteinander. Bis zu jenem Tag,
an dem Viola spurlos aus ihrer Heimatstadt Bristol verschwand. Viele Jahre später zieht Una als Betreuerin
in das Haus der McKenzies, wo sie sich um die Mutter
der Mädchen kümmern soll. Una spürt auf Anhieb, dass
etwas mit der Familie nicht stimmt. Was ist damals mit
Viola geschehen? Und warum will niemand mehr über
sie sprechen? Die Suche nach der Wahrheit bringt Una
in höchste Gefahr …

 **PENGUIN** VERLAG

Mit dem Schnee kommt der Tod ...
Und aus Freunden werden Feinde.

Winter in den schottischen Highlands: Neun Freunde
verbringen den Jahreswechsel in einer abgelegenen
Berghütte. Sie feiern ausgelassen, erkunden die ein-
drucksvolle Landschaft und gehen auf die Jagd – doch
was als ein unbeschwerter Ausflug beginnt, wird bitterer
Ernst, als heftiger Schneefall das Anwesen von der
Außenwelt abschneidet. Nicht nur das Gerücht von
einem umherstreifenden Serienmörder lässt die Stimmung immer beklemmender werden, auch innerhalb
der Gruppe suchen sich lang begrabene Geheimnisse
ihren gefährlichen Weg ans Licht. Dann wird einer der
Freunde tot draußen im Schnee gefunden. Und die
Situation in der Hütte eskaliert ...